이성이 잠들면 요괴가 눈뜬다

김은숙 장편소설

이성이 잠들면
요괴가 눈뜬다

풀빛

차례

삶, 또 하나의 유혹

1

삶,
또
하
나
의
유
혹

창으로 보이는 하늘은 잔잔하고 푸르
다. 한 시간 남짓 의자에 몸을 파묻고 오
는 동안 다영은 이따금 졸기도 하고 끝없
이 스쳐 지나가는 들녘을 무심히 바라보
기도 한다. 도로 옆에서 무리지어 흔들리
고 있는 코스모스가 서늘해 보인다. 마치
인간의 한쪽 가슴에 감추어둔 서정을 슬
몃 건드리는 몸짓이라고나 할까. 그런 느
낌이다. 살갗에 와 닿는 바람은 시원하다
못해 차갑다. 그 바람 속에 나지막이 엎드
려 손을 잡은 이산 저산들이 줄을 이어 서
해로 달리고 있다.

산은 온통 붉고 노오란 빛으로 물들었
다. 다영이 깜박 조는 사이 멀리 산으로
오르는 고갯길이 얼핏 보인다. 무릎에 올
려놓았던 바바리와 검은 가죽가방을 들고
황급히 일어선다. 시골 가도를 기세 좋게
달리던 버스가 길가에 멈춘다.

버스에서 내린 다영은 옷을 걸쳐 입는다. 소매 끝자락이 닳아 있는 것으로 보아 그 바바리는 몇 해를 걸쳐 입었음이 역력하다. 굵은 퍼머넌트를 한 긴 머리인데도 젤을 발라서 그런지 단정한 느낌을 준다. 문이 닫히고 바람에 밀려가듯 떠나는 버스 뒤꽁무니를 바라보다 다영은 길을 건넌다. 산을 올려다본다. 갈 길을 어림짐작해보니 그다지 가까울 것 같지 않다. 효범과 정준이 이미 도착했을 거라는 생각을 하자 마음이 급해진다.

입 안이 까칠하다. 다영은 깔깔한 혓바닥에 고인 침을 삼킨다. 밤을 새우는 것도 이젠 힘들다. 석 달 동안 꼬박 매달렸던 번역을 오늘까지는 꼭 넘겨달라고 하는 바람에 이틀 잠을 설친 때문이다. 산길로 들어서던 다영은 걸어가던 길을 다시 돌아 나온다. 길가에 무더기로 피어 있던 코스모스를 한아름 꺾어 든다.

―꽃을 꺾으면 꽃이 아퍼해.

딸아이에게 주의를 주었던 것이 생각나 일순 켕기는 구석도 있지만 어쩔 수 없다. 출판사에 원고를 넘기고 허겁지겁 오느라 꽃을 사지 못했다. 벌써 세 번째인 산길은 낯설지 않다. 십여 분 넘게 걸었을까. 두 번째 공터에 이르자 멀리 푸른빛을 띤 서해 바다가 희미하게 얼굴을 드러낸다.

예상대로 공터에 흰색의 차가 서 있다. 유리창 안쪽에 조용히 붙어 있는 곱슬머리 인형. 정준의 차다. 헉헉거리며 산을 오르던 다영은 그제서야 몸을 펴고 큰 숨을 내쉰다. 아스라하게 보이는 바다는 마치 정물화처럼 고요하다. 수평선은 언제나 멀고 아득하다는 느낌을 준다. 하늘이 맞닿은 그 지점에 서경이 고운 이마를 숙이고 웃고 있는 듯하다.

다영은 잠깐 그 자리에 멈춰 선다. 자로 재어 그은 듯한 수평선이 날선 칼날처럼 가슴을 조인다. 담배를 끄집어내어 문다. 한순간 지나가는 바람에 라이터의 불꽃이 꺼져버린다. 마치 서경이의 삶이 그러했다는 것을 일러주기나 하듯. 다시 손아귀에 힘을 주어 불을 붙인다. 한 모금 깊게 빨아들인다. 그러자 시원한 산 공기가 폐부 깊숙이 스며든다. 푸른 바다 언덕 위에 잠들어 있는 서경을 떠올리자 해묵은 슬픔이 치밀어 오른다.

그 해 가을이었다. 진한 알콜 냄새가 희미해져가던 저녁 무렵, 병실에 서경은 누워 있었다. 수술을 하고 근근이 버티어오던 것은 아랑곳없이 다시 서경은 설사를 하기 시작했고 몸무게는 40킬로도 나가지 않았다. 붓을 들었던 한 손엔 더 이상 꽂을 데도 없을 만큼 주사바늘 자국으로 멍이 시퍼렇게 들어 있었다. 한줌도 되지 않은 긴 머리를 한쪽으로 묶어 내렸다. 마지막 병마가 온몸을 들쑤시던 순간 머리카락은 흐트러졌고 신음 소리를 내지 않으려고 깨물던 입술에 피가 고였다. 조그만 얼굴이 더욱 작아져 핏기라곤 볼 수가 없었다. 끝내 참지 못하고 흘리던 눈물이 어제 일처럼 선연히 떠오른다.

가을이 오기 전 수술을 하고 회복기에 있던 어느 날, 길가에서 팔고 있던 흔하디흔한 프리지아를 사서 서경에게 준 일이 있었다. 서경은 그 조그만 꽃다발을 들고 어린아이처럼 좋아서 어쩔 줄 몰라했었지.

다영의 손에 들려 있던 분홍색 코스모스 꽃잎이 바람에 간들거린다. 금방이라도 툭 꺾어질 듯 가녀린 줄기가 애처롭다. 다영은 흙에 비벼 끈 꽁초를 가방에 집어넣는다. 다시 걷는다. 무덤 몇 굽이를 돌아 올라가자 다영을 기다리고 있던 정준이 손을 흔든다.

"늦었구나. 걸어오느라 힘들었지?"

"많이 기다렸지? 효범이는?"

"응, 왔어. 방금 여기 있었는데, 어디 갔지?"

정준이 효범을 찾느라 돌아서자 산아래를 굽어보고 있던 효범이 손짓을 하며 올라온다.

"지담이는?"

"할머니댁에 보냈어."

"그 녀석 똘망똘망하던데 많이 컸지. 보고 싶은데."

"요즘은 입시생이야. 밤 열두 시까지 꼬박 앉아서 스케치북하고 사니까."

"언제 한번 데리고 와. 그 녀석이 그린 그림도 가져오고"

"왜, 화가 아저씨가 평가해주려고?"

　효범은 멋쩍은 듯 코를 찡긋한다. 앞머리카락이 바람에 흩어지자 효범은 한 손으로 쓸어 올린다. 손가락 사이로 드러나는 오뚝한 콧날이 여전히 엄격하게 보인다.

"넌 어때? 보좌관이란 일이 만만치 않을 텐데."

　정준이 빙그레 웃는다.

"먹고사는 일이 다 그렇지 뭐. 쉬운 게 어디 있어. 청소하는 아주머니한테 인사를 했더니 의아하게 쳐다보다가 웃더라고. 내가 신참인지 알아본 거지. 여의도에선 함부로 고개를 숙이는 게 아닌가봐."

　다영은 웃으며 효범을 슬쩍 쳐다본다. 웃는 둥 마는 둥 한 표정이 입꼬리에 묻어 있다. 다영은 왠지 그 웃음이 싫다. 한때는 무척이나 매력 있어 보이던 그 표정이 왜 점점 싫어지는 건지.

　서경은 사년 전 오늘, 무덤에 묻혔다. 서경의 관이 집을 떠나던 날 효범은 넋빠진 얼굴로 허공을 바라보고 있었다. 흙구덩이에 관을 넣고 흙을 던지던 효범을 차마 볼 수 없어 아니, 모두들 서로 마주볼 수 없어 제각각 땅과 하늘만 바라보며 눈물을 삼켰다. 모두 그랬다. 감추인 눈물 뒤에는 서글픔과 분노가 있었다.

담담해 보이는 얼굴 표정과는 달리 두어 달 만나지 못하는 사이 효범은 좀 수척해 보인다. 서경이 묻혀 있는 곳이기에 그런 생각이 드는 걸까. 다영과 눈이 마주치자 희미하게 웃는다. 다영은 가슴 한구석이 불쑥 내려앉는 것만 같은 심정에 효범의 손을 꾹 잡는다. 정준이 나무 아래 두었던 비닐봉투를 펼친다. 준비해온 술과 과일 등을 서경의 비석 앞에 늘어놓는다. 다영은 비석 앞에 코스모스 다발을 내려놓고 해마다 해오던 것처럼 효범이 중간에 자리를 잡고 다영과 정준은 옆으로 선다.

정준이 술을 따르라고 등을 쳤건만 효범은 머리를 숙인 채 서 있을 뿐이다. 정준이 술을 따라 서경의 비석 앞에 가져다 놓았다. 세 사람이 엎드린다. 두 번 절을 하고 반배를 하고 나서도 효범은 땅에 머리를 박고 일어나지 않는다. 말없이 치러지는 그 의식을 하늘은 무심히 내려다보고 있다. 고즈넉하던 무덤 주위가 갑자기 긴장감을 느끼게 한다. 묵묵히 서 있던 정준이 담배를 문다. 잠시 먼 곳을 바라보던 다영은 서경을 뒤덮은 무덤의 띠들을 바라본다. 여전히 고개를 갸웃 숙인 서경이 어른거리자 다시 효범의 등이 안쓰럽다. 언젠가 효범에게 모질게 말했다.

─그만하면 됐어. 이제, 서경이를 그만 가슴에서 내려놓아.

하지만 너 역시 그 시간들을 잊을 수 있는가라고 약간의 조롱이 섞인 질문을 다영은 스스로에게 했다. 다영은 자신의 생각을 외면하고 싶어 고개를 치켜든다. 그러나 서경이 그림쟁이로서 풍요로워지기 시작하던 그때, 그 시간들을 기억하고 싶지 않다고 해서 잊혀지는 건 아니다. 이윽고 효범이 일어선다. 다영은 효범의 얼굴을 보지 않는다. 자리를 잡고 앉는다. 정준이 종이컵을 꺼내서 잔을 돌린다. 세 사람은 가볍게 잔을 부딪친다. 차가운 소주가 목구멍을 싸아하게 훑어 내려가자 다영이 몸을 떤다. 정준은 잔을 입가에 대다 만다.

"안됐구나. 기사 노릇도 피곤한데 술까지 마시지 못하니……"

정준은 어쩔 수 없지 않느냐는 표정을 지었다. 잠깐이었지만 다들 묵묵히 있었다.

"노래 하나 부를까?"

적막한 분위기가 싫어선지 정준이 노래를 부르자고 한다. 노래가 지금 이 자리에 걸맞나 하는 생각을 잠시 했지만 다영은 말없이 웃기만 한다. 노래를 부르자고 했던 정준이 역시 무엇을 생각하는지 뒤로 팔을 내밀어 짚고 하늘만 올려다보고 있다. 효범은 아득히 생각에 젖은 눈을 하고 있다. 언제부터라고 꼭 말할 수는 없지만 다영은 노래를 잊고 살아왔다. 돌아보면 그 험악한 시절에도 꺽꺽거리며 또한 곧추세우려는 결의가 뒤섞인 노래들이 있었다. 거리에서, 학교 주변의 술집에서, 공장가의 닭장집에서도 저항의 노래를 불렀던 젊음의 시절이 분명히 있었다. 그러나 아무도 선뜻 시작하지 못한다.

"노래는 나중에 노래방이나 가서 부르자."

다영이 어색하게 웃으며 말한다. 다영은 산아래를 굽어볼 수 있는 곳으로 간다. 서해 바다. 잔잔하면서도 끝없이 깊을 바다는 늘 답답해 보였다. 무한정 다가간다 해도 결코 따라잡을 수 없는 수평선. 가까이 갈수록 다시금 멀어지는 바다의 끄트머리와 스산한 햇살 아래 갈가리 부서지는 포말을 다영은 뚫어져라 바라본다. 효범이 걸어온다.

"바다는 알 수가 없어. 바다에 가까이 아니, 더 깊숙이 들어서지 않고선 바다의 움직임을 알 수 없나봐. 삶도 그럴까? 삶의 한가운데 들어 있지 않으면 삶을 이해할 수 없는 것일까. 「생의 한가운데」라는 소설 제목만 봐도 그렇지 않아?"

"글쎄. 하지만 그 작품들은 이미 그런 삶을 겪고 나서 쓴 글들이 잖아?"

"하긴. 인간이 삶 가운데 있을 때는 보지 못할 수도 있겠지. 저마다 삶의 파고가 다르겠지만 정점을 벗어나야 비로소 그것이 정점이었다는 것을 깨닫는 걸까?"

"그럴지도 모르지."

효범이 담배를 꺼내어 내민다.

"아니야. 내 꺼 필래."

라이터의 불꽃이 바람에 가물거리다 몇 번이나 꺼져버린다. 다영이 손으로 바람을 막고서야 겨우 불이 붙는다. 두 사람이 내뿜은 연기가 순식간에 공중으로 흩어진다. 정준이 종이컵을 든 채 걸어 온다.

"도라지향이 좋긴 좋은데 지겹지도 않아? 그 담배를 피기 시작 한 게 도대체 언제야?"

"맞아. 내가 늙은이마냥 이렇게 궁상을 떨어."

"알긴 아는구나."

다영은 정준에게 눈을 흘긴다.

"그래도 우리 나이가 예사르운 나이는 아니지."

효범의 말을 들으며 다영은 팔짱을 낀 채 황망히 흩어지는 연기 를 쳐다본다.

"벌써 오래 전 일인데, 효범이를 논산에 데려다 주고 온 날 생각 나?"

"음."

"너희들과 헤어지고 나서 서경이랑 '뒤뜰'로 갔더랬어. 뒤뜰, 한쪽 벽에 흔해빠진 고호의 해바라기가 걸려 있었지. 물론 복사한 것이겠지만. 그런데 그때 난 서경이 그림에서 꽃을 본 적이 없었다는 생각이 불현듯 들었어. 그래서 꽃도 한번 그려보라고 말했지. 서경이 뭐라고 한지 알아? '좋은 세상이 오면.'"

"망할 놈의 자식들. 갈아 마셔도 시원찮을 놈들."

다영은 어이없다는 표정을 지으며 피식 웃는다. 다른 때 같으면 정준을 쿡 쥐어박았겠지만 오늘은 그렇게까진 하고 싶지 않다. 효범은 다시 눈길을 바다로 돌린다.

"왜 그래? 요즘 들어 널 보면 아슬아슬해. 그렇게 속만 끓인다고 뭐가 잘돼? 술도 그만 마셔 좀."

정준이 얼굴을 잠시 찌푸린다. 다영이 정준의 속을 몰라서 하는 말은 아니다. 일찍이 학교 시절부터 그리고 지금까지 거의 비슷한 삶의 행로를 밟아온 다영과 정준이었다. 다영은 누구보다 정준을 잘 안다고 생각했다. 예를 들자면 정준은 오래 전부터 시를 썼다. 술버릇처럼. 정준이 쓴 시의 독자는 유일하게도 다영이뿐이었다. 오랫동안 같이 일을 했던 동료들도 정준이 시를 쓴다는 것은 아무도 몰랐다. 정준은 말씨도 고분고분했고 좀체로 화를 내는 성미도 아니었다. 그런 정준이 십여 년의 청춘을 바쳐왔던 노동운동을 여하간 정리를 하고 나서는 저런 모습이 있었나 할 만큼 종종 흐트러져 보였다. 여의도로 출근을 하고부터는 눈에 띄게 심해졌다. 그누구보다 정준의 변화를 민감하게 느끼던 다영으로선 이해하기 어려웠다.

"보좌관 중에 아는 친구도 많지? 자주 보겠구나."

효범이 슬그머니 말을 돌린다.

"그렇지도 않아. 방이 달라서 그런 것도 있고, 자주 보긴 힘들어."

우르르 바람이 몰려와 마른 풀 위에 내려앉은 잔잎들을 뒹굴리며 지나간다.

"벽화작업 할 거라더니 어떻게 잘 추진되고 있어? 벽도 그렇고 비용도 만만치 않을 텐데?"

"아직은 그렇지 뭐. 이제 시작인걸. 공부도 미진하고……"

정준은 머리를 끄덕인다. 어디선가 불쑥 나타난 돌개바람이 세 사람을 세차게 뒤헝클어 놓는다. 가을 바람치곤 몹시 차갑다. 빈속에 소주를 마신 다음이어선지 다영의 몸이 부르르 떨린다. 다영은 얼굴 위로 흩어져 달라붙은 머리카락을 뒤로 쓸어 넘기며 서경의 무덤 쪽으로 걸어간다. 지난 추석에 벌초를 해선지 무덤가는 대체로 깨끗한 편이다. 그만그만한 크기의 비석이 한눈에 들어온다. 김 또는 박 아무개의 묘로 이어진 가운데 서경이의 비석만이 유일하게 비문이 들어 있다.

인간을 사랑했다.
하지만 꽃을 그릴 수 없었던
서경, 여기 잠들다

이 글귀를 누군가 눈여겨본다면 서경이란 인물이 궁금해질 수밖에 없을 것이다. 다영이로 보자면 서경이 살다 간 시간과 생이 너무나 가까이 있었다. 즉 전체를 떠올리기보다 단편적인 추억들로 가득 차 있는 셈이었다. 도대체 서경이란 인간에게 무슨 일이 있었던 것일까. 그렇게도 생생했던 현실이 이토록 고요하고 마치 아무 일도 없었던 듯이 가라앉을 수 있는가를 생각하면 허망하다는 생각을 한다.

햇살을 가렸던 구름이 저만치 비켜난다. 다영은 서경의 무덤 옆에 기대어 앉는다. 한 인간, 아니 한 여자가 여기 누워 있다. 인간이 한 생을 살다 죽어가는 것은 지극히 당연한 것이라 한대도 서경이 이 남 모르는 곳에, 이렇게 잠들 것이라곤 상상이나 했던가. 죽음 앞에선 누구나 그러겠지. 그러나 하필이면 서경이어야 했는지.

그 여자는 서른하나의 나이에 이승의 모든 것과 작별을 고했다. 먼 가을 하늘에 떠밀려가는 조그만 구름덩이처럼 그렇게 밀려갔다. 다영은 그렇게 생각했다. 그 여자가 걷고 싶었던 삶의 의지와는 하등 상관없는 죽음이었기 때문에.

다영은 아침의 일을 떠올린다. 빈 디스켓을 찾느라 통을 뒤적이다 다시 그 디스켓과 마주쳤다. 그것을 뽑아내어 바라보다 다시 제자리에 꽂아 넣었다. 두어 장 복사를 해놓긴 했지만 사년째 그 짓을 되풀이하고 있는 자신이 한심스러워 포옥 한숨을 내쉬었다.

"그만 내려갈까?"

정준이 벗어놓았던 회갈색 잠바를 집어 든다. 다영이 일어서다 잠시 휘청거린다.

"빈속에 술을 마셔서 그런가봐."

"그러길래 몸관리 하라고 그랬잖아. 우리가 무슨 이십대인 줄 알아!"

정준이 다영의 팔을 잡으며 핀잔을 준다. 효범은 우두커니 서서 서경의 비석을 한 손으로 쓸고 있다. 마치 서경의 얼굴이라도 쓰다듬듯 검은 비석을 천천히 쓸어 내린다. 그 모습을 보자 애써 참았던 그 무엇이 다영의 목으로 울컥 치밀어 오른다. 정준 역시 까칠해져가는 마른 풀만 내려다보고 서 있다. 정준이 펼쳐놓았던 자리와 자잘한 쓰레기를 챙겨 든다. 먼 바다와 서경의 무덤에 번갈아 눈길을 던지며 세 사람은 아랫길로 내려선다.

작은형에게 물려받았다며 일년 전부터 끌고 다니던 정준의 차는 제법 깨끗한 편이었다. 차가 국도로 접어든다. 하늘은 맑다. 일년에 몇 번밖에 없다는 가을의 화창한 날씨가 며칠째 계속되고 있었다. 효범과 다영은 말없이 끄먹거리며 창밖만 바라본다. 도르 가장자리에 핀 들꽃 너머 단단히 익은 옥수수의 수염이 바람에 나부낀다. 마치 뒤쫓아와서 다시 그 자리에 서 있기나 한 듯 옥수숫대는 가도 가도 끝이 없다.

"옥수수가 왜 이렇게 많아?"

정준이 웃는지 입가가 실룩거린다.

"그게 옥수수야? 교양 없긴. 아가씨, 저건 수수라고 합니다. 위를 봐. 술이 없잖나."

그사이 차는 앞으로 달려나갔다.

"저기 서 있는 게 옥수수야."

효범이 옆자리에서 낮게 웃는다.

"잘났어. 옥수수나 수수나 그게 그거지. 뭘 그래."

다영은 뻔뻔한 척하며 되받아친다.

"농활 갔을 때 그 옥수수밭 생각나?"

다영이 옥수수밭 이야기를 꺼내자 두 사람의 낮게 웃는 소리가 들린다. 학생이었을 때다. 농촌활동 한답시고 가서는 늘 턱없이 잠이 부족했다. 점심을 먹고 논과 밭으로 흩어지던 길목에 수염이 흐드러진 황금빛 옥수수밭이 있었다. 한결같이 그곳에서 딱 십분만 늘어지게 자고 나오면 원이 없겠다는 소릴 하면서도 누구 한 사람 기어들어가는 이가 없었다.

"그런데 답답하지 않아? 차라리 산들이 크거나 아니면 시베리아 평원처럼 앞이 뻥 뚫렸기나 하든지."

다영은 해마다 서경이에게 다녀올 때면 심한 갈증이 일었다. 하지만 그것이 어떤 유의 갈증인지 알지 못했다. 다만 그런 느낌이 일 때마다 끝없이 가고 싶다는 생각을 했다. 다영은 앞으로 몸을 기울여 테이프를 고른다. 몇 개 안 되는 테이프임에도 '꽃다지', '노동가', 김지하의 담시를 담은 창 그리고 최신곡 하나뿐이다. 들을 거라곤 또 그것밖에 없다.

"여전하구나. 바꾼다더니. 테이프 좀 사면 어디 덧나? 들을 거라곤 허구헌 날 이것밖에 없어."

다영은 그러면서도 테이프를 끼워 넣는다. 요즘 유행하는 춤을 곧잘 춘다는 가수들의 곡이었다.

"이상해. 이 차를 타는 사람들은 한결같이 그것만 틀어."

정준의 말을 들으며 다영은 자기 역시 그런 부류의 한 사람으로 덤텡이 씌워지는 것 같아 속이 꼬인다. 아랫입술을 지그시 문다. 그것은 집에서도 마찬가지였다. 이전에 모아둔 운동가 테이프에 눈이 가면 한순간 가슴 한구석이 아릿했고 절로 한숨이 삐져 나왔다. 운동가에 묻혀 떠오르는 지난 일들이 잠깐 사이에도 주마등처럼 스쳤다. 떠올리고 싶지 않았다. 그 테이프들은 해마다 밀려나 어느새 서랍으로 들어가 버렸다. 그래도 자식을 생각한답시고 그나마 듣는 것이라곤 노래마을이 부르는 곡 정도였다. 그것 역시 순전히 딸을 위해서였다. 하지만 지담이 역시 처음엔 그 곡을 그다지 즐거워하지 않았다.

─엄마, 이 노래는 슬퍼.

딸아인 명랑한 리듬을 좋아했고 소위 랩이라든가 레게풍의 리듬을 들으면 저절로 팔과 엉덩이를 흔들어대었다. 춤을 추는 모양새도 이전의 것과는 전혀 다른 느낌을 주었다. 음악만이 아니었다. 드라마를 볼 때도 그랬다. 사랑하는 연인들이 불가항력인 상황에서 헤어지는 것으로 끝나면 딸아인 몸살을 하는 것이었다. 온갖 상상을 동원해서라도 두 연인이 앞으로 만날 수 있을 거라는 줄거리를 기어이 이어놓아야만 다영을 놓아주었다. 다섯 살에 불과한

그 아이가 이별이란 의미를 정말 이해하는 건지 때로는 의심스러웠
다.

그 날, 세 사람은 구파발을 지나면서 술을 한잔 하자는 데 동의
한다. 그리고 신촌 어느 술집에서 쓴물이 올라올 정도로 술을 마신
다. 결국 다영이 정준과 버럭버럭 소리를 지르며 싸우고 난 뒤 세
사람은 어둠 깊은 길가에 퍼질러 앉아버린다. 서른다섯, 똑같은
띠를 가진 세 친구는 오래 전부터 어둠에 익숙한 사람들처럼 그렇
게 앉아 있다. 밤거리의 네온이 현기증을 일으킬 만큼 뒤죽박죽
섞여 보이는 순간, 다영은 햇살 아래 우묵히 새겨져 있던 비문을
떠올린다.

......
꽃을 그릴 수 없었던
......

문득, 이제는 서경이 주고 간 글을 읽어도 괜찮을 거라는 생각을
한다. 하지만 효범과 정준은 그런 사실을 전혀 몰랐다.

2

바람이 잠시 멎는다. 베란다로 나 있는 네 면의 유리창과 집안에

달린 창이란 창이 쉴 틈도 없이 덜컹거리던 참이었다. 그럴 때마다 다영은 창이 많은 집을 찾아냈다고 기뻐했던 기억은 간 곳 없이 속으로 툴툴거렸다. '저 창들을 어떻게 하면 소리나지 않게 붙들어 맬 수 있을까.' 다영의 가족이 창이 많은 이 집으로 이사온 지 햇수로 사년이 되건만, 겨울만 닥치면 실행하지도 못할 고민에 끙끙거리곤 했다. 다시 날카로운 소리를 내며 창이 요동을 친다. 다영은 모니터를 바라보다 담배를 문다.

베란다가 있는 창앞으로 간다. 눈이라도 오려는지 하늘이 찌푸둥하다. 옆집에서 날아온 마른 잎들이 베란다 왼쪽 귀퉁이에 수북이 쌓여 있는 것이 보인다. 때로는 지저분해 보였지만 무슨 미련이 남았는지 가을이 다 가도록 다영은 쉽게 치우려 들지 않았다. 그 마른 잎은 봄 한때, 눈이 부시도록 화사하게 잎을 틔우던 목련나무의 것이다. 한여름 동안 수액을 먹으며 피어난 푸른 잎사귀들. 그러나 지금은 손으로 잡으면 파삭 부스러지고 말 것들이다. 다영이 거실로 돌아서자 새 달력이 눈에 들어온다.

사실 새해라고 해서 그다지 새로울 것도 없다. 다만 자연의 절기가 반복되는 어느 시점에서 인간이 슬기롭게 해가름을 시작한 것일 뿐이다. 그래도 일월이라는 숫자는 늘 싱그러워 보였다. 다영은 일월 중순께나 되어야 새것으로 바꾸던 묵은 달력을 부지런 떨며 지난 연말에 떼내 버렸다.

십년이다. 그것은 새해가 되면 이리저리 흔적 없이 사라져가는 해 지난 달력의 숫자. 의미로 그 깊이를 재기엔 너무나 깊었다. 구태여 따지자면 십년이 넘는 세월이었다.

그렇듯 다영은 자신도 모르게 무슨 일이든 1980년을 기준으로 해서 앞뒤를 구별하는 습관이 생겨버렸다. 이를테면 의식의 원년이 된 셈이다. 이따금 서점에서 '나의 유년기'란 제목이 눈에 들어

올 때마다 버릇처럼 중얼거렸다. '저이는 저 어린 나이에 벌써 삶의 충동질을 받았단 말인가?' 하긴 그럴 수도 있다. 인간은 저마다 삶의 내용이 다른 만큼 삶의 원년이 다를 수밖에 없을 것이다.

다영은 자신의 나이를 생각한다. 인간이 나이를 의식한다는 것은 이미 젊음의 때가 서서히 꼬리를 감추려 함을 자각하는 데서 비롯하는지도 모른다. 그럴 때면 희미한 웃음과 함께 어둡지도 그렇다고 찬란한 빛이 들지도 않았던 어릴 적 작은 방이 떠오른다.

유년의 방에서 다영은 가끔 수첩을 펼쳐 들고 종이 위에 두 줄을 길게 그었다. 두 줄 앞에는 14, 줄의 끝에는 60. 그 당시만 해도 인간의 수명을 육십이라 생각하던 시절이었다. 14는 자신의 수첩에 뭔가를 끄적이기 시작한 나이였다. 굳이 줄이 두 개였던 이유는 인간의 두 가지 삶의 가능성을 고려했기 때문이었다.

지금 생각하면 치졸하기 짝이 없다. 하지만 결혼을 할 때의 삶과 결혼을 하지 않았을 때의 삶의 양식은 막연하지만 분명히 다를 것이라 생각했던 모양이다. 윗줄은 자신이 커서 결혼을 했을 때의 삶, 아랫줄은 독신으로 살 때의 삶을 상상하는 레일인 셈이었다. 사춘기 시절인 까닭도 있었지만 그때는 그런 줄 알았다. 인간의 삶이 남녀라는 성의 결합으로써 구분된다고. 그래도 사춘기 소녀답게 아랫줄에 더 큰 의미를 두었다.

다영은 버릇처럼 책장을 쓰윽 훑는다. 아래쪽 두 번째 칸에 꽂힌 책에 잠시 눈이 머문다. 다영의 얼굴에 웃음이 번진다. 「채털리 부인의 사랑」.

그 책은 예전에 이모의 것이었다. 다영이 중학교 일학년 겨울방학 때였다. 아무 생각 없이 그 책을 뽑아 들었는데 이모는 댓바람에 책을 뺏어갔다.

—넌 아직 이 책 읽을 나이가 아니야.

그 날부터 다영은 호시탐탐 「채털리 부인의 사랑」을 노렸다. 어느 날, 이모가 집에 들어오지 못한다는 말을 듣는 순간 가슴이 콩닥콩닥 뛰었다. 다영은 하룻밤을 꼬박 새워 책을 읽었다. 책장을 한장 한장 넘길 때마다 기분이 참으로 묘했다. 배 아래쪽의 그 부분에 이상한 통증이 오는 것 같은 느낌을 받으며 처음으로 성이란 것을 생각하기 시작했다. 그 후 수음이란 것을 한번 하고 난 뒤의 기분이란 말할 수 없을 만큼 불쾌했다. 한편으로는 자신이 죄를 지었다는 느낌과 수치감에 다시는 그 짓을 하지 않았다. 그 후 다영은 결혼을 하지 않는 것만으로도 비범한 삶이 되리라 믿었다.

독신 줄 아래 실선을 그으며 스물이 되면, 서른이 되면 하는 식으로 성인이 된 자신을 상상하는 것에 야릇한 흥분을 느끼곤 했다. 그 날의 도표로 따져보면 다영은 이미 흔한 표현으로 반육십은 살아온 터였다. 그런데 어쩐 일일까. 어설프나마 어린 시절에 했듯이 남은 날들에 실선을 그어보려 해도 생각처럼 되질 않았다. 누군가의 시구처럼 삶의 무게를 알아버린 탓인지도 모른다.

이제 겨우 절반이 넘어갔다. 서경에게 다녀와서부터 시작한 번역이었다. 번역거리를 입맛에 맞는 것만 고를 수는 없지만 이번 것은 다영이 한사코 우겨서 시작한 것이었다. 출판사 사장은 장사가 되지 않으리라는 것을 뻔히 알면서도 받아주었다. 그러나 막상 번역을 시작하고 나서는 날마다 다영은 후회를 했다.

시몬느 베이유의 삶을, 아니 그의 철학적 사유를 번역한다는 것은 어려운 일이었다. 자신도 모르는 사이 창무늬를 뚫어져라 보고 있었고 가끔은 몸서리쳤고 때로는 막막해했다. 베이유의 글은 마치 사고를 분절시키는 칸막이 같았다. 자꾸만 자신을, 세월을 돌아보았다. 베이유의 삶은 젊음의 열정을 어느 곳이든 바쳐야만 했던 다영의 이십대 초반에 큰 자욱을 남겼다. 그러던 것이 지금에 와서 짧은 시간이긴 하지만 먹고사는 문제를 해결해주는 일거리가 되었다는 게 조금은 남부끄러운 일이긴 했다.

'어디 이놈의 나라에는 베이유나 로자 같은 여인들이 없는 줄 알아! 천만에, 눈을 부릅뜨고 찾아봐.' 지난달 망년회랍시고 몇몇 친구들이 모인 자리였다. 술기운이 오른 정준이 다영의 속을 다 안다는 듯이 뇌까렸다. 다영은 무안했고 한편으론 자신이 지향해 왔던 삶을 아무것도 아닌 양 치부해버리려는 정준이 야속하기도 했다. 따르르. 전화벨이 울린다. 어머니다.

"나다. 애는 어떻게 유치원 갔니?"

"네. 어머니는 감기 괜찮으세요?"

"거진 다 나았어. 날씨도 추운데 애를 집에 좀 데리고 있지 그래. 나 어제 김포 다녀와서 죽는 줄 알았다. 글쎄, 너 이제 다시는 이거고저거고 생각하지 말아라. 무슨 시윈지 모르겠는데 마스크를 쓰고 그냥, 그 추운데 길가에서 다들 우두커니 서 있는데……갑자기 심장이 뚝 멎는 것 같더라. 그 길로 집에 와서 여직 가슴이 쓰리다."

"예, 알았어요. 너무 신경쓰시지 마세요."

전홧줄이 돌돌 말려 꽈배기처럼 꼬여 있다. 한 손으로 돌려 풀며 어머니의 한숨 소리를 듣는다. 다영은 담배를 한 모금 깊이 빨아들인다. 어머니는 과거가 되어버린 일들에서 여전히 벗어나지 못했다. 어머니, 어쩝니까? 우리 그냥 이대로 아무 생각 하지 말고 살아요. 그렇게 말하고 싶다. 말은 목구멍에서 머물다 사라진다.

"밑반찬 해서 한번 가마."

딸깍. 수화기 놓는 소리가 들린다. 다영은 잠시 턱을 괴고 있다 일어선다. 아무 생각도 하고 싶지 않을 때는 늘 고무나무 잎을 닦았다. 먹다 남은 우유로 반지레하도록 잎을 문지른다. 어느 때부턴지 모른다. 어떤 이야기든 깊숙이 빠지지 않으려고 머리 속에 막연한 선을 그었다. 효과가 있는 건지 모르지만 여하튼 다영은 자신의 감정을 쉽게 드러내지 않았고 파르르 떠는 일도 줄어들었다.

완충시킬 수 있는 의지가 조금 더 개발되었다고 할 수 있는 것일까. 덕분에 가슴이 저려오는 통증을 여기까지만 하고 냉정하게 짜르는 방법도 터득했다. 어쩌면 참여자가 아닌 관찰자로서의 시각을 적당히 갖추어가고 있는지도 모를 일이다.

그런 의미에서 가톨릭의 냉담이란 말은 충실하지 못한 어정쩡한 인간에게 붙이는 말치고는 너무나 적절한 표현이라 생각했다. 다영은 자신의 의식에 묻어 있는 그 무엇들로부터 여하간 냉담하고 싶었다.

모니터 속에 깨알처럼 박혀 있던 글이 사라졌다. 다영이 이생각 저생각에 빠져 있는 동안 화면이 자동으로 꺼졌다. 화면에 나타난 흰 점은 은하수가 빠른 속도로 검은 우주 속을 흐르고 있는 것처럼 잠시도 쉬지 않고 반짝인다. 벌써 몇 번째 그 짓을 반복했다.

다영은 부엌으로 가서 물을 마신다. 창문을 연다. 몸이 오스스 떨린다. 옆집 마당, 꽃밭이었던 자리에 흰 눈이 소복이 쌓여 있다. 담배를 피워 문다. 찬바람을 따라 시원스레 빠져 나가는 연기를 무심히 바라보다 옆집 노인을 떠올린다.

늦가을까지 감을 따던 노인은 추워선지 좀체로 마당에 나오지 않는다. 옆집은 노부부가 단출하게 살기에는 큰 집이었다. 골목을 사이에 두고 연립주택이 옆옆이 붙어 있는 동네에서 그 집은 유일하게 큰 뜰이 있었다. 다영은 노부부의 옆집에 사는 것을 행운으로 여겼다. 봄이면 뜰에서 나무 냄새가 다영이네 집까지 흘러 들었고 목련꽃은 다영의 가족이 사는 이층방 앞에까지 와 닿았다.

사시사철 조용한 그 집에도 여름이면 밤늦게까지 도란거리는 말

소리가 창 너머로 들려왔다. 분가해 사는 자식과 손자들이 휴가철에 모여 한여름 밤을 즐기는 것이다. 일주일에 한 번꼴로 다당의 잔디를 깎던 우람한 노인은 책 속의 삽화처럼 보였다.

가끔 외출하는 노부부와 골목에서 마주칠 때가 있었다. 빙판진 언덕길을 조심스레 내려가는 부인을 남편은 한 발 아래 서서 손을 붙들어주곤 했다.

―부부가 같이 늙어서 저렇게 다정히 산다는 건 복이지, 복.

가게 앞에 서 있던 동네 아낙들이 부러운 눈길을 하며 주고받는 말을 여러 번 들었다. 다영 역시 보기가 좋아 창을 열면 으레 노부부를 눈으로 찾았다.

노인과 닮은 체격을 가진 개와 다영의 눈이 마주친다. 어슬렁거리며 창 쪽으로 걸어온다. '컹컹' 개가 짖는다. 다영은 개를 노려보다가 창문을 닫는다. 식탁 위에 있던 신문을 집어든다.

'날치기 국회, 정국 급랭'. 일면의 톱기사 제목이다. 기사에 나온 표현 그대로 문민시대의 첫 날치기. 문민시대란 말이 앞에 붙어 있건만 어제, 오늘 일인가 뭐. 심드렁하게 신문을 들여다본다.

"……야당 보좌진 백여 명이 의장을 둘러싸고……"

정준. 전날 자정의 의사당 안에서 일어난 일이니 정준이 역시 잠을 설치며 그곳에서 몸싸움을 하고 있었을 것이다. 망년회 이후 만나지 못했다. 다친 곳은 없는지…… 다영은 차를 한잔 타서 다시 책상 앞에 앉는다. 시계가 세 시를 가리키고 있다. 대문을 열어놓는다. 아침에 지담이가 유치원을 가면서 신신당부를 했다.

―엄마, 꼭 문 열어봐. 나는 키가 작아서 벨을 못 누르잖아. 안 그러면 나 운단 말이야.

―알았어. 오늘은 꼭 열어놓을께. 미안해. 어젠 엄마가 깜박 잊

었어.

―엄마는 맨날 잊어버려. 이그

아침의 일을 떠올리자 다영의 입가에 슬며시 웃음이 퍼진다. 딸아이를 생각하자 저도 모르게 마음이 훈훈해진다. 지담이가 태어나서 팔개월이 되었을 무렵이었다. 오월의 나른한 햇살을 맞으며 유모차를 밀고서 시장으로 내려가던 중이었다. 다영은 마냥 즐거워하는 지담을 흐뭇하게 바라보다가 하늘을 올려다보았다.

동시처럼 푸르른 하늘. 온갖 역사의 시름이 인간을 후벼놓았지만 하늘은 여전히 고요한데 자신이 생명을 낳아 그 자리에 서 있다는 것에 가슴이 저렸다. 그런 날은 아버지가 몹시 그리웠다.

저녁을 먹고 일찌감치 자리를 깐다. 오후내 베이유가 일리아드에서 인용한 갈가리 찢긴 인간의 이야기를 옮기며 온몸에서 힘이 빠져 나가는 것만 같았다. 왜 그랬을까. 힘들게 번역을 하는 동안 끊임없이 서경의 얼굴이 떠오르곤 했다.

지난가을, 산에서 내려와서부터 서경의 글을 읽겠다고 마음을 잡았지만 여전히 미적거리고 있었다. 남편과 딸이 곤히 잠드는 것을 보며 살그머니 옆방으로 나온다. 책상 위에는 대여섯 개 되는 사전이 아무렇게나 펼쳐져 겹치기로 포개어져 있다.

다영은 책을 책꽂이에 끼워 넣고 사전은 사전대로 다시 끼워 넣는다. 커튼도 한쪽으로 걷어 묶는다. 낮에는 창으로 드는 빛 때문에 모니터 화면이 반사되는 것을 막으려고 커튼을 풀어 헤쳐 놓았기 때문이다. 창밖은 어둡고 멀리 교회 종탑 위에 걸린 네온 십자가의 빨간 빛이 번들거린다.

디스켓통을 연다. 눈이 왼쪽 모퉁이에 머문다. 서경이 주고 간 디스켓이다. 오늘 오후 힘들었던 시간, 이것이 보고 싶었다. 다영은 디스켓을 꽂아 넣는다. 가슴이 떨린다. 알 수 없는 두려움이 가슴 한구석에서 조금씩 솟아오르기 시작한다.

　　삼년 전의 일이었다.
　　죽은 자들을 조심스럽게 에워싸고 있던 산은 죽은 자만큼이나
고요했다. 봉긋이 솟은 무덤 위로 따가운 햇살이 잔잔히 퍼지고
있었다. 이따금 불어오는 바람은 한더위에 성숙해져버린 두꺼운
나뭇잎들을 살랑살랑 흔들며 지나갔다.
　　무덤들은 산세를 따라 피라밋 층을 이루고 있었다. 무덤 사이마
다 꽂혀 있는 회색빛 화강암비석은 마치 고인의 문지기처럼 무겁고
둔중한 모습을 하고 있었다. 그곳에서도 큰 비석과 질 좋은 잔디는
여전히 고인과 이승에 남은 자손의 경제력을 당당히 과시하고 있었
다. 비석에 패인 흰 글씨는 그들이 남긴 씨앗들을 고스란히 담고
있었다.

　　다영은 조금 당황한다. 자신에게 남기는 글이거나 아니면 살아
생전에 못다 한 이야기일 거라고 짐작했는데 화면에 뜬 글은 전혀
그것이 아니다. 다영은 천천히 화면을 읽어 내려간다.

　　묘지 앞에는 햇볕에 말라빠진 철 지난 꽃들이 여기저기 흩어져
있었다. 더러는 물방울을 머금은 싱싱한 꽃들이 놓여 있어 방문객
이 다녀간 지 오래 되지 않았음을 알 수 있었다.
　　이마에 흐르는 땀방울을 손으로 씻었다. 산 중턱을 중간 지점으
로 해서 벌써 몇 바퀴를 돌았다. 그러나 무덤찾기는 만만치 않았
다. 아버지의 묘를 덮은 떼를 다질 때만 해도 붉은 흙이 군데군데
파헤쳐져 있었는데…… 맨살처럼 붉었던 흙들이 애초부터 없었던
것처럼 산은 초록 잔디로 덮인 무덤으로 가득 채워져 있었다.
　　아버지는 나무 그늘 아래 누워 있었다. 무덤가를 우묵히 뒤덮은

잡초와 덤불들을 피가 맺히는 줄도 모르고 맨손으로 뜯어내었다. 그리고 비석 옆에 앉았다. 비석 옆에 심었던 철쭉이 누우렇게 말라 있었다. 건너편 산에서 바스락거리는 소리에 이어 뻐꾹새 울음이 메아리치며 들려왔다. 새소리를 따라 먼 하늘을 바라보았다.

아버지의 무덤은 지나간 세월을 말해주듯 봉분이 내려앉아 있었다. 아버지의 등을 바라보며 처음으로 큰 숨을 내쉬었다. 단숨에 아버지의 묘를 찾아내지 못한 것에 대한 죄송함을 느끼며 이제는 얼굴조차 아른거리는 아버지를 애써 기억했다.

아버지는 말문을 닫은 마지막 순간까지 딸을 보고 싶어했다. 어머니가 그렇게 이야기했다. 학생과로부터 비보를 전해 받고 난 허겁지겁 집으로 달려갔다. 내가 무릎을 꿇고 아버지의 손을 잡자마자 아버지는 맑은 웃음을 지으시며 곧바로 눈을 감으셨다. 그리고 두 해 뒤에 나는 감옥에 들어가게 되었다. 그곳에서 웃고 있는 아버지의 꿈을 수도 없이 꾸었다.

고등학교를 막 입학하고 나서였다. 아버지는 「분노의 포도」를 꼭 읽어보라고 권했지만 그때는 첫 페이지조차 다 읽지 못했다. 뭔가 애틋하고 분위기 있는 글을 기대했던 것과는 달리 길고 지리한 촌락에 대한 묘사가 재미없는 소설처럼 보여 지레 던져버렸던 것이다. 아니 그 무렵 난 뎃생을 하느라 책 읽을 시간도 없었다.

감옥에서 맞이한 첫 가을이었다. 막막히 정지된 삶의 어느 순간에 「분노의 포도」를 떠올렸다. 교무과 직원이 교도소의 도서실에서 그 책을 빌려다 주었다.

하룻밤을 꼬박 새워 읽으며 새삼 아버지의 추억에 사로잡혔다. 그러했던가!

1930년대의 미국 공황으로 궁핍해진 어느 일가가 유민이 된 이야기였다. 그야말로 분노하며 딸 수밖에 없었던 포도따기와 착취와 유린을 일삼는 자를 살인할 수밖에 없었던 그들의 삶에 아버지는 무엇을 느꼈을까? 왜 어린 날의 내게 그 책을 권했던가를 생각하며 아버지의 살아 생전의 삶을 돌이켜보았다.

내가 그림에 흥미를 가지게 된 것은 어쩌면 아버지의 직업 때문인지 모른다. 이따금 방바닥에는 아버지가 디자인을 한 가구 그림들이 놓여 있곤 했다. 검은 연필로 쓱쓱 아무렇게나 그린 것이었는데도 내게는 아주 훌륭한 그림처럼 보였다. 난 배를 깔고 누워 아버지의 디자인을 흉내내었다. 어떤 때는 아버지보다 더 잘 그렸다며 칭찬을 받았다. 그럴 때면 아버지는 흐뭇한 눈길로 날 바라보시기도 했다.

공장이 쉬는 날이면 아버지는 나를 데리고 헌 책방 골목을 기웃거렸다. 고서 수집을 좋아하던 아버지가 책방 안으로 들어가면 글자도 채 깨우치지 못한 나는 가게 앞에 놓여 있던 일본 잡지책이나 만화에 실린 그림을 한참씩 들여다보며 앉아 있었다. 일이 끝나면 포장마차에서 아버지와 나란히 앉아 가락국수를 먹었다.

내가 개가식이었던 학교도서관을 좋아했던 이유는 그런 향수에서 비롯했는지도 모른다. 고서에서 풍겨 나오는 큼큼한 곰팡내를 맡으면 저절로 눈이 감겼고 포장마차를 보면 가락국수를 먹던 어릴 적 그 자리가 생각나곤 했다.

영세한 공업에서는 어쩔 수 없었던 시절이었다. 명절이 다가오면 밀린 월급과 여비를 마련해 주느라 번번이 자재에서부터 세간살이까지 팔아버려서 중학교를 졸업할 때까지 우리 식구에게 명절 아침은 곤혹스런 날이었다. 설령 아버지가 감상적 휴머니스트였다 하더라도 상관이 없었다. 나는 감방 안에서 새롭게 아버지를 만났고 그 감동으로 오래 벅차했었다.

어디서 날아왔는지 무덤 위에서 벌이 날고 있었다. 가져간 꽃의 향기가 어느새 벌을 불러들였다. 앞으로 뒤로 그저 적막강산이었던 곳에 윙윙거리는 벌 소리는 반갑기 그지없었다. '그래, 너라도 아

버지의 벗이 되어주려무나.'

　차디찬 흙 속에 영원히 홀로 누워 있어야 할 아버지의 시신이 안타까웠다. 다시 아버지를 남겨두고 떠날 수밖에 없었다. 숱한 세월 동안 켜켜이 쌓여 푸석거리는 나뭇잎들을 밟으며 나는 떨어지지 않는 발길을 돌려 산비탈을 내려왔다.

　죽음의 그림자가 서서히 내 곁에 머물려 하는 순간, 삼년 전 아버지에게 다녀왔던 그 길을 떠올리는 것은 내가 곧 아버지의 곁으로 돌아갈 시간이 얼마 남지 않은 때문일 것이다. 두려워하지 않을 거라고 거듭 다짐을 하지만 내게 다가올 그 시간이 너무나 두렵다.

　오늘은 하루 종일 짙은 구름이 하늘을 뒤덮고 있다. 비가 한바탕 쏟아지려는 예고인 듯싶다. 아니, 어쩌면 난 그토록 주체할 수 없는 폭우를 기다리고 있는지도 모른다. 김이 서린 창에 머리를 기대어본다. 차갑다. 내 마음만큼이나 창은 차가워지려 한다. 하얀 물방울이 하나, 둘 창으로 와 닿는다.

　삶, 그것은 하루아침에 겪는 소용돌이에 불과한 걸까? 마치 어제의 일처럼 그 날의 무리진 시간들이 드문드문 삽화를 그리듯 떠오른다. 한편으론 들쑥날쑥 흐트러져 있던 기억들이 음영처럼 자리잡고 있었음을 깨닫는다. 한숨이 입가로 흘러나온다. 그것은 뜨겁게 달아오른 무쇠 솥뚜껑 옆으로 새나오는 수증기보다 더 뜨겁고 깊다. 난 그걸 느낀다.

'느낀다.'에서 다영은 더 이상 읽어나가지 못한다. 창의 동그란 무늬에 패인 어둠은 자꾸만 깊어가고 끊임없이 웅웅거리는 단말기의 기계음이 머리 속을 후벼판다. 도대체 무엇이 서경의 삶을 파고들어갔더란 말인가.

오래 전 다영과 서경은 앞서거니 뒤서거니 다른 장소에서 출감을 했다. 집으로 돌아온 뒤, 둘은 부둥켜안고 지난날 못다 한 이야기를 채워가며 긴긴 하루를 보냈다.

하지만 그 후 웬일인지 서경은 두문불출했고 뒤늦게 제대를 하고 온 효범과도 만나려 하지 않았다. 두 사람은 일찍이 열애하는 사이였다. 효범은 당황한 나머지 이유도 모른 채 가슴을 앓았다. 다영 역시 날마다 짙어져가는 서경의 어둠이 왜, 어디서부터 시작한 것인지 몰랐다.

노동자 대투쟁이 격렬하게 이어지던 여름이었다. 모처럼 서경이와 함께 학교로 들어갔다. 노천광장에서 노동자 집회가 있던 날이었다. 둘은 노천광장의 끄트머리에 자리를 잡고 앉았다.

하얀 치마저고리를 입은 여인의 춤이 절정으로 치닫고 있었다. 그 여자의 맨발은 맨땅 언저리를 밟고 있었다. 춤사위는 격렬했다. 고문받는 자의 고통을 너무도 실감나게 드러내었다. 드넓은 노천광장에 숨소리 하나 들리지 않았다. 다영 역시 그 춤을 힘겹게 보았다. 고개 숙인 서경이 발 아래 짓눌린 풀포기를 쥐어뜯었다. 서경의 눈물이 땅바닥에 떨어져 스며드는 걸 바라보다 다영은 얼른 고개를 돌렸다.

다시 한 해가 시작될 무렵 다영은 서울을 떠났다. 다영이라고 해서 삶이 쉬운 것만은 아니었다. 작업장에서 하는 고된 일보다 이따금 혼자 있는 시간이 힘들 때가 많았다. 남의 주민증록증을 가라로 만들어서 취직한 만큼 다영은 남의 이름으로 그 세월을 살았다. 그리고 이따금 밤은 지독했다.

생의 실마리조차 찾을 수 없는 아버지를 떠올릴 때면 다영은 견딜 수 없었다. 허허로움이 작은 도시의 구석구석마다 도사리고 있었고 이해할 수 없는 외로움이 덧쌓였다. 그럴 때면 한밤중에 공중

전화로 달려가 서경에게 전화를 걸곤 했다. 하지만 서경의 목소리는 늘 어두웠다.

　가끔은 답답했다. 그냥 오로지 툴툴 털고 일어났으면 싶었다. 그러나 섬세한 인간은 계산에 어두운 법이다. 정확한 무엇, 분명한 느낌 그런 것이 짚이지 않을 때는 단 한 발자욱도 움직이지 못하고 안으로만 파고드는 것이다. 다영은 서경의 방황을 그런 정도로만 생각했다.

　안방 문이 딸각 열리는 소리가 들린다.

　"아직도 일해?"

　남편이다. 다영은 컴퓨터를 서둘러 끈다. 굳이 숨길 이유는 없지만 아직은 보이고 싶지 않다. 다영은 불을 끄고 안방으로 들어가 눕는다. 남편이 다영을 안고 싶어했지만 피곤하다며 거부한다. 그럴 마음이 아니었다. 마치 서경이가 옆방에 누워 있는 것 같은데 모른 체하며 그 짓을 할 수는 없다는 생각이 들었기 때문이다. 다영은 어두운 방에서 모로 누워 눈을 뜨고 있다.

3

　솜털 같은 하얀 눈꽃이 거침없이 세상으로 내달려 오고 있다. 바쁘게 걷고 있는 사람들의 얼굴이 화사해 보인다. 어둠이 몰려오는 길가 신호등에 파란 불이 켜진다. 이쪽저쪽 신호등 아래 서 있던 거리의 사람들이 횡단보도를 건넌다.

도로의 양옆에 즐비하게 늘어선 상점들이 하나, 둘 네온을 밝히기 시작한다. 뒷골목 후미진 곳까지 들어찬 술집들이 퇴근하는 샐러리맨들을 맞이할 채비를 서두르고 있다.

한 가지 일을 끝냈기 때문인지 거리의 풍경도 가벼워 보인다. 다영은 베이유의 「그리스의 샘」을 어제 끝냈다.

횡단보도를 막 건넌 다음 다영은 습관처럼 뒤를 돌아본다. 다영이 이 거리에 들어서면 자신도 모르게 두리번거리며 찾는 곳이 있었다. 상호명은 바뀌었지만 지하로 들어가는 입구가 돔식인 까페는 여전히 그 장소에 있었다.

조잡하게 세워진 돔을 바라보다 다영은 머리를 좌우로 돌린다. 목이 부드럽게 돌아간다. 수영을 한 것이 도움은 된 모양이다. 불쑥 웃음이 나온다.

다영은 늘 의자에 앉아서 해야만 하는 직업 때문에 운동이 부족하다고 느꼈다. 주위 사람들의 권유도 있고 해서 수영을 배우기로 마음을 먹었다. 이제 일주일째다. 수영강사는 서른이 갓 넘었거나 그 어름인 것처럼 보였다. 스무 명 정도의 여자들 앞에 선 수영강사는 몸이 탄탄해 보였다.

하지만 강사의 아랫도리에 신경이 쓰였다. 되도록 강사의 얼굴만 바라보려 했지만 유난히 불거져 나온 강사의 그곳에 자꾸 눈길이 가려는 걸 억지로 참았다. 무심코 눈이 갈 때도 있었다. 안 본 척하려 해도 왠지 아래쪽이 자꾸만 시선을 끌어당기는 것 같아 가끔은 기분이 복잡했다.

오늘 오전에도 그랬다. 아래가 꽉 끼는 강사의 수영팬티를 보며 속으로 웃었다. 까페의 돔, 강사의 팬티라…… 첫날, 고등학교 이후 처음으로 입은 수영복이 왜 그리 어색한지. 사람들이 자신만 쳐다보는 것 같아 눈길을 어디 두어야 할지 몰라 허둥거렸다. 어색하기 이를 데가 없었다. 그러다 물 속으로 들어가는 게 맘 편할 것 같아 얼른 물 안으로 들어갔다. 하필이면 그 순간에 그 기억이 났는지.

고문. 누군가 그랬지. '고문은 저항할 수 없는 상황에서 한 인간의 인간됨을 완전히 파괴하는 것'이라고. 기억조차 하기 싫어서 다영은 머리를 흔들어버렸다. 언제쯤 이런 기억에서 벗어날 수 있을까. 시간이 흐르면 생채기는 아물게 되고 처음에 받았던 충격 역시 서서히 시간에 떠밀려 둔중해져가기 마련이다.

풀장에 몸을 담그던 첫날 떠오른 기억이 물고문이라니, 한심할 노릇이었다. 그 날, 다영은 온몸에서 기운이 스르르 빠져 나가는 듯했다. 수영장에서, 아니 모든 일상에서 지난 흔적들을 여전히 벗겨내지 못하고 있음을 새삼 깨달았다. 고통은 아직도 끝나지 않았다. 목숨이 붙어 있는 한 결코 잊을 수도, 잊어서도 안 되는 이유가 도처에 끓어넘치고 있는데…… 다영은 다시 머리를 도리질쳤다. 그런 기억들에서 벗어나고 싶었다. 정말이지 되돌아가고 싶지 않은 세월이기도 했다. 누군가 그랬다.

— '용서하라. 그러나 결코 잊지는 말라.'

무엇을? 다영은 건너편 까페를 다시 힐끗 쳐다본다. 그곳은 오래 전에 잠복해 있던 형사에게 다영이 잡혔던 곳이다. 마치 까페와 눈싸움을 일방적으로 끝낸 듯 잰 걸음으로 제화점 옆골목으로 들어간다. 다영은 종로에서는 큰길을 두고도 언제나 골목으로만 다녔다. 오랜 습관에서 온 것이었다.

출판사는 이층에 있다. 문을 열고 들어서자 따뜻한 기운이 훅 끼쳐온다. 중앙에 놓인 분무식 석유난로 안에 빨간 불이 사르르 타오르고 큰 주전자가 흰 김을 거세게 뿜어내고 있다. 다영이 인사를 하며 난로가에 서서 손과 얼굴을 부빈다.

"추우시죠?"

경리인 미스 오가 인사를 한다. 몇몇의 낯익은 편집부원과도 인사를 나눈다.

"편집부장님 계세요?"

"예."

미스 오가 사장실로 가서 다영이 왔음을 알린다.

"들어가세요."

"고마워요."

이 출판사에서 다영은 세 권을 번역했다. 자신의 이름으로 나온 것은 열 권 남짓하지만 여기저기 다른 출판사에서 나온 것까지 합하면 약 스무 권은 되었다. 게다가 처음 번역을 시작했을 때는 일거리가 많이 없어서 건강, 상식 같은 책을 리라이팅한 것도 많았다. 어떤 것은 남들에게 번역한다는 말을 할 수도 없을 만큼 너저분한 책도 있었다. 어쩌다 들어오는 추리소설 같은 것은 번역을 하면서도 구역질이 올라올 정도였다.

'……생에 의욕이라곤 털끝만치도 없던 중년의 사내가 어느 날 갑자기 변신을 시도했다…… 머릿기름을 바르고 굽이 높은 하얀 구두를 신고…… 그러던 그가 지하실에 죽어 있었다…… 가슴에 꽂힌 칼을 아내는 눈물로 쓰다듬고……' 그 무렵 돈만 아니라면 집어 던지고 싶었던 때도 있었다.

사장실은 은근히 고상한 분위기를 연출하고 있다. 한쪽 모서리엔 격자무늬의 등이, 맞은편 벽엔 이름 모를 화가의 스케치가 소담하게 걸려 있다. 그림 아래쪽에 골프채. 사장실에는 편집부장과 낯선 얼굴이 있다.

"오랜만입니다. 이쪽으로……"

사장은 손으로 앉으라는 표시를 한다. 다영도 가볍게 인사를 한다.

"참, 서로들 모르시나? 이분은 번역일 하시는 한다영 씨."

미리 앉아 있던 그 사람은 최근 베스트셀러 순위 안에 들어갔다는 작가다. 낯선 인물이 작가라는 말을 들으며 다영은 잠시 머뭇거린다. 번역도 나름이겠지만 처음 다영이 번역이라고 시작했을 때는 창작자라는 사람들 앞에만 가면 주눅이 들었다. 번역도 마냥 쉬운 일은 아닌데 다영이 스스로 격하시키는 것인지도 몰랐다. 어쨌건 현실적으로 매당 원고료부터 다르니 그렇게 느끼는 것이 당연한 것이리라.

이즈음 출판사는 번역도 명망이 필요한지 웬만한 책은 교수 이름으로 내고 싶어했다. 하다 못해 그 흔한 강사도 아닌 다영으로서는 한 수 접고 들어갈 때도 더러 있었다. 더구나 베스트셀러 작가라는데야…… 다영이 가방에서 담배를 꺼내 물려고 할 즈음 이야기가 끝난 모양이다.

"그럼 그곳에 다녀와서 연락드리죠. 얘기 나누세요."

소설가가 인사를 하며 일어섰다. 사장과 편집부장이 뒤따라 나갔다가 다시 들어온다.

"오랜만입니다."

사장이 너스레를 떤다. 다영은 얼굴이 더 좋아지셨다는 둥 응수하며 디스켓을 편집부장에게 넘겨준다.

"수고하셨어요. 그런데 혹시 아는 분 중에 그림 그리시는 분 있어요?"

"그림? 왜요? 친구가 있긴 있는데……"

효범을 떠올린다. 미스 오가 차를 가지고 온다.

"고마워요."

"우리가 그쪽으로 기획을 한 것이 있는데. 어떤 분이세요?"

다영은 효범을 어떻게 설명해야 할지 몰라 잠시 망설인다.

"실은 화가들의 어린 시절에 그린 그림을 모아서 엮어보고 싶은데 어떨지 자문도 구하고 싶고 해서……"

어린 시절이라는 것이, 어느 시기까지인지는 모르겠지만 효범에게 그런 것이 남아 있을까 싶다.

"네에. 그건 저두 잘 모르겠어요. 물어볼께요."

사장은 그동안 제대로 대접을 못했다며 저녁을 함께 하자고 한다. 지담이는 남편이 봐주기로 해서 시간이 없는 것은 아니지만 다영은 정중히 사양한다. 아직도 그런 마음이 남아 있었던 건지 사장의 골프채를 보는 순간부터 빨리 나가고 싶다는 충동이 있었다. 다영은 원고료 일부를 받아 들고 출판사를 나온다.

거친 눈발이 불빛 속으로 쏟아져 내린다. 더러는 눈으로 들어왔고 금세 어깨 위가 눅눅해진다. 콧등에 내려앉은 눈을 닦아내자 머리가 맑아져온다.

버스 안은 입구까지 기어 터진다. 다영은 남모르는 사람의 등에 붙어 숨을 내뿜자니 곤혹스럽다. 공기가 탁하다고 여겼던지 다영이 앞에 앉았던 이가 창을 조금 연다. 찬바람이 뜨거운 볼에 차갑게 와 닿는다. 다영은 바람을 들이켠다.

서경이가 늘 그랬다. 감옥에서 나온 뒤 버스만 타면 답답하다고 한겨울에도 버스를 타던 꼭 창문을 열 수 있는 곳만 찾아서 앉았다. 차갑다고 느꼈는지 옆사람이 다시 창을 닫는다. 매서운 겨울을 이겨나려고 저마다 무장한 두터운 옷 때문에 목 하나 돌릴 수 없다. 다영은 헉헉거리며 창밖을 본다. 거리는 어둠과 불빛, 그사이 하얀 눈이 쌓이고 있다. 마치 검푸른 바다 속을 물결에 따라 일렁이듯 사람들이 눈을 뒤집어쓴 채 걸어가고 있다.

시청에서 서대문 쪽으로 들어선 버스는 움직일 줄 모른다. 평소에도 퇴근 무렵이면 정체되곤 하는 서대문로가 지하철 공사를 하고부터는 더욱 심해졌다. 손잡이를 겨우 붙들고 섰던 이들이 피곤과 기다림에 지쳐 무릎이 꺾일 만하면 일보 또 일보. 다영은 숨이 가쁘고 머리가 터질 것만 같다. 앞사람 옆사람을 밀치고 연신 미안하다고 고개를 주억거리며 다영은 운전사 앞으로 빠져 나온다.

"아저씨, 좀 내려주세요."

운전사는 거울 속으로 소리나는 쪽을 힐끗 바라본다. 문이 열린다. 다영이 내리자 두어 사람이 따라 내린다. 땅에 닿자마자 녹아버린 눈에 보도가 질척하니 젖었다. 다영은 찬 공기를 시원하게 들이켜고 나서 서둘러 스카프를 머리에 쓴다.

눈은 쉽게 그칠 것 같지 않다. 효범의 사무실은 한 정거장을 더 가야 한다. 미리 전화를 할 걸 그랬나 하는 염려가 앞서긴 했지만 다영은 눈을 맞으며 걷는다. 출판사 사장이 그림 건을 꺼낼 때부터 효범이 보고 싶었다. 마침 효범의 사무실로 가는 버스를 보자 불쑥 올라타 버렸던 것이다.

짙은 어둠과 차가운 눈길 속에서도 거리의 플라타너스는 도심의 불빛을 받으며 맨몸을 드러내고 있다. 모름지기 그것은 나무의 운명이다. 딸아이가 흥얼거리던 노래가 무심히 입 안에서 돈다.

나무야 나무야 서서 자는 나무야
나무야 나무야 다리 아프지
나무야 나무야 누워서 자거라

딸아이가 나뭇잎이 다 떨어져 나간 나무를 보며 그랬다.
―엄마, 나무 춥겠다.

또 언젠가 다영이 무심코 흘린 말이었다.

—우린 언제 집을 사니?

지담이는 눈을 동그랗게 떴다.

—엄마, 집이 얼마나 무거운데 어떻게 집을 사?

찬바람에 떠는 나무를 걱정하고 무거운 집을 어떻게 사는 건지 아이들의 순진한 머리로는 도저히 이해될 것 같지 않은 세상. 하지만 오로지 서서 자야만 하는 운명을 이해하지 못하는 아이들처럼 두 다리 뻗고 네활개치며 잠드는 것이 용납되지 않던 시대가 있었다. 그때는 보랏빛 순정도 사랑도 모든 것이 미래의 그 날이란 이름으로 유예가 되던 때이기도 했다.

빌딩 옆을 돌아 꼬불거리는 골목길로 들어서자 별안간 골목바람이 확 불어온다. 다영은 코트 깃을 있는 대로 끌어올린다. 효범의 사무실이 있는 건물 앞까지 왔다. 이층 창에 불이 보인다. 만약 불을 밝힌 이가 효범이라면 벌써 저녁을 먹을 위인이 아니다. 다영은 간식거리가 될 만한 것을 사려고 아래층의 가게로 간다.

또 그놈의 개다. 다영은 개를 바라보다 눈길을 떨군다. 효범의 사무실에 올 적마다 개는 쇠줄을 목에 걸고 있었다. 개는 목에 걸린 쇠줄이 팽팽해져서 더 이상 앞으로 나갈 수 없는 자리에 앉아 있었다. 엄동설한에 개를 바깥에 둔 주인도 그렇지만 줄을 끊으면 금방이라도 튕겨나갈 것만 같이 하고 있는 개의 형색이 안쓰러워 보기가 싫었다. 다영은 반쯤 열었던 가게문을 닫고 돌아선다.

오래 전 일이었다. 서경이 다시 수배자가 되고 나서 두어 달 만에 전화를 한 적이 있었다. 어린이 대공원 앞에서 만나기로 했다. 다영이 대공원 어귀에서 두리번거리고 있을 무렵 저쪽에서 누군가 손을 흔들었다. 처음엔 알아보지 못했다.

—아니, 진짜 서경이야?

서경은 후후 웃었다. 머리는 긴 퍼머를 해서 늘어뜨리고 귀를 뚫어 방울만한 귀걸이를 달랑거리고 있었다. 다영이조차 몰라볼 만큼 달라져 있었다.

—얼마 전 코앞에서 담당형사와 마주쳤어. 불안해서 완전한 변신을 생각했지. 어때 괜찮아?

—정말 감쪽같이 모르겠어. 그 정도면 성공적인 작품인걸. 멋있어.

서경의 손을 잡고 대공원 안으로 들어갔다. 잔디 위에는 뒤늦게 찾아온 꽃샘추위에 진달래며 벚꽃이 무더기로 떨어져 있었다.

—그때 우리가 무덤에서 나온 뒤에 동생이랑 여기 함께 온 적이 있어.

서경은 감옥을 늘 무덤이라고 불렀다.

—그래? 다 큰 아이였었나?

다영은 서경을 놀리며 하늘을 보고 웃었다.

—여기저기 짝을 이룬 일행들과 어린아이와 함께 온 가족들이 한가롭게 걷고 있었어. 우리는 한껏 햇살을 즐기며 동물원 쪽으로 갔더랬어. 그런데 하필이면 불곰이 있는 데로. 불곰은 다른 동물들과는 다르게 이중차단을 당하고 있었어. 사나운 짐승이라서 그랬겠지. 그런데 불곰의 방은 하늘 쪽으로도 이중창살로 막혀 있었어. 처음엔 나도 무심코 쳐다보았는데 불곰이 그 두터운 두 손으로 큰 소리를 지르며 창살을 꽉 잡는 순간 가슴이 찢어질 것 같았어. 하도 답답해서 돌아서 버렸지. 그리고는 쭈그리고 앉아 울어버렸어.

다영은 발끝으로 흙을 파며 이야기를 들었다. 다영 역시 그런 느낌을 받을 때가 종종 있었다. 갑갑증이 언제, 어디서나 덮쳐왔다. 먼 훗날이 되어버린 지금도 서경의 말이 생각나서 지담이를 데리고 공원에 가도 동물원 쪽에는 정말이지 가고 싶지 않았다.

가게집의 개는 늘 그렇게 통증을 불러일으켰다.

　스카프를 풀어 눈을 털어내며 계단으로 올라간다. 문을 두드린다. '네.' 효범의 목소리가 밝게 들린다. 다영은 문을 열고 장난스럽게 머리만 집어넣는다.

　"어, 웬일이야! 전화도 않고?"

　"난 오고 싶지 않았는데 발이 이쪽으로 걸어오더라구."

　효범은 싱긋 웃는다.

　"다들 어디 가고 혼자만 있어?"

　"바쁜 사람들이니까."

　"대단해. 돈 좀 벌어야겠다더니 진짜로 벌 모양이네."

　검은 소파에 가방을 내려놓고 다영은 난로 옆으로 가서 손을 부빈다. 효범이 보리차를 한잔 따라 준다. 다영은 보리차를 후후 불며 주변을 둘러본다. 그림쟁이들이 모여 있는 사무실이라 그런지 별스럽지 않은 것도 뭔가 있는 듯했다. 책꽂이엔 두터운 화집들이 군데군데 끼여 있고 미술서적들이 많다. 벽에는 효범이 이전에 그렸던 걸개그림이 한 점 걸렸다. 그리고 맞은편 벽의 한 귀퉁이에 여배우의 얼굴을 그려놓았다. 번번이 보면서 누가 그렸을까 궁금했다.

　"저건 누가 그린 거야?"

　효범이 어색하게 웃는다.

　"있어. 그런 선수."

　"걸개그림과 여배우라……재밌네. 누드도 한 점 달아놓지 그러셔."

　"모델 할 거야? 그러면 생각해볼 수도 있어."

　"엉큼하긴."

　참 오래 살다 볼 일이다. 웬일인지 효범이 좀체 하지 않던 농담

을 한다. 바람이 세차게 몰려와 창을 때린다. 효범이 담배를 내민
다. 살이 빠져서 그런지 남달리 투박했던 손이 앙상하게 느껴진다.
가늘어진 효범의 손을 보자 다영은 가슴께가 뻐근해온다. 다영은
잠시 아프게 느꼈던 생각을 털어버리기나 하려는 듯 창가로 간다.
창을 조금 연다. 틈으로 비집고 들어온 바람이 시원하다. 다영은
여배우와 마주보고 있는 걸개그림을 보며 묻는다.

"근데 늘 궁금한 게 있었어. 저 걸개그림 말이야, 본래 우리나라
에 있던 형식이야?"

효범은 웬 뚱딴지 같은 질문을 하느냐는 표정이다.

"내가 뭘 아니. 걸개그림이라니까 그런가보다 생각했지. 언제
그런 것 물어볼 시간이나 있었어."

"하긴. 걸개그림이라, 그건 오래 전부터 우리나라에도 있었고
외국에도 있었지. 서양에서는 주로 성당에서 많이 사용했는데 왜
성당 배경으로 놓인 제단화 같은 것 있잖아. 예수의 상이나 성모상
같은 것. 하긴 히틀러 때가 걸개그림을 제일 많이 사용했다잖아."

"그래? 몰랐어."

"그런데 서양에서는 걸개그림이 독자적인 미술매체로서 전개하
진 않았어. 우리나라에서는 걸개그림이 주로 불교에서 많이 쓰였
지. 이를테면 불교의 내용이 들어 있는 두루마리 그림이나 벽걸이
그림 같은 것인데 불교행사에 따라 이리저리 옮겨지면서 사용되었
다고 해. 한마디로 기동성을 갖는 그림이라 할 수 있지."

다영은 고개를 끄덕이며 한켠으로는 서경이가 남긴 글이 있다는
것을 말해야 할지 어떨지를 속으로 잰다. 하지만 선뜻 다영이 그
이야기를 끄집어내기가 어렵다. 굳지 않은 상처를 설불리 건드려
서 무얼 하겠는가 하는 생각에 주저한다.

"우리에게서 걸개그림은 거의 변혁이란 상황과 결부된 것이라고

볼 수 있어. 너두 알겠지만 지난날 변혁을 요구하는 과정에서 가장 두드러진 게 집단성이라 할 수 있잖아. 미술 쪽으로 보자면 집단창작인데 그런 결과물로서 만들어진 시각매체라고 할 수 있어. 말하자면 전통양식에서 차용된 것이라 보면 돼."

"언젠가 서경이가 그랬어. 걸개그림은 기동성, 유격성을 지닌다나 뭐라고 했는데……응, 걸개그림은 이동식 벽화라고 했던 것이 기억나."

그만 자신도 모르게 서경이 이야기를 한다. 아차 싶었지만 이미 뱉은 말을 되집어넣을 수는 없다.

"그런 말도 했어?"

서경이를 들먹거리자 아니나 다를까 꼿꼿해 보이기만 하던 효범의 눈이 잠시 허둥거리며 풀어지는 것 같다.

"아직도 힘드니?"

갑자기 던진 말이어서 놀랐는지 효범은 얼른 고개를 돌린다. 효범이 쓰윽 마른 세수를 하며 다시 담배를 문다. 연기를 깊게 빨아들이는 모습이 더 이상 말을 할 것 같지 않다.

"걸개그림이 남쪽에서만 그려진 게 아니라 북한에서도 오래 전부터 사용되어왔어."

역시 딴청을 한다.

"난 남쪽만의 독특한 양식인 줄 알았지."

"내용은 그렇다고 볼 수 있지. 현재까지 한국 화단의 주류를 이루고 있는 게 거의 추상화라 한다면 그게 80년대 중반에 들면서 도전을 받은 거지. 그건 그렇고 지담이 녀석 많이 컸더라. 농담도 잘하고."

"그래. 요즘은 마치 친구 같애. 말장난도 잘해."

"조금 있으면 정준이가 올 거야."

"언제?"

"열한 시쯤."

"그 친구는 아직도 밤을 낮으로 삼는구나. 밤 열한 시라니."

"그래도 밤을 낮으로 알던 때가 황금시절이었지."

"글쎄. 그럴까?"

둘은 헛웃음을 짓는다.

"벌써 우리가 서른 중반이야. 내일, 모레면 사십이고 우리가 야학을 시작할 때만 해도 이십대 청춘이었는데. 정신을 차리고 보니 나이만 들었어. 어쩌다 여기까지 왔는지…… 참 이상해."

"글쎄. 어쩌다라는 말만으로는 부족하겠지. 너 역시 그러했고."

다영은 탁자 모서리를 바라본다. 그래. 어쩌다는 아니다. 한변호사였던가. 서경이와 함께 갇혔을 무렵 자신들을 변론했던 한변호사는 6·3세대였다. 한변호사가 접견실에 들어서면 언제나 연한 남자 화장수 내음이 봄바람에 일렁이며 코에 스며들었다. 한변호사는 세상의 체취를 그렇게 가져다 주곤 했다. 이미 서경이가 당한 고문을 듣고 왔노라 했다.

─술이라도 마시지 않으면 견딜 수가 없더구만. 이다음에 너희들이 나오면 꼭 한잔하자.

그때 다영을 바라보던 중년의 한변호사는 눈이 불그스레 젖어 있었다. 선배 세대가 다영의 세대를 이해하려 했던 것처럼 다영의 세대 또한 그렇게 반복해야 할 일이 없으란 보장은 없다. 효범이만 보아도 그런 느낌을 받는다.

"그래. 네 말이 맞아. 어쩌다는 아니야. 그때는 세상의 순리로 표현할 수 없는 억척의 시대였어. 하지만 머지 않아 우리 역시 80년대의 의미를 강변하는 구세대가 안 되리라 장담할 수 있어?"

"그렇다 하더라도 난 강변하고 싶어. 아직은 끝날 수 없어."

효범이 담배를 비벼 끄며 한 손을 불끈 쥔다. 다영은 당황한 나머지 시선을 어디에 두어야 할지 몰라 이내 고개를 떨군다. 못 본 척하며 다영은 사무실 구석에 있던 책장 앞으로 간다. 유리문 안으로 누우렇게 퇴색한 원고 뭉치가 보인다.

"이건 뭐지?"

효범이 등뒤로 걸어온다.

"그거. 군대 가기 전에 썼던 논문."

"그 말썽 많았던 논문이구나. 고전이네. 요것이 삼년 동안 깡밥 먹게 한 장본인이구나. 봐두 돼?"

효범이 원고를 꺼내 준다.

한국 화단에 있어서 현실성에 관한 연구
— 현실성의 회복을 위한 비판적 시론

다영이 소리를 내어 읽는다.

"제목이 꽤나 일본식이네."

"어설펐지! 내가 봐도 한심해."

"근데, 이 논문이 뭐가 못마땅해서 그 야단을 했지?"

"그거야 환쟁이가 그림이나 그리면 되지 무슨 헛소리 하느냐는 거지. 그들은 민중이란 말만 들어도 두드러기를 일으킬 정도였으니까 당연하지."

다영이 흠 콧소리를 낸다.

"정치 주변에 가장 밀접했던 이들이 누구였는데 그런 소리를 해. 함지박이나 물동이를 이고 가는 여인이나 비밀암호 같은 것이나 그리면 순수하다는 건가?"

"다영이 제법인데."

"이 친구가 사람 무시해. 정승집 개도 삼년이면 풍월을 읊는다는데 나도 십년이 넘었어. 왜 그래."

다영이 곱게 눈을 흘긴다.

"하지만 민중미술도 잘은 모르지만 답답하게 느껴질 때도 있어. 문외한이 하는 소리라 들어. 여하간 이젠 이전의 소재들에서 좀 벗어났으면 좋겠어. 통일전이라 하면 언제나 한반도, 백두산 천지, 진달래, 철조망 등등이었잖아. 물론 그런 것만 있는 것은 아니지만 하여튼 느낌이 그래. 다 알고 있는 이야기겠지. 안 그래?"

대답이 없다. 말없음이 긍정인지 부정인지 모를 일이다. 언제나 그랬다. 불현듯 보고 싶을 때면 효범을 찾지만 그에게 깃들어 있는 무거움은 늘 가슴을 답답하게 했다.

"저녁이나 먹으러 가자. 나 원고료 받았어."

겨울밤 골목은 어둡고 춥다. 눈발이 차츰 엷어지고 있다. 소주를 반주로 해서 저녁을 먹고 버스정류장으로 간다. 두 사람은 버스를 기다리는 동안 희미한 달빛을 바라본다.

"너 왜 자꾸 마르니? 너무 무리하지 마. 아이 낳고 사는 여자들은 대체로 살이 찌는 게 정상이잖아?"

효범이 걱정스레 다영을 본다. 별소릴 다 한다 싶어 다영은 피식, 웃고 만다. 어둠 한가운데 선 효범의 옆얼굴이 거리의 불빛에 그늘이 진다. 여전히 선이 길고 날카로운 콧날이 어둠 속에서도 돋보인다. 효범의 눈빛이 어둠만큼이나 깊어 보여 온몸이 허허로워 보인다. 그 느낌을 견디지 못해 다영이 시선을 돌린다.

밤늦은 시각임에도 여기저기 아이들이 몰려나와 눈을 뭉치고 있다. 어디서 구했는지 연탄재를 눈 위에 놓고 뒹구르르 굴린다. 처음엔 아이 머리만한 눈덩이가 점점 커져 흥부 박만해진다. 효범 역시 보고 있었는지 슬그머니 웃음을 짓는다.

버스가 왔다. 다영은 효범의 팔을 가볍게 쥐고 버스로 올라가 빈자리에 앉는다. 차가 떠나려 하자 효범이 두어 번 손짓을 하고 돌아선다. 감청색 파카 깃을 올리며 골목길을 되올라가는 효범의 등을 물끄러미 바라본다. 두 시간 남짓 함께 있는 동안 둘은 언제나처럼 애써 서경이에 관한 이야기는 피했다. 서경이 여전히 효범의 가슴에 피눈물로 간직되고 있음을 다영 또한 모를 리 없었다. 하지만 효범은 살아 있는 사람이 아닌가. 언제까지 그 아픔을 묵새기며 살아갈 수는 없을 것이다. 다영이 한숨을 포옥 내쉬자 유리창에 하얀 서리가 앉는다.

4

효범은 등받이에 몸을 깊숙이 기댄다. 다영이 잠시나마 채웠던 공간이어선지 사무실 안이 새삼 썰렁하게 느껴진다. 다시 스토브를 켠다. 다영이도 많이 수척해 보였다. 그렇게도 성미가 칼칼하던 다영이가 소근거리듯 이야기하는 것부터가 신경이 쓰였다. 다영이 말대로 십년은 그다지 짧지도 길지도 않은 시간이었다.

그때는 아무도 회상, 아픔이란 걸 생각할 만큼 한가롭지 않았다. 멀리, 가깝게 있었던 주변의 사람들이 하나 둘 사라져갔다. 문득문득 궁금하다.

성당의 지하실에 있던 작은모임방에서였다. 살아온 이야기 시간이었을 것이다. 그곳에서 다영이를 처음 만났다. 효범으로선 전혀 생소한 장소였다. 성당이란 것도 그랬고 지하실 역시. 머리를 짧게 커트한 다영이 아무것도 쓰여 있지 않은 흰 종이를 돌렸다.

ㅡ종이 한가운데 길게 줄을 그어요. 그 줄에 자신이 태어난 날과 현재, 미래의 세 점을 찍어봐요. 그리고 자신이 살아오는 동안 아주 기뻤을 때는 줄 위쪽에 점을 찍고 가장 슬펐을 때는 선 아래쪽으로 찍어요. 그리고 중간 정도의 느낌은 중간 지점에 찍고.

모두들 처음엔 수줍어하기도 하고 반쯤은 웃음을 흘리며 자신이 살아온 길을 사색하기 시작했다. 더러는 고개를 갸웃거리다가 점차 검고 동그란 점들을 그려나갔다. 대체로 공장에 들어온 시점보다 그러한 처지에 내몰렸던 이유들이 고통스러웠다고 했다. 한 사람씩 자신이 찍은 점들을 이어가며 살아온 이야기를 풀어놓았다.

그것은 아리랑 곡선이었다. 아리랑 고개를 짚으며 이야기하던 어떤 친구의 슬픈 점에서는 모두가 굳어지거나 울먹거렸고 또 다른 친구가 생에 가장 기뻤던 때였다고 하는 것이 너무나 순박하고 보잘것없어 웃음보를 터뜨리기도 했다. 그 후로도 서경, 다영, 정준, 효범은 야학생들과 함께 아리랑 곡선을 그려야 했다. 그렇게 손쉬운 아리랑 곡선이 왜 그리 힘들던지. 자신이 살아온 삶과 희망을 이야기한다는 것은 말처럼 쉽지 않았다. 번번이 효범은 끙끙거렸다.

가끔 서경이는 팍팍하게 살아온 이야기를 하는 당사자보다 더 서럽게 울어서 주변 사람들을 당황하게 하곤 했다. 노동자에게서 배우며 가르치는 사람이라고 하여 강학이었던 그들은 서툴렀지만 미래를 꿈꾸는 공동체였다.

당시의 강학들이 대체로 인문·사회계열 출신이 많았는데 효범과 서경은 미대생이었다. 하지만 둘은 미술이 삶의 구체적 현장에서 어떤 역할을 해야 할 것인가라는 논의에서는 무척이나 티격태격하기도 했다. 그럴 수밖에 없던 이유가 있었다. 서경이 맡아 하던 판화반에는 관여하려 하지 않으면서 효범이 다른 과목만을 고집했기 때문이었다. 효범의 야학 초기에 가졌던 생각은 이러했다.

—도대체 그림이라는 것이 생산현장에 도움되는 일이 뭐가 있어? 판화나 찍어내고 노동자들의 이야기를 그려낸다고 해서 무얼 어쩌겠다는 거야? 손과 발이 잘려나가 병신이 되어도 외면하는 기업을 상대하려면 차라리 노동법 하나라도 더 아는 것이 나아.

그러면 서경이는 그림을 그린다는 네가 어떻게 그런 말을 할 수 있느냐며 발끈 화를 내기도 했다.

—효범씨 말엔 도저히 찬성할 수가 없어. 그림은 인간에게서 본능적인 것이야. 만약 우리마저 우리의 현실을 표현하지 않겠다면 지금 여기 있는 이유가 뭐지? 피카소가 한때 공산주의자였다고 크레파스 상표로도 못 쓰게 한 것이 이 분단의 논리야. 깊게는 이 왜곡된 이념이 노동자의 삶과 어떤 관계를 가지는가를 그림으로 왜 못 그려? 본질을 꿰뚫는 그림이야말로 현실을 바로 보게 이끌어낼 수 있다고 생각해.

밤늦게 야학이 끝나고 그 날의 학습을 평가하는 자리였다. 아, 서경아……

"무슨 생각 하느라 문 여는 소리도 못 들어?"

정준이 어느새 효범의 등뒤에 서 있다. 전작이 있었던지 얼굴이 불그스레하다.

"언제 들어왔어?"

"지금 마악."

"춥지. 앉어. 좀 전에 다영이 왔다 갔어."

"그래? 조금만 빨리 왔어도 만날 수 있었겠구나. 일거리는 많은지 모르겠네."

정준은 코트를 벗어 의자 옆에 걸치며 털썩 주저앉는다.

"원고 넘기고 오는 길이라고 했어."

"오늘은 제대로 자겠구나. 자, 술이나 한잔 하자."

"차는?"

"두고 왔어."

늘어지게 기지개를 켜고 나서 정준은 검은 비닐봉투 속에서 소주와 마른안주를 꺼낸다. 효범이 잔을 가지고 온다.

"혁명의 우의가 바다와 같이 깊은지 확인할 길은 없지만."

효범도 웃으며 잔을 받는다. 언제부턴가 정준의 말마디가 비비틀리고 있다는 느낌을 지울 수가 없다. 정준이 왜 이러는 걸까. 모든 행동과 말투에 냉소가 가득 차 있다. 여차하면 무슨 일이라도 칠 사람처럼 늘 불안해 보인다.

"지금 하는 일이 힘들어?"

어렵게 한마디 꺼내자 정준이 효범의 얼굴을 뚫어져라 쳐다본다. 효범은 쓸데없는 질문을 했다 싶어 눈을 내리깐다. 정준의 얼굴이 일그러진다.

"지난가을에 할 수 없이 양복을 두 벌 샀다. 왜냐고? 의원회관에 나가야 하니까. 조부님 제사에도 매지 않던 넥타이를 졸라매고 양복을 입었어. 처음 출근하던 날, 양복이 어색해서 몇 번씩이나 거울을 들여다보았지. 노는 것도 그렇지만 옷도 매일같이 입는 사람이 더 잘 어울려. 죄의식 때문인가 묻고 싶겠지만 천만의 말씀. 내가 간사로 일할 때 받던 월급이 십오만 원. 그때도 기아임금이라고 하지만 노동자들은 나보다 더 여유가 있었어. 오히려 그들이 내게 밥을 사주고 술을 샀지. 따뜻했지. 그런데 의원이라고 앉아서 하는 짓거리들이 나를 미치게 만들어."

채 삭이지 못한 울분을 다소 거칠게 뱉어낸다. 정준에게서 이런 모습은 처음이다. 효범은 묵묵히 술만 들이켠다.

"내 꼴이 하두 슬퍼서, 아버지의 아들인 내가 부끄러워, 요즘 난 시를 쓴다. 지난번에 다영이에게 넘겨줬다. 찢든지 말든지 내가 알 바 아니지."

정준의 눈이 너무나 참담해 보여 효범은 당황해한다. 눈이 마주치자 어색했던지 정준이 손빗으로 머리를 쓸어 넘긴다.

"미안하다. 내가 헛소리나 하고……"

효범은 손을 앞으로 내밀고 머리까지 흔들며 아니라고 휘젓는다. 정준의 잔에 술을 부으려 하자 한 방울 똑 떨어진다.

"나가자. 어디 포장마차라도 가서 한잔 더 해. 눈이라도 맞았으면 좋겠다."

거리로 나서자 정준이 바라던 대로 소리 없이 다시 눈이 내리고 있다. 골목 어귀에 서 있던 가로등 불빛 아래 제법 두툼하게 눈이 쌓였다. 한참을 말없이 걷는다.

"다영이 불러낼까?"

"지금이 몇 신데. 다영이도 요즘 술을 많이 하는 것 같아. 몸도 약한 애가 웬 술을 그리 하는지."

정준이 머리 위에 쌓인 눈을 털어내며 웃는다.

"다영이가 애라고? 이 동무야. 다영인 서른도 훨씬 넘은 애엄마야. 마시고 싶을 때 마시는 건 괜찮아. 술이 우리를 밝게 해줄지도 모르지."

정준이 효범의 어깨를 잡아 흔든다.

"이렇게 말이냐?"

두 사람은 어린 소년처럼 낄낄대며 다리걸기를 하고 넘어진다.

길가에 포장마차 두엇이 나란히 서 있다. 바람에 너울거리는 비닐을 들치며 안으로 들어간다. 화장을 진하게 한 아낙이 반갑게 맞는다. 정준이 소주와 낙지볶음을 시킨다.

"너두 이제 그림을 그려야지?"

정준이 그림을 들먹이자 갑자기 효범의 얼굴에 어두운 빛이 감돈다. 효범은 말없이 담배를 문다.

"그림이라 글쎄. 그려야지…… 하지만 캔버스는 아니야."

"그러면?"

"회화라는 것이 꼭 캔버스로만 말해야 한다는 것은 아니겠지. 이건 좀 다른 이야긴데 스티븐 우드로라는 이가 있어. 그이가 자극제가 되는 그림을 만들겠다며 소위 '살아 있는 그림'이란 것을 발표한 일이 있어. 이를테면 행위미술인 셈이지. 자신이 입은 옷과 얼굴 모두를 캔버스 배경그림과 똑같은 색깔로 칠하고 실제의 그림 위에 매달려 있었어. 전시회에 들어온 관람객이 이따금 손을 내밀어 '작품'과 악수도 하고 옷깃도 슬쩍 만져보는 거지. 한마디로 그림은 눈으로만 보아야 한다는 철칙을 깨뜨린 거지."

정준이 싱긋 웃는다.

"그럼 너도 매달려 있을래?"

"짜아식."

"우드로의 실험을 판단하는 것은 일단 제쳐둔다 하더라도 최소한 관객이 그 작품을 즐겼다는 것, 그 점이 생각해볼 여지가 있다고 봐. 민중미술이 십년이란 아리랑 고개를 넘은 지도 오래 됐어. 지금은 다소 헤매고 있는 것처럼 보이지만 서구의 잡탕을 뒤섞어 놓은 것 같은 우리의 미술사에서 사실 이것도 힘겨운 작업이었지. 하지만 분명한 것은 이제 민중미술은 깃발이 아니라 생활 속에서 이끌어 내어지고 즐거움을 맛보아야 한다는 것, 그리고 생활의 활력을 재생산하는 구조로 가야 되지 않을까……"

효범이 말꼬리를 흐린다.

"그래서 벽화를 하겠다는 건가?"

"글쎄, 아무튼 미술관이란 것으로부터 해방되고 싶어. 미술관으로 들어가는 그 순간부터 그림은 그야말로 박제가 되어버리지. 난더 이상 유한고객의 소장품으로 들어앉는 짓거리를 하고 싶지 않아."

"그림을 거리로 끌어내겠다는 말이지?"

효범은 답하지 않는다. 어디선가 끌어온 포장마차 안의 전선 가닥이 천장에서 흔들린다.

"도대체 너라는 인간을 어둠 속에 묶어놓는 실체가 뭐라고 생각해?"

소주잔을 탁하고 소리나게 놓으며 정준이 심각한 표정으로 묻는다. 탁 하는 소리가 묻는 것이 아니라 다그친다는 느낌이다.

"서경이? 서경이가 죽었다 해서 가지는 죄책감이냐, 아니면 서경이가 던지는 죽음의 무게를 벗어나지 못한 거야?"

뭐라고 대답을 할 수가 없다. 그때 바람에 출렁거리던 비닐포장틈으로 하얀 눈이 언뜻 보인다. 하얀 눈 위로 서경의 얼굴이 겹쳐진다.

서경은 전통미술의 양식을 사랑했고 죽을 때까지 고집했다. 하지만 효범과 서경은 그 점에서는 끝까지 일치하지 못했다. 이유는 그것이었다. 만약 서경이 살아서 치열하게 그 양식을 여전히 고집했다면 효범에게 남아 있는 일말의 죄책감이 덜어질 수 있었을는지모른다. 둘 사이가 잠시 벌어졌던 것은 효범이 '누렁이'를 탈퇴하면서였다. 그때로서는 효범은 인정할 수가 없었다. 굳이 서경이전통양식만이 민중미술의 맥을 잇는 것이라 고집하려 드는지 이해할 수 없었다.

그런데 지금에 와서 그것이 걸림돌이 되리라는 것 또한 미처 예상하지 못했다. 서경이가 바친 그 열정을 차마 모른다면 그것으로 그만이다. 하지만 현실은 우습게도 지난날의 순수한 열정을 조소해대고 민중미술은 끝났다는 선언을 주저 없이 하고 있다. 지난 십년의 결과가 그렇게 허무하게 사라져버리는 것은 도저히 용납할 수 없다.

시계를 들여다본다. 새벽고개를 넘어가고 있다. 돈을 치르고 밖으로 나온다.

"피곤하지? 눈 좀 붙이자."

"아니. 가야겠어."

"지금 이 시간에 어디로?"

"의원회관에."

"들어갈 수 있어?"

"응. 할 일이 있어. 내일 일정이 바빠. 아침에 의원한테 넘겨줘야 할 자료도 작성해야 해. 하긴 난리치고 다녀봐야 소용도 없어. 질의안을 만들어줘도 입지가 곤란한 것은 건드리지도 않아. 하지만 어쨌든 해야지."

"그렇다고 새벽같이 들어가? 몸 상해."

이렇다 저렇다 대답도 없이 정준은 휘청거리며 걷는다. 사각거리며 밟히는 눈소리가 부드럽게 들린다. 점점이 박힌 가로등 불빛이 은빛 거리를 힘 없이 비추고 있다. 정준이 효범의 등을 떠다민다.

"먼저 들어가. 난 택시 타고 갈 테니까."

아니라고 우겨도 정준은 휘적휘적 한길가로 걸어가 버린다. 택시를 잡느라 서 있던 정준을 바라보다 효범은 사무실 쪽으로 걸어

올라간다.

5

　새벽바람에 귓불이 떨어져 나가는 것만 같다. 정준은 호주머니에 손을 찌르고 도로 가에 선다. 이따금 총알같이 스쳐 지나가는 차 소리가 새벽 하늘을 날카롭게 울린다. 우두커니 서서 차를 기다리다 몇 발짝 걷는다. 도시의 어둠은 탁하고 더러운 오물들에 뒤섞여 매서운 바람 속에 웅크리고 있다.

　정준의 앞에 선 차를 타지도 않고 멀거니 바라본다. 기사는 별 미친놈 다 본다는 듯 휙 떠나간다. 걸으며 어둠을 응시한다. 어둠의 깊이는 알 수 없다. 그러나 그 어둠을 뚫고 맞서서 간다면 그곳에 우리의 희망이 우뚝 서서 반겨줄 것이라고 믿었던 때가 있었다. 더러는 지하에서, 감옥에서, 공장에서 조그만 싹이라고 믿어지는 것들을 움켜쥐며 두 눈을 이글거리며 살았다.

　그런데 정준, 너는 지금 무엇을 하고 있는가? 바람은 어제와 다름없이 차갑고 뽀드득거리는 눈 소리도 이전과 다름이 없다. 젊음이란 시간이 아까운 줄 모르고 살았던 그 날들은 끊임없이 결단을 요구했고 긴장과 경계심으로 촉각을 세우게 했다. 서경의 시신 앞에서 어머니의 짐승 같은 울부짖음을 들어야만 했던 그 순간들의 증오심이 다 어디로 사라졌는가.

지금도 고향집에 들어서면 아들의 손을 잡으며 한숨을 내쉬고, 하직인사를 올리고 문을 나서면 돌아서 눈물을 닦는 아버지. 올해 처음으로 그분께 정준은 서투른 시를 부쳐드렸다. 며칠 전 전화가 왔다.

—정준아, 너무 지난날을 마음에 두지 마라. 네가 살아가는 길이 고생스러워서 염려한 것이지 다른 뜻은 없었다. 이제 겨우 십년이다. 한평생 기다려온 이들도 있다. 나도 더 이상 말리고 싶지 않다. 네 하고픈 대로 맘껏 뜻을 펼쳐라.

그 날은 괜히 눈물이 솟구쳐 올라왔다.

의원회관에 들어선 첫날부터 정준은 허둥댔다. 십여 년 넘게 노동자와 함께 뒹굴었던 땟국물을 하루아침에 씻어낼 순 없었다. 의원은 어쨌거나 정준의 살아온 삶을 경력으로 인정했고 받아들였다.

머리도 좋은 사람이 어쩌다 저런 길로 들어서서…… 부모님 속을 썩인다고 곱지 않은 눈길을 보내던 형수가 정준이 보좌관으로 들어가자 갑자기 눈꼬리를 곱게 들어올렸다. 씨부럴, 욕을 내뱉는 순간, 정준은 돌부리에 채여 앞으로 고꾸라진다. 일어서면서 아래를 보니 시멘트 블록이 군데군데 깨뜨려져 패여 있다. 어, 여기 싸움이 있었나.

잠시 후 정준은 혼자 실실 웃는다. 예전에도 이 거리는 싸움이 없었던 곳이었는데 하물며 지금 이곳에 돌 깨는 치열한 싸움이 있었을 턱이 없다. 착각이었다. 어둠 속에서 저만치 달려오던 빈 택시가 정준의 앞에 선다. 택시를 타자 훈훈한 온기가 몸 속으로 파고든다. 의원회관으로 가자고 한마디 해놓고는 정준은 살풋 잠이든다. 누군가 희미하게 부르는 소리에 눈을 뜬다.

창밖에는 여의도의 아성, 의사당이 차가운 빛을 띠고 묵중하게

서 있다. 차에서 내려 의원회관으로 들어간다. 이것저것 정리를 하고 나서 새벽 빛이 부옇게 번질 무렵 정준은 소파에 드러눕는다.

"일찍 나오셨네요."

사무원으로 일하는 처녀가 들어온다. 정준은 열쇠가 달그락거리는 소리를 들으며 잠에서 깨어났다.

"안녕."

"간밤에 눈이 많이 쌓였어요. 차가 어찌나 밀리던지 ……"

종알거리다 부스스한 머리를 쓸어 올리는 정준을 보자 샐쭉 웃는다.

"또 새벽에 들어오셨어요? 대단하네요. 의원님이 그걸 알아야 하는데."

아무런 대꾸 없이 미소를 짓는다. 갑자기 피곤이 몰려온다. 정준은 두 팔을 젖혀 깍지를 끼고 늘어지게 하품을 한다.

"춥지? 웬 바람이 그렇게 불던지 창문이 깨지는 줄 알았어. 깨어진다고 내가 물어낼 일은 없겠지만."

사무원인 처녀가 슬그머니 웃으며 책상 위를 정리하고 나서 창문을 연다. 창문은 마치 흡입기처럼 찬바람을 시원스럽게 빨아들인다. 실내에 잔잔히 퍼져 있던 스팀의 온기가 냉랭한 전선에 밀린다. 정준은 몸을 부르르 떤다. 조간신문 한 부를 집어든다. 2면 쪽을 뒤집자 하의원의 얼굴이 하단에 올라 있다. 정준이 모시는 하의원은 초선의원이었다. 정준은 복사를 해두라고 사무원에게 넘겨준다.

대체로 초선의원들은 의정활동을 한 경험이 없기 때문에 자신이 맡고 있는 상임위 활동에서도 질의라는 것이 그다지 핵심을 찌르지 못했다. 하의원은 군출신이었다. 얼핏 보아도 하의원의 눈매는 날카로운 구석이 엿보였다. 대개의 의원이 투실투실한 몸집을 하고 있는 데 비해 살집이 별로 없는 편이었다. 얼굴 역시 선이 가늘어 깎아지른 듯한 날카로운 턱은 이전의 모 영부인을 연상하게 했다.

국회의원에게서 언론이란 때로는 소위 정치적 생명력을 좌지우지할 수 있는 요술방망이 같은 것이었다. 따라서 국회 본회의나 의정활동이 얼마만큼 기자들에게 주목을 받는가 하는 것은 다음의 선거활동에 지대한 영향을 끼쳤다. 막말로 언론에 보도되지 않는 의정활동이란 쓰레기나 다름없다. 정준이 보좌관의 역할이 어떤 것인가를 처음 알게 된 것이 바로 이 점이었다.

여하튼 정준으로서는 하의원에게 면목이 선 셈이다. 신문에 취급된 내용이 다름아닌 자신이 작성해준 질의서에서 나온 것이기 때문이다.

갈증이 인다. 시원한 국이라도 마시면 속이 가라앉을 것 같아 구내식당으로 간다. 정준이 구내식당에서 대충 아침을 때우고 들어오자 하의원이 들어선다. 정준은 일어나서 인사를 한다. 하의원이 방으로 들어가자 곧바로 인터폰이 울린다. 정준에게 들어오라고 한다.

"어제 그 자료는 어디서 보았나?"

"국회도서관에서 봤습니다."

무슨 문제가 있느냐는 듯 정준은 의아하게 의원을 바라본다. 소위 생산이라고 부르는 국방부 기밀문서를 국회도서관에서 볼 때는 그 자료에 손을 대거나 베껴 써서도 안 된다. 그것은 규칙사항이었다. 그 자료실은 빈손으로 들어갔다가 빈손으로 나와야만 하는 곳이었다. 다만 기밀문서를 보는 자는 머리 속에 최대한 입력을 할 수 있는 데까지 담아내는 것만 가능했다. 머리 속으로 옮겨와서 잊기 전에 재빠르게 글로 옮겨놓는 것도 정준이 맡은 역할이기도 했다.

"아니, 꼭 문제가 있는 것은 아니지만. 아무튼 좀 조심하게. 군사기밀을 지나치게 파고드는 것은 우리 쪽에서도 자제를 해야지."

정준은 듣기만 한다. 자료를 정리한 보고서를 내민다. 의원이 몇 장 들척인다. 그사이 창을 바라본다. 엷은 아침 햇살이 창으로 쏟아지고 있다.

"열한 시에 당사로 가야 하니까 나중에 그리로 오게."

"예."

하필 실존이란 말이 왜 이때 떠오르는지.

고등학교 시절에 사르트르의 책을 읽으며 거의 미치다시피 실존이란 언어의 매력에 빠져들었던 적이 있었다. 대학에 들어가서도 그 영향은 컸다. 야학부터 시작한 운동은 분명한 선택이었다. 비록 사르트르의 실존적 사유의 한 방식에서 출발한 것이었다 해도 그것은 명백한 선택이었다.

민중이란 구체적 실체보다 실천이란 의식이 먼저 자리잡았던 근거도 그러한 생각에서 시작된 것이 아닐까. 가끔 그런 생각을 했다. 아니, 어떤 때는 자신이 철저한 사회주의 사상을 지닌 신념가이기보다 종교적 휴머니스트에 가깝지 않았을까 하는 생각도 없진 않았다. 그래서, 그 차이 때문에 지금이 이토록 고통스러운 것일까.

의원 방을 나온다. 커피 한잔을 타서 창앞에 선다. 아침 햇살에 녹은 눈이 뚝뚝 떨어진다. 지난달에 마주친 친구의 누이가 떠오른다.

고교 시절, 정준은 한 여자를 몹시 사랑했다. 그 여자는 친구의 동생이었다. 여동생은 결핵을 앓고 있었다. 그 누이를 사랑했던 이유는 까뮈가 던져준 시지프스의 고뇌를 어설프지만 미래가 보이지 않던 사랑에서 짊어지려 했는지도 모른다. 돌이켜보면 그런 생각이 든다.

지난 십여 년 동안 정준이 최선의 삶이라고 머리 박고 있는 동안 그 여자는 건강을 되찾고 남의 아내가 된 지 오래였다. 정준이 군대에 끌려간 사이 그 누이는 결혼을 했다. 이제는 작은 기업체의 사장이 되어 있었다. 대리점을 새로 낸다 해서 오빠인 친구와 함께 갔다.

정준을 바라보는 누이의 눈길은 의외로 담담했다. 정준은 내심 놀라웠다. 막역한 친구를 만난 것처럼 스스럼없이 대화를 나누는 동안 정준은 지난날에 가졌던 애증이 과연 존재하기나 했던 건지 의심스러웠다. 지나고 보면 아무것도 아닌 것처럼 변해버리는 현실에 와락 겁이 났다.

삶이 그대를 속이더라도 슬퍼하거나 노하지 말라
……

그 후 이따금 술자리에서 정준은 푸시킨의 시 구절을 농담처럼 중얼거렸다. 친구들은 그저 우스갯소리로 흘려 들었다.

─아들이 몇 살이라 그랬어요? 누구 닮았어요?

머리를 맵시 있게 틀어올린 그 누이가 가벼운 어조로 물었을 때 이발소 그림 속에나 들어 있는, 유행가 가사같이 되어버린 그 구절이 우습게도 파고들었다. 한때 사랑했던 여자가 너무나 일상적인 어투로 자신을 대하자 속에서 배신감 같은 것이 솟구쳐 올라왔다.

턱을 매만지자 수염이 까칠하게 잡힌다. 정준은 서랍에서 전기면도기를 꺼내어 화장실로 간다. 거울에 비친 자신의 눈에 실지렁이 같은 핏발이 섰다. 느닷없이 왜 그 여자가 생각났을까.

하의원이 묘한 어투로 건드린 그 자료를 보러 국회도서관에 갔을 때였다. 정준이 비밀문서 이, 삼급이란 것들을 낱낱이 머리 속에 집어넣고 있던 중이었다. 누군가 곁에서 말을 걸었다.

─무얼 그리 열심이십니까?

사십대 중반쯤으로 보이는 남자였다. 정준은 몇 초 동안 머리를 한바퀴 굴렸지만 누군지 통 기억나지 않았다.

─아, 예.

달리 할말이 없어 건성으로 대답을 했다. 남자는 정준을 쏘아보듯 다시 쳐다보았다. 그 눈길은 정준의 얼굴이 아니라 머리 속을 꿰뚫어 보려는 것처럼 예리하게 느껴졌다. 순간, 가슴이 서늘해지며 자신이 건드려선 안 될 것을 범한 느낌이었다. 남자는 정준을 바라보며 웃었다. 웃음 역시 이상한 여운을 남겼다.

─대충 하세요.

누굴까. 그리고 잊어버렸다. 하의원의 말투에서 묻어나는 조심성은 그 남자를 연상하게 했다. 그러잖아도 얼마 전부터 정준에게 오는 전화에서 이상한 분위기를 감지하고 있던 터였다.

설마, 그럴 리는 없겠지만 턱없이 자료 건을 끄집어내는 하의원이 이상했다. 정준이 지금 하고 있는 일은 개인적인 호기심에서 비롯된 것이 아니었다. 온 국민이 권력층의 로비에 촉각을 세우고 심지어 국정감사까지 열리게 되었다. 이 마당에 정준의 일거수 일투족이 감시당한다? 그러하다면 하의원 역시 알아서 기라는 암시를 알게 모르게 받았는지도 모를 일이다.

거기까지 생각이 이르자 정준은 머리끝이 쭈뼛 선다. 믿고 싶지 않다. 머리가 찌근거리며 아프다. 날마다 동분서주하는 자신을 밀어주기는커녕 조심하라는 말이 순전히 의원의 신변 보호에서 나온 말이라면 일면 이해는 되지만 자신의 직위를 저버리는 처사가 아닌가.

의원실로 돌아오자 하의원의 차를 운전하는 이기사가 차를 대기
시키러 나간다.

"형, 무슨 일 있어요?"

건너편 자리에서 컴퓨터를 만지고 있던 후배가 근심스레 정준을
바라본다. 여직 얼굴을 잔뜩 찌푸리고 있었던 모양이다. 그 친구는
정준의 까마득한 후배였고 아르바이트로 잠시 일하던 중이다.

"아니야."

실증되지도 않은 어설픈 심증만으로 이야기할 수 없는 노릇이
다. 하지만 민원 처리나 지구당 활동을 맡고 있는 비서관 역시 요
즘 들어 느낌이 이상했다. 의원과 먼 친척뻘인 그 비서관은 정준이
하는 일에 유난히 관심을 보였다. 의심을 하기 시작하면 끝이 없다
더니 혹시 자신이 그런 것은 아닌지. 후배는 알았다는 듯 끄덕거리
며 눈을 모니터로 돌린다.

정준은 코트를 걸치고 의원실을 나온다. 그 여자가 아무 감정이
실리지 않은 목소리로 물었던 그 순간처럼 하의원의 말이 묘한 배
신감으로 고개를 디민다. 속에서 알 수 없는 감정이 치받친다. 정
준은 복도를 걸어 나오며 어금니를 문다. 얼마 전부터 생긴 습관이
었다. 마구 내달리는 감정을 다스릴 수 없을 때 정준은 저도 몰래
아랫니와 윗니를 겹쳐 꽉 다물곤 했다.

건물 밖으로 나가자 햇살이 반사되어 눈이 아프다. 밝게 빛난
햇살에도 회관 내 구석진 곳은 하얀 눈이 고스란히 쌓여 있다.

6

손목시계를 들여다보니 여덟 시다. 잠시 망설인다. 내일 지담이 도시락도 싸야 하는데…… 냉장고는 텅 비었을 것이다. 다영은 시장 앞에서 내린다. 시장 사람들은 파장을 하고 있다. 비릿한 생선 냄새가 야채가게 앞까지 몰려온다.

"안녕하세요."

"아이고, 오늘은 늦네요."

늘 사람좋은 웃음을 짓는 부부가 다영을 알아본다.

"뭐가 좋을까요?"

스웨터를 두텁게 걸쳐 입은 안주인은 오늘은 생물이라며 낙지를 가리킨다.

"그럼 그걸로 주세요. 안 들어가세요?"

"인제 들어가야지요. 근데 직장에 매일 나가세요?"

"아니에요. 매일 나가지 않아요."

"어디 좋은 데 있으면 나 좀 데리고 가요."

다영이 웃는다.

"아니야, 참말이야. 저 양반이 우겨서 이 짓을 시작했는데 정말 못해 먹겠어요."

생선가게 여인은 확답을 받겠다는 듯 다그친다. 나무궤짝 옆에 쳐놓은 비닐이 바람에 파르르 뜬다. 뭐라고 답해야 할지 난감하다. 번역을 한다고 하기엔 팔자 편한 짓거리 같아 보일 테고…… 다영은 잠시 번역을 나누어 할 수 있다고 생각한다.

그러나 이 여인이 할 수 있을까. 안주인이 언 손을 보여준다. 하루 종일 추위에 떨어서 손가락에 굵은 주름이 접혔고 뻣뻣하다.

굵은 나무도마 위에서 내장을 꺼내고 있는 남편 역시 손이 벌겋게 얼어서 곱아 보인다. 미안하다. 자신이 너무 그들과 동떨어진 자리에 있는 것 같아 마음이 편치 않다. 이러한 느낌은 너무나 낯설다. 이게 아닌데. 이런 느낌으로 살려고 한 것은 아닌데.

그러나 현실을 인정할 수밖에 없다. 그들은 여전히 그들의 자리에 서 있고 다영이네 같은 무리들은 주인 몰래 끼어든 감씨모냥 쏘옥 빠져나온 느낌이다. 다영은 생선가게 여인이 품고 있는 소박한 꿈을 이해했다. 그 순간 자신이 보험회사라든가 많은 인력을 필요로 하는 일에 종사했더라면, 하는 생각에 쓴웃음을 짓는다. 다영은 비닐봉지를 받아 들고 돌아선다. 방금 전 여인이 한 말을 곱씹다가 언제 시장 길을 빠져 나왔는지 모르겠다.

보험회사라, 하긴 그것도 다영이 같은 부류에게는 해당이 안 되는 직업이었다. 다영은 결혼한 몇몇 선후배들과 친목모임 같은 것을 두 해째 하고 있었다. 그 모임의 구성원들은 한결같이 지난날 노동현장과 밀접한 관계를 했던 인물들이었다.

그러나 운동을 했다 해서 아내로서 또는 모성의 역할이 남다를 것은 하나도 없었다. 자식을 키워야 하고 무엇보다 먹고살아야 하고 두 다리 뻗을 집도 마련해야 하는 여느 주부나 마찬가지인 생활이었다. 어쩔 수 없이 끌려가는 일상생활에 지친 이들이 모이는 날이면 자연스레 진보적 남자들도 어쩌지 못하는 보수적 관습에 관한 성토와 뒤늦게 시작한 살림이라는 고삐를 한탄하곤 했다.

어느 날 어떤 친구가 한숨을 풀어놓았다. 그 친구의 남편은 여전히 운동단체에서 일을 하고 있었다. 어쩌다 마주치는 친구들이 '너희 남편 아직도 운동하니?' 했다며. 그것도 전혀 운동을 왜 하는지 모르지 않는 인간들이 그랬다는 것이다.

그 친구는 소위 아직도 운동을 하는 남편 덕에 생활전선에 나서야만 했다. 하긴 운동하는 남편 뒤에 이러한 여성이 언제는 없었던 가. 아이를 친정에 잠시 맡기고 이웃집 여자를 따라 보험회사에 갔다고 했다. 삼주간을 교육도 받고 입사원서를 썼는데 어느 날 부장이란 사람이 안 되겠다고 했다.

이유는 간단했다. 친구의 전력이 조회에서 걸렸다는 것이다. 무수히 찾아드는 여성인력으로 문어발처럼 확장되는 보험회사도 전력을 가진 여성은 거북스러운 존재였다.

그 후 며칠 동안 다영은 생선가게 앞을 지나쳐 가야만 하는 시장을 괜히 가지 못하고 가까운 슈퍼만 들락거렸다.

설날도 며칠 남지 않았다. 다영은 세밑이나 고유명절이 다가오는 것이 늘 두려웠다. 아버지. 지울 수도 잊을 수도 없는 아버지를 어떻게 할 것인가. 이산가족을 찾아달라고 방송에 내어볼 수도 없다. 멀쩡한 정신을 가지고 헤어졌어도 수십 년을 얼굴도 모른 채 사는 사람이 어디 한둘인가. 하물며 실성한 아버지를 어디서 찾을 것인가.

아버지가 실종된, 아니 분명히 말하면 증발한 이유를 알게 된 것은 다영이 대학을 들어가고 나서였다.

가끔 꿈을 꾸었다. 집은 휑뎅그레 비어 있었고 다영은 담 안쪽 화단 근처에서 쪼그려 앉아 울고 있었다. 꿈속에서 아버지가 보고 싶다고 울었다. 이 드넓은 하늘 아래 아버지가 살아 계시다면 왜 지금껏 소식을 전하지 않을까. 왜, 무엇 때문에? 아버지가 보고 싶었고 미웠다. 고등학교를 졸업할 무렵 다영은 아버지를 단념했다. 아침 햇살에 한 번 반짝거리다가 사라져버린 이슬처럼 아버지는 사라졌다고 믿고 싶었다.

그러나 단 한 번만이라 할지라도 아버지의 얼굴을 보고 싶었다. 세월은 모든 것을 망각하고 묻어버리지만 아버지에 대한 그리움은 사그라들지 않았다.

아니다. 아버지는 그렇지 않을지 모른다. 살아서 그 모진 고통을 다시는 상기하고 싶지 않을지도.

어머니가 그 말을 꺼낸 것은 걸핏하면 형사에게서 오던 전화 때문이었다.

ㅡ너 그만둬라. 아버지가 왜 집을 나갔는지 이유를 안다면 차마 넌 그 짓을 못할 게다. 넌 잘 몰랐겠지만 아버지가 집을 나간 이유는 모두 아버지의 젊은 날의 혈기 때문이야. 중앙정보부에 수도 없이 끌려다녔어. 거의 초죽음이 돼서야 돌아왔지. 오죽하면 아내와 자식을 버리고 집을 나갔겠냐. 나랏일에 맞서면 삼대가 망한다고 그랬어. 정신차려, 이것아. 나 죽는 꼴 보려고 그래.

다영은 망치로 두들겨 맞은 것만 같았다. 한동안 멍하니 방 안에만 박혀 있었다. 뒤숭숭한 꿈이라고 생각했던 환영들이 모두 현실이었다. 온몸이 덜덜 떨렸고 아버지의 비명이 환청처럼 소리를 지르기 시작했다. 다영은 여름 한 달을 밤낮으로 울었고 아버지가 원망스러워 그리움마저 애써 못질을 해대던 지난날의 자신이 비통했다.

끊임없이 우웅거리는 소리가 지겹다. 코드를 뽑아버리지 않는 이상 컴퓨터 단말기는 지구가 이젠 끝, 그리고 천체가 우주 속으로 산산히 빨려들 때까지 계속될 것이다. 언제나 그렇다. 다영이 작업을 시작하려고 책상 앞에 앉으면 어느새 눈은 창밖 저 멀리 교회탑 꼭대기를 멀거니 바라본다.

데모크라시. 다영은 오전 내내 데모크라시라는 단어를 쳐다보며 시간을 죽이고 있었다. 매달 초순이 되면 『변혁』이라는 월간지에서 정기적으로 번역거리를 보내주었다. 일주일 내로 마쳐서 보내주어야 했다. 이틀 남았다. 글의 중간쯤 되는 곳에 데모크라틱이 붙은 구절을 보면서 다영은 다시 손을 놓는다.

데모크라시, 데모크라틱, 데모크리션. 데모크라틱은 쓰이는 문맥에 따라 정치적 개념이 저마다 달라진다. 세계 어느 나라건 당의 이름에 이 단어가 쓰이지 않은 당은 없다. 그렇다고 해서 저마다의 당들이 표방한 민주에 관한 의미가 동일한 방식을 의미한다고 생각하면 개가 웃을 일이다.

더구나 민주화라는 단어는 오로지 3세계의 언어에 불과하다. 가령 소위 1세계라고 하는 선진국에서 3세계라는 나라에서 일어났던 민주화의 과정에서, 그것도 한 인간이 사상과 신념으로 박해받았던 순간들을 그들의 언어로 번역을 한다고 치자. 극히 단순하고 한편으로는 추상적이기도 한 이 단어에 목을 매고 한숨짓고 때로는 죽음의 길로 가야 했던 어두운 오열을 그들이 이해할 수 있을까.

한 줌의 먼지, 한 줄기 빛, 날마다 왜소해 들어가는 크고 작은 우리에 갇힌 자들의 명멸해 들어가는 심정을 정치적 상황이 전혀 다른 그들이 과연 2차 언어로써 세세한 감정의 오욕들을 옮겨낼 수 있을까. 적어도 양심이 있는 번역가는 도덕적인 의무로 덤빌지도 모른다.

결국 변형이란 형식이 들어앉을 수밖에 없을 것이다. 왜? 그들은 그러한 충격적인 정치적, 문화적 상황을 경험하지 못했기 때문이다. 그러나 변하지 않은 핵심은 있을 것이다. 저마다 상황은 다르다 할지라도 인간이 보편적 가치를 추구하는 한 1차라는 원초적 언어에 가까워질지도 모르지 않은가.

이생각 저생각을 하다가 다영은 거실로 나간다. 찬장에 넣어두었던 포도주를 꺼낸다. 지난번 세밑, 선물을 받았다며 남편이 들고 왔다. 포도주 잔을 들고 부엌으로 가서 창을 연다. 앞집 마당의 잔디들이 여전히 까칠하다.

겨울 낮이 길다고 생각한다. 하늘은 금방이라도 함박눈이 휘날릴 것같이 흐리고 쌀쌀하다. 두 모금 정도 마셨을까. 부드럽게 목을 타고 속으로 흘러 내려가는 것이 상쾌하다. 전화벨이 울린다. 정준이다.

"웬일이야?"

"일이 있어야 전화하니? 여기 '뒤뜰'이야. 잠깐 나올래?"

"빨간 팬티 입어야 해?"

목울대에서 울려 나오는 정준의 웃음소리가 크게 들린다. 다영 역시 따라 웃는다.

정준은 보좌관으로 들어가고 나서부터 한밤에 전화를 자주 걸었다. 효범과 달리 어느 때부턴가 서로가 결혼을 한 처지란 것이 쉽게 틈을 열었는지 모른다. 밤늦게 일을 하는 습관이 있는 다영이 역시 뻔뻔하게 농담을 받았고 그 이야기가 진전이 되어 어느새 빨간 팬티에까지 이르게 되었다.

"십분 정도 있으면 지담이가 오니까 데리고 나갈께."

딸아이를 데리고 나서자 하얀 눈발이 희끗희끗 날리기 시작한다. 지담이는 우연한 외출을 마치 행운이라도 얻은 것처럼 좋아한다.

뒤뜰은 여전히 어둡다. 그래도 신경을 쓴 흔적이 있다. 십여 년 넘게 드리워져 있던 검고 두툼한 커튼이 그사이 엷은 블루 망사로 바뀌었고 의자도 연보라색으로 바뀌었다. 다영은 딸의 목수건을 풀어준다. 여주인이 다영과 나란히 들어오는 지담이를 반긴다. 몇 번 안면이 있던 지담이는 여주인을 따라 스탠드로 간다.

정준은 창밖을 내다보고 있다. 맥주 두어 병도 비었다.

"아직 퇴근 전인 것 같은데 밖에 나와 있어도 돼?"

"앉어."

정준이 담배를 비벼 끄며 말한다. 까만 가죽 잠바를 벗으며 다영이 맞은편에 앉는다.

"웬일이야?"

다영은 아까 전화로 물었던 것을 기억하면서도 또 묻는다.

"그냥. 이 근처에서 기자를 만나고 나오던 길에 들렀어. 오늘은 안 들어가도 괜찮아."

"그랬어. 효범이한테도 연락했어?"

"아니. 지난번에 너 왔다 갔다면서."

다영은 말없이 고개를 까닥한다.

"너 이 자리 생각나니?"

정준은 상아빛이 감도는 탁자 주위를 둘러본다. 무슨 이야긴가 하는 물음을 얼굴에 담고 있다.

"잊어버렸구나. 학교 다닐 때 가끔 우리가 앉았던 자리야. 지금 그 자리가 서경이가 늘 앉던 곳이고. 하긴 잊어버릴 만도 하지. 나도 재작년부터 들르기 시작했으니까."

정준이 탁자를 내려다본다. 넓은 창에 점점이 눈이 박혔다 떨어진다.

"괜찮은데. 눈 오는 날 만나는 것도. 세진이 많이 컸겠다. 돌 때 보고 그 후로 한 번도 못 봤지?"

"지담이랑 같으니까 많이 컸지."

그리고 말이 뚝 끊긴다. 정준은 우두커니 창밖을 응시하고 다영은 카운터 뒤 장식장에 꽂혀 있던 마른 꽃을 바라본다. 문득 고호의 그림이 보이지 않는다는 생각을 한다. 실내를 휘둘러본다. 고호의 「해바라기」가 있던 자리에는 다른 그림이 달려 있다. 서양풍의 얼굴을 한 두 소녀가 하얀 망사를 부드럽게 걸치고 탄력 있는 가슴을 조용히 내밀고 있다. 여주인이 맥주와 팝콘을 가지고 온다.

"저 그림 언제 바꾸었어요?"

여주인이 슬몃 웃는다.

"지난주에. 친구가 선물로 줬어요."

다영은 고개를 끄덕인다. 여주인이 지담이 곁으로 돌아간다.

"요즘 시 안 써? 왜 안 보여줘?"

정준은 심드렁하게 고개를 흔든다.

"시를 너무 쉽게 쓰는 것도 죄라고 그랬어."

홍. 다영은 코웃음 소리를 낸다. 갑자기 가슴이 답답해진다. 몇 년 전만 해도 정준과 다영은 하루가 멀다고 만났다. 그때는 회의다 뭐다 해서 소소한 신변이야기라곤 할 정신도 없었다. 다영은 긴장감에 시달려 간염을 앓으면서도 그것이 감기인 줄만 알았다. 자신의 몸에 에이형 간염항체가 생긴 것을 안 것은 아이를 가지고 나서였다. 정준 역시 보좌관으로 들어가기 전엔 한동안을 앓았고 그무렵 피똥을 쌀 만큼 심신이 망가지고 있었다.

"혹시 우리의 삶이 원점으로 되돌아간 것은 아닐까?"

"모든 게 무의미하다는 이야기야?"

"그건 아니야."

다영이 말한 원점이란 출발의 의미일 것이고 정준이 반문한 무의미란 결과에 속한다. 그러나 이러한 추이를 말할 수 있다는 것은 그 과정을 지켜본 자이거나 그 속에 있었던 자일 것이다. 다영은 오늘 번역을 하면서 그런 생각이 들었다.

정준은 마치 무르익은 삶에서 한참이나 밀려난 퇴물처럼 심드렁한 표정을 짓는다. 비애도 꿈도 없는 사람들이기나 한 듯이 마주앉아 있다는 생각에 다영은 견디기 힘들다.

"숨이 막혀. 차라리 이럴 땐 누군가와 미친 듯이 사랑이라도 하면 좋겠어. 얼마 전에 하선배한테 전화가 왔었어. 너도 알 거야.

하선배가 떠나고 내가 일주일 동안 사라졌던 것 기억나?"

"기억나. 일학년 때였지."

"지난달 새벽이었어. 처음엔 누군가 했어. 꼭 옆집과 통화를 하는 것 같았거든. 기어드는 목소리로 바다 건너라고 하더라구. 하선배가 무슨 생각으로 내게 전화를 했는지 몰라. 카폰이라는 거야. 첫마디가 칵 죽어버리고 싶다는 거야. 그러면서 시속 이백으로 달리고 있댔어. 아마 모르긴 해도 음주운전이었을 거야. 그대로 달리다가 어디를 들이박고 죽고 싶다고 했어. 그리곤 감이 멀어졌고 전화는 끊겼어."

정준이 소리 없이 웃는다.

"그래서 죽었어?"

"죽었으면 연락이 왔겠지. 그런데 난 하선배가 너무 부러웠어. 감정을 한껏 부풀려서 누군가를 기억해내어 작별하고, 잠깐 사이에 죽어버릴 수 있다면…… 하고. 어떻게 이럴 수 있을까. 갑자기 이 세상에 할 일이라곤 아무것도 없는 것같이 느껴질 때가 있어. 그렇지 않아?"

"지금 넌 유혹당하기 딱 맞춤이구나. 그럴 때가 좋지."

"그럴 힘이라도 있으면 좋겠어."

"염려 마. 아직 눈꼬리에 붙어 있으니까."

다영은 웃지 않는다. 문득, 서경이 이야기를 하고 싶다. 창밖을 본다. 눈은 필사적으로 쏟아져 내리고 있다. 도시를 눈으로 묻어버리려는 것은 아닐까 생각하자 서경의 이야기가 스스럼없이 흘러나온다. 정준은 전혀 놀란 기색을 하지 않는다.

"서경이가 남긴 글을 얼른 읽지 못하는 것은 죄책감인지도 몰라. 난 서경이와 효범이가 늘 부러웠어. 우습게 들릴지 모르지만 어떤 때는 무조건 효범이를 뺏고 싶을 때가 있었어."

"그럴 수 있겠지. 두 사람을 부러워한 사람들이 어디 한둘이었나."

"그랬어? 난 그런 줄도 모르고 괜히 신경썼네. 서경이 글을 읽기 시작하면서 여러 가지 생각을 했어. 흔히 표현하듯 역사 속에서 지워진, 괄호 닫힌 삶이 어디 한둘이냐고 한다면 할말은 없지만 서경이가 살다 간 삶이 그렇게 쉽게 잊혀져도 되는 건지. 이해가 안 돼."

"서경인 지워진 게 아니라 우리가 지우고 있는 거야."

서경의 그림이 떠오른다. 최근에 민중미술을 한데 모은 화집이 출간되었다는 소식은 들었지만 다영은 그런가보다 생각했다. 우연히 효범의 작업실에서 그 책을 들추다가 서경의 이름을 발견했다. 다영 역시 까마득하게 잊고 있었던 서경이의 걸개그림이 유일하게 한 점이 실려 있었다. 그림을 보는 순간 가슴이 쿵 내려앉는 소리를 들었다.

화폭의 위, 아래, 옆에는 모순으로 얼룩진 사회구조가 한눈에 들어왔다. 중앙에 선 여인은 머리에 수건을 두르고 눈을 부릅뜨고 아이를 부둥켜안고 있었다. 오로지 한 몸으로 버텨낼 수밖에 없음을 말하고 있는 듯했다. 바지가 흘러내려 조그맣고 하얀 엉덩이를 드러낸 아이.

결연한 눈빛을 하고 있는 여인과 아이의 엉덩이를 보며 서경이가 간절히 바랐던 미래를 보았다. 삶과 생명의 의미가 그곳에서 살아 꿈틀거리는 것만 같았다.

정준이 다영의 손에서 담배를 가져가서 재를 턴다. 언제부터 들고 있었는지 담배가 중간까지 재로 변해 있었다. 실내가 훈훈한 탓인지 금세 술기운이 오른다. 딸아이를 깜박 잊고 있었다. 다영이 카운터로 가자 지담인 카레밥을 먹고 있다.

"미안해서 어떡해요."

"아녜요. 지담이가 예뻐서 하는 건데요 뭘."

집안에만 틀어박혀 작업을 하는 것이 이따금 지루해서 나가면 다영은 늘 무의식중에도 뒤뜰로 갔다. 뒤뜰 여주인도 그사이 얼굴에 주름이 많이 잡혀 있었다. 손님이 없는 낮시간은 오래 앉아서 작업을 해도 좋았다. 집으로 전화를 건다. 전화벨이 끝없이 빈 공간을 울린다. 남편은 아직 돌아오지 않았나보다.

"나도 이젠 다 됐어. 애를 데리고 나와서 취하다니."

취기 어린 눈을 뜨며 다영이 배시시 웃는다. 정준 역시 취기가 도는지 말간 눈이 게슴츠레 조아져 보인다. 손을 머리로 집어넣어 머리칼을 부스스 휘젓는다. 짧깐 사이에 두 사람의 눈이 마주친다. 지담이 밥을 다 먹은 걸 보자 다영은 일어선다. 정준이 지담이를 데리고 앞서 나간다.

잔잔히 몸을 휘감는 바람은 매섭고 춥다. 봄이 멀지 않았는데 올해는 유난히 자주 눈이 내린다. 딸아이에게 뭔가를 사주고 싶다며 정준이 선물가게로 끌고 간다. 지담이는 깜찍하게 생긴 예쁜 여자아이 인형을 잡았고 다영은 아들에게 주라고 다른 것을 골라 정준에게 준다.

"안녕."

헤어지며 딸아이가 정준에게 인사를 한다. 다영을 바라보는 정준의 눈은 따뜻하다. 그것은 하루아침에 이루어진 것은 아니었다. 두 사람이 함께 조직에서 일했던 그때 이후, 몇 년을 침묵으로 혹은 침울하게 지냈던 나날에 쌓인 연민 때문인지 모른다. 눈 속으로 돌아서는 정준의 등을 다영은 우수에 넘친 시선으로 바라본다.

ㄱ

엄청난 꿈을 꾸었다. 꿈에서 본 색채들은 어디서도 본 적이 없는 강렬한 색이었다. 잠을 깨고 나서도 효범은 얼른 눈을 뜨지 않는다. 바다가, 시퍼런 바다가 눈앞에 어른거려 눈을 뜰 수 없다. 코발트보다 진하고 감청색이라고 하기엔 옅은 푸른색이 담긴 바다였다.

검은 어둠이 먼 수평선에까지 드리워져 있었다. 바다 한가운데 배가 보였다. 배의 갑판 쪽에 한 소녀가 웅크리고 앉아 있었다. 소녀의 얼굴은 빳빳이 굳어 있었고 소녀만큼이나 바다도 긴장하고 있음을 한눈에 알 수 있었다.

한순간 소녀는 갑판 위에 빨간 동그라미를 크게 그리며 한 번 몸을 뒹굴었다. 그것은 암호였다. 효범이말고도 누군가 그 행위를 보고 있었다. 배의 선장이었다. 적이 공격하기도 전에 소녀는 돛대 위에서 던진 그물에 갇혔다.

해안에 풀이 듬성듬성 나 있었고 사람들이 바닷가에서 놀고 있었다. 해안 가까이에 있던 열 명 남짓 되어 보이는 어른과 아이들의 표정이 잔뜩 굳어 보였다. 죽음이 그들을 기다리고 있었음을 알기나 한 것처럼. 멀리 장총을 든 남자 네, 다섯이 걸어왔다. 어른들은 아이들을 몸으로 짓누르며 바다 속으로 들어갔다. 바닷가에 있었던 사람들의 흔적이 순식간에 사라졌다.

총을 든 남자들이 의아해하며 어리둥절하는 사이 바다 속에서 숨을 참고 있었던 여자와 아이의 시신이 뭍으로 떠밀려 왔다. 모래 위에 포개어진 채 죽어 있었다. 남자들은 마치 그것이 그들 모두의 죽음이라 생각했는지 안심하며 돌아섰다. 소녀는 살아서 그 광경을 보고 있었다.

시퍼런 칼날 같은 바다 위 언덕, 검푸른 밤이었다. 총을 들고 고갯마루를 넘던 한 남자에게 소녀가 살아 있음을 알리려 하자 눈을 부릅뜬 사신 같은 검은 그림자가 소녀를 막아 섰다. 내버려 둬! 효범이 꿈속에서 사람의 음성을 들은 것은 이 한마디였다. 그리고 효범이 꿈에서 깨어났다.

조카들의 떠드는 소리가 들려온다. 설날 아침이다. 여기저기 흩어져 사는 형제들이 오랜만에 한자리에 모였다. 효범도 전날 저녁에 집으로 왔다.

효범은 눈을 뜬다. 죽음, 넘실거리는 파도, 소녀의 행위가 무얼 뜻하는 건지 알 수 없다. 여하간 머리 속이 뒤숭숭하다. 벌써 사흘째다. 눈을 감으면 도처에 시신이 보이는 꿈 때문에 며칠째 개운치가 않았다.

꿈에서 본 소녀가 서경이와 무척 닮았다고 생각한다. 효범은 손을 머리 아래로 집어넣어 깍지를 낀 채 천장을 쳐다본다. 몸을 움직이자 침대가 출렁거린다. 서경의 동그스름한 얼굴이며 선량한 인상을 주는 쌍꺼풀, 어깨 너머로 조금 내려온 생머리. 처음, 서경을 안고 입술을 포개었을 때 서경이 눈을 동그랗게 치뜨고 쳐다보는 바람에 그만 함께 웃어버렸다.

서경이 가고 난 그 다음해부터 두 해 동안은 자신이 무서웠다. 스스로가 생각해도 경멸스러울 만큼 강한 성적 욕구가 온몸 구석구석 머물러 있었다. 어떤 날은 정말로 일을 칠 것만 같은 느낌에 견딜 수 없었던 때도 있었다. 겨우겨우 마음을 달래고 진정시키려 노력한 것이 효과가 있었던지 지금은 다소 평정을 유지하고 있다.

불쑥 돼지가 그리고 싶다. 앞으로 툭 튀어나와 연신 냄새를 맡으며 쫑긋거리는 돼지의 입은 참으로 신이 준 희극처럼 보였다. 벌렁

드러누운 엄마돼지 옆에 우르르 모여 젖을 빨고 있는 새끼돼지들에 게서 느껴지는 포근함 같은 것을 새삼스레 그리고 싶다.

며칠 전 일이 떠오른다. 그 날, K대학의 소강당에서 민중미술에 대한 심포지움이 있었다. 80년대 민중미술운동을 평가하면서 90년 대 민중미술의 모색과 전망을 공개적으로 토론해보고자 하는 자리 였다. 효범도 몇몇의 지기들과 함께 갔다.

두 개의 단대 건물이 새로 들어선 것말고는 효범이 학교를 다니 던 시절과 그다지 변한 것이 없었다. 오랜만에 만난 지기와 선후배 들은 저마다 바삐 인사를 나누던 터라 소강당은 소란스러웠다. 효 범도 대충 인사를 하고 슬그머니 빠져 나왔다.

가을이면 자줏빛 열매를 주렁주렁 매달고 있던 대추나무가 마른 가지를 하고 여전히 그 자리에 있었다. 그 옆의 벤치는 초록빛으로 곱게 덧칠해져 있었다. 서경이 교내에서 가장 편안해하던 자리였 다. 효범은 뿌우옇게 내려앉은 마른 먼지를 손으로 쓸어내고 앉았 다. 서경이 안식처로 삼았던 옆자리를 눈으로 쓸었다. 찬바람에도 하늘은 맑고 쾌청했다. 겨울 햇살에도 눈이 부셨다.

서경이를 처음 만나게 된 것은 햇살 때문이었다. 지금처럼 그때 도 분명 햇살이 있었다. 그러나 그 햇살은 한 점 그림자도 지니지 않은 채 살갗이며 검은 눈을 멀게 하는 환상의 빛이었다.

그 날, 학교 실기실에서 효범은 그림을 그리다 말고 어슬렁거리 며 학교 아래쪽으로 내려갔다. 추상이 뭔지도 모르면서 추상을 하 겠다고 허구헌 날 실기실에 눌러앉아 있던 날들이었다. 새벽부터 캔버스 앞에 뭉개고 앉았던 탓에 지루했다. 실기실 창밖에 서성이 던 조각구름과 하늘이 밀애를 나누듯 어스러지는 것을 보자 더 이 상 앉아 있기가 싫었다.

교문을 나서자 길옆에 있던 '미진화방'이 눈에 띄었다. 미진화방은 미대 교수들의 손발처럼 들러붙어 학교앞 화방 중에서도 영향력이 있는 곳이었다. 무심히 화방을 들여다보다가 안에 있던 주인과 눈이 마주쳤다. 문을 열었다.

—어이, 박군이군. 어서 들어와. 한잔 들어.

낯익은 주인이 효범을 반갑게 맞았다. 공교롭게 화방 안에서는 술판이 벌어지고 있었다. 학교앞을 기웃거린 것은 손놀림에 지쳐서 술을 마실 마땅한 이유를 찾고 있었는지 모른다. 그만 낮술에 취해버린 효범이 화방 주인을 상대로 싸움을 걸었다. 순식간에 주인은 교수를 매도하는 나쁜 학생이라며 교수에게 전화를 하겠다고 했다. 어이없어하며 효범이 얼굴을 돌렸을 때 갑자기 눈이 부셨다. 똑바로 쳐다볼 수 없을 만큼 실내로 쏟아져 들어온 햇살과 마주쳤다.

'햇살이다—' 자신도 모르게 소리를 지르며 밖으로 뛰쳐나갔다. 뒷이야기는 학교 실기실에 있었던 서경이가 말해주어서 알았다.

—별안간 문이 쾅하고 열렸어. 난 그만 일어서려고 가방을 챙기던 중이었어. 효범씨가 문을 제치고 들어오더니 구석에 쪼그려 앉더라구. 그러더니 울기 시작하는 거야. 마치 짐승이 울부짖는 소리 같았어. 다른 애들은 무서워서 도망을 쳤어.

설핏 잠에서 깨어나자 누군가 근심스레 효범을 내려다보고 있었다. 서경이었다. 효범이 그렇게 실기실로 뛰어들어와 실기실 귀퉁이에서 잠이 들었던 것이다. 이학년 가을학기가 시작하고 며칠 후 일어난 일이었다.

서경 역시 서양화 전공이었지만 가깝게 지내는 친구는 아니었다. 그 일을 계기로 둘은 친숙해졌다. 그 당시 효범은 추상을 하면서도 왠지 뜬구름 잡는 것 같은 기분에 잠길 때가 허다했다. 하지만 다만 느낌이 그럴 뿐이지 왜 그런 생각이 드는지 묻는다면 정확한 이유를 대지 못했다. 여하튼 목이 옥죄이는 것 같은 심정이었다. 학교 안팎으로 어수선한 시대와 교내 분위기가 고스란히 실기실을 압도하고 있음에도 무심히 캔버스 앞에 죽치고 앉아 있는 자신이 때로는 역겨웠다. 어디론가 무작정 뛰쳐나가고 싶은 심정일 뿐이었다.

―효범씨, 야학 같이 해볼 마음 없어?

서경에게 몇 번 들어서 알고는 있었지만 그림밖에 모르는 자신이 할 수 있는 일이 있을까 싶어 단번에 그러마고 대답하지는 못했다. 그러는 동안 서경은 이따금 노동야학의 활동을 이야기해주었고 겨울방학을 할 무렵 함께 가게 되었다. 그곳에서 효범은 처음으로 생산현장에서 일하는 노동자를 만나게 되었고 다영이와 정준을 알게 되었다.

야학에서 다영이와 마주치면서 처음에는 왠지 거부감이 일었다. 서경이와는 달리 성격 탓인지 아니면 노동야학이라는 일의 내용 때문인지 다영에게서는 늘 긴장감이 느껴졌다. 다영은 매사에 집요하고 철저했다. 함께 일을 하면서부터 그러한 느낌은 많이 사라지긴 했지만 다영은 자신뿐만 아니라 모든 인간에게 전적인 헌신을 요구하는 그런 사람처럼 보였다. 몇 달은 강학들이 하는 세미나만 참석했다.

봄이 오고 새 학기가 시작될 무렵엔 효범도 강학으로 일을 하기 시작했다. 정작 효범이 일을 하는 동안 다영에게서 감탄할 만한 것은 한두 가지가 아니었다. 다른 강학들이 놓치고 지나가는 일을 다영은 드러내지 않고 버팀목처럼 처리하는 것을 자주 보았다. 다영의 눈빛은 강한 인상을 주었다. 서경이와는 전혀 어울릴 것 같지 않았지만 둘은 늘 함께 있었다. 그러던 다영이 서경이 가고 번역을 한다고 하던 이후부터 완강하게만 보이던 전체 인상이 서서히 풀리고 있다고 느꼈다.

어쩌다 만나면 금방 울다가 나온 여자처럼 눈가가 젖어 있거나 어둠 속에 가만히 서 있는 것같이 느껴졌다. 그런 다영의 모습을 보면서 효범은 내심 당황해한 적도 있었다. 마치 서경이의 마지막 모습을 보는 것 같아서였다.

그것이 더욱 효범의 가슴을 허전하게 했다. 서경이 웃는 모습은 고혹적일 만큼 아름다웠다. 인간의 머리는 모든 것을 기억하기엔 역부족인지 십여 년이란 세월을 지나왔으면서도 떠오르는 것은 서경이 병마와 힘겹게 싸우던 마지막 모습이었다. 생각에 젖어 있는 동안 서서히 하늘이 흐려지고 햇살이 엷어져갔다.

ㅡ여기서 뭐 하고 있어. 자.

학교 동기이자 이전에 함께 일했던 동료였다. 자판기에서 사온 커피를 내밀었다.

ㅡ고마워.

ㅡ어디 갔나 하고 찾으러 다녔지.

효범이 옆으로 비켜 앉았다. 친구도 슬쩍 엉덩이를 걸쳤다.

ㅡ대추나무 허리가 많이 굵어졌어. 나무도 나이는 속일 수 없나 부지. 이 자리는 예전에 너희들이 세놓은 자리였지 아마.

뜨거운 커피를 감싸 쥐고 한 모금 마셨다. 효범은 슬몃 미소지었다.

ㅡ야, 그때는 말못하게 부러웠지. 그런데 지금까지 궁금한 게 하나 있는데 물어볼 기회가 없었어. 졸업하고 나서도 너와 꽤나 붙어다녔는데. 이제야 좀 한가한 느낌이 들어.

ㅡ뭘?

ㅡ벌써 옛날 일이네. 졸업할 무렵에 서경이가 왜 자수를 했는지 이해가 잘 안 돼.

커피향은 진했다. 효범은 일어나서 몇 걸음 걸었다. 그야말로 옛날 이야기다. 지금에 와서 광주항쟁이라 일컫지만 그때는 광주사태였다. 80년 오월에 저질러진 군부의 만행이 서서히 소문에 꼬리를 물고 하나, 둘씩 입으로 전해지던 시절이었다.

서경이는 그 당시 노동자 모임에서 판화를 가르치고 있었다. 피곤한 나날이었는데도 노동자 모임이 끝나면 한밤에도 서경은 그림을 그리러 가곤 했다. 그곳은 서경을 아끼던 모 교수가 네 명의 다른 여성학우들과 그림을 그리라고 빌려준 아파트였다. 서경이의 집념은 대단했다. 한번 자리에 앉으면 그림이 마음에 들 때까지 거의 붓을 놓지 않는 습관이 있었다.

그 즈음 효범이 거리에서 우연히 유인물을 주웠다. 오월의 만행을 그림으로 규탄한 유인물이었다. 살벌했던 시기에 그러한 시도는 목숨이 두 개나 달린 사람이 아니곤 감히 용기를 낼 수 없던 일이었다. 거의 한 달이 넘게 곳곳에 그림이 그려진 유인물이 뿌려졌다. 학교로 수사망이 좁혀지고 있다는 소식을 들은 날이었다.

그제서야 서경이 효범에게 실토를 했다.

─나야. 그리고 나와 함께 그림 그리던 네 명.

처음 그 말을 들었을 때 효범은 걱정스러워 어찌할 바를 몰랐다.

─너가 알면 너 역시 걸려들 수도 있으니까 차라리 모르는 게 낫겠다 싶어 말을 안했어. 미안해. 문제는 나를 제외한 네 명이야. 그 친구들은 유학을 가려고 준비를 하고 있는데 만약 일이 잘못되면 유학을 포기해야 돼. 그래서……

─그래서 어떻게?

─내가 혼자 한 것으로 책임을 지기로 했어. 나 혼자 자수하기로 했어.

할말이 없었다. 자수한다고 만사가 순조롭게 해결될 일이 아니라고 생각했다. 혹시, 만약 그럴 일이 없기를 바라지만 고문이라도 받으면. 그때 분위기로서는 충분히 예상할 수 있는 일이었다. 생각만 해도 끔찍한 노릇이었다. 그러나 말은 꺼내지 않았다. 효범이 말린다 해도 서경이 들을 것 같지 않았다.

형사들이 한 발 빨랐다. 서경이 자수를 하겠다고 한 다음날 밤, 아파트는 기습을 당했다. 그러나 이미 서경의 일행들은 보관해놓았던 유인물을 남김없이 버리고 증거품이 될 만한 물건은 치워버린 뒤였다. 서경이 자수를 보류했지만 유학을 가야 할 친구들 발등에 불이 떨어졌다. 결국 얼마 뒤에 서경이 자수를 했다.

삼일 만에 서경은 훈방조치되었고 서경의 일행들 역시 입건되지 않았다. 일행 중의 아버지가 유력한 재계인사여서 손을 쓴 것이 가장 유효했고 명분상으로는 아파트를 빌려준 교수가 책임 서명날인을 한 덕분이었다.

ㅡ그러면 그 친구들은 유학을 갔어?

ㅡ응. 지금 돌아와서 활동하는 친구들도 있어. 얼마 전 '빛 갤러리'에서 개인전을 했던데. 가보진 않았어. 너두 이름 들으면 알 거야.

강당으로 갔다. 긴 시간에 걸쳐 여덟 명의 발제가 끝났다. 지금의 변화된 정세에서 운동의 한 갈래로서 90년대의 미술운동을 전망한다는 것은 사실 힘겨운 작업이기도 했다. 발제를 한 이들이 얼마나 고심을 했는가는 미루어 짐작할 수 있었다. 이미 실천 속에서 그 어려움을 피부로 느끼고 있는 참석자들이기 때문에 더욱 공감했으리라. 갈채를 보냈다.

정치적 대치선이 뚜렷했던 80년대에는 공개단체든 비합법조직이든 간에 노선과 조직이란 강력한 울타리가 있었다.

그것은 그림도 마찬가지였다. 전문 미술인이 대중적 정서를 획득하려는 시도에서 나아가 조직창작이라는 집단성을 확보하고 그림이 생산현장에 있는 노동자와 협의, 또는 공동으로 창작을 하기에 이르렀다. 발제자는 다양한 방식으로 90년대 중·하반기를 전망했고 역시 생활 속에서 다양한 모색을 해보자고 했다.

나중에 들어가서 몇 사람의 발제를 듣는 동안 효범은 마음이 복잡했다. 결국 발제와 토론은 산 자만이 할 수 있는 것이다. 서경이가 주장해왔던 전통미술을 계승하자는 이론이 어설프다거나 그림 같지도 않다거나 하는 것은 환쟁이로서는 중요한 일이기도 하다. 그러나 정작 그것만이 전부는 아닌 것이다.

도대체 무엇이란 말인가. 사랑하여서, 그래서 집착하는가? 아니다. 서경의 짧은 삶은 그림을 떠나서 이야기할 수도 없지만 한 시대, 지난 십여 년 동안 꽃을 그릴 수 있는 시대가 오기를 희망했던 인간이었다.

그러나 효범 역시 어떤 식으로든 서경의 삶을 제대로 정리하고 있지 못하다는 것이 괴로웠다. 역사의 정의가 이러저러하지만 한편으론 죽은 자들에 대한 산 자들의 기록이기도 하다. 그런데 자신은 서경에 대해서 무엇을 어떻게 기록할 수 있는지. 가슴이 답답했다. 효범은 열띤 토론 속에서 납덩이같이 굳어 있었다.

마루에서 기름 냄새가 방으로 스며든다. 자리에서 일어난다. 차례를 지내고 아침을 먹었다. 상을 접어 들고 나오던 효범에게 큰형수가 농담처럼 한마디 한다.

"올해는 결혼하셔야죠. 어머님이 여간 걱정이 아니세요."

다른 사람이 그 말을 했다면 무신경하게 들어 넘겼을지 모른다. 불쾌했다. 아버지와 대학교수인 형수는 둘 다 국전에 입상한 경력이 있는 사람들이었고 큰형 역시 화랑업을 하고 있었다. 식구들과 마주치고 싶지 않았지만 명절이나 큰일이 있을 경우는 어쩔 수 없었다.

집안에서 서경의 죽음을 모르는 사람은 한 사람도 없었다. 그래선지 누구도 섣불리 결혼 이야기를 꺼내지 않았다. 재작년까지도 어머님은 서경이 드렸던 꽃무늬가 그려진 고무신을 고이 간직하고 계신 것을 효범은 알고 있었다. 장롱에 들어 있던 고무신이 언제부턴가 보이지 않았다. 밖으로 나가려 효범은 옷을 걸쳐 입는다. 현관으로 나가려는 찰나 아버지가 부른다. 그대로 나가려 하자 다시 불러들인다. 안방으로 들어간다. 아버지의 손엔 여전히 파이프 담뱃대가 들려 있다.

"오랜만에 식구들이 모였는데…… 얘기 좀 하자."

언성이 높아지려던 것을 자제하는지 아버지는 말소리를 낮춘다. 효범은 말없이 앉는다. 형이 와인을 한잔 부어 준다.

"그땐 한마디로 몸부림이었지. 전쟁 후엔 물감이나 제대로 있었겠어? 흰색이 없을 땐 그나마 아연화 가루에 린시드를 섞어 두 시간 정도 개면 흰색이 나왔지. 아마인유는 군대에서 총 닦는 기름이었어. 참 가난한 시절이었지."

어느새 머리가 허옇게 센 아버지가 다시 파이프에 불을 붙인다.

"그 당시 프랑스를 간다는 것은 하늘의 별 같은 존재였어. 50년에 가까워지면서부터 하나, 둘 가기 시작했지. 현대미술이 태동한 것도 그 무렵이었고."

형이 머리를 끄덕거린다. 벌써 수십 번도 더 들은 이야기다. 아버지가 현대미술이라고 한 것은 50년대 후반 무렵부터 생기기 시작한 앵포르멜 운동을 일컫는 것이다. 효범은 속으로 한숨을 쉰다. 물감이 귀하던 시절이니까 미군부대에서 흘러나온 깡통 재료를 가지고 그림을 그릴 수밖에 없었던 것은 그렇다 치더라도 앵포르멜 운동이라는 것에서 자부심을 가진다는 것은 도저히 이해할 수 없다.

그야말로 전후여서 미술에 관한 정보 채널이 없었을 것이다. 정보라고 해야 겨우 미군부대를 통해서 흘러나오던 화보나 잡지를 보는 정도였다. 거기서 주워들은 서구 앵포르맬을 가지고 새로운 시도인 양 했던 것은 한국 미술사에서 부끄러운 이야기다. 더구나 형수가 국전에 출품을 했을 무렵 돈보따리를 싸들고 간 것까지도 효범은 너무나 잘 알고 있었다.

자손들이 모이면 회고담을 즐겨 늘어놓으시는 아버지를 효범은 물끄러미 바라본다. 씁쓸하다. 젊디젊은 나이에 일제하에 있던 선전을 통해 화가로 데뷔한 아버지의 경력은 두고두고 효범을 괴롭히는 것이기도 했다. 아버지도 그렇거니와 세칭 보수화단이라고 하는 쪽에선 친일미술을 한 행위에 대해선 추호의 관심이 없었다. 부끄러운 가족사였다.

아버지가 효범을 쳐다본다.

"넌 앞으로 어떡할 거냐?"

으레 그 물음이 나올 것이라 짐작하고 있었다. 아무 말도 하지 않는다.

"이젠 마음잡고 그림 그려라. 민중미술이고 어쩌고 하는 그런 데 기웃거리지 말고."

적어도 예전 같았으면 말을 듣는 순간 자리를 박차고 나갔을지 모른다. 하지만 그렇게 단순한 행동으로 거부를 할 만큼 자신이 약해지지 않았다고 속으로 생각한다. 아무 대꾸도 않자 아버진 다시 형을 돌아보며 이야기를 시작한다. 효범은 방을 나온다. 정초의 텅 빈 거리를 목적지도 없이 헤매고 다닌다. 한참을 걷고 찬바람에 익숙해지자 허허로운 마음이 차분히 가라앉는다.

8

어느새 해거름이 되었다. 창밖을 문득 바라보니 마지막 겨울 한 귀퉁이를 따스하게 해주던 해가 저만치 기울었다. 하루 종일 의자에 앉아 있던 다영은 햇살 아래 걷고 싶은 충동을 겨우겨우 참아내고 있었다.

책상 앞에 있던 창을 조금 연다. 찬 기운이 섞여 있긴 하지만 얼굴에 스치는 기운은 부드럽다. 미풍. 영어를 처음 배우기 시작했던 날에 잊혀지지 않는 단어가 바로 미풍이란 단어였다. 위, 아랫입술을 살며시 떼고 혀를 안으로 도르르 말아 넣고 이가 살짝 보이게 다물면 되었다. 어쩌면 그때는 부드럽고 감미로운 그 무엇을 그리워했는지 모른다.

인간은 저마다 특별한 이유 없이 마음에 드는 말이 한둘쯤은 있게 마련이다. 그렇다고 해서 아주 막연히 다가오는 것은 아니다. 어떤 생각, 느낌에 푹 젖어 있거나 깊이 빠져 있을 때 문득 그것에 일치하는 단어를 찾아낸다.

다영이 그러했다. 갓 스무 살이 되던 해 선배들의 토론하는 자리에서 불쑥 인간이란 단어가 가슴을 뚫고 들어왔고 그 무렵 첫사랑으로 앓기 시작했다. 한바탕 희오리바람처럼 아픔을 겪고 제정신을 차렸을 때 다시 민중이란 말이 화살처럼 젊은 시절에 박혔다. 지금은 뭘까? 다영은 창을 바라본다.

"엄마, 이 책 읽어줘."

마루에서 그림을 그리고 있는 줄 알았던 지담이 다영에게 책을 내민다. 「미운 오리 새끼」다.

"혼자서도 잘 읽잖아?"

다영이 혼자 읽으라는 투로 말하자 딸아이 몸을 비튼다.

"알았어. 엄마 일 마치고 나중에. 알았지?"

"응. 아니 예."

햇살이 집을 빠져 나가고 그림자가 질 무렵 하루 분량을 마친다. 다영은 컴퓨터를 끄고 딸과 함께 마루에 나란히 눕는다. 미운 아기 오리. 어느…… 한참을 읽어주면서 다영은 혼란스럽다. 참 이상하다. 어린 시절, 이 동화를 읽을 땐 못생긴 오리 틈에서 구박을 받던 백조가 가여웠는데 지금은 어찌 된 건지 전혀 느낌이 다르다.

목도 짧고 날개도 없이 부리도 뭉툭한 오리에게 동류의식이 느껴진다. 어쩌면 아름다운 외양을 한 백조에게 상대적인 왜소함을 느끼는 것은 차라리 오리 편이 아닐까 하는 생각까지 든다.

"엄마, 무슨 생각 해. 빨리 읽어줘."

지담이 베란다창을 무심히 바라보던 다영을 흔든다.

"엄마가 딴 생각에 빠졌네. 미안."

책을 끝까지 읽어주고 저녁 준비를 한다. 저녁을 먹고 뉴스가 끝나자 그렇고 그런, 하지만 시청률 일위라는 연속극이 시작된다. 드라마를 보던 지담이 무엇을 아는지 저 혼자 샐쭉 웃다가 더러는 심각한 얼굴을 한다. 연속극이 끝나자 딸아이 졸린다며 책을 읽어 달라고 한다. 다섯 장도 채 읽지 못했는데 딸은 잠이 든다. 거실로 나오다가 전화통과 마주친다. 남편에게선 온다 간다는 전화도 없다.

그렇다고 해서 남편과 큰 불화가 있거나 한 것도 아니다. 이년 전, 시댁의 도움으로 남편은 조그만 사업에 뛰어들었고 근근히 꾸려나갔다. 하지만 어느 때부턴가 집에서 부부가 마주치면 왜 그런지 할말이 없었다. 하루, 이틀 그렇거니 넘어가던 것이 일년이 되었다.

거실의 찬장에서 양주와 잔을 꺼내어 다영은 작업실로 사용하는 방으로 들어간다. 한 모금 마신다. 톡 쏘는 듯한 술이 입 안에서 맴돌다가 목으로 넘어간다. 그렇게 마신 것이 얼마나 되었는지 어느새 병이 가볍다.

그런 날은 불안하다. 마신 만큼 허전하고 인간이 몹시 그리웠다. 담배를 들고 부엌으로 간다. 봄이 소리 없이 왔는데도 바람은 아직 차갑다. 옆집 지붕 위에 땡꽁이처럼 달려 있던 보안등에 여전히 불이 꺼져 있다.

남편을 맨 처음 만난 곳은 다영이 지방에 있을 때였다. 노동자 모임에 그가 들어왔다. 몇 주 지나고 직감으로 다영은 그가 노동자가 아님을 알았다. 어느 날 밤, 모임이 끝나고 정식이라는 그를 동료들 몰래 따로 불러내었다. 처음엔 실수하는 것이 아닐까 하고 조심스러웠지만 다영은 과감히 몰아붙였다.

─이 모임은 어떻게 알고 오셨어요?

옷을 입은 모양새는 허름했지만 정식의 눈빛은 전혀 허름하지 않았다. 다영의 주변에서 너무나 익히 보아왔던 인상이 그대로 박여 있었다. 학생이거나 위장취업을 하고 있는 것이 틀림없다고 판단했다. 그것이 문제되는 바는 아니지만 노동자 모임에 노동자로 가장하고 들어왔다면 문제로 삼을 수 있었다. 정식은 그다지 당황하지 않았다.

─벽보를 보고 왔어요.

─말씨가 이 고장이 아닌데요. 어떻게 오셨어요?

다영은 담배 연기를 한 모금 뿜어내고 깐깐하게 물었다. 잠깐이었지만 난감한 표정을 지으며 정식 역시 담배를 피워 물었다. 솔직히 털어놓는 것이 좋겠다는 판단을 한 것 같았다.

─사실을 털어놓죠. 노동자는 아닙니다. 하지만 공장에 다니고

있어요.

다영은 남편을 그렇게 만났다. 어째서일까. 왜 둘 사이가 말없는 가운데 벌어지는지 이해할 수가 없다. 결혼 초기만 해도 두 사람에겐 공동의 관심사가 있었다. 지담이가 잠이 들면 살그머니 거실로 나와 커피를 마시며 새벽이 오는 줄 모르고 토론을 벌이기도 했다. 그러던 것이 어쩌자고 이렇게 되었는지. 다영은 밤하늘을 올려다보며 담배만 피워댄다.

다음날, 다영은 온몸에서 빠져 나가는 기운을 막을 도리도 없이 앓기 시작한다. 간밤에 마셨던 술과 창가에 너무 오래 서 있었던 탓이었다. 새벽에 들어온 남편은 약국에 가서 약을 지어다 주고 지담이를 데리고 출근한다. 다영은 감기 오한으로 사흘을 내리 앓았다.

월간지에서 독촉전화가 온다. 다영이 앓는 동안 미처 번역을 끝내지 못했기 때문이다. 오후까지는 꼭 가져가겠다고 미안하다는 뜻을 전했지만 담당인 오기자는 급하다는 말만 되풀이한다. 하는 수 없이 의자에 앉는다. 한 장만 하면 끝이다. 전기가 나갔는지 갑자기 모니터가 스르르 꺼진다.

그르렁거리던 단말기도 멈춘다. 마음만 화닥닥거릴 뿐 다영은 키보드에서 두 손을 떼고 칠흑 같은 모니터만 바라본다. 다영은 급한 나머지 종이와 만년필을 꺼낸다. 마지막 부분은 적어서 주는 수밖에 별도리가 없다. 다영은 반미치광이같이 부수수한 머리를 묶고 세수만 한 채 가방을 들고 뛴다.

헉헉거리며 8층 사무실로 들어간다. 흰자위가 유난히 큰 벽시계가 12시를 가리키고 있다. 오기자 책상 앞으로 간다.

"시간 맞춰 왔군요. 수고하셨어요."

다영은 디스켓과 종이를 내민다.

"갑자기 전기가 나가서 마지막 부분은 적어왔어요. 얼마 안 되니까 좀 쳐주세요."

"아, 그것쯤이야, 그러죠. 차 한잔 뽑아드리죠. 우선 여기서 숨 좀 돌리세요."

다영은 오기자가 끌어다 주는 의자에 앉는다. 오기자가 커피를 뽑아온다. 넓은 사무실은 숨소리 하나 들리지 않는다. 월간지 두 개를 만드는 곳이어서 사무실도 넓다. 칸막이용 책꽂이 뒤에 얼굴을 파묻고 있는 사람도 많다. 너무나 고요해서 숨이 막힐 것 같다. 매끈거리는 벽에 햇빛이 훤히 비쳐 들어오는 빌딩의 사무실은 언제나처럼 서먹했다. 관공서라든가 이처럼 속이 들여다보이는 환한 공간은 낯설었다.

아득히 멀어져갔지만 희미하게 떠오르는 곳은 지금의 이 느낌과는 너무나 다르다. 형광빛에 갇힌 작업장과 언제나 긴장이 감돌던 모임방, 밝게 보이려고 하얀 페인트를 발랐던 지하실. 이것이 지난 십여 년을 살며 보아온 모든 공간의 인상이었다. 빨리 이곳을 나가고 싶다. 다영이 가져온 디스켓을 보던 오기자가 고개를 갸우뚱거린다.

"내용이 짐작했던 것과는 많이 달라요."

다영은 모니터와 오기자를 번갈아 본다. 오기자는 난감한 표정을 짓는다.

"다 읽어봐야 알겠지만 이번 기획과 그다지 맞는 내용은 아니네요. 그렇지만 원고료는 지불될 거예요."

애써 번역해온 글을 싣지 못할 것 같다는 말에 다영은 기분이 상한다. 등신 같은 것. 제대로 알고 원고를 줄 것이지 하는 생각이 들자 그만 짜증이 인다. 하지단 아무 말도 하지 않는다. 알았다며 일어선다. 일어서는데 다시 짓뭉개는 듯한 말을 한다.

"참, 지난달 번역하신 것 중에서 한 부분은 빠졌어요. 책 받으셨어요?"

"네. 그건 군사용어가 많아서 좀 힘들었는데 번역이 매끄럽지 않았을 거예요. 죄송해요."

"아닙니다. 그것 때문에 빠진 건 아니고 편집상 빠진 거니까. 원고료 일부가 지불되지 않아서 제가 미안하죠."

"괜찮아요."

속으론 정말 괜찮지 않았지만 말로 뱉을 순 없다. 지난번에도 그런 일이 있었다. 은행에서 원고료를 찾았을 때 자신이 생각했던 원고량에서 팔십 매 정도나 빠져서 원고료가 지불되어 있었다. 다영의 계산대로라면 십만 원이나 넘게 차이가 났다. 십만 원이면 딸아이의 한 달 유치원 비용과 맞먹는 액수다. 그때 생각 같아선 당장 달려가 원고량을 일일이 계산해서 따지고 싶었지만 억지로 참았다. 하지만 속 좋은 사람처럼 웃으며 인사를 하고 나온다.

엘리베이터를 탄다. 점심을 먹으러 꾸역구역 밀려들어오는 사람들 속에 묻힌다. 문 위에 달린 빨간 층수를 하나하나 읽으며 화를 삭인다. 점멸하는 빨간 숫자를 보는 동안 영화의 한 장면이 떠오른다.

영화 속의 여인은 엘리베이터 걸이었다. 여인은 그 빌딩의 십삼 층에 작업실을 가진 남자와 알게 되었다. 직업상 엘리베이터 속에만 사는 여자는 남자를 따로 만나러 갈 시간이 없었다. 대신 남자가 그 여자를 찾아오곤 했다. 이따금 두 사람만 남게 되었을 때 남자는 어김없이 여자를 끌어안았고 정열적으로 입술을 내리눌렀다. 그러다가 땡하고 어느 층에서 문이 열리면 '보시다시피 우린 아무 짓도 하지 않았어요' 하는 표정을 공범자처럼 지었다. 너무나 천연덕스러운 그 표정이 깜박거리는 숫자에 겹쳐 보인다. 혼자 생

각에 다영은 속으로 웃는다. 땡. 벨이 울린다. 일층이다. 로비로
나오며 건물 안에 있던 나무 조각을 건성으로 바라보며 걷는다.
누군가 등을 툭 건드린다.

잠시 의아하게 쳐다본다. 정말 뜻밖에 명훈이다. 명훈도 얼떨결
에 다영을 쳐놓고서도 놀라워한다.

"여긴 어쩐 일이야?"

"넌? 온지 삼개월 됐어."

나이 탓인지 살은 좀 붙었지만 예전의 귀티는 그대로 남아 있다.
명훈의 얼굴을 보자마자 옛날 일이 슬그머니 꼬리를 든다. 명훈은
그 일이 있고 나서부터는 늘 어두웠고 다음해에 군대로 떠나버렸
다. 몇 년이 지나고 명훈이 미국으로 떠났다는 소식을 들으면서도
떠난 것이 아니라 우리 모두가 내쫓은 것은 아닐까 하는 자괴감도
있었다.

"점심 먹었어?"

"아니."

"그럼 같이 가자."

명훈은 뒤를 돌아보며 몇몇 남자에게 가라는 손짓을 한다. 막상
함께 걷기 시작하자 다영은 구두 밑창에 닿는 딱딱한 바닥만 쳐다
본다. 옆옆이 서 있는 빌딩 속을 마치 어제 만났던 사람들처럼 걷
는다.

"어떻."

둘은 동시에 입을 열었고 닫는다. 다영과 명훈은 마주보며 웃는
다.

"너 먼저 해."

다영이 양보한다.

"시간 있어? 괜찮으면 우리 차 타고 나가자. 오후엔 나도 시간

있으니까."

"괜찮아."

"조금만 기다려. 차 돌려서 나올께."

명훈은 키가 커서 겅중거리며 걷는 것이 마치 뛰어가는 것 같다. 학생 때도 그랬다. 게다가 명훈의 얼굴은 미대생들이 크로키를 하고 싶어할 정도로 선이 부드러웠다. 차를 타자 다영은 기분이 묘하다. 옷 입은 매무새는 품위가 있어 보인다. 고요히 가라앉은 눈빛과 핸들을 여유 있게 잡고 있는 이 친구가 그 날에 눈물을 짓씹으며 울던 친구라니. 십여 년 만에 낯선 건물 앞에서 불쑥 만나리라는 상상이나 했던가.

"결혼했어?"

"응. 넌?"

"했어."

"누구지?"

"말해도 몰라. 넌 설마 미국 여자와 결혼한 건 아니겠지?"

"왜? 하면 안 돼?"

"그건 아니지만. 그냥 물어본 거야."

"아니야. 조선의 남아가 그래도 지킬 건 지켜야지."

다영은 희미하게 웃는다. 명훈의 차가 한남대교를 넘어간다. 명훈은 이사람 저사람 소식을 묻는다. 대답을 하면서 다영은 한강을 바라본다. 탁해 보인다.

어느 해 겨울, 친구들과 함께 갔던 강릉 앞바다와는 비교가 되질 않는다. 낙선대에서 내려다본 겨울 바다는 매서운 바람 때문인지 처연할 만큼 시퍼렇게 굽이치고 있었다. 그때 알았다. 바람이 모질게 차가울수록 바다는 더욱 검푸르러진다는 것을.

'연'이라는 고급 횟집이다. 실내는 경음악이 잔잔히 흐르고 마치

칙사를 대하듯 하는 분위기에 다영은 그만 짓눌리는 기분이다.

"온 지 세 달밖에 안 된다면서 이런 곳도 알고 있네."

"기자가 어딜 모를까."

"그럼 거기서도 신문사에 있었어?"

명훈이 머리를 끄덕인다. 뉴욕에 있는 대학에서 석사학위를 받은 이듬해부터 서울에 있던 모 일간지 지사에서 일을 했다고 한다.

"정종 한잔 할까?"

"그래."

명훈은 익숙한 솜씨로 웨이터를 불러 정종을 부탁한다.

"신문사에는 무슨 일로 왔어?"

"신문사가 아니고 『변혁』지 사무실에 간 거야. 나 요즘 번, 역, 하고 있어."

"그래? 뜻밖인데."

다영은 번역한다는 말을 더듬거리며 한다. 부끄러움, 무안함 같은 것이 도사린다. 다행히 모듬회가 나온다. 다영은 그제사 명훈의 차림새를 새삼 살핀다. 진한 쑥색 양복 안에 받쳐입은 명훈의 와이셔츠 칼라에 반지르한 윤기가 흘러내린다. 얼른 보아도 혈색 좋은 얼굴에 안정감이 배어난다. 미소를 짓는 얼굴엔 그늘이라곤 찾아볼 수가 없다.

지나간 일이긴 하지만 명훈이 그 당시에 받았던 충격에서 이제는 벗어났는지 궁금하다. 묻고 싶지만 말을 꺼내긴 어렵다.

이학년, 새 학기가 시작할 무렵이었다. 그 날, 써클실에 있던 다영에게 명훈이 잠깐 보자며 문앞에서 머뭇거렸다.

—왜 들어오지 않고?

다영은 의아해했다. 명훈은 고개를 숙이고 서성거리기만 했다. 다영은 써클실을 나왔다.

―왜 그래?

―저어. 혹시 다른 아이들이 나에 관한 이야기 하지 않았어?

―아니. 못 들었는데.

일학년 겨울방학부터 다영은 써클에서 하던 분반활동 외에 별도로 하는 소모임을 하고 있었기 때문에 거의 정신없이 지낼 때였다. 그때 그 모임을 언더라고 불렀다. 언더를 지도하던 선배들에게서도 아무런 말도 듣지 못했다.

―나더러 써클에 나오지 말래.

―누가?

―성택형이. 내가 프락치라는 거야.

명훈은 거의 울먹였다.

―아니, 미쳤어?

당장 뛰어가서 따지고 싶었지만 다영은 망설였다. 명훈과 같은 써클도 아니고 성택이라는 선배도 직속 선배가 아니었다. 아닌게 아니라 명훈은 남다른 데가 전혀 없진 않았다. 일학년이면서 감히 누구도 앞서기 꺼려했던 시위에서 항상 앞장서 있었고 당시의 분위기로서는 위험 수위에 가까운 말을 서슴지 않았다.

하지만 명훈의 남다른 면은 그것만이 아니었다. 학교앞 시위가 있을 때마다 마지막 순간까지 남아 있는 사람은 언제나 명훈이었다. 한번은 다영이 궁금해서 물었다.

―너는 맵지도 않니?

명훈이 빙그레 웃었다.

―나도 사람이야. 매워. 그렇지만 누군가 마지막까지 이 자리를 지키고 서 있어야 할 것 같아서 서 있는 것뿐이야.

명훈을 프락치라 보는 이유를 다영은 알 수 없었다. 이해가 가지 않아도 여하간 명훈은 써클을 나갔다. 그래도 시위가 있을 때면 언제나 그 자리에 있었고 이학년 겨울방학이 시작될 무렵 명훈은 군대라는 오지의 길을 떠났다. 그 날 이후 이렇게 느닷없이 다주쳤다.

먼 훗날, 동문회라고 모인 자리에서 다영은 명훈을 프락치라 했던 선배에게 물었다. 그때는 이미 명훈의 소식을 누구도 잘 알지 못할 때였다.

─그 애는 늘 우리를 불안하게 했지. 언제나 다른 후배들보다 한 발 앞서 있는 것 같아 보였는데 정도가 심했어. 그래서 일단 후배들과 거리를 두게 하려고 했어. 어느 날인가 모임 장소를 변경하고 가는데 명훈이 내 뒤를 다라왔어. 그게 결정적인 단서였지.

다영은 묵묵히 듣기만 했다. 명훈이 군대를 가기 전까지 어쩌다 교내에서 마주쳐도 길게 이야기를 나눌 시간이 없었다. 지금 생각해보면 무엇이 그리도 급했던 건지 알 수 없지만 다영은 늘 시간에 쫓기며 살았던 시절이었다. 그렇게 서로를 잊어갔다.

"고생 많았지? 네 소식은 가끔 들었어. 너가 구속됐다는 것은 그때 신문을 보고 알았어. 일단짜리 기사로 조그맣게 났더구나."

"너두 마음고생이 심했지? 늘 미안했어."

"지나간 일인데 뭘. 너가 미안해할 게 뭐가 있어. 오히려 날 믿어준 사람은 너였는데 도리어 내가 고맙지 뭘."

명훈은 괜찮다고 했지만 잠깐 얼굴에 스치는 어두운 빛을 본다. 학원 사찰이 심하고 단지 돌멩이만 들었다는 이유로 강제징집을 당하던 시절이었다. 당연히 보안에 철저한 신경을 써야 했지만 한 인간이, 그것도 가장 감수성이 예민한 청년의 시기에 프락치라는 오명을 썼을 때의 심정은 어떠했을까. 다영은 부끄럽다.

"한 가지 물어도 돼?"

뭐냐는 표정을 지으면서 명훈은 어느새 긴장하고 있다.

"너 그때 왜 성택 선배 뒤를 밟았니?"

잠깐이지만 당황하는 기색이 역력하다. 잠시 말이 없다.

"난 그때 나를 제외시키려고 하는 것을 알았어. 하지만 그 이유를 정확히 알 수 없었어. 소외당하고 싶지 않았거든. 그래서 따라갔지. 다른 이유는 없었어."

대답이라고 하는 것이 너무나 단순하고 어처구니없다. 소외당하고 싶지 않았다고? 황당한 나머지 다영의 얼굴이 하얗게 변한다.

소외된 삶을 밑둥치부터 뿌리뽑겠다고 한 사람들이 바로 자신들 아닌가. 그런데 소외라니. 다영은 곱게 포를 뜬 생선회를 멀거니 바라본다. 참치, 광어, 연어알…… 마치 자신이 거기 그렇게 누워 있는 것만 같다.

운동의 당위성은 분명했지만 행여 조직이 인간 위에 서진 않았는지. 소외된 민중을 향하여라고 했지만 가끔은 제 가슴에 뜨겁게 호흡하는 인간의 소리를 놓친 건 아닌지. 다영은 더 이상 회를 먹지 못한다.

거리에서, 감옥에서 암울한 역사에 다시금 눈뜨기 시작했지만 더불어 감당할 수 없는 불신까지 배웠다. 결코 그리 되려고 한 적은 없었지만 믿음보다 불신이 한몫을 단단히 하기도 했다. 그 날은 은총과 저주의 시대였는지 모른다.

횟집을 나온다. 명훈이 차를 가지러 간 사이 다영은 길가에 서서 명훈을 기다린다.

오후 햇살이 저만큼 비켜서 있다. 겨우내 쑥대머리같이 솟아 있던 나뭇가지들이 뭉터기로 잘려나가 새봄 맞을 채비를 하고 있다. 아프더라도, 우리의 치부를 드러내는 고통이 뒤따른다 하더라도 저렇게 잘라내야 할 것이다. 그러나 어떻게 갈무리해야 할지 다영은 알 수 없다. 또 그렇게 한다 한들 뭘 하자는 것인지도 모르겠다.

다영의 가슴속엔 그저 부끄러움과 조소와 냉소가 아프게 자리를 차지할 뿐이다. 명훈이 눈물로 짓씹었을 그 날의 절망을 어떻게 위로할 것인가.

어느새 명훈의 차가 다영 앞에 선다. 차를 타고 강을 건널 무렵 명훈이 테이프를 넣는다. 언제부턴가 다영이도 그 노래가 좋았다. 한영애의 허스키한 목소리가 가슴 깊숙이 파고든다.

아침에 보던 그 맑은 햇살과
당신의 고웁던 참사랑이
푸른 나무 가지 사이사이로
스며들던 날이 언제일까.
별들에게 물어요 나의 참사랑을.
뜰에 피던 봉선화와 같은 사랑을.
아무도 모른다네 우리의 추억을.

흥얼거리며 다영이 따라 부른다.
"너두 이 노래 좋아하는구나?"
"음. 좋아."
명훈이 다영을 돌아보며 웃는다. 그사이 차는 시내로 들어간다.
"이제 자주 만나자. 친구들도 함께."
"그래야지."
다영이 내리자 손을 흔들며 명훈이 떠난다.
명훈의 차가 사라지자 다영은 하늘을 바라본다. 간간이 떠 있는 흰 구름 사이로 햇볕이 반짝인다. 강렬한 봄의 향기가 온몸으로 파고든다. 좀 전에 뿌렸던 소나기 덕택에 거리의 먼지는 가라앉았고 도로는 촉촉이 젖었다. 해야 할 일이 없는 것은 아니지만 여하간 원고를 넘겼기 때문에 마음이 느슨해진다. 기껏 해간 작업이 실리지 않을 수도 있다는 언질을 받은 것이 찜찜하지만 봄을 느끼는 것만으로도 한결 기분이 좋다.

한참을 걷다가 효범에게 전화를 한다. 효범은 여전히 자리를 지키고 있었고 오라고 한다. 길가의 꽃수레에 보랏빛 스터치스가 가득 쌓여 있다. 한 묶음 산다. 보랏빛은 서경이에게 잘 어울리는 색이었다.

─보라색은 파고들어가도 끝이 없을 것만 같아. 너무 깊어. 파랑색은 왠지 단절되는 느낌이고 꿈이 없어 보여.

서경이 언젠가 그렇게 말했다. 향기도 없이 파삭거리는 스터치스를 다영은 손끝으로 만진다.

사무실이 있는 골목으로 들어서자 또 그 개가 있다. 한겨울을 한데에서 보낸 개가 오늘은 봄 햇살에 늘어져 잠이 들었다. 다영은 따사롭게 미소짓는다. 계단으로 올라가자 작업실 문이 반 열려 있다. 열린 문을 살짝 두들긴다. 다영이 들어서자 효범이 일어서며 반가워한다. 다영이 꽃을 내민다.

"색이 좋은데."

낯선 얼굴이 엉거주춤 일어선다.

"인사해. 여긴 그림 그리는 후배고, 이쪽은 한다영 씨. 친구야."

다영이 가벼운 목례를 하는 동안 효범은 스터치스를 장식장 선반 위에 올려놓는다. 효범이 커피를 타며 말을 한다.

"이 친구 그림 본 적 있지?"

"어떤 건데요?"

알아보지 못해 미안하다는 뜻을 담아서.

"열사들의 장례식이나 대중집회 때 걸렸던 걸개그림들인데."

"아, 그러세요. 지금은 무얼 그리세요?"

"그냥 그립니다. 뒤늦게 컴퓨터 그래픽도 공부하고 여러 가지 구상중입니다."

"네에. 저런 것 말이죠?"

다영이 사무실 안쪽에 비치된 몇 대의 컴퓨터를 가리킨다. 후배는 껄껄대며 웃는다.

"그나저나 형은 그림 안 그릴 거요?"

"그림?"

"집단이란 현실에서 이제 겨우 자유를 보상받았는데 늘 그렇게 독불장군처럼 버티면 어떡하우? 개인작업을 좀 해요, 해."

효범이 얼굴을 찌푸린다.

"어떤 자유?"

커피를 마시며 후배는 슬그머니 웃는다.

"창작활동을 하란 말이지. 형의 그림을 그려서 내놓으라는 것이지. 자기 작품 없이는 아무 말도 먹히지 않아요."

후배는 말싸움을 작정하고 온 사람처럼 시비조로 나온다. 다영은 조금 긴장한다. 캔버스에 그림을 그리지 않겠다는 효범을 비판하는 것이라 짐작만 한다. 80년대 후반 민중미술운동은 대체로 집단창작으로 이루어진 활동이라 해도 무리가 없어 보였다. 저렇게 말하는 후배 역시 대형 걸개그림들을 제작했고 효범 역시 집단창작단에 있으며 걸개그림들을 그려내느라 개인창작을 소홀히 했던 것은 사실이다.

사실 소홀이라는 말은 맞는 말이 아니다. 의도적인 결별이다. 효범이 말대로라면 미술계를 완강히 장악하고 있는 추상화 일색과 모노크롬 계열 등은 하나같이 외국 사조를 따르는 것들뿐이다. 이들은 한결같이 개인창작을 주로 한다고 했다.

다영은 추상이, 구상이 뭔지 모르고 또 그 사람들을 알지도 못하지만 막연한 느낌은 있었다. 그것은 현실을 외면하고 체제에 안주하는 자들의 그림이라고 막연히 느꼈다. 그림을 알아서가 아니라 짓눌리는 만큼 불같이 솟구치던 그 날에 그렇게 보였다.

이들이 생산한 조형물은 관공서, 빌딩, 큼직큼직한 건물 앞에 엄청난 댓가를 받으며 죽은 듯이 서 있는 일프로 미술이라고, 이들은 철저하게 제국주의의 미학적 기반을 신봉하고 있다고 효범은 강도 높게 비판을 해대기도 했다.

"여하간 어떤 창작논리에서건 형은 자신의 그림을 그려내지 못한 건 사실이잖소."

후배는 기어코 우긴다. 효범이 슬그머니 부아가 치미는 모양이다.

"그럼 한번 따져보자. 너 역시 잊을 리가 없겠지. 온실 속의 그림이 대규모의 대중 앞에 첫 선을 보이던 그 감격을 아무도 잊지 못할 거야. 그때 비로소 우리는 개별창작이 빠질 수 있는 관념성과 추상성을 극복할 수 있는 한 걸음을 내딛기 시작한 것 아니냐. 환쟁이라면 으레 파이프 물고 빵모자 쓰고 허무적인 색채에 일조를 가하던 환상을 결국 우리 스스로 깨뜨렸어."

"알아. 형이 무슨 이야기를 하려는 건지. 하지만 이젠 그런 집단성만 가지곤 안 돼. 대신에 우리가 지난날에 소홀히 해온 전문성이란 부분과 개인의 역량을 재고해봐야 한다고 생각해. 형은 지나치게 과거에 사로잡혀 있는 것같이 보여. 캔버스와 형네들이 지금 하겠다는 벽화가 뭐가 다르다는 거요? 물론 화랑이라는 유통구조도 문제이긴 하지만 캔버스는 그것대로 본질적인 의미에서 결코 사라질 수 있는 것은 아니라고 생각해요. 미술운동은 새로이 어떤 방식으로든 민중의 생활적 요구들을 이해하고 받아들여야 할 책임이 있어요. 그건 나도 알아. 하지만 형은 지나치게 과거를 강변하고 있다는 느낌이 들어. 난 그게 싫어."

"집단성은 조직의 힘이라는 것도 있지만 정신을 함께 잇는 탯줄이었어."

"하지만 형이 방금 말한 것은 어쩌면 모던 계통과 구별되고 싶어하는 의식이 잠재한 것은 아닐까?"

다시 후배가 물고늘어진다. 효범의 얼굴이 딱딱히 굳어진다.

"그만 하자. 다영아, 점심은?"

"먹었어."

"어디 아프니? 얼굴색이 안 좋은데."

"아니야. 지난주에 감기를 앓아서 그럴 거야."

사실은 피곤하다. 두 사람이 공방전을 벌이듯 하는 이야기가 남의 이야기 같지 않아서. 명훈을 만난 때문인지 마치 자신을 갉아대는 소리로 들린다. 다영이 구를 틀어막듯이 두 손을 귀에다 대고 뗐다 붙였다 한다.

"이상해. 요즘은 귀가 자꾸 멍멍해."

"너무 일이 많은 것 아냐?"

"모르겠어. 참. 저번에 이야기한 거 말이야. 그림을 모아둔 사람이 있을까?"

"알아보면 있을 거야. 요즘 잘 나가는 선배들 중에 일찍이 모아둔 사람도 있을 테니까. 알아볼께. 술이나 한잔 하자."

효범이 냉장고에서 소주와 안주거리를 이것저것 꺼내온다. 다영은 싫다며 잔을 치운다.

오후 햇살이 차츰 식어져 내리자 눈과 콧잔등을 부드럽게 쐬어주던 따스함이 자꾸만 옆으로 비켜간다. 두 사람이 술을 마시는 동안 다영은 창가의 자리로 옮겨 앉는다.

삶은 이럴 수도 있다. 노여움도 분노도 없이 한가롭게 자리를 지키고 앉아 유유히 시간을 맞이할 수도 있다. 그것이 어떻다는 말인가. 그래서 안 될 일이 있기라도 하단 말인가.

하지만 마치 누군가에게 정체 모를 진정제를 서서히 맞으며 혼을 빼고 있는 것만 같다. 진작에 가버린 서경이가 던져주는 삶의 의미를 미처 헤아리지도 못했는데 자신들은 남아 고스란히 털 빠진 동물 같은 모습들을 하고 있지 않은가. 마치 봇물 터지듯 생활이란 올가미가 목을 죄어오는 만큼 가슴은 타는데.

가슴이 탄다고 생각하자, 지난 세월이 아득히 몰려온다. 다영이 고개를 드니 화사한 봄빛이 창을 가득 채우고 있다. 창문을 열자 골목에서 뛰어 노는 아이들의 웃음소리가 명랑하게 들려온다.

멀리 남산타워가 보인다. 남산타워 그 어름에 있던 M당사를 생각하자 다영의 입가에 희미한 웃음이 실린다. 남산 양지바른 길을 따라 내려와 왼쪽으로 삼분쯤 걸리는 곳에 M당사가 있었다.

다영이 M당사 점거농성 싸움에 참가했을 때의 기억이 생생히 떠오른다. 비록 하루를 다 채우지 못한 채 새벽녘에 끌려 나오긴 했지만 그 날, 그 자리에 있었던 동지들의 뿌듯해하던 얼굴이 하나, 둘 겹쳐 보인다.

6층 회의실 안에 겹겹이 둘러친 바리케이드를 뚫지 못하자 전경들은 도끼로 벽을 부수고 분사식 최루액을 뿌리며 들어오기 시작했다. 그 순간 다영은 공포감에 몸을 떨기도 했다. 그때 정준은 재미난 일화를 남겼다. 다영이네가 끌려 나가는 사이 정준은 당사 지하실로 내려갔다. 그곳에 숨어 있었던 정준은 아침에 들어온 인부들의 도움으로 인부복을 입고 유유히 탈출한 것이다.

경찰에 끌려가서도 웃지 못할 희비극이 벌어졌다. 구류와 훈방을 가리던 경찰은 분사식 최루액이 묻은 사람은 구류, 묻지 않은 사람은 훈방조치를 했다. 비록 전경에게 맞아 눈이 시퍼렇게 멍이 들긴 했지만, 다영은 훈방이 되었다.

그럼에도 기억 속에 존재하는 것들은 언제나 살벌하게 쫓기는 것들뿐이고 남은 것이라곤 벌어먹고 사는 일만 남았다. 그것이 중요하지 않은 것은 아니다. 두 사람의 이야기가 듣기 싫다. 집안에 들어앉은 남정네들이 하릴없이 잔소리를 자잘하게 늘어놓는 것이나 진배없는 무기력한 세대처럼 보일 뿐이다.

목이 탄다.

"나도 한잔 줘."

두 남자는 다영의 우울한 얼굴을 거의 동시에 쳐다본다.

"얼굴빛이 안 좋은데."

"모르겠어. 모든 게 혼란스러워. 알 것 같기도 하고 모를 것 같기도 하고 도대체 무슨 일이 일어난 것인지 모르겠어. 살아야 한다는 것은 알겠는데 기어이 살아야 한다면 그 이유를 모르겠어. 왜 삶이 또 하나의 유혹처럼 느껴지는지 알 수 없어."

술기운이 오른 다영은 횡설수설한다.

"너무 힘들어. 도대체 역사의 발전이란 것이 이렇게 무원칙할 수가 있을까. 나는 바보스럽게도 후회하고 싶어."

그것은 넋두리였다.

"난 우리 아이에게 역사를 돌아보지 말라고, 그런 건 쳐다보지도 말라고 할 거야. 역사는 언제나 우리를 속이고 고통의 그물만 던져주고 말아. 한 코를 풀면 두 코에 얽히고 두 코를 풀면 온몸을 사로잡아 버려. 우리가 이따위 것을 보자고 긴긴 이십대의 젊은 날을 견뎌낸 것은 아니었어."

눈물이 마구 쏟아진다. 다영은 순식간에 터져 나오는 울음을 그치지 못한다. 두 사람은 막막히 술잔만 비운다. 다영은 코를 휑

풀고 화장실로 간다. 세수를 하고 얼굴을 다듬는다. 다시 돌아 나
오려니 머쓱하다.

"미안해. 이 나이에 웬 청승인지 모르겠네."

"오랜만에 사람 우는 소리도 듣고 좋습니다."

후배가 농담을 한다. 다영은 이제 그만 가야겠다며 일어선다.
겨우 몇 시간 동안이었다. 줄기차게 창으로 쏟아지던 햇살에 다영
은 납작 짓눌릴 것만 같았다. 모든 것에서 벗어나고 싶었다. 창가
에 앉아서 지난 십년의 세월에서 정말이지 벗어나고 싶다는 생각을
했다.

어둡고 음습한 유년의 방에서 비밀에 쌓인 보물을 캐듯 인생을
엿보고 싶어했던 이후 얼마나 깊숙이 들어왔는지. 다시 되돌아 나
가고 싶은 갈망이 무섭도록 진저리를 쳐도 이젠 나갈 곳을 찾을
수 없다는 느낌이 들었다. 삶이 투명했더라면, 삶이 좀더 진실했더
라면 여기 이렇게 구겨진 것 같은 불확실함이 거둬질까. 다영은
허위허위 걷는다.

그렇게 효범의 작업실을 다녀오고 꼭 한 달 만에 효범에게 전화
가 왔다.

―보기 힘든 테이프가 있으니까 같이 보자구.

일본에 있는 친구가 보낸 것이라고 했다. 간밤에 늦게까지 작업
을 한 탓으로 다영은 잠결에 전화를 받고 끊었다.

창의 시선이 따갑다. 다영은 서둘러 부엌으로 가서 아침을 준비
하고 남편과 딸을 깨운다.

"빨리 일어나서 세수하고 밥 먹어야지."

여지없이 딸은 매일같이 하는 말을 또 되풀이한다.

"안 그러면 늦어? 또 차 놓쳐?"

"그래."

눈을 비비며 겨우 몸을 일으키는 지담이를 안아주고 아침을 차린다.

"날씨가 왜 이 모양이지. 비가 올려면 한바탕 쏟아질 것이지. 이런 날은 영 재미없는데."

우유와 조간신문을 들고 들어오던 남편이 투덜거린다. 남편의 말을 엿듣기라도 한 듯 텔레비전 아침 방송의 사회자가 방글거리며 오늘은 몇 방울의 비가 내릴 거라고 한다.

수도꼭지에서 그르릉거리며 물이 나오지 않는다. 날마다 이 시간이면 어김없이 되풀이되는 일이다. 비누 거품을 손에 잔뜩 묻히고 있던 다영은 짜증스럽게 수도꼭지를 바라본다. 그럴 때면 언제나 이사를 가고픈 충동이 일었다. 이유는 다영이네가 이층에 사는 때문이었다. 아래층에서 한꺼번에 물을 쓸 때는 이층에 물이 올라오지 않았다. 인생은 언제나 그렇다. 한쪽으로 기울면 다른 한쪽은 비는 법이다.

"정말 이사갈까 봐."

아침마다 늘어놓는 소리라고 남편은 대꾸도 없다. 다영이도 안다. 옆집의 정원이 있는 한 곧코 이사갈 생각을 하진 못할 거라는 것을. 아침을 먹고 남편은 지담이를 데리고 나선다.

"안녕. 재미있게 놀아. 저녁에 지담이 부탁해. 수고해."

남편이 지담이를 태우고 나가는 것을 베란다에서 물끄러미 본다. 차가 골목길을 빠져 나가는 걸 보며 거실로 들어와 에프엠을 튼다. 다시 다영의 시간이다. 대충 설거지를 끝내고 방 청소를 한다. 녹차를 한잔 끓여서 책상 앞으로 간다. 서경의 뒷글을 보고 싶은 충동이 일었지만 참는다. 그러나 마음 한구석엔 묵지근한 숙제가 남아 있는 듯한 느낌이다.

다영은 작업을 시작하지도 않은 채 턱을 괴고 있다. 혁명과 미술은 어떤 함수가 있는 걸까. 서경이에게 귀동냥해서 들은 것도 있고 서경이 공동작업을 하는 것을 돕기도 했지만 민중미술에 대한 지식은 남들이 아는 수준에 불과했다. 이를테면 서경이 전통미술에 모든 것을 걸고 있을 때도 다영이 이러저러하게 보아오던 그림과는 좀 다르다고만 생각했을 뿐이었다.

그 당시 다영이 맡은 일은 서경이와는 또 달랐다. 노동자들과 함께 하는 소모임에서도 가장 핵심을 키워내는 작업을 하는 것이었다. 그것은 철저한 보안이 필요했다. 그들이 속한 노조의 성격을 파악하고 민주노조의 기반을 다질 수 있는 프로그램과 활동내용을 구체적으로 논의하는 것이기도 했다.

문득 지금에 와서 이게 다 무슨 소용이 있나 하는 생각에 다영은 책상 귀퉁이에 있던 『북 리뷰』지를 한 손으로 집어 든다. 북 리뷰는 미국 출판물을 소상하게 알려주는 미국에서 나오는 주간지이다.

다영이 돈을 들여서 이 잡지를 볼 수밖에 없는 이유가 있었다. 이제는 단순한 번역만으로는 일을 따라잡기가 힘들었다. 출판가에서도 단순번역이 아니라 기획번역을 선호하고 있고 대다수가 가벼운 실용서를 대량으로 출판하고 있는 추세였다. 이전에 호황을 누리던 사회·인문과학 출판시대는 서서히 막을 내리고 있었다. 그 바람에 번역 역시 이러한 추세를 따를 수밖에 없다고 판단했기 때문이었다.

오늘은 수금을 재촉해야 할 날짜다. 언젠가 남편이 수금이란 말을 의아하게 물었다. 다영은 자조스럽게 웃었다.

─그건 비아냥거리는 말이야. 번역쟁이로서 대금을 받겠다는 뜻이야.

공짜로 받는 것도 아닌데 돈 달라는 소리도 꽤나 힘겹다. 어쨌거나 해야 한다. 다영은 수첩을 들고 몇 군데 전화를 돌린다. 한결같이 죽는 소리다. 대충의 날짜까지는 확실히 받아내야 하는데 죽을 맛이다. 겨우 입금시켜주겠다는 날짜를 정하고 수화기를 놓는다. 이 짓도 참 못할 짓이다.

따르르. 대명서점이다. 지난달에 주문한 책이 왔다는 연락이다. 다영은 시내로 나갈 채비를 차린다.

문을 나서자마자 가는 빗방울이 바닥에 점을 찍기 시작한다. 구름이 짙게 깔리는 걸로 봐서 한두 방울로 끝날 것 같지 않다. 다영은 우산을 가지고 나선다. 하늘이 낮은 만큼 마음도 눅진히 가라앉는다.

거리의 사람들은 날카로운 바람과 춥고 매서웠던 날들을 잊어버린 채 다시 봄날의 스산함을 참지 못해 몸을 움츠리고 있다. 길가의 가로수들도 갈기갈기 바람에 휘날리고 야트막한 산등성이에 서 있던 라일락 줄기가 우르르 떨고 있다. 고갯마루를 넘어가는 언덕에 늘어선 작고 큰 차들이 더러는 밀리고 밀치기도 하며 세상의 단면을 보여준다. 거리의 풍경이 깊숙이 눈 속으로 밀려든다.

버스에서 내렸다. 다영은 도심의 한가운데서 휑하니 아래로 뚫린 지하도 계단 앞에 선다. 계단을 하나하나 내려서자 효범의 말이 떠오른다. 부감법이라 했던가.

언젠가 효범과 함께 산에 올라갔을 때였다. 나무 등걸에 앉자 산 아랫동네와 한강 근처에 있던 아파트가 한눈에 들어왔다.

─눈앞에 걸리적거리는 게 없으니까 가슴까지 시원하네.

─그런 걸 부감법이라고 하지. 난 당분간 부감법으로 세상을 바라보기로 했어.

─부감법? 그게 뭔데?

―이를테면 동양화에서, 자연현상을 원리로 해서 원칙이 만들어진 것인데 그 중에 공간을 형상화할 때 해석하는 방법 중의 하나라고 할 수 있지. 높은 데 올라가서 아래로 내려다보는 방법이야. 다소 부정적 의미도 있긴 하지. 전체를 보기 위해서 다른 시각, 제3의 위치에 서서 아래를 조망한다는 것인데 현장감은 사라져버리겠지. 가끔은 나도 그렇게 보고 싶을 때가 있어. 80년대란 현장 속에서 걸어 나온 지금, 나 자신이 놓여진 부분을 좀 떨어져서 들여다보고 싶은 거라고 할 수 있을까. 뭐 그런 셈이지.

―그럼 네가 생각하는 제3의 위치란 어떤 것이야?

―글쎄. 지금 우리가 선 이 자리일 수도 있고 캔버스가 아닌 그 어느 것이기도 하겠지.

다영은 지하의 컴컴한 어둠과 계단 아래쪽에서 분리되는 햇살을 내려다본다. 어둠과 빛이 교차하는 그 사이에 사람들이 걸어가고 있다.

'혁명은 어둠과 빛의 투쟁'이라고 고리끼가 말했던 구절을 보며 어정쩡한 자신의 삶이 왜 그렇게 보기 싫었던지. 우연히 들춘 페이지에 언제 그어놓았는지 검은 선으로 밑줄이 그어져 있었다. 이따금 그 구절이 떠오르면 모든 의욕이 스르르 빠져 나가는 듯했다. 다영은 계단을 내려서지 못하고 주춤거린다.

유리 문을 밀어내는 것은 힘들다. 다시 손잡이를 잡고 몸이 주는 무게로 문을 연다. 삶도 이런 것일까. 생은 온몸으로 밀어내지 않으면 끄떡도 하지 않는 것일까. 한때 자신은 그렇게 살고 있다고 생각했는데 간단한 바람 한 점 밀어본 적이 없었던 것 같다. 오히려 참혹하게 늘 튕겨져 나왔던 것은 아닐까. 다행히 겨울방학을 끝내고 학교로 돌아간 학생들 덕분에 서점 안은 한산한 편이다.

책을 주문한 곳으로 가서 책을 받는다. 외국서적 코너로 가서 이리저리 책을 훑어보고 나서 커피를 한잔 사들고 의자에 앉는다. 커피를 한 모금 마시고 다시 책과 책 속에 묻힌 사람들을 본다. 뭘 하는 걸까. 재빠른 시선으로 그들의 얼굴과 몸에서 풍겨나는 느낌들을 훑는다.

찰나, 어쩌면 그렇게도 서경의 뒷모습과도 똑같은지. 하마터면 부를 뻔했다. 뒤로 묶어 넘긴 머리, 검은 티셔츠와 자주색 바지. 뒷모습이 종교서적 서가 뒤로 사라질 때까지 멍하니 바라본다. 내가 왜 이러지. 다영은 중얼거린다. 지하를 밝히는 환한 형광 불빛 아래는 그림자가 없다. 불쑥 떠올린 그 생각에 실내를 다시 훑어보자 정말 그림자가 보이지 않는다.

그림자가 없는 세계. 뭐라고 정확히 꼬집어 말할 수는 없지만 버석거림, 갈증 같은 것이 아닐까. 분명 이것은 이전의 목마름의 종류와는 다른 그 무엇이라고 생각해본다. 차라리 절망은 인간의 냄새가 절절히 스며 있는 인간적인 것이리라. 절망은 어쩌면 분노의 뒷그림자가 아닐는지.

다영은 커피를 입 안에 머금은 채 천장에 박힌 유리를 바라본다. 혹시 우리가 그림자마저 거세하려는 세상에 살고 있는 것은 아니냐고 마치 누군가에게 물을 것처럼 다영은 두리번거린다. 그러는 자신이 우스워 남은 커피를 한꺼번에 마신 후 종이컵을 쓰레기통에 버린다.

효범의 얼굴이 부석부석하다. 지석과 다른 동료도 있다. 그들은 몇 년간 효범이와 함께 걸개그림을 그렸고 지금도 이곳 저곳에서 함께 벽화를 그리고 있는 팀이다.

"다영씨 오랜만이네."

"바쁜가봐요. 올 때마다 없든데?"

"나야 바쁜 몸이잖소. 영업상무가 한가하면 알아 볼짜지."

유난히 검은 얼굴을 한 지석이 헛웃음을 짓는다. 지석의 말투에는 어딘지 모르게 냉소적인 것이 묻어 있었다. 효범이 녹차 잎을 넣은 잔을 건네준다.

"잠 못 잤어?"

"간밤에 작업을 했거든. 오늘까지 넘겨주기로 했어."

"다 끝냈어?"

"저거야."

여러 장의 그림이 벽에 걸려 있다. 오랜만에 보는 효범의 그림이다. 예전에도 효범은 기계와 인간을 유기적으로 연결된 그림을 늘 그렸다. 그때의 그림들은 인간이 기계 속에 짓눌려 있는 것이었다. 다영은 그 그림을 보며 기계도 역으로 살려달라고 격렬히 외치고 있다는 생각을 했다. 결코 편안한 느낌을 주지 않았다.

오늘 그림은 위트가 있어 보인다. 둥근 타이어 속에서 불끈 솟아 나온 근육질의 팔뚝이 두툼한 주먹을 쥐고 있는데 왠지 팔이 웃고 있는 듯한 느낌이 든다.

"저 팔 조금 이상해."

"그럴 거야. 팔의 근육을 조금 비틀어놓았거든."

지석이 옆에서 거든다.

"우리의 상품이죠."

다음 장을 들친다. 트럭 옆창으로 불쑥 얼굴이 나와 있다. 지석이 그렸다는 옆그림과 사뭇 대조적이다. 딱딱하고 사념에 잠긴 얼굴이다. 그림에서조차 효범은 환하게 웃질 못한다.

"어디로 보내는 거지?"

"대신노조로 갈 거야. 각 단위노조마다 특징을 살린 거지."

"돈 많이 받아?"

"그렇지도 않아."

누군가 계단을 또박또박 오르는 소리가 들린다. 소현이었다. 정말 몇 해 만인지.

"오랜만이야."

소현이도 반가운지 다영의 손을 덥석 잡는다.

"다영 언니, 정말 오랜만이에요."

다영 역시 소현의 손을 어루만진다. 갑자기 가슴이 미어질 듯한 멍울이 명치께를 꽉 누른다. 아직은 이런 나이가 아닌데 하면서도 위장 언저리가 바늘로 찔린 듯 아프다. 다영은 한 손으로 가슴을 지그시 누른다.

"지난해에 개인전 한다는 소식 들었어. 못 가봐서 미안해. 늦었지만 축하해."

"아니야, 언니. 다른 사람들에 비하면 한참 늦은 거야. 별로 잘된 것도 아닌데 뭘. 연락 못해서 미안해요."

소현은 효범의 사무실에 가끔 들른다고 한다.

"아 참, 꼭 내가 영업을 하러 나갈 때면 여성들이 몰려든단 말이야."

지석이 윗옷을 걸치고 컴퓨터가 올려진 책상 아래쪽에서 반질거리는 구두를 꺼낸다. 신발을 바꿔 신는다.

다영과 소현은 지석의 구두를 보며 말없이 웃는다.

"이건 내 영업용 구두야. 소현아, 양복은 이 정도면 괜찮지?"

지석은 대신노조에 그림을 가져다 주러 간다고 한다. 안쓰럽다. 지석이 뒤늦게 민중미술운동을 한다고 유피스화랑 관장직을 그만두었다는 말을 들은 적이 있다. 시쳇말로 고생을 사서 한다는 게 맞는 말일지도 모른다.

"내 휭허니 다녀을 테니께 와서 한잔들 하더라고. 기다려."

다영은 머리가 깨어질 듯 아파서 눈을 뜬다. 옆을 돌아보자 딸아이와 남편이 자고 있다. 다영은 곰곰이 지난밤 일을 떠올린다. 소현이와 이런저런 이야기를 나누었고 두 시간 남짓 슬라이드로 벽화를 보았던 것까지는 기억이 난다. 그리고 술을 마시기 시작했는데 그 다음은 어찌 된 건지 아무것도 떠오르지 않는다. 그사이 일은 도무지 기억이 나지 않는다.

눈을 뜨고 보니 정준이 있었고 그 일이 있었다. 한밤중에 집으로 돌아와서 무너지듯 쓰러져 잠이 들었다. 그러잖아도 밤늦게 술에 취해 건들거리며 들어오는 횟수가 늘어나자 남편은 쳐다보려고 하질 않는데…… 다영은 깊게 한숨을 쉰다.

비가 완전히 그쳤는지 새벽 하늘이 맑게 개는 걸 우울하게 본다.

산 자는 말이 없다

1

산 자는 말이 없다

굵은 장대비가 쏴아 쏴아 쏟아지는 소리에 정신이 든다. 눈을 지그시 뜨자 유리창에 빗물이 주르르 흘러내리는 것이 보인다. 끊임없이 창을 때리는 빗소리를 듣자 오슬오슬 한기가 든다.

효범은 그제서야 자신이 바닥에 내려앉아 있음을 안다. 위를 올려다본다. 두 개로 잇대어 놓은 탁자 아래로 다리들이 건들거린다. 허리 윗부분, 가슴, 얼굴. 효범은 무의식적으로 테이블 주변의 사람들을 화폭 위로 올려놓고 사면의 선을 긋는다. 그리고 혼자 웃는다.

금요일은 이 연구소의 취지에 공감하는 동료들이 모이는 날이다. 각 조형에 대한 연구를 돌려가며 발표도 하고 토론도 하는 모임이다. 아직은 여덟 명에 불과하고 전공도 다르지만 뭔가 이루어보고 싶은 열망이 넘쳐 있다. 탁자 중간쯤에 구성원

중 유일하게 여성이면서 술을 잘하지 못하는 여자 후배가 목 언저리부터 얼굴까지 빨갛게 달아올랐다.

그 후배는 몇 년 사이에 조각가로서 서서히 조명을 받고 있었다. 기존의 조형문법을 어느 정도 받아들인 '절규'는 전시회 첫날부터 세간에 알려졌다. 폭력과 힘에 짓눌려 절규하는 인간상을 사실적으로 형상화한 것이었다. 몇 번의 전시회를 가진 후배의 조각품은 순수조형을 하는 미술인들조차 놀라워할 정도였다. 귀여운 녀석.

그 옆에 앉은 환경조각을 하는 친구 역시 각 방송매체에서 조형물을 주문받을 정도로 자리를 굳혀가고 있었다. J대학교의 문리대 건물 앞에 서 있는 '동지'는 여자 후배와 호흡을 잘 맞춘 작품이었다. 어디서 그런 힘이 나올 수 있었는지.

두 사람이 조만간 맺어질 사이라는 것은 직감으로 알 수 있다. 다른 동료들도 그러한 낌새를 알아차리고 서로를 부추겨주거나 놀려댄다. 여자 후배의 사과 같은 얼굴이 더더욱 새빨개진다.

그리고 회화를 하고 있는 소현이. 효범은 정확히 언제라고는 할 수 없지만 소현이를 보면 문득 가슴이 내려앉는 것만 같았다. 서경이 무척 아끼던 후배이기도 했고 한때는 서경과 함께 작업을 하기도 했었다.

소현이 뒤늦게 첫 개인전을 열 때까지 소현이 그동안 어디서 무얼 하며 지냈는지 전혀 몰랐다. 그리고 두 번째 개인전을 하고 나서부터 이따금 만나게 되었다.

소현이는 묘하다. 밝고 개인 아침 같은 기운이 돌다가도 금방이라도 폭풍우 속에 들어 있는 사람처럼 거친 모습으로 돌변하는 태도를 여러 번 보았다. 한낱 인상에 불과하지만 소현은 비장한 아름다움이 있어 보였다. 그것이 어디서 연유하는 것인지 모르지만 소현이의 부드러운 눈길을 느낄 때면 효범은 까닭 모를 슬픔이 가슴을 헤집고 들어왔다.

술자리가 벌어지기 전, 저녁 일곱 시부터 두 시간 동안 함께 슬라이드를 보았다. 그것은 일본에서 벽화 공부를 하고 있는 친구가 미국과 멕시코를 돌며 찍어 보낸 것이다.

미국 내 소수민족이 그린 벽화와 미국인이 그린 벽화는 색깔에서부터 차이가 뚜렷했다. 소수민족의 벽화는 대체로 원색이 주조를 이루며 어떤 벽화든 혁명사의 인물들이 들어 있고 내용을 가지고 있었다. 시케이로스의 그림들을 인용한 것도 가끔 보였다.

현재야 어떻든 일정 기간이었지만 혁명의 승리를 맛본 멕시코 민중의 정서는 미국 내 소수민족에게도 역력히 드러났다. 다 그런 것은 아니지만 형식이 고려되지 않은 그림도 간간이 보였다. 즉 주변 환경을 고려하기보다는 자기들 이야기, 내용을 고려한 것이다.

반면 미국 벽화는 대체로 자본주의 종주국다운 상업문화적 특성이 여실히 드러났다. 슈퍼마켓이나 술집, 식당 주인들이 벽화가 가지는 선전성을 일찍이 간파한 탓인지 상점벽화들이 많았다. 벽화가 가지는 어법이 회화라기보다는 포스터 성격을 잘 활용한 것으로 보였다. 한편으로는 각 주의 지역특성, 이를테면 해안도시라는 것 등을 한눈에 알아볼 수 있었다.

1930년 전 세계의 공황기부터 시작된, 예술가들을 공적으로 지원한 뉴딜 정책이 뒷받침한 벽화와 조각은 현재 남아 있는 것만 보아도 물량은 엄청났다. 주필 화가와 아동들이 함께 작업한 아동벽화를 보면서 효범은 한번 시도해보고 싶은 생각이 들었다.

그 슬라이드에는 5층 높이 건물에 잘 알려진 헐리웃 스타가 무심하게 서 있는 벽화가 있었다. 얼굴에 나타난 주름과 손등 위의 땀구멍을 확대해놓은 것만 보아도 지극히 사실적인 묘사였다.

단순한 즉물적인 형태로 나타난 그 벽화는 표정도 없고 어떤 내용을 주려는 암시도 없었다. 뚜렷한 주제를 제시하지는 않았지만 미국 사회에 온존하는 소외, 무관심 같은 것을 드러내려 한 것은 아닌가 하는 생각이 들었다. 뉴욕을 중심으로 퍼져나간 슈퍼그래픽이라 부르는 것이다. 기하학적인 양식을 주로 사용하는 슈퍼그래픽은 현실을 난해한 철학으로 해석하지 않은 미국적 사고방식을 그대로 반영하고 있었다.

부부로 보이는 그림에서는 무심히 어딘가를 바라보는 시선에서 서로가 소외되고 있다는 느낌을 주었다. 미국인 역시 자본주의 사회에서 드러나는 소외된 인간의 문제로 앓고 있고 그러한 문제를 드러냄으로 해서 해결해보려고 하는 노력인지도 모른다.

다음 장면에서 모두들 재미있다는 듯 웃었던 기억이 난다. 친구가 일부러 찍은 것 같았다. 거기엔 벽화 제작자들의 이름이 휘갈겨져 있었고 그 아래 칸에 세미 아티스트란 구절이 보였다.

―세미 아티스트란 무슨 말이야?

다영이 물었다.

―벽화를 그리는 주필 화가를 도와서 물감통이나 도구들을 들고 왔다갔다하는, 우리가 자주 쓰는 말 있잖아, 따까리라고. 그런 역할을 하는 사람을 호칭하는 것이지.

효범이 설명을 해주었다.

―나도 물감통 들어주면 세미 아티스트가 되겠네. 그거 쉬운데. 나도 시켜줘.

모두의 얼굴에 웃음꽃이 올라 있었다.

벽화는 거리의 미술관인 셈이다. 박제된 미술이란 표현이 있듯이 그림이 미술관으로 들어가는 그 순간부터 대중과는 어느 정도 거리가 멀어지는 것은 기정사실이다. 상업자본의 상품유통구조와

별반 다를 바 없는, 아니 더더욱 심한 미술의 유통구조에서 성공의 지름길인 상업화랑가로 진입하기를 거부하려면 그림이 또 다른 방식으로 대중과 만날 수 있는 방식을 고민하지 않을 수 없다. 그것이 효범과 동료들이 가진 화두였다.

80년대 벽두에 시작된 민중미술운동은 단순한 새로운 양식의 사조가 아니라 현 사회에서 미술이란 것의 본질이 무엇이냐 하는 문제를 제기하기 시작했다. 또한 추상이라는 형식에 일정한 영향을 받아온 이들이 시대 앞에서 솔직한 자기반성을 하며 비롯한 것이기도 했다.

그 이후 시기에 '누렁이'라는 단체가 전통미술양식이라는 거대한 물줄기를 뿜으며 민중미술이라는 뿌리를 서서히 내리기 시작했다. 그 속에 서경이 고뇌하며 서 있었고 마치 그러한 시도의 앞날을 예고하듯 서경은 서서히 죽어갔다.

그리고 지금 새로운 변화 앞에서 효범은 벽화라는 형식을 통해서 가능성을 엿보고 있는 것이다.

서서히 술기운에서 깨어나자 효범은 벽에 기댄다. 서경, 자신의 지난날의 삶과 떼놓을 수 없는 인간.

벌써 오래 전의 일이다. 효범이 석사논문을 준비하는 동안 서경은 자료수집을 하는 데 많은 도움을 주었다. 각론에 들어가면서도 서경과 숱한 토론을 거쳤다.

학교를 다닐 무렵 서경의 그림은 교수들에게 자못 관심을 끌었고 지도교수였던 모 교수는 서경을 자기 라인으로 끌어들이려고 무척이나 애썼지만 뜻대로 되지 않았다. 효범은 대학원에 들어갔지만 서경은 여전히 현장에 남아 소모임을 꾸려나갔다.

공장에서 돌아온 노동자들에게 일정한 주제를 주거나 공장에서 일어나는 일상활동을 이야기하게 한다. 그리고 큰 종이에 조별로 자신들이 토론한 부분을 나누어 함께 그린다. 대충 밑그림이 그려지면 다시 세부적인 토론에 들어간다. 그림에는 절망과 분노, 그리고 바램이 얽혀 들어가는 것이다.

다음날 노동자들이 출근을 한 낮시간 동안 서경은 그 밑그림을 토대로 그림을 완성시키는 작업을 했다. 때로는 노동자들에게 지적을 받았다. '노동자 얼굴은 흰색이 아니다'고 핀잔을 받으면서도 서경은 그 작업에 혼신을 다했다.

그렇게 바쁜 중에도 서경은 효범의 논문을 제 일처럼 도왔다.

효범이 석사논문을 겨우 끝내고 담당교수에게 제출했을 때 담당교수는 제목을 보고 당황해했다. 효범이 다니던 학교는 모던에 깊이 뿌리가 박힌 학풍이었기 때문에 자신의 논문이 쉽사리 받아들여지지 않을 것이라 예상은 했다. 하지만 일말의 기대가 없진 않았다. 그래서 늦게까지 논문 제목을 제출하지 않다가 날짜가 임박하여 완성된 논문을 가져간 것이다. 의도적인 지연이었다. 며칠 후 지도교수였던 장교수가 효범을 불렀다.

효범이 교수실에 들어서고 인사를 한 뒤인데도 장교수는 힐끗 쳐다보고는 책상 위만 바라보았다. 몇 분이 지나자 장교수는 효범을 쳐다보았다.

— 자네가 말하는 현실성이란 뭔가?

현실성이란 말을 할 때 장교수의 입이 묘하게 일그러졌다. 무슨 의도로 묻는 건지 금방 알아들었다. 효범은 일제하에서 현재까지, 한국 화단이 무정견한 태도로 자신들이 처했던 시대적 현실들을 외면한 채 서구 미술의 논리를 무작위로 끌어들여 역사와 현실을 묵살한 태도를 반성해보자라는 글을 썼던 것이다.

— 현실이란 곧 당대를 사는 인간의 문제이며 현실성이란 구체적 인간이 살아가는 사회관계와 정치적 의미를 고려해야 한다는 것입

니다. 예술은 자신이 처한 시대를 사는 인간들의 삶을 총체적으로 드러내어야 하며 부조리한 현실을 철저하게 고민하고 어떻게 그 현실들을 극복해갈 것인가를 진지하게 모색해야 한다고 생각합니다.

어떻게 보면 효범은 장교수에게 도전장을 던진 셈이었다. 장교수가 무뚝뚝한 얼굴로 물었다.

ー그러면 너희들이 말하는 민중이 예술의 척도란 말인가? 대중을 만족시키기 위해서 예술이 순수성을 포기해야 한다는 건가?

효범도 지지 않았다.

ー순수성이란 것을 표현하기 위해서 대중이 예술적 개념을 일일이 체득해야 하는 것입니까? 자기 만족적인 그림을 내던져 놓고 '그림을 이해하지 못하는 것은 대중의 책임이다. 왜 그림을 의미로서 보려 하는가! 그저 눈으로 보라!'고 하는 무책임한 자세가 어디서 비롯하는 것이죠? 예술인들이 조형하려는 의지를 불러일으키는 인간의 뿌리가 도대체 어디에 근거한다고 생각하십니까. 경제 성장 위주로 가던 박정권의 통치 아래에서 풀뿌리마저 놓아버린 농민들이 도시빈민으로, 다시 유랑실업자로 흩어져나간 고난스러운 삶이 왜 인간의 본질적인 문제가 될 수 없습니까? 예술의 순수성이란 것 때문에 그림이 동시대에 겪고 있는 고통스러운 삶을 함께 고뇌할 수 없다면 도대체 예술이란 왜 존재하는 것입니까?

장교수는 대답 없이 효범을 노려보았다.

ー알았네. 다음에 보세.

효범은 어차피 졸업논문이 통과되지 않을 거란 생각이 들자 내친 김에 한마디 더 해버렸다.

ー예술이 말하는 창조, 전진이란 것이 대중이 알아듣지도 못하는 조형언어로 구상되어야 하는지 저는 이해할 수 없습니다. 외람

되지만 그림의 본질은 인간의 본질입니다. 인간의 삶이 왜곡되고 질곡당할 때 그 삶이 폐허로 변할 수밖에 없습니다. 예술인은 현실의 본질을 꿰뚫어 보고 더불어 넘어서야 하는 것까지 보아야 한다고 생각합니다. 이러한 역사의식과 조형의지가 없다면, 거듭 말씀드리지만, 예술이 존재하는 이유가 무엇이라고 생각하십니까?

장교수는 양볼을 실룩거렸다. 효범은 교수실을 나왔다. 예상대로 논문은 통과하지 못했다.

결국 대학원을 졸업하지 못한 채 뒤늦게 사병으로 군대를 갈 수밖에 없었다. 입영을 하고 나서 몇 개월 뒤 서경이 다영이와 함께 구속되었다는 것을 그곳에서 들었다. 효범은 탈영을 해서라도 달려가고 싶었지만 그런 용기는 없었다. 철책 앞에 선 군바리의 옷이 저주스러웠고 젊음의 마지막 선택이 언제나 감옥이어야 하는 현실이 미칠 것만 같았다. 효범은 철책에 이마를 대고 하염없이 울었다.

다영이 언제 갔는지 모르겠다. 미안하게도 가는 것을 보질 못했다. 어느 때부턴가 금방이라도 제풀에 지쳐 허물어질 것 같았던 다영이 그나마 끈기 있게 살아가는 것을 보면 참으로 대견하다. 어쩔 수 없이 다영에게도 마냥 녹녹하지 않은 생활의 끈이 묻어 있다.

그러나 다영의 얼굴은 너무 어둡다. 마주보고 있으면 왠지 고야의 「카프리치오스」 판화 그림들이 떠오른다. 하나로 통일된 이야기가 든 두루마리 그림처럼.

흑백을 대조시켜 인간사의 어둡고 밝은 농담이 강렬하게 나타나는 인간상은 그리 흔하지 않다. 인간이 과거를 재빨리 잊고 싶어하는 것은 영악스러움 때문이다. 그래서 과거의 흔적을 담고 괴로워하는 인간이 더없이 순수해 보이는 것인가. 역사의 뒤안은 승리한

자보다 패배한 자의 기록이 더 많음이 그걸 증명하는지도.

바람이 세차게 휘몰아치자 조금 열어놓은 창틈 사이로 빗물이 튀어든다. 바닥에 내려앉은 효범의 얼굴에 빗방울이 차갑게 와 닿는다. 마치 서경이 속으로 감추려 하던 눈물처럼 빗방울은 가슴을 싸아하니 훑어내린다.

"비님이 오시는데 이렇게 안에서 쭈그리고 앉았을 게 아니라 폭우 속으로, 포장마차-로 가요."

후배가 유행가처럼 한마디 하자 몇몇이 어울려 밖으로 나가버린다. 소현이와 지석, 효범만 남았다. 지석은 담배를 물고 물끄러미 창밖 어둠을 바라보고 있다.

"이선배님은 집에 안 들어가세요? 귀여운 딸이 기다릴 텐데."

"고놈의 딸래미가 들어오지 말래."

소현의 밝은 웃음이 댕그르르 귓가에 들려온다. 정신을 차리려 일어선다. 다리가 휘청거린다. 옆에 서 있던 소현이 얼른 효범을 잡는다.

"웬일이에요? 효범 선배가 취하기도 하고."

소현이 놀리며 효범을 의자에 앉힌다. 소현이 차를 끓이겠다며 물을 가지러 간다. 효범은 사무실을 나와서 한 발, 두 발 계단 아래로 내려간다. 잠든 골목을 깨우기라도 할 듯 비는 여전히 수그러들지 않는다. 한참이나 입구에 앉아 시원한 공기를 들이켜고 나니 머리가 맑아진다.

소현의 목소리가 가볍게 복도를 울린다.

"두 번째 개인전을 할 때까지만 해도 무얼 어떻게 해보겠다는 것보다 떠밀리듯 뭔가 그려내야 한다는 무게에 짓눌렸어요. 알아요. 내가 지금 하고 있는 이 작업이 너무나 고전적인 방식이고 또
……"

한참 동안 소현은 말이 없다.

"80년대를 배반하는 짓거리는 아닌가 하는. 하지만. 그렇다고 해서 선배들처럼 캔버스가 필요없다고 생각하진 않아요. 아직은 모르겠어요."

"우리가 지금 해보려는 이 방식이 새로운 형식은 아니지만 그렇다고 모두가 캔버스를 떠나야 한다고 생각지는 않아. 지금까지 소현이가 했던 작업이 얼마나 견실하고 그때그때의 상황을 놓치지 않으려 했던 것을 모르는 사람이 어디 있어. '양파' 같은 그림은 제국주의에 철저하게 수탈당하고 수난받았던 우리 농민들의 상처와 본질을 진하고도 실감나게 표현한 것이었어. 분단된 역사와 사회의 모순을 날카로운 의식으로 뽑아내고 그 기량을 최대한으로 끌어내는 작업은 죽는 날까지 끝나지 않을지도 모르지. 소현이의 그림이 한길을 가려 하는 우리에게조차 가슴을 뭉클하게 했던 것은 아무나 할 수 있는 작업이 아니었어."

"하지만 그러한 비판적 사실이 현실을 폭로하고 암묵적으로 웅변을 토한다 해도 우리의 진솔한 정서까지를 충분히 담아내지 못하고 있다는 것, 저도 알아요. 제아무리 그림의 내용이 강렬하다 해도 그 강렬함이 정작 민중의 가슴 저 바닥 끝까지 다가가지 못한다면 무슨 소용이 있을까요? 그렇게 갔는지도 의문스럽구요. 부끄럽지만 또 다른 마음도 있어요. 이제는 좀더 자유로워지고 싶어요. 지난 시기 동안 나는 의식적으로 금기한 것이 많아요. 비단 나만의 이야기인지는 잘 모르겠어요. 그림만이 아닐 거라고 생각해요. 웃지 마세요. 저는 어릴 적부터 강하게 간직했던 색과 머리 속에서 그려내는 색을 분리했어요. 이제는 머리가 아니라 가슴에서 울려나오는 내 색깔을 표현해내고 싶다는 생각을 할 때가 많아요."

"주저하지 말고 해봐."

효범은 일어선다. 안으로 들어가려다 우뚝 멈춰 서버린다.

"저어, 효범 선배는 요즘 어때요?"

"응?"

지석은 소현이의 말뜻을 이해하지 못했는지 되묻는다.

효범이 들어선다. 두 사람은 이야기를 멈춘 채 효범을 돌아본다.

아직은 낯설다. 모든 것이. 서경의 삶은 끝나지 않았다. 아니 그토록 쉽게 끝나지 않도록 해야 한다.

효범은 알고 있었다. 이따금 자신을 바라보는 소현의 시선이 뜨겁다는 것을. 효범은 딴청을 했다.

"정선배, 내일 답사 갈 수 있을까?"

"가도록 해봐야지."

두 달 전, 전주에 있는 선배가 일거리를 만들어주었다. 목장을 하는 어느 목장주에게 건물에 벽화를 그려넣어 보라는 권유를 해서 승낙받았다고 했다. 얄팍한 생각인지 몰라도 농가에 벽화를 그린다 해도 허허벌판 같은 곳에 그려져 있는 벽화를 누가 볼 것인가 하는 생각이 들기도 했지만 좋은 기회로 받아들였다. 목장의 주위 환경과 건물을 찍으러 가야 하는 일이 남았다.

80년대 후반기에 들면서 효범을 비롯한 적지 않은 미술인들이 소모임을 결성하고 급박하게 돌아가는 정세에 따라 민중지원을 하는 연대활동에 모든 힘을 쏟았다. 열사의 장례식에 걸릴 걸개그림을 그리기도 했고 각 노조의 집회나 대중정치선전 활동에 사용할 만장, 걸개 등을 그렸다.

효범이네 팀이 몇 해라는 기간 동안 개인의 그림이 없는 까닭은 이러한 이유였다. 또 개인의 캔버스 작업을 딱히 거부할 수만은 없지만 민중미술이라는 대의로 모인 조직활동에 우선순위를 두었기 때문에 나올 수밖에 없는 결과이기도 했다. 지난번, 후배가 지적했던 점이 바로 이것이었다.

화가는 자기 그림으로써 발언을 할 수 있는 것이 아니냐고 반문한 그의 말이 틀린 것은 아니다. 그러나 효범은 캔버스 위에서만의 작업이 모든 미술에 우선순위라는 등식을 깨고 싶었다.

서경이 전통미술로 출발하기 시작한 의식은 현재의 출발과 다르지만 공동작업이라는 면에서는 일치할 수 있을 것이다. 서경이 남긴 그림 중에서 대학 시절에 그렸던 것을 제외하면 서경이 혼자 그린 그림은 거의 없다. 대다수가 노동자와 함께 작업한 것으로 전시 때에도 서경이란 이름보다 공동의 이름으로 전시되곤 했다. 서경이 노동자 소모임으로 자신의 장을 결정한 뒤부터 이전 것과는 달리 그림이 타블로 성격을 벗어나고 있었다. 그것이, 서경의 삶이 순탄하지 않을 거란 예감이 언제나 효범을 불안하게 했다.

학교를 졸업하기 전해였다. 야학 장소를 제공하던 성당에 신부가 새로 왔다. 독일인이었던 신부는 모임 장소로 사용하던 지하를 가끔 둘러보곤 하였다. 어느 날, 효범을 불렀다.

—저 판화는 누가 그린 것이죠?

—여기서 강학으로 일하고 있는 강서경이라는 친구인데요.

—한번 만나보고 싶어요. 대단히 좋은 그림입니다.

그때 처음으로 효범과 서경은 캐터 콜비츠란 독일인 여성 화가의 이름을 들었다. 유화를 전공한 콜비츠가 판화를 하게 된 이유는 분명했다. 검정색, 흰색, 회색으로 찍어내는 판화는 유한계층의 미를 담아내기보다 인간의 슬픔, 비참한 인간의 삶, 반전이란 것들을 표출하기엔 더없이 좋은 매체였기 때문이다. 물론 이것은 형식면에서 보는 것이다. 콜비츠는 소외된 민중을 비참하게 죽게 만드는 사회모순을 꿰뚫어 드러내고 그들의 아픔을 그려내는 것이 민중의 투쟁에 동참하는 길이라고 확신한 것이다.

중국의 노신이 중국 고유의 예술로서 목판화를 장려하고 판화가 민중의 것이라고 여기며 콜비츠의 판화를 중국에 소개하기 시작한 것은 벌써 1930년대부터였다. 오늘날까지도 오른손을 번쩍 치켜들고 반전을 외치는, 반전 포스터의 깃발로 나부끼는 콜비츠의 판화가 한국에 소개된 연수는 아직 십년도 채 안 된다.

고야와 꾸르베, 마베를 이야기하면서도 이들 화가가 당시의 사회를 어떤 눈으로 보았는지, 그 정신이 어떤 예술관을 형성했는지를 효범은 들은 바가 없었다. 스페인의 궁중화가였던 고야가 그린 '1808년 5월 3일'은 마드리드 시민을 나폴레옹의 군대가 무참히 사살하는 장면이다. 고야는 학살당하는 민중 앞에서 화가의 양심과 싸운 것이다.

콜비츠는 제쳐놓고서라도 피카소의 '게르니카'는 작가의 양심이니 어쩌니 떠들어대면서 고야의 1808년 5월 3일의 구도를 그대로 인용한 '한국전쟁'이란 그림에 대해서는 누구 한 사람 이야기해주지 않았다. 지금이라고 다를 바가 없지만.

다음날 효범은 서경과 함께 신부에게로 갔다. 신부는 콜비츠를 아는가 물었다.

서경이 고개를 갸우뚱하며 효범을 쳐다보았다.

―모릅니다.

그러자 신부는 두 사람에게 콜비츠의 그림을 보여주었다. 두 사람은 콜비츠의 화집을 넘기며 놀라움, 경이로움으로 침묵하고 있었다.

―그런데 서경 학생이 찍은 판화가 묘하게 콜비츠의 느낌을 줍니다. 독일로 가져가서 전시회를 해보고 싶은데 어떻게 생각해요?

신부의 제의를 듣고 서경은 당황해했다. 한번 생각해보겠노라고 답을 한 후 신부의 방을 나왔다. 그런 기회는 흔하지 않았다. 흔한 말로 작가로서 대성할 길이 트이는 길이기도 했다. 효범은 해보는 것도 좋지 않겠냐고 했지만 며칠 후 서경은 거절했다.

―독일에 가서 전시회를 갖는다고 해서 반드시 그러리라는 보장은 없지만 난 지금 유명해지고 싶지 않아. 물론 작가로서 인정을 받고 싶은 것은 사실이야. 하지만 내가 이곳에 온 것은 민중과 함께 이루어야 할 일이 있기 때문이었어. 그런데 도리어 이 장을 통해서 유명세를 탄다면 난 모든 걸 놓치고 말 거야. 먼 훗날 혹시 그런 길이 있다면 다시 생각해보겠어.

그토록 순수한 용기를 지닌 서경이 더없이 자랑스러웠다. 하지만 운명은 순수를 배반했고 무참히 거둬가 버렸다. 더욱 견딜 수 없는 것은 서경의 꿈을 이해하지 못한 사람이 바로 자신이었다는 사실이다.

소현이 차를 내민다. 녹차가 우러난 물이 마치 산 속 바위틈에 소담히 낀 이끼처럼 보인다. 바람에 실려 공중을 떠돌다가 습기가 찬 곳이면 어디서나 뿌리를 내리고 사는 단순한 생명체. 지극히 단순하게 보금자리를 틀고 살아가는 이끼의 생명이 서럽도록 그리울 때가 있었다. 녹차를 한 모금 마시자 기분이 한결 낫다.

"고마워. 작업은 잘돼?"

"그저 그래요."

"작업실로 가는 길에 지금쯤 아카시아꽃 많이 폈겠다."

소현이 말없이 고개를 끄덕인다.

지난가을, 소현의 개인전이 시작되던 날 저녁에 여럿이 우르르 소현의 화실로 몰려갔다. 오랜만에 보는 화실 풍경이었다. 80년대 후반을 매일같이 학교 마당이나 노천에서 작업을 했던 효범으로서는 실내 공간을 사용하는 화실 풍경이 낯설게만 느껴졌다.

"한번 놀러 오세요."

소현은 멋쩍은지 머리를 매만진다. 소현의 손가방 위에 화집이 얹혀 있다.

"누구 그림이야?"

소현이 쑥스러워한다.

"시내에 갔다가 한 권 샀어요."

지그문트 프로이드의 손자이기도 한 루시앙 프로이드 화집이다. 학교 다닐 무렵 외국서적에서 본 적이 있다. 영원한 국외자로서 유태인이 지닌 고독이 묻어난다고 그랬던가. 사십년 동안 인간을 그린 작가. 그림 속의 눈들은 한결같이 불안하고 익명성을 지니고 있다.

"버터 냄새가 난다고 치부하기엔 인간들의 표정이 너무나 인간 적이지 않아요? 학교 다닐 때 루시앙 풍경화를 보았는데 기억으로 는 아파트 주위에 사는 사람, 친구, 자신, 여기도 그렇지만 대개가 일반적이고 가장 손쉬운 소재를 택한 것 같았어요. 그런 것들을 자기 것으로 잡아낸 거죠."

소현이가 루시앙 그림을 보고 있다는 사실이 그다지 놀라울 것 은 없지만 모든 것이 변하고 있음을 새삼 생각한다. 유화를 하겠다 면, 캔버스를 고집하겠다면 지극히 당연하다. 하지만 효범은 여전 히 낯설다. 외국에서 공부를 하던 친구가 멕시코 벽화와 그림들을 보며 놀라움을 금치 못했다고 했다.

─선의 느낌이 어쩌면 우리 80년대 판화의 선과 비슷한 느낌을 주는지 깜짝 놀랐어. 우리가 그것을 응용한 것인지 아니면 멕시코 의 혁명미술과 우리 시대가 묘한 일치를 한 것인지 좀더 지나보면 알겠지.

혁명을 지향한 세대였기에 일치감이 있을 수도 있다. 어차피 소현이 캔버스를 택했다면 루시앙은 마땅히 공부해야 할 것이다. 하지만 캔버스와 마주 앉으면 모든 사물이 캔버스의 구조로 들어가게 마련이다. 어쨌건 80년대를 살아온 소현이 다시 캔버스로 돌아앉은 이유는 나름으로 정당한 논리가 있을 것이다. 효범은 소현이 진심으로 그러기를 바란다. 그러나 자신은 캔버스의 구조를 버리고 싶다. 다시는 돌아가고 싶지 않은 곳이기도 하다.

"초기 그림들은 단아해요. 이 그림들도 그렇지만 화면을 빽붓으로 밀어버렸기 때문이 아닌가 하는 생각이 들어요. 인간을 들여다보는 눈이 끈덕지다고 생각지 않아요? 우리가 유치하게 여기는 뎃생을 이 사람은 사십년 동안 했어요. 작가가 나이가 들수록 그림이 간결해진다고 하는데 루시앙은 오히려 이야기가 많아요. 감정이 너무나 솔직하게 묻어 나오는 것 같지 않아요?"

카메라를 찰칵하고 찍어내는 찰나의 순간을 잡아내는 전통적인 회화라는 것이 여전히 가능한 것일까. 정말 소현은 가능하다고 믿는 걸까. 문득 물어보고 싶었지만 효범은 아무 말도 하지 않는다.

화집을 내려다보는 소현에게서 자유로움 같은 것이 느껴진다. 마치 무거운 짐들을 내려놓고 강제된 의식 없이 내려놓은 물건들을 하나하나 더듬어 보는 자의 시선 같다.

언젠가 그런 느낌을 다영이나 정준에게서도 느꼈다. 그렇게 되기를 결코 원한 것은 아니지만 역사라는 무대에서 한 발 내려서서 쉬고 있다는 느낌, 약간의 가벼움, 잠시 쉬고 있는 깃발. 평정함 같은……이것이 인간적인 모습일까. 하지만 그것도 삶의 단면만을 본 것이리라. 어쩌다 그렇게 살고플 때도 있다. 마음이 가는 대로, 붓 가는 대로 그리며 사는 삶. 그러나, 그러나……

"내가 너무 속 편하게 사는 것 같아 보여요?"

효범은 속을 들킨 것 같아 아니, 라고 변명을 하고 싶었지만 말이 나오지 않는다. 그러고 싶었다. 가끔은 밀짚모자를 눌러쓰고 수레바퀴 옆에 기대어 쉬고 싶다는.

빗소리도 그쳤다. 소현이 가겠다며 가방을 챙긴다.

지석은 늦은 밤에도 전화통에서 떨어질 줄 모른다. 지금은 다소 느슨하고 흩어진 듯 보이는 환쟁이들이지만 한때는 그들을 불러 모아 시급한 공동작업을 시키던 지석이기에 여전히 관계하는 일도 관계해야 할 일도 많다. 지석이 수화기를 놓는다.

"나는 진즉에 정치학과를 가야 했어. 이제야 그걸 알았어."

소현이 후후 웃는다. 한때 지석은 시인이 되고 싶었다고 고백을 했다. 생각해보면 지난 십년이란 폭우 속에 서 있던 젊음들은 모두가 시인이었다. 비록 그것이 서투른 열정이었다 할지라도 시인이 아니고서야 그토록 핏물이 배이도록 혁명가를, 혁명의 시를 온몸으로 끝없이 외쳐댈 수 있었겠는가.

"소현이 너 갈려고? 안 돼. 한잔 더 하자."

지석에 이끌려 밖으로 나와 택시를 잡는다. 성산대교와 연결된 88고속도로를 순식간에 달려 소현의 화실이 있는 동네까지 온다. 길가에는 포장마차가 즐비하게 늘어서 있다. 진홍빛 비닐에 그림자가 어른거린다.

"자, 질곡의 대명사인 효범을 위하여!"

평소에도 달변가인 지석이 백과사전 뒤적거리듯 줄줄이 풀어놓기 시작한다. 그런 줄 알면서도 효범은 진지하게 받아준다. 그때 소현이 효범의 어깨를 친다.

"선배는 그게 탈이에요. 단순하게 받아들여도 될 농담을 마치 우물 속에 빠진 바가지 건져내듯 생각하니 뭐가 제대로 풀리겠어요. 진지함이 잘못 자리를 잡으면 현학가가 되는 것 몰라요? 있는 그대로 받아들여요, 박선배."

"우리 소현이 말 한번 잘했어."

"선배가 애초부터 민중미술을 하겠다고 그림을 시작한 것은 아니잖아요. 예전에 야학을 나가던 초기에 노동자에겐 미술은 쓸데 없다고 이야기하면서 학교 실기실에선 혼자 추상화를 그렸던 것 생각나지 않아요? 나중에 서경 언니한테 들은 이야기예요. 우린 젊고 젊은 날에 그 쓰잘데없는 허황한 이론과 모더니즘의 세례를 받았지만 역사가, 현실이 우리를 일깨웠잖아요. 그렇듯 우리는 중첩된 모순 속에서, 그야말로 쓰레기 속에서 이만한 장미를 키워냈 어요. 물론 가시도 함께. 하지만 그 가시가 우리를 인도하지 않을 까요? 다시 한번 용해될 각오만 있다면 우린 할 수 있을 거예요. 그림도, 혁명도."

말을 급하게 주워섬긴 소현의 눈이 조금 풀린 것처럼 보인다.

"아멘."

지석이 맞장구를 친다. 효범도 껄껄대며 웃고 만다. 포장마차의 불이 하나, 둘 꺼지고 소현은 맞은편에 있는 작업실로 올라간다. 둘은 질척거리는 거리에 서서 누가 먼저랄 것도 없이 노래를 부르기 시작한다. 소현이 창을 열고 엄지손가락을 치켜세우며 팔을 흔든다. 못다 한 이야기, 끝나지 않은 노래를 지석과 효범은 어깨를 걸고 고래고래 악을 쓰며 부른다. 그렇게 새벽은 찾아오고 멀리 희부연 먼동이 트고 있다.

2

밤은 요란하다. 늦은 시각에도 취객들은 택시를 잡으려 바람 속에 서 있다. 술집과 레스토랑과 노래방은 사람들로 빼곡히 차 있다. 술을 곁들여 저녁 식사를 마친 일행들은 다음은 노래방이라며 골목을 기웃거린다. 정준도 일행에 묻혀들어 흔들거리며 걷는다. 누군가 외친다. '여기야. 여기 들어가자.' 일행들은 앞서거니 뒤서거니 지하계단으로 꾸역꾸역 몰려들어간다.

문을 열자 확 퍼져 나오는 노랫소리에 귀청이 우르르 떨린다. 마지막으로 들어간 정준이 문을 닫는다. 칸막이가 쳐진 방으로 들어간다. 노래방에 들어간 것이 두 번째다. 그게 아닐 것 같아서, 마냥 휩쓸려 들어가는 것만 같아서 좀체 따라가지 않던 노래방이다.

저마다 고개를 맞대고 곡목과 번호를 종이에 적는다. 두 손 가득 동전을 쥐고 있던 장기자가 '구식이구먼' 중얼거린다. 화면 아래에 있는 구멍에 동전을 넣는다.

멀리 파도가 찰랑거리는 해변에 반라의 여인이 꽃을 꽂은 채 걸어가고 있다. 반주곡이 나오자 마이크를 든 이실장이 자막을 따라 노래 부르기 시작한다. 실내의 모서리마다 고음이 반향되어 웅웅거린다.

정준이 처음 노래방을 따라 들어왔을 때는 두근거림이 있었다. 알 듯 모를 듯한 초조감, 보이지 않는 그물에 순응하며 길들여져가고 있는 것은 아닌가 하는 죄책감 등이 야릇하게 뒤섞여 의자 깊숙이 앉질 못했다. 노래를 택하라고 했을 때도 목록을 몇 번씩이나 들척이며 결국은 지금 시기로 봐서는 마치 건전가요 같은 운동가를 겨우 하나 지적했다. 모든 게 이런 식이다. 마치 새로운 세계에 느닷없이 편입된 사람처럼.

하의원은 정준에게 사무실에만 있지 말고 사람들을 만나러 다니라고 했다. 정준은 알아들었다. 각계각층, 특히 언론에 하의원의 활동을 선전할 수 있는 자들을 만나라는 것으로 새겨들었다. 정준은 수첩을 뒤적거리며 지연과 학연의 끈으로 사람들을 불러냈고 그들을 통해서 한 사람씩 인맥을 만들어가는 중이었다.

"정준이도 한 곡 불러."

두 학번 위인 선배가 노래 목록이 적힌 공책을 건네준다. 까짓것, 한번 불러보자 싶었다. 정준에게 마이크가 넘겨지자 장기자는 노래 제목에 붙여진 번호를 누른다. 마구 감정을 실을 만큼 그런 노래도 아니었다.

처음엔 잔잔히 시작하던 노래를 뱃속 내용물을 끌어내듯 고래고래 고함을 지르며 부른다. 그건 노래가 아니라 울부짖음이다. 그래도 정준의 노래가 끝나자 모두들 요란스레 박수를 쳐댄다.

노래방을 나왔을 때는 자정이 가까웠고 굵은 비가 요란스레 아스팔트를 두들겨대고 있었다. 일행들을 보내고 택시를 잡으려 손을 드는 순간 정준의 허리춤에서 삐삐가 울린다. 삐삐를 꺼내어 가로등 아래로 간다. 가로등의 불빛 아래 비친 비 오는 거리는 음산한 느낌을 준다. 어디서 걸었는지 전화번호가 낯설다. 공중전화를 찾으러 이곳 저곳을 기웃거리다가 가게집 앞으로 간다. 전화에 실려오는 여자의 목소리가 누군지 알 수 없다.

"방금 삐삐를 받았는데……"

뭐라고 해야 할까 난감해하는데 여자는 잠깐만 기다리라고 한다.

"나야."

다영이다.

"다, 영, 이, 야."

술에 취했는지 혀가 말려드는 목소리다.

"어디지? 집이야?"

남편과 무슨 일이 있는가 하고 순간 걱정이 된다. 다영이 남편과 그저 아슬아슬하게 지낸다는 이야긴 전해 듣고 있었지만 그리 쉽게 깨어질 사이는 아니라고 믿었다. 그래도 내심 걱정이 앞서긴 했지만 남녀의 일은 알 수 없는 법이다.

"나, 여기 '뒤뜰'이야. 이리로 올래?"

"알았어. 지금 갈게."

평소에는 타기도 싫은, 더구나 물을 튀기며 다가온 모범택시를 엉겁결에 집어탄다. 늦은 밤에도 거리는 복잡하다. 요란한 몸차림을 한 남녀들이 우산도 받지 않은 채 빗속을 걸어가는 것이 보인다.

갑자기 취기가 오른다. 정준은 머리를 뒤로 젖히며 창을 조금 내린다. 밤공기와 함께 비가 스쳐 든다. 빗물이 얼굴로 튀자 으스스 한기가 든다. 그래도 창은 닫지 않는다.

아득히 먼 그 날도 이처럼 비가 왔다. 다영이 출감한다는 소식을 듣고 몇몇 친구들과 달려갔지만 다영은 없었다. 사람들이 올 줄 알고 교도소 당국은 다영을 다른 출구로 빼돌렸고 일찌감치 내보냈던 것이다. 다시 서울로 올라온 다음날 다영을 만났다. 가뭄 끝이어서 누구나 애타게 기다리던 비였지만 그 날은 비가 싫었다.

감옥살이 올라 얼굴이 통통해진 다영은 비를 맞으며 환하게 웃었다. 아무리 우산을 씌워주려 해도 막무가내로 거부했다.

─빗속을 끝없이 걷고 싶었어.

친구들은 애저녁에 집으로 돌아갔고 둘이서 몇 차를 돌았다. 밤늦게 너무나 취한 나머지 무작정 둘은 여관으로 들어갔다.

그 날 밤, 처음으로 다영은 아버지에 대한 이야기를 털어놓았다. 이야기를 마쳤을 때 정준은 맨주먹으로 눈물을 씻었고 다영을 안아주었다. 그러나 다영의 눈물이 흘러내려 목을 축축하게 적시는 동안 돌연 광적인 욕구가 치밀어 올랐다. 하지만 순수한 이상이, 아니 그 날까지 자신들을 한데 묶어온 이상이 순간의 욕망을 부드럽게 잠재웠고 두 사람은 소설 속에나 나옴직한 순직함으로 나란히 누워 손을 꼭 잡고 잠이 들었다.

다영이 결혼을 하던 날, 정준은 사회를 보았다. 양가 부모가 앉아야 할 좌석에 다영의 어머니 혼자 외롭게 앉아 계셨다. 식이 끝날 때까지 정준은 빈자리를 보지 않으려고 애써 눈길을 돌렸다. 하얀 면사포를 곱게 올려쓴 다영을 결코 기쁜 마음으로 바라볼 수 없었다. 이따금 손등으로 눈물을 훔치는 새신부 다영이를 착잡한 심정으로 바라보았다.

택시를 타고 가는 줄곧 비는 수그러들지 않는다. 택시에서 내려 뒤뜰까지 걸어가는 동안 옷은 완전히 젖어버린다. 빗물이 뚝뚝 흘러내리는 머리를 손수건으로 닦으며 까페의 문을 열자 문앞에 달려 있던 종이 경쾌한 음을 내며 딸랑거린다.

마주보이는 곳에 다영이 담배 연기를 내뿜고 있다. 한지를 덧씌운 실내등이 다영이 앉은 탁자 위에 노오란 빛을 뿌리고 있다. 잠깐 사이에 레오나드 코헨의 노래를 듣는다. 코헨은 마치 음유시인처럼, 빗물처럼 낮은 목소리로 읊어대고 있다. 난 당신의 남자라고. 다영의 맞은편에 앉는다. 정준이 앉는 것을 분명히 보았음에도 다영은 침묵하고 있다. 한 손에는 담배를, 또 한 손은 턱을 괸 채.

나갈까, 라고 정준이 말한다. 고개를 들어 쳐다보는 다영의 눈동자에는 촛점이 없다. 다영의 핸드백을 들고 담배를 빼앗아 끈다.

다영이 일어서는 순간 휘청거린다. 얼른 팔을 붙들고 카운터로 가서 계산을 치른다. 여주인이 걱정스레 말한다.

"여기 들어올 때부터 많이 취해 있었어요."

다영을 끌어안다시피 하고 문밖으로 나온다. 빗속을 뚫고 어디로 가야 하나 망설인다. 집으로 데려다 주자니 남편 보기가 말이 아닐 것 같다. 일단 택시를 타고 근처의 여관으로 데려다 달라고 부탁을 한다. 정준은 거울 속으로 뒤를 쳐다보는 기사의 눈과 마주친다. 어색하지만 모른 척 얼굴을 돌린다.

택시가 선다. 방으로 들어가 다영을 침대에 뉘고 정준은 의자에 기대어 앉는다. 좀 전까지만 해도 머리꼭지까지 취기가 오르던 것이 어느새 술기운이 달아났는지 맨숭맨숭한 기분이다. 다영의 체크무늬 재킷이 비에 젖어 있다. 겉옷을 벗겨 옷걸이에 걸고 고른 숨을 내쉬며 잠이 든 다영을 물끄러미 바라본다.

약간 희고 반듯한 이마, 속쌍꺼풀이 살짝 그어진 눈, 크지도 작지도 않은 입술. 지금까지 서로를 알아오면서 딱 한 번 그래, 한 번이었다. 그때말고는 다영을 여자로 여겨본 일이 없었다. 그렇다고 다영이 여성으로서 성적 매력을 지니지 않았다는 것은 결코 아니다.

설사 그런 느낌이 있었다 하더라도 그것은 은연중에 금기 사항인 줄 알고 살았다. 어쨌건 그때는 자신들의 오감과 이성을 바쳐야 할 대상과 신념이 뚜렷했다.

청년 시절엔, 아니 지난 십여 년은 오직 그것만으로도 벅찬 나날이었다. 어둠과 빛이 선명히 교차하고 있었고 이성이 명령하는 절대적 사명감에 사로잡혀 있었다. 사랑도 그것에 기초한 연장이었고 변증의 역사가 완성되는 날 충만한 기쁨이 존재를 자유롭게 할 것이라고 철석같이 믿었다.

어떤 상황에서도 허물어지는 것은 악이었고 자유하다는 것은 죽기를 고집하는 것이라고 두려워 떨면서도 맹세를 하고팠다고 언젠가 다영이 눈물을 흘리며 그렇게 말했다.

담배 연기가 매웠는지 다영이 꿈틀거리다 기침을 한다. 눈을 뜬다. 멍하니 천장을 바라보다 정준에게로 눈길을 돌린다.

"어디야?"

"모텔."

잠시 난감한 표정을 지었지만 다영은 웃는다.

"물 좀 줘."

물을 가져다 주자 다영이 일어나 앉는다. 한 방울도 남기지 않고 물을 마신다.

"우리가 왜 여기 있는 거야?"

설명하지 않았다. 일일이 설명하지 않아도 인간은 모든 걸 보고 듣고 느낄 수 있을 것이다. 굳이 외면하지 않으려 한다면. 잠시였지만 두 사람은 말없이 눈길 가는 대로 시선을 붙박아 두고 있다. 정준은 분명한 이유 없이 초조한 느낌이 든다.

"너 나랑 하지 않을래?"

정준이 희미하게 웃는다.

"대답해. 난 요즘 생각나는 게 그것밖에 없어. 뉴스에 나오는 거창한 인물을 보다가, 아니 거리의 온갖 인간을 바라보노라면 저 인간은 사랑을 어떤 방식으로 할까 그게 제일 궁금해. 재미있지 않아? 어쩌면, 어쩌면이야. 우리가 느끼던, 전달하려던 그것이 만약 인간에 대한 사랑이었다면 실패한 것인지도 모른다는 생각이 들어. 아니면 방법이 잘못되었거나. 둘 중에 하나야."

가슴에 못이 박히는 소리를 듣는다. 정준은 울고 싶다. 정말 속수무책으로 울고 싶다.

"할 거야 안할 거야?"

다영의 요구는 너무나 뜻밖이다. 다영이 왜 자신을 구겨버리고 싶어하는지 이해하기 어렵다. 다독거리려는 뜻으로 정준은 다영의 손을 잡고 흘어진 머리칼을 귀 뒤로 넘겨준다. 귀에 머문 손을 다영이 잡아 끈다. 옷을 벗고 나란히 눕는다. 머뭇거리며 조금은 떨리는 마음으로 다영의 입술에 입술을 포갠다. 다영의 몸은 불덩이처럼 뜨겁다.

하지만 시간이 흐를수록 다영은 천장을 바라보고 정준을 안았던 손에 힘이 없다. 그것은 정준도 마찬가지다. 호흡이 거칠게 빨라지고 부드럽게 애무를 하는 동안에도 정준의 남성은 자꾸만 가라앉았고 마침내는 아무것도 할 수 없었다. 한편으론 난감하고 미안한 마음이 든다. 눈치 빠르게 다영은 정준의 머리를 가볍게 쓸며 조용히 웃는다.

"그만 해, 됐어."

다시 두 사람은 나란히 누워 담배를 피운다.

"너 앞으로 시 쓰지 마."

"왜?"

"왜냐고? 섹스란 인간의 본능적인 행위조차 뜨겁게 하지 못할 정도로 뜨겁지 않은 인간이 시를 쓸 자격이 있다고 생각해?"

그 날 밤에야 비로소 정준은 지금까지 모든 것이라고 할 수는 없지만 그래도 어느 정도는 다영이를 안다고 생각했던 것이 크나큰 착오였다는 것을 안다. 문득 궁금해진다. 다영이 허물어뜨리고 싶어하는 것이 무엇일까 묻는다. 질문을 듣고도 다영은 한참이나 말이 없다. 다시 돌아누워 정준의 머리카락을 만지작거린다.

"여기 오기 전에 효범이 사무실에서 슬라이드를 보았어. 효범이 친구가 미국과 멕시코를 돌며 찍은 벽화였어. 미국의 로타운이라는 곳에 그려진 벽화에 낙서가 엄청나게 많았어. 무엇이 적혀 있었는지 알아? 그동안 숱하게 들어왔고 또 그렇게 말했지만 난 그 낙서를 보는 순간 뭉클한 게 속에서 치받쳤어. '우리는 떠나지만 우리 아이들은 정말로 좋은 세상에 살 것이다.' 우리도 그렇게 떠날지도 몰라. 아니라고 누가 말할 수 있을까. 또 멕시코 쪽 사람들이 무리를 지어 사는 라틴계 부락이 있었어. 설명에 따르면 십여 년도 지난 벽화들이야. 건물이 낡아 부스러졌고 집없는 사람들이 사는 곳이었어. 그런데 그곳에도 역시 많은 벽화가 있었어. 또 낙서들이 그림과 같이 존재하고 있었고. 그 중에 가장 많은 글은 이것이었어. '혁명은 반드시 성공한다.' 맨 처음 그 낙서를 한 사람은 분명한 바램이 있었겠지. 하지만 다 떨어진 누더기를 걸쳐 입고 웅크리고 앉은 사람들에게 그 낙서는 어떤 의미로 보였을까? 오히려 낙서는 그 사람들을 조롱하고 비웃었어. 그렇게 보였어. 허물어지는 것은 역사가 아니라 언제나 인간이야. 내가 그 중에 한 사람이라는 것이지."

설명하기 어려운 미소를 지으며 다영은 입을 다문다. 정준은 다영을 끌어당겨 이마에 가벼운 입맞춤을 한다. 창을 때리며 떨어지던 빗소리가 더 이상 들리지 않는다.

새벽이 오기 전에 밖으로 나온다. 어둠 속의 비가 검은 아스팔트를 무심히 적시고 있다. 봄기운에 엷은 옷을 입었던 다영이 추워하며 몸을 웅크리다가 택시를 타고 떠난다. 정준도 반대편으로 건너와 택시를 탄다.

다영이가 오늘 보여준 의외의 몸짓들을 생각하다 온몸이 무겁고 피곤해서 잠깐 깊은 잠에 빠진다. 기사가 깨운다.

새벽녘의 길은 고요하다. 간밤에 내린 비들이 어디로 흘러갔는지 보도블록은 촉촉하기만 하다. 늘 지나다니는 길인데도 정준은 하마터면 아파트의 다른 동수로 들어갈 뻔한다. 열쇠로 문을 열고 들어서자 두 모자가 잠들어 있는 집안이 숨소리 하나 없이 고즈넉하다.

식탁 위 벽에 걸린 아들의 백일사진과 마주친다. 결혼한 햇수에 비하면 뒤늦게 낳은 아들이다. 정준이나 아내, 어느 쪽이 문제가 있어 아이가 늦은 것이 아니다. 노동운동한다 해서 월급을 받은 적도 없고 아내 역시 일하는 단체에서도 간사라고 달랑 십오만 원 받는 것 가지곤 아이를 키울 수 없다고 판단했다.

"하나만 낳아라. 정 안 되면 우리가 키울 테니."

시골에 계시는 아버님의 간청이었다. 서른이 되면서부터 간청에 못 이기기도 했지만 자신도 피붙이가 하나라도 있으면 싶었다. 그렇게 낳은 세진이 벌써 다섯 살이 되었다.

정준은 옷을 벗고 바닥에 드러눕는다. 거실의 전등이 금방이라도 얼굴 위로 떨어질 것만 같다. 얼굴을 조금 비킨다. 전등 갓 뒤쪽으로 잔잔한 어둠이 깔려 있다. 하나, 둘 수많은 얼굴이 떠올랐다 사라진다. 다들 어떻게 살아가고 있는지.

가랑비 적시듯 드물게 소식을 듣긴 했지만 알고 싶지도 않았다. 구태여 알려고 하면 모를 것도 없지만 무슨 소용이 있으랴 싶었다. 잠시 잠깐 사이에 그렇게들 흩어져버렸다. 참으로 대책 없이 눈물이 비질비질 솟구친다.

어디론가 뛰어가고 있었다. 가리봉 삼거리이거나 영등포 신세계 백화점 앞인 것 같기도 했다. 붉은 띠를 머리에 두른 노조원들과 학생, 낯익은 얼굴이 여기저기 골목으로 삽시간에 사라져버렸다. 거리는 방패를 든 전경과 페퍼포그 차와 최루 가스가 자욱히 먼지를 날리고 있었다. 정준은 닫힌 셔터문 앞에서 발작적인 기침을 하며 눈물을 닦고 있었다. 난데없이 싸이렌 소리가 울리기 시작했다. 따르르. 전화벨이 요란하게 울렸다. 정준은 벌떡 일어난다. 탁자 위에서 전화가 밤의 고요를 깨고 있었다. 울다가 잠이 들었던 가보다. 수화기를 든다.

"여보세요."

"정준이냐. 나다."

공선배다.

"웬일이요?"

"정말 미치겠다. 공삼인지 뭔지 왜 이렇게 사람을 괴롭히냐. 이거고 저거고 이젠 때려치던지 해야지 원 씨벌. 내가 봉이냐. 날더러 어떻게 하란 말이야."

공선배는 앞뒤없이 욕을 쏟아 붓는다. 정준은 시계를 쳐다본다. 네 시. 정준은 얼결에 받은 전화여서 아무런 대꾸도 하지 못한 채 그냥 듣고만 있다. 어떤 단체에서 일하고 있는 공선배는 여전히 노총각을 면하지 못하고 있었다. 공선배가 결혼을 안하는 이유를 정준은 잘 모른다. 그렇다고 해서 물어본 적도 없다. 갑자기 전화 저편에서 노인의 목소리가 들린다.

'야 이 녀석아, 넌 지금 제정신이냐 뭐냐! 도대체 지금 이 시간에 누구한테 전화질이야! 그 집은 가정도 없어! 웬수 같은 녀석. 가라는 장가는 안 가고 밤늦게 무슨 전화야 전화질!'

선배도 소리를 버럭 지른다. '장가는, 이 참에 무슨 놈의 장가! 아무하고나 장가 가란 말이요!' '끊어!' 정준은 혼자 웃는다. 오죽 답답했으면 야심한 시각에 잠도 못 자고 속을 끓이고 있었을까.

한결같이 모두가 생각에 잠겨 있었다. 다영이 말처럼 역사란 기억 속에 집어넣어 두고두고 흠모하며 사랑했던 흔적 없는 짝사랑의 대상인지 모른다. 그렇지 않고서야 이렇게 텅 빈 것 같은 느낌이

들 수 있을까. 밤이 깊어서 사람들이 곤히 잠들 때면 저마다 돌아 앉아 가슴앓이를 하는 이유가 도대체 무어란 말인가. 이런저런 이 야기를 나누다 마음이 가라앉는지 공선배가 자라며 전화를 끊는 다.

"늦었어. 일어나."

아내가 흔들어 깨운다. 정준은 겨우 눈을 뜬다. 눈에 가시가 박 힌 듯 따갑다. 다시 감는다. 밤의 어둠과 새벽의 빛이 해가름을 할 무렵 잠이 들었던 것 같다.

"나 오늘 일찍 가야 돼. 빨리 일어나."

아내는 벌써 나갈 채비를 완벽히 끝내고 있다. 뒤늦게 학교를 복학하고 졸업한 아내가 교원채용시험에 합격했다. 일이 잘 풀리 려고 그랬는지 장학사가 은사였던 덕분에 아내의 전력문제도 무리 없이 잘 넘어갔다. 새 학기에 들면서 아내는 중학교 교사로 발령이 났다. 숨통이 트이는 것만 같았다. 그 즈음 정준은 궁여지책으로 번역을 하던 중이었다.

지난해 보좌관으로 일하던 친구가 국회에 들어오는 게 어떠냐며 권했다. 다영 역시 뭘 강설이냐며 또 다른 인생을 체험한다 생각하 고 무조건 들어가라고 밀었다. 한 달이 넘도록 고민을 하던 끝에 정준은 의원과 만나게 되었다.

의원은 정준이 십여 년을 넘게 노동운동을 해왔다는 것과 특기 할 사항으로 전력이 없다는 것이 마음에 들었던 모양이었다. 더 중요한 것은 의원을 처음 만나러 갔을 때였다. 정준의 어수룩한 차림새가 말 잘 듣는 꼬붕을 만들 수 있을 거라는 기대와 또한 구질 구질한 촌놈 같은 허울에 맞잖은 학력이 입맛을 당기게 한 것이라 는 것도 정준은 잘 알았다.

"아빠. 얼른 일어나세요."

아들이 정준의 품을 파고든다. 자식은 이런 것인가. 운동한답시고 백일도 채 지나지 않았던 아들을 놀이방에 맡기면서 온갖 잔병 치레를 겪어내며 길러낸 날수가 엊그제 같은데.

"우리 세진이 누구 아들이지?"

"아빠, 엄마 아들."

정준은 어린 아들의 냄새를 맡으며 눈을 감는다. 14대 대선이 무력하게 패배로 끝나던 날 아침, 정준은 집으로 돌아가려 지하철 역 구내에 우두커니 서 있었다.

어둠 속에 깔린 두 가닥 레일을 바라보며 문득 뛰어들고 싶은 강렬한 충동을 느꼈다. 오직 세진이 눈앞에 어른거렸다. 발앞에 선 전동차를 몇 번이나 그냥 보내며 아들을 생각했다. 지금은 한 줄도 기억하지 못하는 긴 시를 읊었다. 정작 그 힘으로 정준은 지하철을 탈 수 있었다.

정준은 아침을 뜨는 둥 마는 둥 하며 서둘러 집을 나온다. 아내와 아들을 내려주고 여의도로 차를 돌린다. 혼자가 되자 다영이 걱정된다. 별일이 없어야 할 텐데. 그때 대선이 끝나고 일주일쯤 뒤였을까. 다영이 불쑥 부산으로 이사를 가자고 했다.

―왜?

―모두 그곳으로 가서 제각각 아이를 열 명씩 낳는 거야. 아이들이 크는 동안 선거권이 18세로 바뀐다면 우리 아이들 모두 투표하게 만드는 거야. 그래서 이번에 잃어버린 표들을 다 끌어모으는 거야.

그 해 선거에서 야당은 부산이라는 항구도시에서 멋지게 참패를 당했다. 처음엔 다영이 너무나 진지하게 말을 하는 바람에 진담으로 착각했다. 다영은 그러면서 돌아서 눈물을 닦았다. 순둥이 같으니라구.

올림픽대로로 들어서자 정준은 액셀러레이터를 힘껏 밟는다. 한강이 고요하게 흐른다.

3

날이 어두워지기도 전인데 달은 하늘 가장자리에 부드러운 곡선을 그리고 있다. 결혼기념일이었던 어제, 남편은 아는지 모르는지 아무 내색도 하지 않은 채 지방으로 출장을 갔다.

얼마 전 새벽녘에 다영이 집으로 들어온 날에도 남편은 아무 말이 없었다. 다영 역시 이러고저러고 변명은 하고 싶지 않았다. 다행스럽게 두 사람은 냉담을 감추고 가장할 만한 지성이 있었고 할 일이 있었다.

딸아이의 머리를 감겨주고 잠옷을 입힌다. 졸린다며 이부자리로 들어간 딸아이가 동화책을 읽어달라고 해서 다영은 소리내어 읽어나간다.

"엄마 그래도 잠이 안 와."

"노래 들을까?"

"응."

노래마을이 부른 '우리 아이들'을 틀고 다영은 다시 드러눕는다. '……파보나 마나 하얀 감자.' 시골마을의 잔잔한 서정이 깔려 있어 언제 들어도 듣기 좋았다. 처음엔 시큰둥하게 듣던 노래를 자주 들려주어선지 딸아이도 그다지 싫어하지는 않았다.

"엄마, 저 노래는 슬퍼."

지담은 자못 슬픈 표정을 짓는다.

"왜?"

"그냥, 슬픈데."

다영은 슬픈 게 뭐냐고 물으려다 입을 다문다. 묻는다는 자체가 사고력을 넓혀간다는 단순한 이론을 무시해서가 아니다. 물어서 생각하게 하고…… 그래서 그 다음엔 어쩌겠냐고 하는 심정이었기 때문이다. 대답할 수 없는, 이성적인 판단과 사고의 영역을 넘어서는 세상살이를 아직은 이 아이에게 떠올리게 하고 싶지 않다.

테이프가 거의 끝날 무렵 지담은 잠이 들었다. 잠든 딸아이를 물끄러미 바라보다 통통하게 살이 붙은 볼을 쓰다듬는다.

아이는 참으로 단순하다. 아니 영악하다. 성서에서 아이를 닮으라는 구절을 가끔 떠올릴 때면 고개가 갸우뚱해진다. 왜 하필이면 아이일까. 사고가 단순하고 나쁜 것은 금방 잊어버리고 순결한 것까지는 동의하겠지만 아이들은 거의 본능적으로 자기 중심적이다.

다만 한 가지 어른과 다른 점이 있다면 아이들은 절대적인 믿음이 있다는 것. 세상과 부모에게 보내는 절대적인 신뢰와 믿음은 감히 흉내낼 수 없는 것이기도 하다. 그런 점에서는 어른이 아이를 닮는다는 것은 거의 불가능에 가깝다. 아이를 닮는다는 것, 힘든 노릇이다.

다영은 팔베개를 하고 잠을 청했지만 잠이 오지 않는다. 정준과 있었던 그 일을 어쩌다 생긴 단순사고였다고 마음 한구석으로 밀어 놓았다. 다분히 의도적이었던 그 정사가 옳다, 그르다는 도덕성만으로 판단할 수 없다고 지레 묻어버렸다.

하지만 마음은 한없이 무겁다. 어떻게 보면 역으로 지난 십년 동안 지녔던 절대성, 그러한 분위기에 실려 있던 진정이란 부분을 스스로 깨뜨려버리려는 심사에서 벌어진 것이리라. 타인이 아니라 자신에게.

창으로 들어오는 옆집의 불빛을 바라본다. 어둠 속에 감고 싶었던 눈이 어느새 어둠 속의 빛, 빛 속의 어둠에 익숙해져 방 안의 물건들이 더욱 뚜렷하게 보인다.

의식의 가느다란 저편에 한 후배가 떠오른다. 다영이 지방에서 일할 무렵, 수출자유공단 앞이었다. 미대생이었던 그 후배가 그린 포스터 이십여 장을 공단 주변에 붙이고 난 다음날 아침, 전단을 들고 두 사람씩 나누어 흩어졌다.

출근을 하던 노동자들에게 후배와 다영은 열심히 나누어 주고 있었다. 그때 바쁜 걸음으로 출근을 하던 한 노동자가 후배가 내민 전단을 받아 들었다. 웬걸. 그 친구는 갑자기 두 손으로 꼬깃꼬깃 뭉쳐서 그것도 모자란지 땅바닥에 내팽개치더니 보란 듯이 발로 몇 번 짓이기다가 공단 안으로 들어가 버렸다.

어찌 보면 별것 아닌 일이었다. 주변에 흔히 마주치는 노동자의 모습은 대개들 그러했다. 다영이네가 이상적으로 생각하던 노동자상은 그러한 단계를 뛰어넘은 뒤를 그리고 있는 것이었다. 다영의 그런 말에도 아랑곳없이 후배는 우두커니 서 있었다. 결국 남은 전단을 나누어 주지 못하고 하천이 흐르던 다리 난간에 기대어 서서 울고 있었다. 다영이 남은 전단을 다 나누어 주고 돌아설 무렵까지 후배는 그렇게 웅크리고 있었다.

어떻게 살고 있는지……잠시 잠깐이었는데 저마다 만들어가는 삶의 모습은 전혀 예측하지 않았던 지점에 서 있는 것처럼 보인다.

다영은 어떤가. 종로에 있는 출판사를 갈 때마다 다영은 골목

골목을 돌아간다. 그 골목은 전경들이 최루탄을 쏘며 백골단이 뒤쫓아올 때 도망치던 퇴로이기도 했다. 큰길을 두고도 퇴각로였던 골목을 지금도 습관처럼 걷는다. 종로는 고요한데.

지하철도 마찬가지였다. 길을 걸을 때면 반사적으로 진열장 속으로 뒤를 바라보고 지하철 문이 닫힐 직전에 발을 들여놓고 그것도 모자라 때로는 한 번이면 가는 길을 두세 번 갈아타고 다녔다. 전화는 또 어떤가. 방안에 전화를 버젓이 두고도 날마다 공중전화를 사용했다. 도청 때문에.

다영이 출감을 하고 몇몇이 다방에 모여 이야기를 나누는 중에 불심검문을 당한 일도 한두 번이 아니었다. 꼬마 구두닦이에서부터 짙은 화장을 한 여인에게서 노인에 이르기까지 다영은 경계의 눈초리를 떼지 않았다.

도대체 그게 무엇 때문에 생긴 일들이었을까. 날마다 긴장하고 사람을 의심하고 가슴을 조이는 비정상적인 행위들이. 그러한 삶이 일상인처럼 바뀐 것도 불과 몇 해 전의 일이었다.

다영의 아래층에 사는 여자는 이십대 중반이다. 그 여자는 일찍이 미싱사였고 결혼을 한 지금도 미싱을 타고 있었다. 며칠 전 전기 통합료를 계산하면서 그 여자는 공장 일을 스스럼없이 이야기했다.

—함께 뭉쳐야 사장한테 요구도 하는데 꼭 빠지는 사람이 있어요. 우리끼리 한 이야기를 어느새 일러바치고, 왜 그런지 모르겠어요. 인간이 사는 곳에는 꼭 그런 사람이 한 명씩 있나봐요.

그 말을 듣는 순간 다영은 갑자기 현기증이 일고 가슴이 철렁, 내려앉았다. 다영이 그토록 어렵게 시작하던 말을 그 여자는 힘도 들이지 않고 내뱉는 것에 새삼 머리를 얻어맞는 것만 같았다.

다영은 다시 잠을 설치고 만다. 마루로 나간다. 저녁에 걷어들인 빨래가 흩어져 있다. 빨래를 개킨다. 그래도 잠이 오지 않는다. 책상 앞으로 가서 서경의 디스켓을 꽂아 넣는다.

　그 날은 한여름의 따가운 햇살이 길고도 지리하게 산과 들을 내리비추고 있었다. 휴게소의 사람들은 참으로 여유 있어 보였다. 남자들은 이곳저곳에 기대어 서서 느긋하게 담배를 피워 물었고 한 무리의 사람들은 고속도로 주변을 곱게 단장한 꽃과 나무들 앞에서 웃음을 흘리며 사진을 찍고 있었다.

　그것은 교도소 방 한 귀퉁이에서 뒹굴던 빛 바랜 잡지에서만 보아오던 사진 속의 모습과 똑같았다.

　느닷없이 열린 철문 속에서 나는 당황했다. 8·15의 의미가 나의 삶에 또 하나의 궤적을 그리며 파고들 줄은 상상 밖이었다. 꿈을 꾸는 것만 같았다. 그러나 분명히 햇살을 피해 추풍령 휴게소의 차양 아래 선 사람들 속에 내가 함께 서 있었다. 지극히 낯선 풍경이었다.

　이윽고 고속버스 차창으로 서울 입성을 환영한다는 굵고 검은 글씨가 새겨진 아치가 저 멀리 보였다. 참으로 오래도록 그리워했던 하늘이 가까워오자 나도 모르게 마음이 들뜨기 시작했다. 환영한다는 글자가 확실하고 선명하게 눈 안 깊숙이 들어왔다. 순간 석방이 꿈일지도 모른다고 애써 외면하던 것이 현실임을 느끼자 가슴 아래쪽 명치 끝이 손가락으로 후벼파듯 아팠다. 이런 날은 올 것 같지가 않았다. 멀리 줄지어 선 구릉들 뒤에서 감금의 열쇠 소리가 철커덕거리며 들려오는 것 같았다.

　그러나 고속버스는 터미널로 마지막 운행을 하고 있었다. 차가 멈추었다. 창밖으로 보이는 시멘트 바닥은 안에서 보아도 무더움이 느껴질 만큼 뜨겁게 달아올라 있었다.

　—내리자.

어머니는 멀거니 창밖을 내다보고 있던 나의 어깨를 가볍게 흔들며 웃고 계셨다. 나 역시 어머니를 따라 살포시 웃었다. 우리는 몇 시간을 짓뭉개고 앉았던 자리를 털며 일어섰다. 시멘트 바닥은 신발을 신은 발조차 후끈하도록 진득거리며 뜨거웠다. 팔월의 뜨거운 햇살은 내가 입고 나온 하얀 블라우스를 파고들어 따가웠다.

ㅡ누나!

작년까지도 구겨진 남방과 운동화를 끌고 다니던 동생이 말쑥한 신사복 차림을 하고서 달려왔다. 동생과 나는 부둥켜안았다. 동생은 몰라보도록 성숙했고 보기에도 믿음직스런 남자로 변해 있었다. 난 동생의 굵직한 팔을 양손으로 끌어안으며 미소로 벌어진 입을 닫을 줄 몰랐다.

ㅡ출근 때문에 내려가질 못했어. 미안해.

ㅡ아니야. 내려오긴. 어머니가 오셨는데, 뭘.

어머니와 동생은 고속버스 옆구리에 달린 화물칸으로 갔다. 몇 꾸러미 되는 책과 옷가지들을 싼 보따리를 받아 챙겼다. 내가 짐을 받아 쥐려 하자 어머니는 한사코 말렸다. 우리 가족은 얼굴이 마주치면 그저 웃었다. 교도소 안과 밖에서 가슴을 졸였던 그늘을 조금씩 벗겨내듯 우리는 천천히 터미널 밖으로 걸어 나갔다.

긴 장마가 몰아쳐 지나간 뒤여서 하늘은 물기 하나 없이 말라 있었다. 차와 사람들로 가득 찬 거리는 거침없이 쏟아지는 햇살을 받으며 분주히 오가고 있었다. 화려했다. 나는 잠시 눈을 감았다. 울긋불긋한 색채들이 끊임없이 눈 속을 파고들어와 눈알이 아팠다. 긴장감이 풀려서 그런지 갑자기 걷는 것이 힘들었다. 동생이 차 뒤 트렁크에 짐을 넣는 사이 나는 쓰러질 듯한 몸을 이끌고 겨우 어머니 옆자리에 앉았다. 얼마쯤 갔을까. 바람에 실려 들어오는 도시의 매연 때문에 나는 메슥거림을 참아내지 못하고 구역질을 하고 말았다.

다시 이년 만에 돌아온 집. 두 남매가 쿵쾅대며 오르내리면 금방이라도 무너질 듯이 삐걱거리던 나무계단들. 이층 창 아래로 보이던 헌병대. 낙하산이 보인다며 동생이 닫혀 있던 유리문을 들이박고 뛰어드는 바람에 왕창 부서져 내려앉았던 유리문. 아버지 외에는 모든 것이 이년 전과 다를 바가 없었다.

한 달에 한 번, 그렇게 이중 플라스틱에 뚫린 콩알만한 구멍으로 나타나시고 사라졌던 어머니. 방과 부엌을 넘나드는 어머니의 체취를 가슴 가득히 맡을 때면 교도소 앞마당을 가득 채우던 햇살이 떠올라 나도 모르게 눈을 감았다.

새로운 삶을 내딛어야 할 새로운 시간이었다. 그러나 방바닥을 보고 있노라면 어느새 머리 속은 감옥의 마룻바닥을 떠올리고 있었다. 이따금 누워서 방 천장을 쳐다보면 좁디좁은 방을 무겁게 누르던 감방의 어두운 천장과 하얀 벽이 다시 가슴을 헤집고 들어와 앉았다.

나는 방문 손잡이 하나 돌리는 것에서도 주저했다. 이년 동안 내 손으로는 한번도 열어보지 못했던 문이었기에 더욱 그러했으리라. 마치 여물을 위장에 저장해놓은 소처럼 두고두고 감옥의 삶을 되새김질하고 있었다.

가끔은 미친 듯이 어딘가를 향해 가고 싶었지만 동네 어귀를 벗어나는 것은 쉽지 않았다. 혼자서 어딘가를 돌아다닌다는 것이 이상했다. 일기를 쓰겠다고 곧책과 만년필을 사러 가면서 계속 뒤를 돌아다보았다.

혼자서 걷는다는 것. 참으로 생소했다. 문득 교도관이 옆에 따라오지 않는 거리를, 그것도 혼자 마음 내키면 몇 밤을 새워서라도 걸어갈 수 있다는 생각을 하자 온몸이 짜릿했다. 발에 채이는 돌조차 새롭게 보였고 신기했다. 발끝이 닿는 곳은 어디나 사람이 있었다.

일없이 시장 근처를 맴돌았고 이따금 밤이 오면 동생과 함께 육교로 올라갔다. 깜깜한 밤이라고 하기엔 도시의 밤은 너무나 밝고 화려했다. 도시의 밤거리가 너무나 좋았다. 건물과 차들이 뿜어내는 색색의 화려한 불빛은 현기증이 일 정도였다. 그러나 그 어지러움은 황홀하기만 했다. 어느 날 동생이 육교 난간에 기대어 차의 행렬들을 물끄러미 바라보다 내게 물었다.

—누나는 지금, 느낌이 남다를 거라는 생각이 드는데 어때?

난 그저 빙긋이 웃었다. 그러나 지금 내게 다시 묻는다면 이렇게 말하고 싶다.

'단조롭고 그늘진 곳에 익숙한 인간은 색깔 즉 빨강, 노랑, 파랑 같은 것을 기억하지 못해. 억압자는 인간에게서 색을 빼앗음으로 해서 인간임을 부정하지. 감옥이 그러했고 밑바닥에 사는 사람들 역시 그런 걸 잊고 살아. 아마도 죄수들이 그 지루한 나날을 살며 고개를 박고 뜨겁거나 차갑지도 않은 표정을 짓고 있는 것은 빛깔이 없기 때문인지도 몰라. 회색을 느낀다는 것은 일상적인 삶의 궤도에 서 있는 사람들의 색이 아니야. 삶을 박탈당한 사람들의 몫이지.'

감방에 들어 있던 날, 동생이 보내어준 연말 카드는 실제로 나를 생명이 있는 인간이라고 믿게 하는 구원의 빛이었다. 카드에 담긴 알록달록한 색상은 마치 작은 생명을 더듬어 보는 느낌이었다. 난 카드의 색이 바스러질 만큼 바라보고 또 보았다.

다영아, 네가 이 글을 읽을 즈음이면 나도 이 세상 사람이 아니겠구나. 내가 뜬금없이 아버지 이야기부터 시작을 하는 바람에 놀라지는 않았는지. 그냥 네게 뭔가를 쓰고 싶었는데 아버지가 몹시 그리워서 나도 모르게 그렇게 시작했어.

우리는 참 많은 시간들을 함께 지냈어. 네가 졸업을 앞두고 현장으로 가버렸던 일년 동안 사실은 무척 보고 싶었어. 일년도 그렇게 길게 느껴졌는데……

다영아, 진심으로 사과하고 싶은 일이 있어. 우리가 비합 신문 건 때문에 감옥에 들어갔다가 나온 뒤의 일이야. 그 날들을 기억하니? 너 역시 어려운 줄 알면서 어쩌다 건 전화에도 한마디 따뜻이 대하지 못했던 것, 정말 미안해.

변명이 되겠지만 그때 나로서는 도저히 바늘구멍 같은 희망도 보이지 않았어. 무엇 때문에 그러냐고 네가 물었었지. 뭐라고 말하기가 힘들었어. 나 역시 나의 고민을 뚜렷하게 말할 수가 없었어.

우리가 감옥에서 나온 그 해, 털양말을 가져다 주고 온 날 기억나니? 이름 모르는 분들이 보내어준 털양말은 정말 보자기 하나 가득이었지. 그 전날, 난 잠도 잘 수 없었어. 생각해봐.

붉은 오라에도 묶이지 않고 검정 고무신이 아닌 우리 구두를 신고 우리가 선택한 버스를 올라탈 것을 상상하자 얼마나 흥분이 되던지. 무릎으로 기던 아기가 이제 막 첫 걸음을 떼고 나서 자랑스럽게 엄마를 돌아보는 모습이라고나 할까. 그런 기분이었어.

널 만날 시간에 맞추어 집을 나섰지. 한낮의 사람들이 어디론가 걸어가고 있었어. 느릿느릿 혹은 잰 걸음으로 말이야. 버스 왼쪽 켠의 자리들이 비어 있었어. 차창으로 드는 햇볕을 피해 사람들은 그늘진 자리를 차지하고 있었어. 난 왼쪽 의자에 앉았어. 얼마나 그리워했던 햇살이니! 이마가 따가웠지만 창에 내려꽂히는 햇살을 온몸으로 받았지. 햇살이 달착지근하다는 걸 그때 처음 알았어. 버스는 달려가고 나는 굶주린 사람처럼 햇살을 받아 먹었어.

인권위원회에 양말을 전해주고 나와서 갔던 그 까페 생각 나지? 한가롭게 차를 마시고 느긋하게 앉아 음악을 들었던 일도 드물었지? 너와 헤어지고 버스를 타려고 했는데 너무 피곤하더구나. 그래서 택시를 타려고 했는데 그것도 만만한 일이 아니었어. 남들이 하는 대로 행선지를 외쳤지.

길 건너편에서 워키토키를 든 순경이 오는 것이 보였어. 난 괜히 신경이 곤두섰어. 제모나 제복을 입은 자들에게서 보아왔던 무신경, 무감각에 진저리치던 때였으니까. 아니나 다를까 제복이 곧장 내 앞으로 오더구나.

─함께 가셔야 되겠는데요.

의아해서 제복을 쳐다보았어.

─왜요?

─본래 여기서는 보도 아래로 내려오면 안 됩니다. 보행위반을 했으니 함께 갑시다.

제복은 연신 워키토키를 들고 뭔가를 열심히 듣고 있었어. 그제서야 알았지. 화가 머리끝까지 솟구쳤어. 차도로 내려와서 차를 잡던 사람들이 모두 보도 위로 뛰어 올라가더구나. 제복은 날 끌어 당길 태세였어.

─아니, 지금 나만 내려와 있어요? 왜 이래요!

난 제복이 쓴 잿빛 모자를 노려보았지. 인권위원회 부근에서부터 우리를 미행했었나봐. 오가던 사람들이 걸음을 멈추고 쳐다보더구나. 이년이란 세월 동안 우리를 감시하던 제복들이 다시 눈앞에서 표독스런 눈을 번득이는 거야. 속에서 들끓어 오르는 부아를 참을 수가 없었어. 그래서 소리를 질렀지.

─무슨 수작이야! 병신 머저리 같은 것들. 그저 하라고 시키면 뭐가 뭔지도 모르면서 질질 끌려다녀. 그래, 어디 한번 끌고 가봐. 너, 진짜 경찰이야? 어디 신분증 제시해봐. 영장 가지고 왔어? 할려면 제대로 해!

댓바람에 퍼부어 댔어. 불분명한 사유로 연행을 시도하던 잿빛 모자는 멈칫했어. 나는 완강히 버텼지. 잿빛 모자는 눈을 동그랗게

뜨다가 워키토키를 입에 대고 몇 마디 중얼거렸어. 그러더니 미적
미적 뒷걸음으로 가버리더구나. 그런 일을 당하고 나니 택시를 타
고서도 마음이 가라앉지 않았어. 정말 속이 상하더구나. 그 뒤로
한참을 잊고 살았는데 새삼 기억이 나. 넌 괜찮았는지 물어보지도
못했구나.

다영은 화면을 바라보다 슬며시 웃는다. 아주 먼 옛날 이야기였
다. 그 날은 별일이 없었지만 집의 전화가 늘 도청당하고 있었다.
다영은 알고 있었다.

그 후 몇 년 뒤 다영이 결혼을 하고 주거지를 옮기고 나서 어머
니에게 들었다. 다영의 집 골목 어귀에 있던 가게 주인이 이제야
말을 한다며 털어놓았다고 했다. 다영이 감옥에서 나온 뒤 형사라
고 신분증을 내보인 어떤 남자가 와서 다영의 들고 나는 시간을
체크해달라고 했고 자주 가게에 앉아 있다가 갔다고.

아버지의 삶을 되풀이하는 것이 아닌가 하고 지레 걱정을 하던
어머니의 얼굴이 파랗게 질려 보였다. 그때는 이미 다영이 운동이
란 부분에서 물러선 지 한 해가 지났고 막 번역을 시작하려던 참이
었다. 뭐, 그럴려고. 다영은 어머니의 걱정을 대수롭지 않다는 듯
배밀이를 시도하던 딸아이를 사랑스레 바라보았다.

하지만 고통스러웠던 것은 정작 이러한 이유가 아니었어. 무형
의 죄책감이 의식의 저편에 자리하고 있어 끈질기게 나를 괴롭혔
어. 감옥에서 나온 뒤부터였어.

이미 사라져버린 그 친구에게 꿇어 엎드려 사죄를 할 수도 없었
어. 괴롭고 막막했어. 어떤 갈로도 설명할 수 없는 죄의식이 나를
할퀴기 시작했어. 또한 인간이 갈가리 짓이겨지는 세계를 경험한
이년의 시간에서 나라는 실치가 완전히 무너져버린 느낌. 넌 이해

할 수 있을 거야.

집 뜨락의 나뭇가지와 맨땅에 부스스 떨어지던 햇살이 왜 그토록 슬프게만 보이는지. 원하는 대로 마음껏 여닫을 수 있는 자유로운 행위에서도 아무런 기쁨을 느낄 수 없었어. 늘 울었어. 울지 않으려 해도 자꾸 눈물이 나왔어. 길을 걸으며, 사람을 바라보다가, 어머니가 차려주는 밥상 앞에서 터져 나오는 울음을 삼킬 수가 없었어. 햇살을 거둔 무덤(감옥)이 주던 고통과 내게 드리워진 어둠을 눈물로 풀어내고 있었는지도 모르겠어.

하지만 지금 생각해보면 아주 이율배반적이라 할 수 있어. 그토록 못 견뎌 하면서도 온갖 자잘한 것들에 깃들어 있는 생명의 소리를 들었어. 땅과 하늘, 살아 있는 미물에 이르기까지 이 세상의 모든 것들이 신비롭고 소중하게 느껴졌어.

그러나 내가 살아온 그 날들을 떠올리는 것은 너무나 두려웠어. 그림만이 내 생의 전부라고 믿었던 날들이 부끄러웠어. 마찬가지로 나 자신이 인간이라는 것을 감지할 때면 차라리 의식이 굳어지기를 바랬어.

내가 동일한 인간의 폭력 앞에서 그렇게 무가치하게 허물어져버렸다는 것을 생각할 때면 미쳐버리고 싶었어. 역시 가져서는 안 될 사상이란 이름으로 가해진 폭력은 나를 낱낱이 거부하고 파괴시키던 순간, 그림은 아무 데도 쓸모없는 허접쓰레기에 불과하다는 생각이 들었어. 그림은 최악의 상황에 내몰린 인간을 구원하지 못했어. 난 다시는 그림을 그리고 싶지 않았어. 생이 그렇게 더러울 줄이라곤 상상하지도 못했어.

다영은 더 이상 읽을 수가 없다. 마지막 구절을 바라보다 담배를 피워 문다. 서경의 상실감이 고스란히 전해져오는 것 같아 가슴이 답답하다. 어두운 창을 우울하게 바라본다. 창의 동그란 무늬에 패인 어둠은 자꾸만 깊어가고 끊임없이 웅웅거리는 기계음이 머리 속을 후비며 들어온다. 다시 모니터를 본다.

　그 후 몇 달 만에 처음으로 먹을 갈았어. 먹에서 풍겨 나오는 향이 폐부 깊숙이 스며들더구나. 눈을 감았지. 무거웠던 머리가 향 내음에 씻겨 내려가는 것만 같았어.

　학교를 다닐 무렵 붓을 꺾었던 일이 생각났어. 나만의 것을 발견 하겠다고 지치는 줄도 모르고 형형색색의 물감을 수없이 풀던 날들 이었어.

　어느 날 문득, 캔버스를 물끄러미 바라보았어. 끝없이 그려도 만족할 수 없었던 이유를 그제서야 알 것 같았어. 도대체 내 그림 에는 그 어느 곳에도 인간의 냄새라든가 전체를 보는 눈이 없었어. 언제나 한 단면을 부각시켜, 확대시키는 부분 외에는 소외시켜 버 리는 시각임을 알았지.

　오랜 제도교육에서 익혀온 원근법 일점투시도. 후기 인상파의 서구식 어법을 고스란히 일본을 통해 받아들인 형식을 처음으로 회의하기 시작했어.

　실기실을 한 발짝만 나서면 권력의 만행을 규탄하는 소리가 어김 없이 귓전을 때리는데 나는 이 역사적 상황을 조금도 담아내지 못 하고 있음을 깨달았어. 원근법이란 서구 어법 역시 그 당시의 역사 적 반향에서 나온 것이라면 우리는 우리네 삶의 내용을 담아낼 형 식이 반드시 있어야 한다고 생각했어. 내용과 형식이 일치되어야 하듯 역사와 형식 또한 하나가 되어야 하는 거라구.

　초보적인 깨우침이었지만 힘든 일이었어. 연필로 동그라미를 그 리던 아이 때부터 이십여 년 넘게 몸에 밴 서구 어법을 버린다는 것은 내가 가진 언어를 버리는 작업이었어. 현실을 거부한다는 것 은 자기와의 싸움이라고 언젠가 네가 말했지.

생각이 꼬리를 무는 동안 먹빛이 더욱 검어지고 먹빛 위에 차르르 감도는 윤기는 무심히 빨려 들어가고픈 충동을 일으켰어. 전생에도 나라는 존재가 환쟁이였을까?

말 그대로 서경이 미친 듯이 민화에 빠져 있었을 때였다.

—내가 만약 조선시대에 태어났고 남자였더라면 유랑화공이 되었을지도 몰라.

—유랑화공이 뭔데?

—유랑화공이 어떤 사람이냐 하면 이동네 저동네로 떠돌아다니며 그림을 그려주는 환쟁이야. 오일장이니, 삼일장이니 장이 열리면 영락없이 장터 한 귀퉁이에 자리를 잡고 봇짐을 내려놓지. 그리고 종이, 붓 등을 주욱 늘어놓아. 등뒤에는 미리 그려놓은 그림을 몇 장 붙여놓고 말이야. 손님을 부르지. '거기 까치그림 좋은데 그런 거 하나 그려주오.' 옛 사람들은 까치를 길조라고 믿었으니까. 몇 사람이 우르르 둘러서서 보다가 또 거들기도 하지. '호랑이는 액막이니까 호랑이도 한 마리 그려넣으면 좋겠네.' 그러면 호랑이도 들어가. 이사람 저사람 훈수가 들어가면서 환쟁이는 혼자가 아니라 에둘러싼 사람들과 함께 그림을 완성하는 거야. 이것이 바로 열린 그림이고 공동제작인 거야. 그리는 사람 따로, 보는 사람 따로 있는 게 아니라 함께 참가하고 어우러져 일체감을 느끼는 그림이 되는 거야.

서경이 민화와 탱화를 맹렬히 연구하던 무렵 서경이 가르치던 노동자들의 미술전시가 열렸다. 서투르긴 했지만 노동현장이 아니고선 도저히 느낄 수 없는 노동의 생생한 현장감이 그대로 묻어났다. 작업라인의 미세한 부품 하나하나 그려낸 저변에는 이 나사가 아니면 기계가 돌아가지 않는다는 생산자의 체험이 고스란히 살려져 있었다.

그 무렵 야학에서는 남미의 민중교육론이 맹렬한 기세를 떨치며 읽혀지고 있었다. 당시 민중교회를 담당하던 어느 목사가 이 이론에 반론을 제기했다.

즉 남미는 70퍼센트가 문맹이지만 우리는 90퍼센트가 글자를 읽을 줄 안다. 이러한 현실을 감안할 때 노동자 교육의 자주성을 고려해서 남미의 민중교육론은 한국적으로 수용할 필요가 있다고 본다는 취지로 쓴 논문이었다. '초보노동자의 감성 분류에 따른 교육법'이란 글이었다.

강학이었던 다영이네들은 이 글에 찬성을 했고 서경과 효범이 이 글을 토대로 삼아 노동자와 그림 공동제작에 들어갔다. 수개월에 걸쳐 백여 점이나 되는 그림이 완성되었다. 그 날 저녁, 기쁨에 들떠 밤이 새는 줄도 모르고 술판이 벌어졌다.

아쉽다. 단 한 장이라도 남아 있다면 얼마나 좋을까. 당시는 노동자 소모임을 극도로 탄압하던 시기였다. 그림을 보관하고 있던 이목사가 보안대로 끌려가고 시커먼 복사본만 남긴 채 그림도 사라져버렸다. 복사본은 그 후 효범이 가지고 있다는 이야기를 얼마 전에 들었다.

화선지에 한 획을 그었어. 검은 먹이 무심히 스며드는 종이를 보자 온몸이 떨렸어. 그것은 나의 실체였어. 사랑하는 사람들과 결연히 차단된 그 속에서 나의 가슴은 검붉은 어둠으로 물들었고 정지된 시간마다 엄습해오는 폭력의 의미를 느낄 때마다 진저리쳤지. 그 어둠이 뼈 마디마디 스며들던 날이었어.

감옥에서 나온 뒤 나의 허약한 감수성은 여지없이 무너지고 두려움에 떨고 있었어. 내가 조금만 버틸 수 있었더라면…… 아아.

감당할 수가 없었어. 나 속에 든 허약함을 나는 증오했어.

그러나 나를 있는 그대로 인정하지 않을 수 없었어. 그림은 나를 한치의 거짓도 없이 드러내는 작업이란 걸 부끄럽게도 그때 알았어.

서경은 원초적인 생명력을 치유하고 싶었던 거다. 그러지 않고선 서경의 말대로 그림만이 아니라 그 아무것도 할 수 없었을 것이다. 그 암담한 시간을 혼자 겪어나갔을 것을 생각하자 다영은 가슴이 아프다.

한꺼번에 피곤이 몰려온다. 다영은 컴퓨터를 끄고 잠자리에 든다. 서경의 글을 읽은 탓인지 밤새 쫓고 쫓기는 꿈에 시달렸다.

다음날 아침, 늘 하던 대로 딸아이를 유치원에 보내고 번역에 매달리기 시작한다. 오전 동안 정신없이 자판기를 두들겨대다가 그만 점심을 놓쳐버렸다. 혼자 먹는 밥은 맛도 없고 해서 미숫가루를 타서 마시고 다시 일에 파묻힌다. 한참 동안 복합동사에서 끙끙댄다. 늘 쉬운 것은 아니지만 이번 책은 여간 까다로운 게 아니다. 손가락으로 책상을 톡톡 두드리다가 책상 옆에 접어서 세워둔 신문을 바라본다.

두 달 전의 일간지다. 다영이 그 신문을 치우지 못하고 있는 이유는 왼편 중앙에 들어 있는 사진 때문이었다. 사진 아래쪽에 '멕시코 여성 게릴라'라는 설명이 들어 있다.

총을 들고 벽 뒤에 살짝 기대어 서 있는 이 여인은 경계의 눈으로 뭔가를 응시하고 있다. 여인이라기보다 차라리 소녀에 가까워 보인다. 사진 속의 여인은 얼굴을 가린 채 새카만 눈만 드러내고 있다. 코에서 턱 아래까지 가린 수건과 모자를 벗겨낸 얼굴을 상상해보면 필시 이 여인은 이십대 안쪽이거나 초반일 거라는 생각이 든다. 두 눈동자가 검고 짙다.

이 소녀의 꿈은 무엇이었을까. 혁명전사로 탈바꿈한 소녀는 지금의 삶에 만족하고 있을까. 금방이라도 적을 향해서 총부리를 겨눌 것 같은 소녀의 증오를 모를 리 없건만 사진을 보는 순간 괜히 눈물이 고였다. 막연히 그랬다. 인간은 자신이 본 것만큼 이해한다는 게 이걸 두고 하는 말일까. 서경이 그 사진을 보았다면 뭐라고 했을까.

다영은 수화기를 다시 올려놓는다. 일하는 동안 방해받지 않으려고 아침에 내려놓았다. 수화기를 올려놓자마자 따르르 벨이 울린다.

"도대체 하루 종일 통화해?"

짜증 섞인 정준의 목소리다. 예전과는 달리 여하튼 어떤 감정이라도 묻어 있을 법한데 그런 낌새가 전혀 없다.

"그냥 내려놓았지 뭐."

"물어볼 게 있어. 아버지가 연행됐던 해가 언제인지 기억해?"

다영은 가슴이 덜커덕 내려앉는다. 뜬금없이 아버지라니!

"왜?"

다영의 가족사에 관해서 알고 있는 사람은 남편과 정준이뿐이다. 구태여 이야기할 필요도 없었고 말하고 싶지도 않았기 때문이다.

"글쎄 언젠지 정확히 알아?"

"한두 번이 아니었으니까. 마지막으로 간 것이 내가 중학교 다닐 무렵이었어. 난 그때 아버지가 출장 가신 줄 알았으니까."

"알았어. 다시 전화할께."

무슨 일일까. 그다지 길지도 않은 삶이 어쩌자고 이렇게 거칠고 질긴 동아줄로 칭칭 감겨 있는 걸까. 수십억만 년 전에는 하루가 여섯 시간이었다던 지구. 그 지구의 하루가 스물네 시간이 된 것도 오랜 세월 뒤의 일이다. 인간의 몸부림도 그만한 시간이 흘러야 풀어지는 걸까. 베이유가 중력의 논리에서 은총을 깨달았던 깊고 깊은 심연만으로도 인간적 삶이 불가능하다는 말인가.

설사 아버지를 찾는다고 해서 자신의 가족사가 복원되는 것도 아니다. 조각난 그림은 제자리에 끼워 맞출 수 있지만 이미 파행된 삶의 내용까지 바꿀 수는 없다. 아버지는 살아 계시지 않는다. 분명하다. 다영은 직감으로 느낀다. 정준이 무얼 하려는 걸까.

갑자기 답답해진다. 아닌 봄날에 설렁한 가을의 기운을 느끼는 건 싫다. 비가 내리고 걷히고 하더니 짧은 소매로 드러난 팔뚝에 오슬오슬 소름이 돋는다. 잠바를 걸친다.

다영은 걸려오는 전화를 받기도 하고 때로는 내려놓기도 하면서 봄을 지냈다. 또 한 권의 번역이 끝났다.

초파일이 공휴일인 까닭에 유치원도 쉰다고 했다. 매일같이 일한답시고 아이를 밖으로만 내모는 것이 죄스러워 다영은 모처럼 딸아이와 함께 한나절을 보내고 있었다. 오후에 소현이 전화를 걸었다.

"언니, 뭐 해요? 별일 없으면 이곳에 놀러 와요. 지담이도 보고 싶고, 하고픈 이야기도 있는데."

휴일을 방 안에서 뮤료하게 보내는 것보다 지담이에게 화실 구경도 시켜줄 겸 해서 다영은 지담이를 데리고 나선다. 남편은 혼자 책을 보겠노라 한다. 거리는 텅 비어 있다. 지담이는 화가 이모에게 간다며 신나한다. 화가가 뭔지도 모르면서.

소현은 창가에 서서 얼굴을 내밀고 있었다. 다영은 위를 쳐다보며 손을 흔든다.

"많이 컸구나. 아기 때 보았는데. 안녕!"

지담이 부끄러운지 몸을 비튼다.

"넓구나. 한참 됐지? 이사한 지?"

"응. 서경 언니가 간 다음해에 옮겼으니까."

다영은 화실을 빙 둘러본다. 도로 쪽으로 난 창이 긴 유리로 되어 있고 그림들이 모퉁이마다 겹겹이 쌓여 있다. 고전적인 느낌을 주는 나무 파렛트엔 색색의 유화물감들이 덕지덕지 묻어 마치 오물처럼 딱딱히 굳어 있다. 그림들은 대체로 짙은 황색 계열과 붉은색이 군데군데 섞여 있다.

"수떤의 색을 모방한 것 같지? 처음엔 나도 몰랐는데 수떤이 그린 그림을 보니까 진한 붉은색, 특히 내가 좋아하는 노랑색 계통이 많이 있었어. 수떤이 그린 찢어진 창자, 소 같은 것 보면 더 그래."

언젠가 효범의 사무실에서 소현의 카탈로그를 본 일이 있었다. 그 속에 든 그림인가 보다. 한 아이가 부수다 만 집터에 걸터앉아 있고 몇몇의 아이들이 쪼그리고 앉아 노는 데 정신을 팔고 있다. 한켠에는 콜비츠의 구도를 인용한 소현의 자화상이 어둠 속을 응시하는 듯하다. 창가에는 말린 꽃들이 군데군데 꽂혀 있고

"언니. 차 뭘로 할까?"

"녹차 있으면 녹차가 좋구."

소현이 물을 올려놓는 동안 다영은 지담이에게 화실에 놓인 물건들을 알기 쉽게 설명을 해준다.

"엄마, 나 그림 그릴래."

"지담이는 야쿠르트. 자 종이도 여기 많아."

소현이 스케치북을 가져온다. 지담은 한쪽 테이블에 앉아 서툰 그림을 그리기 시작한다.

"서점에서 가끔 언니가 번역한 책 봤어."

몇 해 만에 보는데도 서경이란 끈 때문인지 서로가 어색함이 없다.

"참, 그렇잖아도 몇 권 가지고 왔어. 재미는 없을 거고 장식용 하라구."

다영이 가방에서 주섬주섬 책을 꺼내준다.

"언니는."

소현이 눈을 흘기며 책을 받아 든다. 제목을 훑어보고 몇 장 들척이더니 옆으로 밀어둔다. 담배를 내민다. 다영은 딸아이 쪽을 힐끗 보며 고개를 가로젓는다. 실내로 퍼지는 연기를 보다가 다영은 문득 한 사람을 기억해낸다.

"한참 옛날 이야긴데, 아마 내가 일학년 때였을 거야. 어떤 남자가 있었어. 첫 미팅이자 마지막 미팅이 되어버렸지만. 어느 날 그 남자가 담배를 끊겠다는 거야. 난 그러려니 했지. 근데 그 말을 한 다음날부터 정말 담배를 끊어버리더라구. 내심으로 이 남자 대단하구나 하면서도 갑자기 그 남자가 두려웠어. 이 남자는 인간의 실수나 잘못을 결코 쉽게 받아들이거나 용서하지 못할 거라는 생각이 들었어. 그래서 안 만났어."

"언니가?"

"응."

연기를 허공에 날리며 소현이 웃는다. 함께 웃다가 창 아래쪽을 바라본다. 창턱 그늘에 있었던 탓인지 다영이 화실을 둘러볼 때 눈에 들어오지 않았던 그림들이다.

벌거벗은 남녀가 이리저리 형태를 달리하며 농밀한 애무를 하고 있다. 남자를 안고 있는 여자의 시선은 한결같이 먼 데를 보고 있다. 사랑에 깊숙이 빠지지 못하는 자에게 성행위란 한낱 유희에 불과하다는 걸까. 마치 세상과 자신을 빗대어 놓은 것 같다. 소현이 자신을 바라보고 있음을 느낀다.

"저게 요즘 나야."

"여자의 눈이 너무 허망해. 차라리 들뜬 열정이라도 무아지경에 빠졌으면 좋겠어. 그러면 너무 상투적이니?"

소현은 말없이 웃으며 일어서서 책을 한 권 뽑아 온다.

"언니, 이 책 생각나?"

"너 이 책 어떻게 가지고 있어? 그때 나오자마자 빼앗겼는데."

"걔네들이 쳐들어오기 바로 전에 서경 언니가 인쇄소에 들렀대. 그때 한 권 가져온 거랬어. 나중에 내가 달라고 했어."

굿판 책. 굿의 형식을 책으로 엮은 것이다. 삽시간에 지난 일들이 주마간산 격으로 떠오른다. 역할은 달랐지만 다영과 서경이 어떤 조직에서 일을 하고 있을 때였다.

그 조직에서는 신문을 격주간으로 내고 있었다. 다영은 사설을 쓰고 서경은 만화와 만평을 그렸다. 서경은 당시 현장을 중심으로 문화운동을 하던 소모임에서 그 단체로 파견된 셈이었다. 단체가 뜰 때부터 주시를 받긴 했지만 그렇게 급작스레 덮치리라고는 예상하지 못했다. 편집회의 장소가 드러나 회의를 진행하던 일부가 연행 구속되었다.

그 날 다영은 다른 일이 있어 빠졌기 때문에 피할 수 있었지만 곧 수배가 떨어지고 서경은 현장에서 연행되었다.

서경이 이년을 교도소에서 살고 나온 뒤 일년이 지난 다음 다시 수배가 되었다. 그것이 다름아닌 굿판 책 때문이었다. 그 책은 서경이 구속되기 직전에 나왔지만 책은 이미 압수당했고 거의 삼년이 지나고서 서경이 주모자로 수배를 받았다.

서경, 다영이 구속되기 전 목동 아줌마들의 반철거, 빈민 싸움이 점점 큰 투쟁으로 확대되고 있었다. 그 투쟁의 이면에는 누군가 침을 배워 침쟁이로 들어가 목동 아줌마들을 조직해낸 유명한 일화도 있었다.

그 사건은 그야말로 빈민운동이 한 단계 높이 올라가는 계기가 되기도 했다. 일에 관여하고 있던 서경과 다영은 곧 그 싸움에 정신을 쏟기 시작했다. 이어 어떻게 하는 것이 올바른 삶인가를 네 가지 형으로 구분하며 주민토론용인 책을 만들었다. 그것이 굿판 책이었고 곧 목동 주민 당사자를 위한 자료집이기도 했다.

굿판 책은 한마디로 가방끈 짧은 사람들을 위한 투쟁지침서였기 때문에 사진, 만화, 호소문 등 다양한 매체를 사용해서 만든 책이었다. 또한 굿판에서 사용되는 청신, 오신, 공수, 송신의 형식을 본딴 것이기도 했다.

청신은 신을 불러들이는 것으로 곧 문제의 본질을 끄집어내는 것이고, 오신은 재미있게 노는 것을 말하는데 모인 사람들이 자신이 살아온 이야기를 하며 노는 것이다. 그리고 공수는 굿의 절정으로서 인간의 희노애락을 풀어놓고 내가 어떻게 살아갈 것인가를 토론하여 송신, 즉 신을 내보내고 지금까지의 것들을 결론짓고 행동으로 실천할 것을 다짐하는 것으로 끝을 맺었다.

다영은 서글픈 마음으로 책을 쓰다듬는다. 지담이 그림 그리는 게 재미없는지 화실 이곳 저곳에 놓인 소품들을 만지작거리며 돌아다닌다.

"이게 유일하게 남았구나."

소현은 바닥을 물끄러미 바라보고 있다.

"저어기 언니, 효범 선배하고 자주 만나?"

다영은 무슨 소리인가 싶어 응? 되물으려다 소현의 어둡고 괴로운 눈빛과 마주치는 순간 입을 닫아버린다.

"좋아하니?"

소현이 말없이 고개를 숙인다.

"효범 선배에게는 아직도 서경 언니의 자욱이 너무 깊어. 난 알아. 그걸 쉽사리 깰 수 없다는 것도. 또 그렇게 해서도 안 된다는 것 역시. 하지만 나도 어떻게 해야 될지 모르겠어."

충분히 그럴 수 있다. 소현이도 어느새 나이가 삼십 줄을 넘어버렸다. 시쳇말로 소현 역시 시대에 파묻혀 혼기도 놓치고 효범으로 말하자면 탄탄한 화가로서 자리잡기보다는 민중미술이라는 조직창작에 젊음을 용해시켜버렸다. 그런데 두 사람 모두 서경이와 가까이 있었던 사람들이다. 뭐라고 말해야 할지 난감하다.

"만약 주저하는 이유가 서경이라면 글쎄?"

"주저하는 것은 아니야. 이 세상의 가장 밑바닥에 신념의 울타리를 치던 언니네들 아니었어? 알아. 인간이기를 고집했던 그 시기의 갈망을 왜 내가 모르겠어. 하지만 인간의 내면이 욕정과 욕망의 줄기로 똘똘 뭉쳐 있다는 것을 애써 외면한 것까지도. 그 모든 것을 사상이 통제할 수 있다고 믿은 거지. 어쩌면 내가 효범 선배에게서 느끼는 의미는 사랑이거나 하는 그런 것이 아니라 나 자신 속에 잠재된 욕망을 뒤흔들어 놓고 싶은 것인지도 몰라. 한 가지 묻고 싶어. 언니는 빼앗긴, 난 빼앗겼다고 표현하고 싶어, 젊음의 시간을 그렇게 바친 것이 억울하지 않아?"

느닷없는 질문에 다영은 조금 당황한다. 가끔, 어쩌다 그런 생각을 안해 본 것은 아니지만 솔직히 억울하다고 생각하지는 않았다.

자유, 평등, 박애라는 기초적 인간 권리의 뜻을 미처 헤아리기도 전에 자유를 부르짖는 댓가는 투옥과 죽음이란 걸 알았다. 풋풋한 젊음이 지니는 육체에서 느끼는 원초적 아름다움조차 정치적 자유가 아니고선 하등 쓸모없는 것이라고 일찍이 못을 박았다. 일일이 열거하기도 어렵지만 인간이기를 선언하는, 인간을 억압하는 이유들을 담은 모든 노래와 책을 떳떳하게 내어놓지 못한 채 숨어서 떨며 읽었고 때로는 이불을 뒤집어쓰고 울었다.

'혁명'이라는 단어만 눈에 띄어도 가슴이 두근거렸고 다가갈 수 없는 그러나 언젠가는 차지하고야 말 흠모의 대상이었다. 혁명이라는 어머니의 품속에서 남녀의 사랑이 싹트는 것이야말로 가장 아름다운 연인이라고 믿었다.

다영 역시 그 속에서 지금의 남편을 만났다. 사상을 지닌 수많은 남녀가 철창을 사이에 두고 이별을 했고 단 한 번 마주치는 눈빛으로 사랑의 감정을 감지했다. 인간의 이성을 충만히 가득 채우고 있던 신념이 육체의 교감만으로 느끼는 짜릿한 쾌감과 어찌 비교할 수 있었던가. 미래의 그 날에 거는 기대가 큰 만큼 목마름도 깊었고 상처도 깊었다.

"한때나마 사랑한 연인에 대해서 억울하다고 생각하는 사람이 있을까. 배반의 이유를 되짚어 보긴 하겠지만 그것도 미련이 남았을 때 이야기지. 행복했던 순간을 가져본 사람이라면 단순히 빼앗긴 시간이었다고 생각하진 않겠지."

턱을 받치고 있던 소현이 냉장고에서 캔 맥주를 가지고 온다.

"언니, 내가 걸개그림에서 등을 돌려 캔버스와 마주 앉기로 결심하는 것도 쉬운 일은 아니었어. 마치 지금까지 선택한 삶을 완전히 무로 돌리는 행위가 아닐까. 패배를 자인하는 것은 아닐까. 등등 괴로웠어. 미술관으로 들어앉기를 거부하던 의식의 흐름이 분명히 작용했겠지. 효범 선배는 결국 거리로 나서기로 결정했고 …… 그렇다고 내 결정이 틀리다고 생각하진 않아."

"선택사항이지 않을까. 좀 넓게 보자. 삶이 요구해서가 아니라 우리가 삶을 선택할 수 있는 시기가 온 거라고. 어쩌면 네가 효범에게 사랑의 감정을 표현하지 못하는 것도 여전히 지난날의 억눌림이 작용하고 있는 건지도. 이젠 우리 역시 자신에게 좀더 솔직해져야 하지 않을까?"

생각지도 않았던 말을 급하게 내뱉는 바람에 캔이 다영의 손에 부딪쳐 넘어진다. 맥주가 쏟아진다. 다영은 얼른 휴지로 닦는다. 소현은 잇달아 줄담배를 피운다.

"솔직히 말하자면 서경 언니가 보여주던 그 확고함, 투철함 같은 것이 때로는 숨통을 조여올 때도 있었어. 지금 내가 주변에서 보는 인간들은 그리 단단하지도 그렇다고 허약하지도 않아. 이따금 그 인간들의 흐트러진 모습을 볼 때 비로소 살맛이 나. 난 더이상 신념 때문에 나 자신을 죽이며 살고 싶지 않아. 우리가 지녔던 이상이 더 이상 인간을 구속하지 않았으면 좋겠어."

서경이 남긴 글을 읽은 다영으로서는 뭐라고 항변을 하고 싶지만 입을 다문다. 자신이 없다. 저녁을 먹고 소현의 화실을 나온다. 지담이만 아니라면 밤늦게까지 늘어지게 술이라도 마실 텐데. 어쩔 수 없다. 다영은 어린 딸의 엉덩이와 볼을 부벼대며 입을 맞추던 시간들은 잊어버린 채 가족이란 굴레가 귀찮게만 여겨진다.

다영의 몹쓸 생각은 아랑곳없이 딸아이는 자기가 그린 그림을 돌돌 말아 한 손에 꼭 쥐고 뭐라고 종알거린다. 차를 타려고 두 손을 잡고 서 있던 모녀의 손등 위로 포근한 밤바람이 스쳐 지나간다.

4

초봄 내내 가뭄으로 애를 태우던 비가 장마철인 양 한 주간 동안 굵은 장대비를 쏟고 지나갔다. 정준은 창가에서 담배를 피워 문다. 실내로 스며드는 초여름 기운이 저절로 발을 창가로 이끌었다.

의원회관 앞에 시커먼 승용차들이 줄줄이 딱정벌레처럼 납작 엎 드렸다. 하늘에 무리지어 흐르는 구름들이 한가로워 보인다.

그 누구도 다영에게 그처럼 가혹한 가족사가 있으리라곤 상상을 하지 못했으리라. 지난날 수없이 많은 시간이 있었건만 다영은 단 한마디도 하지 않았던 걸까.

돌이켜보면 내면의 고민을 풀어놓고 듣고 할 계제가 없었던 것 만은 사실이다. 날마다 회의다 뭐다 하면서 친동기간보다 더 많은 시간을 함께 보냈지만 정작 자신들의 인간사는 뒷전이고 털어놓지 못했다. 담배를 끄고 옆방으로 간다.

"영감님 계세요?"

"안에. 지금 손님 계시는데 나올 때 됐어. 왜?"

보좌관인 신형이 무슨 일이냐며 묻는다.

"부탁드릴 게 있어서."

옆 호실 이의원은 법사위 상임위원이기도 했고 인권위원을 맡고 있었다. 잠시 후 손님이 나오자 이의원도 뒤따라 나오며 인사를 한다. 정준은 인사를 하고 이의원을 따라 방으로 들어간다.

"응. 자네 웬일인가?"

"예. 부탁드릴 말씀이 있어서."

"앉게."

정준은 소파 한켠에 앉는다.

"저, 다름이 아니고 긴원이 하나 들어왔는데 우리 쪽이 아니라 인권위에서 좀 맡아 해주셨으면 해서입니다."

누구라고 밝히진 않았지만 정준은 다영의 아버지가 마지막으로 끌려갔다고 했던 해를 어림잡은 것과 이후 실종이 되었는데 지금까지 생사를 모른다는 것까지만 이야기한다.

"현재 안기부라 하더라도 당시 들어왔던 사람의 기록은 남아 있지 않겠습니까? 민원을 한 당사자도 가족에게 전해 들어서 아는 것이기 때문에 확실하진 않습니다. 만약 그곳에 들어갔던 날짜나 기록이 남아 있다면 그것을 근거로 찾아볼 수 있지 않을까 싶어서입니다."

"글쎄. 알아볼 수는 있겠지만……그러면 년대를 적어서 주게. 일단 안기부에 자료요청은 할 수 있으니까."

"고맙습니다."

햇수와 이름을 적어주고 정준은 의원실을 나온다. 자료를 요청하면 일주일 뒤쯤에는 알 수 있을 것이다. 보푸라기 같은 기대이지만 없는 것보다 나으리라.

지난 두 달은 상임위원회를 비롯해 임시국회가 열려 정신없이 뛰어다녔다. 살얼음판을 걷는 듯한 마찰도 다소 소강된 상태였다. 그러나 하의원이 경계의 눈초리를 풀고 있지 않다고 하는 것을 여전히 감지할 수 있었다. 대체로 국방위에서 다루는 문건 자체가 기밀사항이었기 때문이었을 거다.

―보안에 신경을 써라.

다른 사람이 아니라 정준에게 하는 소리란 걸 잘 알고 있었다. 두 해 전, 구태여 따지자면 이미 기밀사항도 아닌 문건을 밖으로 빼돌렸다 해서 보좌관인 모씨가 구속된 일이 있었다. 혹시 운동경력이 만만치 않은 정준이 정치적으로 민감한 부분을 알게 됨으로써 밖으로 떠벌리지나 않을까, 그래서 운동단체에서 문제를 이슈화하지나 않을까 하는 염려가 영감의 머리 속을 떠나지 않는 모양이었다.

결국 그런 일이 일어난다면 정치적 입장이 곤란하게 될 거라는 가상적 피해를 하의원은 늘 의식하고 있는 모양이었다.

솔직히 말하자면 그런 마음이 전혀 없을 순 없겠지만 정준은 그럴 의사가 전혀 없었다. 국회를 통해 뭘 해보겠다는 마음이 전혀 없진 않았지만 첫째는 안정된 월급생활이 보장된다는 것도 무시할 수 없는 동기이기도 했다. 정준으로서는 하의원이 터무니없는 의심을 하고 있다고 생각할 수밖에 없었다. 아무튼 하의원이 요청한 대로 정준은 소위 언론인으로서 영향력이 있다고 판단되는 인사들을 부지런히 만나러 다녔다.

며칠 전부터 작성해온 자료를 가지고 의원실로 들어가려는데 의원실 문이 조금 열려 있다. 정준은 자기 귀를 의심한다.

"어제 김정준 씨가 통화하는 걸 들었습니다. 역시 지난번에도 재야단체에 있는 모모씨와 통화를 하고 만나러 갔습니다."

자신의 아래 직급인 비서관의 목소리이다. 씨펄, 정준은 어금니를 다문다. 도대체 이럴 수가 있을까. 여당도 아니고 야당에서 재야출신 인사를 만났다고 해서 문제를 삼는 것은 있을 수가 없다. 남이 들으면 참으로 기가 막힐 노릇이다. 이 초선의원이란 작자는 도대체 관심 갖는 일이라곤 국정이 아니라 어떻게 하면 재선에 당선될 것인가 하는 것뿐인지 의심스럽다. 무작정 의원실로 뛰어들어가서 한바탕 하려다 정준은 참는다. 정준은 문을 두드리고 들어간다. 정준을 보자 비서관은 흠찔하며 돌아 나간다.

"자료 가지고 왔습니다."

정준은 자료를 의원 책상 위에 놓는다. 의원은 얼굴을 찌푸리고 있다.

"도대체 자네는 뭐 하는 사람인가? 자네가 어디 소속인지 알고 있나? 자네가 뭘 하고 돌아다니는지 저쪽에서 모르리라고 생각하나?"

저쪽에서? 정준은 그 말을 듣자 지금까지 의구심을 품어온 일말의 의문들이 한꺼번에 풀린다. 그렇다. 국회도서관에서, 집의 전화에서 들리던 소음, 누군가 자신을 주시하고 있는 듯한 느낌들, 이 모두에 의심을 품긴 했지만 자신이 과민하게 반응하는 것이라고 내처 스스로를 몰아붙였다. 그러나 그건 명백한 사실일지도 모른다.

정준은 책상을 뒤집고 소리를 있는 대로 지르고 싶다. 하지만 두 주먹을 불끈 쥘 뿐 한마디 대꾸도 하지 않는다.

"자네하고 일을 잘해보려 했는데 힘드네."

자진해서 사표를 쓰고 나가라는 말인지 뭔지 알아듣기 힘들다.

좋다. 참으리라. 일주일만 참으리라. 다영이 아버지의 소식만 알면 그 날로 사표를 던질 결심을 한다. 이 더러운 작태를 더 이상 마주 대할 자신이 없다. 산 입에 거미줄 치랴.

일주일은 천리길보다 더 길었다. 의원실엔 마지못해 나갔고 밤이면 혼자서 술잔만 기울였다. 다영이 언제부터 시를 안 쓰냐며 채근하던 것을, 피식 웃어 넘기던 것을 일주일 내처 밤마다 미친 듯이 시를 써댔다.

      그래
      서러운 눈 번히 뜨고 있거늘

너희 더러운 주둥이 벌려
침을 뱉는구나
날 모욕하자는 거라면
구태여 의연이라도 가장하겠지만
너희 조롱의 상대가 나만이 아니리라
감히
세상 순수와 정열, 헌신과 희생으로
아름다운 청춘 기꺼이 바쳐온
뭇 '보석 같은 사람'들을 능멸하자는 거냐

그래, 참을 수는 없어
가슴에 분연 돋는 칼
벼르고 벼르리니
그래도
너휠 차마 저버릴 수 없어
미친개 끝까지 좇아 몽둥이로 구제하겠다는
한 가지 그 포기할 수 없는
사상만이 내 희망
그래, 버릴 수 없는 내
사랑 '인간'의 사랑

5

해가 지려는지 후텁지근하던 방 안으로 서늘한 기운이 몰려든다. 본의 아니게 연일 겹쳐 술을 마시다 보니 몸이 말이 아니다. 효범은 며칠을 된통 앓았다. 지석은 정준이 소개해준 모의원 후원회 행사에 사용할 만장과 깃을 전해주러 갔다. 돈이야 얼마 되지 않지만 벽화사업을 꾸려나가려면 꾸준히 움직여야만 했다. 따르르. 지석이다.

"돈 다 받았어. 근데 사무실 직원들한테 식사라도 대접을 해야 하지 않을까?"

"괜찮지."

"그럼 바로 출발해."

효범이 가방을 챙겨서 막 나가는 참이었다. 다시 전화가 울린다.

"여보세요."

"박효범 씨 계십니까?"

자신을 경찰이라고 소개하며 정준과 어떻게 되는 사이냐고 묻는다.

"친군데, 무슨 일 있습니까?"

신촌 어느 의원이라고. 정준이 쓰러진 것을 지나가는 사람이 신고를 해서 병원으로 옮겼다고 한다. 경찰은 금속성 어투로 혀를 찬다. '실성한 사람도 아니고 대낮에 벽을 들이박다니 무슨 짓이냐'며 빨리 와서 데려가라고.

버스를 타고 가면서 효범은 헛웃음을 짓는다. 자식. 어디 박을 데가 없어서 벽을 박아.

정준은 머리에 붕대를 감고 응급실에 누워 있었다.

"괜찮냐?"

정준은 말이 없다. 옆에 있던 간호사가 일곱 바늘을 꿰매었다며 일러준다.

"큰일날 뻔했어요."

효범은 정준을 안쓰럽게 바라본다.

"가자."

기운이 없는지 정준이 벽을 짚고 일어난다. 부축을 하려 얼른 손을 내밀자 정준은 팔을 밀친다.

"괜찮아."

두 사람은 말없이 병원문을 나선다.

"우리 사무실로 가자."

거리는 아직도 마지막 햇살이 남아 있었다. 햇살은 미처 거두지 못한 삶의 빛깔들을 어렴풋이 비추고 있다. 택시에서 내려 계단을 올라간다. 정준의 얼굴은 보기에도 딱할 만큼 지쳐 보인다. 아무것도 묻지 않고 차를 끓여 정준 앞에 놓는다.

효범은 담배를 들고 창가로 간다. 이웃한 집들 위로 너울거리던 햇살이 어디론가 사라지고 없다. 어쩌면 그리도 짙은 녹색을 하고 있는지. 담 너머 은행나무가 날개를 펼치고 꼿꼿이 서 있다.

정준의 얼굴은 생각보다 더 핼쑥하다. 영원히 감고 싶은 눈을 가까스로 뜨고 있는 것 같다.

"좀 누울래?"

"괜찮아."

"그래, 벽이라도 한번 들이박고 나니 속이 시원하냐?"

"흐흐흐."

우는 것도 웃는 것도 아닌 정준의 웃음소리가 마치 창자 속을 훑어 내려가는 것만 같다.

정준이 보좌관으로 들어가고 나서부터였다. 목 울대의 혈관이
탱탱하도록 내지르는 소리를 처음 듣는 순간부터 아슬아슬해 보였
다. 원래가 섬세한 기질을 지닌 정준이 그곳에서 얼마나 버텨낼지
걱정이 전혀 없었던 것은 아니다. 아니, 때로는 화가 나서 속마음
과는 달리 효범도 버럭 소리를 지르기도 했다. "왜 남들은 신경줄
끊고 의원 비위 맞추며 잘 해나가는데 너만 유독 그러느냐" 했지만
제 아픔을 건드리는 것 같아 돌아서 후회했다.

냉소를 띠는 정준이란 상상할 수가 없었다. 그 어느 구석을 들이
박아도 허허 웃고 말던 녀석이 냉소라니. 말도 되지 않는 소리다.
그런데 그 말도 되지 않는 모습을 정준이 하고 있었다.

"나 사표 썼다."

효범은 놀라지 않는다. 차라리 내심으로는 잘 했다고 축하라도
해주고 싶은 심정이다. 순간, 자기 속을 짚어본다. 정준이 괴로워
하는 모습을 더는 보지 않아도 된다는 안도감. 이 무슨 이기적인
생각인가.

"그래서 들이박은 거냐?"

"짜아식."

"의원이나 한 대 쳐올릴 것이지 애꿎은 벽은 왜 건드려."

정준이 모처럼 웃는다.

"다영이 아버지의 기록은 없었어."

"아버지? 무슨 기록?"

"응? 내가 실수한 건가. 넌 알고 있을 거라 생각했는데……"

정준은 잠깐씩 쉬어가며 다영의 가족사를 말한다. 남의 이야기
로만 생각한 일들이 그 누구도 아닌 다영에게 있었다는 것이 믿어
지지가 않는다. 한때 좌익이었다 해서 평생을 두고두고 끌려다녔

다는 것. 다영의 아버지가 마지막으로 끌려갔다가 나오신 뒤 정신이 혼미한 상태에서 집을 나가셨다는 말은 차마 듣기도 괴롭다. 그제서야 효범은 다영의 얼굴에 낀 그늘이 어디서 오는 것인지 비로소 이해할 수 있었다.

"그래서 인권위원으로 있는 옆방 이의원에게 부탁을 했어. 그런데 안기부에서 가져온 자료에는 아버지의 이름이 없었어. 그걸 보니 난 속이 거꾸로 뒤집히는 것 같았어. 그 시기에 들어온 사람들의 명단에 빠져 있었어. 화가 나서 견딜 수가 없었어."

게다가 정준은 보좌관으로 있으면서 끊임없이 받았던 의원의 자잘한 간섭과 경계, 비서관의 은밀한 감시, 그리고 도청당하고 있다는 것을 분명히 알고 나서는 견디기 힘들었다고 한다.

"그 의원은 초선인데다가 소위 운동을 하다가 들어간 보좌관이라곤 써본 적이 없는 사람이었어. 행여나 내가 재야와 연계를 가지지 않나 하는 의구심과 일단 유사시에 똥물이라도 튀길까 염려한 거지. 나로선 대책 없는 일이지만."

효범으로선 그간 속속들이 알 수 없었던 이야기다. 정준이 괴로워하는 걸 안타깝게 바라볼 뿐, 구체적으로 물어보기가 뭣했다. 다만 지난 십여 년 동안 끈덕지게 운동을 해온 놈이니 잘 견뎌낼 거라고 믿었다. 뭐라고 위로할 말이 없다.

"그러면 다영의 아버님을 찾을 순 없는 거야?"

정준은 묵묵히 책상 위만 바라본다.

"글쎄. 온전하지 않으신 분이 이십여 년이 넘도록 소식이 없는 걸로 보아 살아 계시다고 믿기는 어렵겠지. 이미 예전에 가출신고를 했고 다영이 어머님이 어지간히 찾아다니신 모양이야. 산 사람이 산 사람을 잡아먹은 격이지. 빌어먹을 역사가."

모든 것이 왜 이리 멀고 험난하기만 한지.

"그럼, 넌 이제 완전히 그만두는 거냐?"

"일주일 정도는 나가야지. 정리해서 넘겨줄 것도 있고, 그러면 끝이야."

끝이라는 말이 허탈하게 들린다. 그만 가야겠다며 정준이 가방을 둘러멘다.

"가서 푹 쉬어. 참, 약 가져가. 아까 병원에서 받은 거야. 그리고 집 가까운 데서 당분간 치료를 받아. 덧나지 않게."

계단을 내려서는 정준의 눈이 힘 없이 풀려 있다. 정준의 처진 어깨를 바라보노라니 슬픔이 치민다. 지석이 어떻게 된 거냐며 다시 전화가 왔지만 알아서 대접을 하라고, 갈 수 없다고만 하고 끊는다.

돌아보면 어둠 속 모퉁이마다 자신들이 찍었던 자욱들이 희미하게 기억난다. 야학에서 함께 일할 무렵 일이 끝나고 모두가 집으로 돌아간 뒤였다. 같은 방향이었던 정준과 효범이 포장마차 비닐을 들치고 들어갔다. 주머니 돈을 탈탈 털어서 소주와 닭똥집을 시켰다. 펄럭이는 비닐 밖으로 헤드라이트가 비추고 지나가는 길에 빗물이 튀어오르는 걸 바라보다 치기 어린 이상을 고백하기도 했다.

제네바 협정으로 가는 그 길에서 이름없이 민중의 한 사람으로 남겠다던 북베트남 해방전사의 투혼을 들먹이며 그렇게 살겠노라며 정준은 술잔을 털어넣었다. 정의란 단어가 칼날이기보다는 자신들이 그 이름에 값하는 제물이 되자고 새벽녘까지 빗속을 걸으며 다짐했다.

생각하면 할수록 한 영혼이 짊어지기엔 너무나 벅찬 시대였다. 자신들의 청춘이 바쳤던 송가는 부드럽고 질 좋은 낭만이 아니라 거칠고 두터운 세상의 어둠을 거두어내자는 것이었다. 얼핏 보면 미련한 자이거나 한심한 인생으로 보였으리라.

생각이 거기까지 미치자 갑자기 아무 생각도 하기 싫어진다. 효범은 담배를 물어 천천히 피운다. 정준과 다영을 생각하자 가슴이 찢어질 듯 아프다. 밤늦게 지석과 후배가 돌아왔다.

"그림 장사 잘 끝내고 왔네."

"수고했어."

술기운이 퍼진 지석의 얼굴이 불그스레하다. 여느 때보다 상기된 표정이다. 그도 그럴 것이다. 그림을 그린다는 대열에서 보면 분명 화가이긴 하나 효범이나 마찬가지로 이 나이 되도록 개인전이건 뭐건 자신의 이름으로는 그림을 내놓은 적이 없었다.

수년간 대중집회 때에 내거는 그림은 돈으로 환산되는 일이 없었다. 그러니 이때껏 그림을 그려주고 돈을 받아본 적이 없는 지석으로선 적잖아 새로운 경험을 한 것이다. 그것이 아무리 적은 댓가라 할지라도 자신들을 표현했다는 것에 의미를 둘 만하다. 그림이 전시관이 아니라 일상적 생활 속에 있는 대중과 만날 수 있는 공간과 매체가 무엇인가를 수도 없이 고민하기 시작한 지 겨우 일년도 되지 않았다.

분명 효범이 추구하는 것은 혁명기 소련의 루나차르스키가 기대했던 5코팩짜리 예술을 보급하고자 하는 것도 아니다. 예술이 단순히 배경음악으로 깔리는 정도의 것이라면 차라리 붓을 던지고 싶다. 며칠 전 지석이 말했다.

─서구 미술비평가들은 리베라나 시케이로스 같은 거장들이 남긴 멕시코 벽화를 우습게 여겨. 그 썩을 놈들이 뭐라고 한지 알아? 멕시코 벽화가 얻은 명성은 전자시대의 혜택을 받지 못한 문맹률 높은 무식한 대중이 있었기 때문이라나. 얼마나 서구적이고 제국주의적인 발상이냐.

묵묵히 듣고 있던 후배가 대꾸를 했다.

―형의 말이 틀리다는 것은 아닌데 한번 생각해봅시다. 현대는
온갖 영상매체가 인간을 붙들어 놓는데 지형적으로도 한곳에 붙박
힐 수밖에 없는 벽이 그것들을 이겨낼 수 있을까? 막말로 대중가수
나 배우들이 그려진 실크스크린 초상화나 사진 같은 것들은 문방
구, 서점 등에서도 너무나 쉽게 구입할 수 있어. 도대체 벽이 그
역할을 할 수 있을까?

―생산적인 그림? 그렇게 본다면 차라리 포토몽타쥬라는 것이
벽보다 훨씬 신속하고 값싸고 무한정 배포할 수 있는 것이었어.
우리가 벽을 선택한 건 생산이 아니라 의미와 가치를 추구하고 싶
어서야.

그때 선반에 올려진 스타치스가 파삭 하며 부스러질 것처럼 보
였다. 두 사람의 이야기를 듣는 동안 효범은 다영이 사온 보라색
마른 꽃을 응시하고 있었다.

―말레비치의 추상이 아방가르드가 될 수 있었던 것은 역사 속
에서 자신들의 것을 찾아냈기 때문이라 봐. 적어도 우리가 벽으로
가고 싶어하는 것은 지난날의 승계이자 또 하나의 실험일 수도 있
어. 인간의 삶을 벽에다 투영시킴으로써 서로가 허물어지게 만드
는 것. 허물어진 그곳에서 우리만의 어떤 것이 새롭게 잉태되겠지.

효범은 말을 멈췄다. 언제나 뇌리 속에 남아 생생하게 울리고
있는 서경의 이야기가 생각나서였다.

―우리가 대중과 함께 하며 대중과 함께 호흡하려면 우리의 것
을 연구해야 해. 먼저 우리나라의 지역적 특성을 생각하지 않을
수 없어. 바다와 대륙을 거쳐가는 요충지로서 금세기의 세계모순
이 모두 집결한 곳이 바로 이 땅이야. 더불어 문화까지도. 동서
문화를 두루 섭렵할 수밖에 없는 이곳에서 모순을 걷어내는 작업은
어렵겠지. 하지만 우리나라의 문화적 특성을 한마디로 한다면 장

구함과 서사성이라고 생각해. 특히 그림은 서구 미술이 면묘 중심이라면 우리는 선묘 중심이었어. 미국이나 유럽들은 거의가 평원이잖아. 특히 산을 보면 알 수 있듯이 그들은 산을 하나로 두고 여러 나라가 잇대어 살고 있어. 결국 그곳의 그림은 면을 분할하는 면묘가 될 수밖에 없어. 하지만 70퍼센트가 산으로 이루어진 우리 자연은 덩어리의 아기자기한 재미가 들어 있어. 이것을 제대로 표현하려면 면이 아니라 선으로 표현해야 제대로 나타낼 수 있다고 생각해. 면묘는 분석적으로 들어가야 하지만 선은 전체를 봐야 해. 탱화에서도 선을 치는 중은 일급이지만 색을 칠하는 중은 그 아래였어. 그렇듯 우리나라는 자연과 인간이 너무나 밀접한 관계였어. 때문에 우리는 우리의 민화와 탱화를 열심히 연구할 필요가 있어.

그 즈음 서경은 부지런히 민화를 보러 다녔고 심취해 있었다. 선을 제대로 그리고 싶었던 것이다. 그리고 민화의 형식을 이용한 그림을 수없이 그려내었다. 그러던 어느 날, 서경은 한계를 느낀다고 했다.

─도저히 민화의 선만 가지고선 지금의 복잡한 세계를 그려낼 수가 없어.

서경은 현장 노동자들과 함께 하는 문화운동에 관계하는 것도 힘든 작업이었는데 다시 탱화에 사로잡혔다. 탱화는 그다지 역동성은 없지만 지독한 철선이다. 긴 붓을 가지고 가장 길게, 가장 변함 없는 선을 그려낸다는 것은 무척이나 힘든 작업이었다.

서경이 끊임없이 연구하고 고민하는 모습을 볼 때마다 효범은 때때로 자신에게는 너무나 벅찬 연인이라는 생각이 들기도 했다.

서경이 있었더라면 지금 부닥친 이 문제들을 어떻게 풀어나갔을까. 정준, 다영, 서경 그리고 이름없이 사라져간 사람들, 산등성 해넘이 앞에서 그토록 강렬하고 열렬했던 한 시대의 의미를 가슴에 접고 있는 이들. 한결같이 이렇게 불쑥불쑥 가슴을 저미고 들이쳐오는 인간. 걷잡을 수 없는 격정에 효범은 온몸을 떤다.

6

오늘, 선화 내외가 유학을 떠난다. 이른 나이도 아니건만 두 사람의 삶을 지금까지 지켜본 다영으로서는 새로운 출발에 격려를 하면서도 한편으로는 서글픈 마음이 가시질 않는다.

며칠 전 마지막 만남이라고 모인 자리였다. 떠나갈 선화가 아이를 다루는 말씨와 몸짓에선 여지없이 주부의 티가 흘러나왔고 예전에 없이 옷도 잘 어울렸다.

ㅡ옷이 사람을 따라간 건지 사람이 옷을 맞췄는지 몰라도 제법 어울리는데.

함께 모였던 자리에서 누군가 농담을 던졌다. 선화도 따라 웃었다. 그 자리에 나와 앉은 친구들은 대체로 결혼이 늦었다. 결혼이 늦은 이유를 묻는다면 하고픈 말들이 많을 사람들이건만 그런 기억들을 끄집어내어야 할 만큼 한가롭지 않았다. 다만 그렇게 살아온 삶이 아이를 낳고 살아가는 지금까지도 고학력과 전력을 가진 여성들이 꾸려나가는 가난한 삶에 영향을 끼치는 건 사실이었다.

어느새 올망졸망 큰 아이들을 호프집 한쪽 테이블에 앉히고 어른은 어른대로 자리를 차지하고 앉았다. 너댓 살 먹은 쬐그만 아이

들은 이따금 부모를 따라 와본 경험이 있어선지 도시의 까페에 낯설어하지 않았다. 아이들에게 감자튀김을 시켜주자 시키지 않아도 붉은 케첩에 잘도 찍어 먹었다.

이야기를 나누는 친구들을 바라보다 담배를 들고 생각에 잠겨 있던 선화와 다영의 눈이 마주쳤다. 이민을 가는 것도 아니고 몇 년 후면 돌아올 텐데 비행기 타는 시간을 정확하게 듣고 나자 다영은 마음 한구석이 허전했다.

선화는 일찍이 교사직을 반년 만에 내던지고 공장으로 들어갔다. 어떤 사건으로 수배를 받고 쫓기는 몸이 되었을 무렵 다영이 감옥에서 나왔다. 햇수로 따져도 긴 세월이었다. 다영의 남편과 마찬가지로 선화의 남편(그때는 두 사람이 그저 친구 사이 정도였다) 역시 숨바꼭질하듯 감옥으로 들어갔고 다시 바깥 세상의 햇빛을 받았다.

선화가 공장에서 나왔을 때였다. 가장 기뻐했던 사람은 역시 선화 어머니였을 것이다. 교사생활 반년 만에 교사직을 던져버렸으니 선화 어머니의 심정은 오죽했을 것인가.

새롭게 삶을 출발하라는 뜻이었는지 선화 어머니는 공장에서 나온 지 얼마 안 된 딸에게 고급 옷을 한 벌 사주었다. 선화가 그 옷을 처음 입고 친구들 앞에 나타났을 때 다들 웃음보를 터뜨렸다. 어쩌면 그리도 어울리지 않는지. 오랜 시간 기름때가 묻어 있던 선화의 삶은 고급 옷을 전혀 소화하지 못했다. 선화의 옷을 보며 웃음을 터뜨린 이유는 그것이었다. 하지만 그것은 그때 그 자리에 있었던 친구들 역시 다를 바 없었다. 이런저런 이야기 끝에 선화가 묘한 말을 던졌다.

—어쩔 수 없이 이렇게 삶을 시작하지만 만약 이것이 또 한번 우리네 삶이라면 이 시대에 우리가 지녀야 할 덕목은 무얼까?

선화의 무릎 위에 네살배기 아들이 잠들어 있었다. 선화의 한숨소리가 길게 남아 아직도 귓전을 떠나지 않는다.

덕목이라……윤리 교과서에나 나옴직한 말을 선화는 뚱단지같이 던졌다. 새삼 윤리적 규범을 고민해야 할 만큼 한수 물리고 살아가야 한다는 건지 아니면 진보적인 사상만으로는 인간의 본성을 바꿀 수 없다는 것을 돌려서 한 말인지 궁금해하면서도 다영은 묻지 않았다.

지난밤 늦게 선화가 마지막 전화를 주었다. 무슨 말을 해야 할지 몰라 그저 더듬거리다가 겨우 건강하라는 말을 간신히 했다. 늦게 출발한 만큼, 생의 깊숙한 곳까지 들어간 만큼 잘 해내리라 싶었다. 따지고 보면 그럴 일도 아닌데 왜 이다지 힘이 빠지기만 하는지 스스로도 알 수 없다. 시계를 보니 이제 막 비행기가 떠났을 시간이다.

다영은 책장을 바라본다. 책을 한 권 끄집어낸다. 막 넘기려던 앞 페이지에 줄이 그어져 있었음을 느끼고 다시 그 장으로 넘긴다.

……혁명과 이상으로 가득 찬 세계를 꿈꾼 적이 있는가. 끝없이 태양이 빛나고 그마저 핏빛 느을을 남기고 서산에 몸을 누일 때도 이상에 눈뜬 청춘은 잠들지 못한다. 작열하는 태양만큼이나 순수하고, 어두운 밤하늘에 맹렬한 속도로 떨어지는 섬광 같은 번쩍임으로 세계를 안으려 하는 그것이 바로 청년이다.

청년은 간절히 원한다…… 온갖 욕망으로 꿈틀거리는 대지를 다스려 갈 뜨거운 심장과 피가 용솟음치기를 바라는 그것이 바로 혁명을 꿈꾸는 청년이다……

그것은 청년에 관한 글이다. 책 안쪽에 수번이 적혀 있는 걸로 보아 수감생활을 할 때 읽었나보다. 그때는 연필이 차입되지 않아 못으로 줄을 치며 읽었다.

오래 전 법정으로 가던 차 안에서 동료가 한숨을 쉬며 토로했다. 몇날 며칠 이어진 고문과 조서, 재판을 받느라 지칠 대로 지쳐 있던 날들이었다.

—세상 어느 곳에 한가로운 섬이 있다면 난 이다음에 그곳에 가서 살고 싶어.

—그곳에도 인간이 있다면?

—다시 숨막혀 죽겠지. 아니 인간이 만들어내는 비인간적 구조가 숨통을 죄겠지. 알아. 역사를 피할 길은 없다는 것. 그러나 힘들어. 정말 미칠 것만 같아. 재판도 감방도 역사도. 전쟁이라면 차라리 총탄에 가슴팍이 뚫려 죽을 수나 있지만 저 비열한 재판에서 우리는 뭘 하는 거지? 결과가 뻔하리란 것을 알면서도 안간힘을 짜서 말싸움을 해야 한다는 것이 진저리나.

다영의 뒤에 앉아 속삭이는 친구의 말이 진정은 아닐 거라고 생각했다. 다영은 호송차 창을 바라보며 말했다. 돌아보기 싫어서가 아니라 교도관의 감시 때문이었다. 날씨가 갑자기 추워져서 호송차 창이 다영의 입김으로 부옇게 번졌다.

—난 말이야, 우습지만 고등학교 때 김남조 님의 글을 좋아했어. 그 중에 '거부하는 몸짓으로'라는 제목이 있었어. 매끄러운 언어와 환상적일 만큼 반짝이는 사색에 그저 빨려들어갔어. 그런데 그 거부가 뜬구름 같은 몸짓이라고 여긴 것은 궁핍한 인간이 세계 인구의 삼분의 일이 넘는다는 사실을 알고 난 뒤야. 그 즈음에 국어 선생님과 수업 시간에 말다툼을 했어. 그분은 빵과 정신을 양자택일하라고 한다면 자신은 정신을 택하겠다고 했어. 그래서 난 손을 들고 질문을 했지. '빵과 정신이 어떻게 다르냐'고 했더

니 선생은 물질은 정신의 하위에 속하는 것이라 대답했어. 유치한 수준이지만 나는 다시 당신은 빵을 먹지 않느냐고 반문했더니, 선생은 빵은 거부할 수 있지만 정신은 거부할 수 없는 것이라고 답했어. 그러면 고뇌하며 먹는 빵은 없느냐, 그 고뇌는 어디서 연유하는 것인가를 물었지. 선생이 어떻게 답했는지는 생각이 잘 안 나. 지금에야 우리는 그 원인과 싸우고 있어. 힘내자.

그때는 젊다는 것이 그다지 큰 무기라고 생각지 않았다. 다만 올바른 세계관이 자신들을 추동하는 힘이라고 여겼다. 하지만 페퍼포그와 소위 지랄탄이 난무하는 거리에서 뜨거운 사랑을 꿈꾸기도 했다.

언젠가 그 헐떡임 속에서 후배가 외쳤다. '군부정권 타도하고 사랑을 쟁취하자.' 다영은 최루 가스 때문에 눈물, 콧물이 범벅된 와중에도 큰소리로 웃었다.

책을 다시 책장에 꽂아 넣는다. 모니터가 캄캄한 어둠 속으로 가라앉은 지 오래다. 술이 마시고 싶다. 다영은 계단 모퉁이에 두었던 양주와 구운 김을 가지고 책상 앞에 앉는다. 한 잔, 두 잔 마시며 취기가 오른다고 생각했지만 계속 마신다.

하냥 무심한 하늘을 바라보다 세월따라 늘어진 전선 가닥이 제 삶 같아 보여서 욕을 하고, 역겨운 세상살이를 어찌 그리 이웃들은 잘도 넘어가느냐며 지붕 꼭대기 몇 집 건너 국적 모를 건축양식을 비아냥거리고, 죽은 서경을 욕한다. 지담이 들어오고, 남편이 돌아올 때까지 다영은 술에 젖어 있다. 술병이 바닥나고 초여름 저녁이 가는지도 모르고 중얼거리며 운다.

기억의 저편에 아버지가 마루에 앉아 있다. 술이라곤 입에 대지도 못하던 분이었다. 아버지 옆자리엔 빈 소주병이 뒹굴고, 다영은 문틈으로 아버지의 풀어진 눈동자를 보며 떨고 있었다. 어머니의 윗옷이 눈물에 젖어 얼룩이 지고 마당 한 귀퉁이에 서 있던 수련이 너무나 슬프게 보였다. 별안간 어머니가 아버지 옆에 놓여 있던 술병을 들고 마셔버렸다. 아버지가 말릴 사이도 없었다. 이윽고 어머니는 코를 풀고 부엌으로 들어갔다. 다영은 방을 나와 어머니의 치맛자락을 붙들고 따라갔다.

도마 위에 놓인 오이가 굵은 크기로 듬성듬성 잘리고……어머니의 손에 들린 부엌칼이 제멋대로 놀고. 이어 아버지가 부엌으로 뛰어들어와 어머니를 끌어 방에 뉘었다. 아버지는 창밖을 보고 울고 어머니는 아버지의 다리를 붙들고 오열을 터뜨렸다. '당신이 무슨 짓을 했다고…… 사상이 도대체 뭐길래……' 다영은 아무 영문도 모른 채 어머니 곁에서 따라 울었다.

오늘도 다영은 그렇게 운다. 정신 나간 이처럼 중얼거리다, 울다 잠든 다영을 남편이 자리를 깔고 뉘었다.

목이 탔다. 갈증 때문에 다영이 눈을 뜬 것은 아직도 검고 찐득한 어둠이 세계를 짓누르고 있을 때였다. 물을 마시고 허둥거리는 다리로 기다시피 다락방으로 올라간다. 창을 연다. 바람이 시원하게 밀려든다.

달은 아직도 멀리 가지 못했다. 무엇이 아쉬워서? 달빛은 여리고 강하게 방 안을 비춘다. 다영은 달을 바라보며 드러눕는다. 달빛……

한 여자가 있었다. 그 여자의 집 근처에 야트막한 산이 있었다. 그 날따라 녹음이 짙은 산은 그 여자를 유혹했다. 여자는 책을 한 권 들고 산중턱으로 올라갔다. 잡초를 헤치고 돌 위에 앉았다. 여자는 책을 읽으며 산아래를 물끄러미 바라보기도 하고 콧노래도 불렀다. 몇 번인가 근처에 앉아 있던 자칭 학생이라고 소개했던 남자가 멋없이 말을 걸어 나중엔 짜증을 내었다. 자존심이 상했는지 어쩐지는 모르지만 그 남자는 여자의 목에 칼을 들이대었고 옴짝달싹할 수 없게 된 여자는 그 남자의 의사를 따를 수밖에 없었다. 그 남자는 이야기를 들어달라고 했다. 자신이 성장한 마을의 이야기와 친구에 대한 추억과 고등학교 때 교생으로 왔던 여선생을 사모했다고. 여자는 이름 모를 꽃을 만지작거리며 말없이 들었다. 남자는 갈대를 꺾으며 담배를 피웠고 한 손엔 칼을 쥐고 있었다. 여자는 대담하게 보여야 할 것 같아서 자신도 담배를 하나 달라고 했다. 남자는 웃으며 불을 붙여주었다.

산허리로 어둠이 몰려오던 순간 여자는 내심 두려움에 떨었다. 밤은 어쩔 수 없이 왔다. 밤이 오기만 기다렸는지 남자는 여자를 눕히고 안으려 했다. 여자는 반항을 해봐야 소용이 없을 거라고, 진작에 포기하고 있었다.

남자는 매우 착해 보였고 고향을 사랑한 것처럼 보였다. 남자는 자신의 말을 받아주기만 했어도 칼을 들이대지는 않았을 거라고 속삭였다.

여자는 그렇게 가까이 밤하늘을 바라본 적이 없었다. 밤은 깊고 그윽했으며 산 속에서 퍼져 나오는 쌉쓸한 산의 향기가 머리를 아득하게 했다. 머리를 뒤로 젖히는 순간 여자는 그만 정신을 잃을 뻔했다.

보름달이, 그 남자가 아니라 산등성 꼭대기에서 마주친 보름달이 여자의 온몸 구석까지 전율을 느끼도록 파고들었다. 보름달은 여자가 세상에서 본 달 중에 가장 크고 감미로웠다. 여자는 안타까웠다. 지금이라는 게, 너무나 완전한 달빛 아래 사랑하는 사람이 아니었다는 게 서글펐다. 그 여자는 남자를 안아본 경험이 없었다.

이전에 한 친구가 수줍어하며 고백한 이야기이다. 문득 그 이야기가 왜 떠오르는지. 삶은 전혀 뜻하지 않았던 것에서부터 시작될 수도 있다. 예기치 않았던 상황은 누군에게나 있는 법이니까. 아무리 사랑하는 사람이 있었다 할지라도 한밤에 보름달이 둥그렇게 떠 있는 산 위로 올라가기란 쉬운 일이 아니다.

어찌 보면 산은 필연일 수 있었지만 그 남자는 우연이었다. 사랑하는 이와 천상의 보름달이 함께 존재하는 기쁨은 이상이다. 하지만 이상은 언제나 현실 앞에서 삐그덕거린다. 그러나 인간은 뜨겁게 갈망한다. 삶이 이상과 일치되기를.

다영은 넋나간 사람처럼 다락방에 누웠다 내려온다. 여전히 정신을 차리지 못한 채 아침 준비를 하는데 남편이 씽크대로 온다. 다영이 들고 있던 냄비를 빼앗는다.

"들어가. 내가 할 테니까."

떠밀리듯 방으로 들어간 다영은 괜히 코끝이 시리다. 아침을 먹고 여느 날과 다름없이 남편은 딸아이를 태우고 떠났다. 부녀가 나간 다음 다영은 한숨을 더 잤고 햇볕으로 가득 찬 베란다 앞에 앉았다가 점심 무렵 책상 앞에 앉는다.

키를 누르자 오른쪽 새끼손가락이 아프다. 새로 시작한 번역은 경음이 유달리 많다. 자판기를 누를 때마다 뒤틀리는 새끼손가락의 통증이 허리까지 전달되는지 허리도 함께 아파온다. 다영은 새끼손가락을 주무르다 서경의 디스켓을 꽂는다. 커서가 모니터의 중간 지점에서 깜박거린다.

　　이야기해도 괜찮은 걸까……아직도 누군가 밤낮없이 지켜보고 있는 것 같아서 두려웠어. 마치 투명한 거울이 방 벽에 깔려서 나의 일거수 일투족을 낱낱이 쏘아보는 듯한 느낌을 받을 때면 머리끝이 쭈뼛했어. 쓴 물이 올라오는 목 언저리를 손으로 지그시 눌렀지. 누군가에게든 풀어놓고 싶었어. 그러나 한마디라도 목구멍에서 내뱉는다면 오히려 그것이 내게로 돌아와 가슴을 찌를 것 같았어. 담장 안에서 담장 밖으로 걸쳐진 구름을 그토록 부러워했건만 정작 바깥 세상에 내딛은 발은 마냥 허우적거렸지. 나는 존재의 밑바닥까지 옥죄어 놓은 응어리를 어떻게 풀어야 할지 알지 못했어.

뜨거웠던 여름이 서서히 물러가고 있었어. 아침저녁으로 서늘한 바람이 다리를 설렁하게 감도는 어느 날, 어머니를 따라 나섰어. 남대문 시장통은 북적거리는 사람들 때문에 발을 내딛을 틈도 없었어. 어머니가 물건을 사는 동안 난 아스팔트 위를 우두커니 바라보고 있었지. 오전 장사를 끝내고 철시한 아동복 상가 앞쪽으로 눈을 돌리다가 우연히 인형에 눈이 갔어.

—어머니, 잠깐만 저쪽에 갔다 올께요.

—어디? 같이 가자.

나는 강아지, 고양이, 곰 도양을 한 털북숭이들을 탐스럽게 바라보았지. 강아지와 곰을 한 마리씩 샀어. 어머니는 기가 막힌지 혀를 끌끌 찼어.

—애들 장난감을 뭐에 쓰려고……원 참.

어린 시절의 나는 인형이라곤 만져본 일이 없었어. 동네 골목을 한참 지나서 후미진 곳에 쌓여 있던 쓰레기 더미 옆에서 주운 크림통이라든가 깨진 사금파리를 가지고 긴긴 한낮을 놀았어. 다영이너두 마찬가지였을 거야. 동물 인형을 사고 싶었던 특별한 이유는 없었어. 그림을 그릴 대상도 아니었고.

러시아의 타틀린이란 화가가 이런 말을 했어. '정물화란 부르주아의 관습으로 오염된 장르'라고. 나는 동의했어. 정물화는 사유재산을 인정하는 주요한 표현양식임을. 하지만 모든 예술가들이 소유할 수 있는 물체의 묘사를 중단하고 추상으로 나아가야 한다는 데에는 흔쾌히 받아들여지지 않았어.

만약 지하의 타틀린이 현대의 변질된 추상주의가 상혼과 결합한 오늘의 작품시장을 본다면 다시 눈을 질끈 감아버릴지도 몰라. 또 타틀린은 기술문명에 전적인 믿음을 가졌지만 오늘의 인간은 오히려 기계에 무참히 속박당하고 있을 뿐이지 않니?

그런 의미에서 효범의 그림은 기계에 짓눌린 비참한 인간과 노동을 잘 표현했어. 인간은 기계의 운명에서 결코 벗어날 수 없을지도 몰라. 기계 역시. 기계와 인간의 노동이 해방된 개체로서 화합할 수 있는 길은 무엇일까. 무덤 속에서 가끔 그런 생각을 하곤 했어.

이따금 소모임이나 단체에서 강연이랄 것까지는 아닌 민중미술에 얽힌 그림 이야기를 해달라는 부탁을 받았어. 그러나 이야기를 마치고 나와 길을 따라 걷노라면 난 도리어 누군가로부터 지금까지 살아온 이야기를 듣고 싶었어. 간절히. 그럴 때면 길가에 우두커니 서서 오가는 사람들과 차량들을 하염없이 바라보았지.

다영이 넌 그러지 않았을 거야. 감옥의 하얀 벽은 환쟁이의 허약한 감성을 여지없이 무너뜨리는 곳으로는 알맞은 장소였지. 때로는 종교재판소에 소환되어 심문을 받던 고야의 마지막 말을 떠올리기도 했어.

고야가 그린 「카프리치오스, 23, 이 오욕!」에 얽힌 이야기. 고야의 이 그림 속에는 두 명의 인간이 있어. 그림의 오른쪽 뒤에는 재판관이 판결문을 열심히 읽고 있고 그 앞에는 한 여인이 손을 모으고 고개를 숙이고 있지.

여인은 참회복을 입고 '오욕의 모자'라 부르는 죄수 모자를 쓴 창녀였거든. 고야는 그 그림에 주석을 이렇게 달았어. 〈빵과 버터를 위해서 열심히 사회에 봉사한 용감한 여자를 이렇게 취급하다니, 치욕이다!〉 당연한 결과겠지만 고야의 그림과 주석은 종교재판소의 비위를 건드렸어. 고야는 종교재판소에 서게 되었지. 고야

앞에는 재판관이 카프리치오스, 23번 그림을 들고 앉아 있었어.

　ㅡ당신은 이 그림으로 무엇을 전달하려는 거지? 누가 이 여자를 나쁘게 취급한다는 거야? 종교재판소인가 아니면 다른 누구인가?

　고야는 '숙명'이라고 대답했어. 고야는 고민했을 거야. 자칫하면 지하감옥으로 내던져질 순간이니까. 숙명이 뭐냐고 다그쳤을 때 고야는 다시 '데몬'이라고 했지.

　한때는 절묘한 대답이었다그 생각한 적이 있었어. 데몬의 깊은 의미를 재판관은 몰랐을 거니까. 고야의 전기를 쓴 이는 데몬을 이렇게 해석했어.

　'데몬이란 인간의 마음속 깊은 곳에 내재하며, 부정도 긍정도 소용없이 인간의 운명을 휘몰아가는 거대한 힘, 그리고 모든 인간이 지닐 수밖에 없는 역사의 무거운 멍에를 포함하는 것이 아니었겠는가'라고.

　나 역시 법정에서 데몬이라고 답할 수밖에 없는 세월이 있었어. 한 가지 사상을 인정하는 것은 금기 중의 금기였으니까.

　무덤에서 나온 오랫동안 난 그림 밖에서, 세상 밖에서 그저 맴돌이만 하고 있었어. 그들 속으로 불쑥 뛰어들지 못하게 하는 그 무엇이 있었어. 그러나 그 무엇이 어떠한 것이지 그때는 알 수가 없었어. 한 가지 분명한 것은 그렇게 인간을 그리워했건만 오히려 인간이 점차 두려워지기만 했어. 사람을 만나는 것보다는 차라리 멀리서 그들을 바라보는 것이 편했고 더욱 편한 것은 말없이 허공을 떠도는 구름을 느끼는 일과 골목에서 떠드는 아이 소리를 듣는 것이었어.

　ㅡ쯧쯧.

　어머니는 늘 혀를 차며 방문을 닫았어. 하는 일 없이 방 안에 처박혀 있는 딸을 처음은 이해를 해주었지. 식구들이 둘러싼 밥상에서조차 눈물을 그렁그렁 떨구는 딸을 보고 어머니는 차마 무어라 말을 하지 못했던 거야. 그림을 그리는 것도 아니고 허구헌 날 방구석에 들어박혀 먼산보기 아니면 징그럽기 짝이 없는 동물 인형들을 끼고 앉아 있는 누군가를 본다면 나라도 짜증이 났을 거야.

　ㅡ그 쓰잘데없는 것들 안 내다버리면 내가 불싸질러 버릴 꺼다!

　나는 아무 말도 할 수 없었어. 그러한 몰골을 하고 있는 나 자신도 괴로웠어. 살아 있음이 답답했고 살아가야 한다는 것이 막막하게 여겨지는 건 어쩔 수 없었어. 이전의 내겐 그림이 전부였고 타인에게로 다가갈 수 있는 행위로 믿은 것도 그림이라는 걸 통해서만이라고 믿었으니까.

　그러나 그림이 단 한 사람의 생명도, 나 자신의 깊은 구렁텅이까지도 구원할 수 없다는 것을 깨달았을 때 그림을 그린다는 것이 허망한 짓거리로 보였어. 그림과 함께 바닥난 나의 삶을 어떻게 한올 한올 기워야 할지 정말 알 수 없었어.

　동물 인형들은 다소곳했지. 내가 무어라 지껄이든지 그들은 이야기를 막지 않았거든. 그들은 멍한 것 같으면서도 어쩌다 애잔한 눈빛을 띠곤 했어. 그러나 알고 있었어. 그들의 표정이야 어떠하든 단 한마디의 소통도 할 수 없다는 것을.

　미친 짓 같았지만 나는 그들에게만이라도 말을 풀어놓지 않으면 견딜 수가 없었어. 인간에게 가는 길은 멀고도 아득했어. 효범을 만나지 못한 것도 그러한 이유였을 거야.

　아침이 되면 눈을 뜨고 어둡고 으슥한 밤이 오면 눈까풀을 숙명처럼 내려감는 평범한 하루의 삶을 선뜻 받아들이기엔 생은 너무나 무거웠어. 생. 너무나 힘든 말이야.

　한숨이 절로 나온다. 서경이 그토록 헤어나지 못하리라고는 생각하지 못했다.

서경은 보이지 않는 권력의 힘에 파괴당했다. 예술가가 지닌 특수한 열정 같은 것이 있기도 하지만 어찌 됐거나 그림이란 인간의 삶을 표현해내는 영역일 것이다. 그림이 삶의 어디까지 관여할 수 있는가를 고민했을 것이다. 그 물음에 답하지 못했다면 자신의 존재에 대한 가치마저 부정할 수밖에 없었을 거라고 미루어 짐작할 수 있다. 훗날 병상에서 서경은 이런 말을 했다.

─세계에서 가장 혼탁한 구조가 인간이란 걸 깨달았을 때 나 자신이 인간으로 태어난 것이 너무나 원망스러웠어. 더구나 그림이라는 것이 물리적 폭압 앞에 놓인 인간에게 얼마나 허망하고 한줌의 도움도 되지 못한다는 것을 알았을 때 난 나의 존재가치가 무용하다고 생각했어.

그러나 다영은 안다. 서경이 생생하게 호흡하고 따스함을 교류하는 인간이기를 얼마나 갈망했는지. 다영이 지방에서 올라왔을 때 서경은 효범을 다시 만나고 있었고 문화운동 일에 관여하고 있었다. 서경은 탱화를 태우고 있다고 했다.

그 해 가을, 서경은 이미 거둬가고 없는 굿판 책 사건 때문에 다시 수배자가 되었다. 서경이 집에서 짐을 챙길 사이도 없이 나온 것이 추석날 아침이었다. 다영 역시 그 날은 쉬고 있던 참이어서 터미널 부근에서 서경을 만났다.

─우리 절에 놀러 갈까?

다영이 제안을 하자 서경은 진작에 그 생각을 못했지, 손뼉을 치며 좋아했다. 요행히 버스표도 구했다. 김밥과 음료수를 사들고 둘은 고속버스를 탔다.

버스를 오르기 전, 동료를 만나 수배가 떨어진 경위를 들었다. 그 친구는 쉽게 풀릴 것 같지 않으니 몸조심하라며 어두운 표정을 짓고 떠났다. 버스는 삼층에서 나선형으로 돌아 내려와 고속도로로 진입해 들어갔다. 버스가 서울을 벗어날 무렵부터 다소 긴장이 풀렸는지 서경은 잠이 들었다. 한 시간 남짓 지나고 눈을 떴다.

─잘 잤어? 대단해. 이 지경에 잠도 자고.

아니게 아니라 다영은 서경이 잠드는 것을 보고 속으로 놀랬다. 얘가 신경줄이 많이 튼튼해졌구나 싶었다.

─효범이랑 같이 왔으면 좋았을 텐데.

─다음에 갈 때가 있겠지. 할머니가 추석 전날 돌아가셨으니. 아쉽지만 할 수 없지.

머리 속에 묻혀 있던 피곤을 풀어내기엔 더없이 좋은 여행이었다. 지지리도 볼 것 없는 고속도로 주변을 그나마 훌훌 털고 떠남이란 말에 도취해서 그리 싫지는 않았다.

남들의 귀향길을 여행 삼아 도피해가고 있는 서경의 참담한 심정을 헤아릴 길이 없었다. 서경은 되려 다영의 그러한 마음을 애써 누그러뜨리려고 예전에 없이 밝은 얼굴을 하고 있었다. 둘은 김밥을 먹고 음료수를 마시며 간간이 지난 시간 우스웠던 일들, 감방 사람들 이야기를 하며 웃었다.

점심 무렵 절에 도착했다. 둘은 손을 잡고 경내로 가는 오솔길을 따라 걸었다. 바람에 실려오는 끈적한 나무 냄새와 이따금 울어대는 새소리가 대웅전 앞마당을 내리비추는 햇살을 가볍게 흔들고 지나갔다.

불교 신자도 아니건만 서경은 대웅전에 들어가 참배를 하고 다영은 가볍게 손을 뒤집는 서경의 손을 우두커니 바라보았다. 마당으로 나와서 대웅전이 마주보이는 곳에 나란히 앉았다. 마당에 고여 있는 햇살은 따가웠다.

한참을 그러고 앉아 사찰과 사찰 뒤에 선 산세를 바라보았다. 다영은 피곤했다. 일어서자고 말을 하려는 참이었다.

―다영아, 너 후불탱화라고 들어봤지.

―응.

―부처 본존상은 주로 후불탱화로 그리는데 탱화를 그리는 붓은 붓 중에 가장 길어. 탱화를 그리려면 굉장한 힘이 들어가야 해. 탱화에는 위, 아래, 양쪽 세 군데로 구분하거든. 서양의 기법은 단일한 면이 캔버스 위에 확대되는 것이지만 탱화에는 삶 전체의 이야기가 들어가. 이를테면 민화의 형식은 전생, 이생, 후생까지 들어가서 우주를 드러내고 탱화는 천상, 지하, 나한으로 나누어져.

서경은 어디고 앉으면 그림에 관련한 이야기를 술술 쏟아냈다.

―저기 목어 달린 지붕을 봐. 단청에 담긴 빛깔이 참 곱지. 본래 우리나라는 모든 것을 오방색을 중심으로 받아들여. 오방색은 청적황녹백인데 특히 단청에서 두드러지지. 봄, 여름, 가을, 겨울 사계가 변한다고 생각해봐. 오방색으로 칠해진 단청은 어느 계절이나 잘 어울릴 것 같지 않아?

―그래. 그런 것 같기도 해.

다영은 서경의 말이 그럴듯하다고 생각했다.

―우리가 알고 있는 삼원색이란 서양 중심의 색이야. 즉 서구 교육에서 뽑아낸 물감이지. 늘 우울하고 회색빛이 감도는 기후에서 발달해온 것이 발광색인데 요즘 우리도 많이 쓰고 있지만 생각해봐. 우리의 자연이 빚어내는 색하고는 얼마나 다르니. 우리나라는 기후 자체가 발광색이 필요없어. 땅에도 맞는 색깔이 있어. 색도 신토불이지. 화려한 공작도 우리나라에 오래 있으면 색이 엷어진대. 고구려 벽화도 자연물에서 뽑아낸 거라구.

서경의 찰랑이던 목소리가, 얼굴이 너무나 생생하게 떠오른다. 끈질긴 고통이 온몸을 들쑤셔 더는 아픈 중에도 서경은 아픔을 드러내지 않으려고 밝은 목소리를 잃지 않았다.

효범이 아직도 서경의 둘레를 원형질처럼 돌며 떠나지 못하는 것은 너무나 당연한 일일지도 모른다. 가끔은 다투기도 했지만 다영은 둘의 인연을 지켜보는 것만으로도 행복했던 날들이었다.

어렴풋이 소현의 얼굴이 겹쳐 떠오른다. 사랑이란 것이 살아 꿈틀거리는 것이라면 움켜잡을 수도 있건만 아직은 그저 흘러가는 대로 놓아둘 수밖에.

진욱의 전화를 받은 것은 서경이의 다음 글을 읽던 중이었다. 약속 시간과 장소를 얼떨결에 정하고 수화기를 놓는다. 다영이 출소를 하고 난 뒤 지금까지 진욱을 보았다는 사람이 없었다.

효범의 말로는 진욱이 그 어느 날 출가를 하겠다고 조용히 말을 떼었고 그 누구도 막을 수 없을 만큼 진욱의 결심은 확고했다고 했는데. 다영은 바쁘게 옷을 갈아입고 외출 준비를 한다. 그러잖아도 오후 늦게 외출을 할 일이 있었다.

며칠 전 효범이 누군가 그림 전시를 하는 날인데 같이 보러 가자 해서 약속을 했다. 집으로 돌아온 딸아이를 시댁에 데려다 주고 다영은 바쁘게 차를 탄다. 가슴이 어찌나 세게 고동을 치는지 버스를 타고서도 가슴을 누른다.

ㄱ

효범은 남대문 시장통을 빠져 나온다. 새로 산 물감통의 무게로 왼쪽 어깨가 기울어진다. 지난번 대신 노조기를 본 다른 회사의 노조들이 여기저기서 주문을 해왔기 때문에 물감이 부족했다. 차를 기다리는 동안 효범은 물감통을 내려놓고 담배를 피워 문다.

남대문 시장 앞은 늘 분주하다. 오가는 사람들의 얼굴은 언제 보아도 활기가 넘친다. 잡다한 내용물을 올려놓은 손수레를 바라보는 사이 도로엔 차량이 쉴 새 없이 스쳐 지나간다.

한낮의 거리는 초여름이라 하도 뜨겁다. 얼굴에 와 닿는 뜨거움이 머리 속의 뜨거움과 합쳐져서 겨드랑이엔 진득하게 땀이 밴다. 차들이 밟고 지나간 아스팔트 위에 후끈 열기가 피어 오른다.

버스가 달고 가는 광고 문안을 보자 문득 오늘이 수요일임을 기억해낸다. 오늘 저녁, 민중미술의 중진작가이기도 하고 상업화랑에서도 인정을 받고 있는 선배의 전시가 시작되는 날이다. 개인적 친분 때문이라도 거의 이년 만에 열리는 전시회에 가지 않을 수 없다.

그림을 보고 싶어하던 다영이에게도 가자고 연락을 해놓고선 정작 자신은 가고 싶지 않다. 전시회에 갈 생각을 하자 효범은 양미간이 잔뜩 찌푸려진다.

사무실에 도착하자마자 효범은 버스 속에서 구상했던 노조기의 나머지 밑그림을 하나하나 그려나간다. 시간이 얼마나 흘렀는지 허기가 진다. 곧 이어 지석이 들어오자마자 전화가 울린다. 수화기를 내려놓은 지석이 한숨을 쉰다.

"내 이럴 줄 알았어. 다화랑에서 전시준비하고 있는 팀인데 우리 쪽 평론가를 소개해달라는 거야. 문민시대의 화합 좋아하네. 오늘 미술을 이 지경으로 만든 모던 계열의 폐해를 그새 잊었다고 함께 뭉뚱그려 전시를 한단 말이야. 저쪽에서는 자기네 계열의 평론가를 내세우려니 이쪽도 이쪽 평론가를 세우고 싶은 건 당연하지. 한심한 노릇이야. 안해줄 수도 없고."

달리 대꾸할 필요도 없다. 그림에서 가장 기본적인 물음, 즉 그림은 왜 그리며 누구를 위하여 그리는가라면 해방 이후 현재까지 주류를 이어왔던 화단은 그리는 자의 권위를 절대적으로 향유해왔다. 역사성이라든가 민중의 현실을 말하지 않더라도 최소한 그림을 보는 자의 입장을 철저히 무시한 것이 오늘의 화단이었다.

몇 해 전, 교수이자 화가인 형수가 전시회를 한다 해서 예의상 오픈에 참석했다. 형수는 이십여 년 가까이 상자갑 같은 것을 그렸다.

그 날도 역시 80호가 넘는 작지 않은 화폭에 무슨 암호처럼 상자갑들이 가득 차 있었다. 형수에게 축하한다며 대충 인사를 하고 돌아 나오려 하는데 대학생처럼 보이는 여자가 형수에게 질문하는 것을 옆에서 들었다.

─저 상자가 궁극적으로 무엇을 뜻하는 것인지 알고 싶은데요?

형수는 여학생의 옷차림새를 쓰윽 한번 훑어보고 나서 말했다.

─민중의 삶이라고나 할까.

효범이 듣고 있다는 걸 의식한 것인지 어떤지는 몰라도 듣고 보니 그럴듯하기도 했다. 효범은 속으로 웃었다. 하지만 게딱지처럼 납작 엎드린 상자를 보고 민중의 삶이라고 이해한 관객이 과연 얼마나 될는지 의심스러웠다.

형수와 같은 사람들은 한결같이 난해한 그림을 들고 나와서 보는 자로 하여금 이해할 수 없는 것에서 오는 격리감과 한편으로는 부러움을 주었다. 그들은 말한다. 추상이란 자아의 내면을 추구하고 자아를 확인하는 것이라고.

그 여학생처럼 형수에게 묻고 싶었다. 추상을 추구하는 자아가 형성된 삶과 역사적 인식이 어디서 비롯한 것인지 생각이나 해보았느냐, 그렇게. 효범은 그냥 나와버렸다.

정작 추상을 추구해 왔던 것은 러시아 혁명 이후 일군의 구성작가들이다. 스탈린이 제동을 걸기 시작한 이후 칸딘스키를 비롯하여 많은 이들이 서방세계로 망명했다. 이 작가들에게서부터 알려진 추상운동은 그들이 원했건 아니건 간에 서구 자본주의의 상업성과 결합되었다. 그것도 본래의 정신은 쏙 빠뜨린 채 형식만.

이것은 전위예술에서도 마찬가지이다. 전위라는 단어가 문화적인 용어로 처음 사용된 것은 공상적 사회주의자인 생시몽에 의해서다.

이 전위운동을 최초로 제공한 화가 꾸르베는 사회주의자이며 유물론자였던 프랑스의 푸르동의 절친한 친구였다. 푸르동의 영향을 받았는지 어쩐지는 알 수 없다. 아무튼 꾸르베의 예술정신은 화가라고 하기엔 지나칠 만큼 대사회적 발언의 강도가 높았다. 꾸르베의 작품에는 체제를 거부하는 예술가의 이미지가 너무나 또렷이 부각되어 있다.

전위정신을 부르짖은 당대의 미술가들은 신념이 있었다. '미술이 일차적으로 해야 할 일은 사회에 대한 발언이다'라고.

그 후 1970년대에 서구는 러시아 구성주의 작가들의 작품을 구매하려는 열기로 불이 붙었다. 일확천금을 노리는 화상들의 짓이었다. 하지만 러시아 구성주의가 전위로서 높이 평가받은 이유는 분명하다. 현대의 추상이 일반 관객에게 그들의 예술을 이해시키지 않으려 하는 데 반해서 구성화가들은 역사 앞에서 순수했고 지순한 혁명의 꿈을 가슴에 품었기 때문이다.

그러나 우리의 추상화가들은 말이 없다. 미술이란 매체가 이 분단된 역사와 민중 속에 어떠한 의미를 갖는지 도대체 보여주지 않았다. 일찍이 효범이 석사논문에서 한국 화단의 현실성을 직시하자라는 미약한 목소리마저도 거부했던 것이 어제의 현실이다.

"자업자득이지."

효범은 냉소를 띤다.

"참, 오늘 오픈하는 데 가봐야지?"

"가긴 가야 하는데…… 갑시다."

단호하게 결정할 일도 아닌 것을 무슨 결심이라도 한 듯 내뱉는다. 어차피 오픈에 가더라도 뒷풀이에 가지 않을 것이라면 정준을 불러내는 것도 괜찮을 듯싶다. 지금쯤이면 머리의 상처도 아물었을 것이다. 정준은 집에 있었다. 할 일도 없던 차에 술이나 마시자며 오겠다고 한다.

오후부터 흐릿하던 하늘이 이내 빗줄기를 뿌리기 시작하더니 효범이 사무실을 나설 즈음에는 굵은 빗발이 내리친다. 지석이 가게에서 비닐우산을 사고 버스를 탄다.

인사동 사이골목에 내걸린 각 전시회 플랭카드가 비에 젖어 있다. 이선배 그림이 전시된 전시회장에서 노오란 불빛이 비 오는 거리로 밝게 새어 나온다. 효범과 지석은 우산을 접고 실내로 들어선다. 둘은 곧장 이선배에게로 가서 인사를 한다.

"축하합니다."

사람좋은 이선배는 조금은 수줍은 듯 반갑게 손을 내밀며 인사를 받는다. 모처럼 이름 높은 민중미술작가의 개인전이라 음식이 풍성하다. 중앙 테이블을 둘러선 사람들이 이야기를 나누고 있다. 효범이 일층 전시를 다 둘러본 뒤 이층으로 올라가려는데 정준이 우산을 털며 입구로 들어오는 것이 보인다. 효범이 손짓을 한다.

"모자는 왜?"

"지난번 기운 곳에 머리가 다 안 났어."

정준이 겸연쩍은 듯 웃는다.

"다영이는?"

"아직."

두 사람은 이층으로 올라간다. 위아래 합쳐서 작품이 오십여 점은 되어 보인다. 앞서거니 뒤서거니 하며 이층 전시를 돌고 아래로 내려오는데 지석이 난간에 기대어 머리를 푹 숙이고 있다. 마음이 착잡하다.

오늘 오픈을 한 이선배를 비롯하여 사십 줄이 넘어선 선배 세대들 역시 고난스러운 길을 밟아왔다. 하지만 민중투쟁의 현장에서 밤이슬을 맞았던 효범의 세대와는 또 다른 차이가 있다.

미술계 전체가 느끼한 구조로 이루어진 화랑가로 진출할 다음도 없고 역시 받아주지도 않겠지만 자신들도 화가임에는 틀림없는 사실이다. 솔직히 까놓고 이야기하자면 이선배가 전혀 부럽지 않은 것은 아니다. 그럴 땐 가끔은 모든 걸 때려치우고 차라리 개인작업을 하고 싶은 충동이 강하게 일곤 했다.

그러나 차마 놓지 못하는 끈이 있다. 서경이 80년대에 혼신을 다해 남기고 간 맥을 저버릴 수는 없다. 아니 서경의 작업에 깃든 민중의 힘겨운 얼굴과 그들의 지친 얼굴 속에서 끝없이 빛나는 인간, 해방의 갈망이 여전히 살아 있다고, 있을 거라고 믿기 때문이다. 계단 아래쪽 그림 앞에 소현이 서 있다.

"지금 왔어?"

"아, 위에 계셨어요."

소현이는 작업을 하다가 나왔는지 목 있는 운동화를 신었고 편한 차림이다.

"여기 인사해. 김정준 씨."

"이소현이에요."

정준이 내미는 손을 바라보다 전시장을 다시 둘러본다. 다영이 왜 이렇게 늦는 걸까. 효범은 서둘러 나가고 싶었지만 조금만 더 기다려 보기로 한다. 어느새 정준은 밖으로 나가 담배를 피워 물고 있다. 다영이 비 사이로 헐레벌떡 뛰어오는 것이 보인다.

"미안해. 일이 좀 있었어."

"가려고 했어. 빨리 보고 나와."

스스로 생각해도 짜증이 섞인 어투다. 그만큼 마음 한켠에는 빨리 이 자리를 뜨고 싶은 마음이 간절했었나보다. 다영은 아는 사람을 만났는지 마주 서서 이야기를 나누고 있다. 앞사람의 어깨 너머로 다영이와 눈이 마주치자 효범은 채근하는 눈짓을 한다. 다영이 고개를 끄덕인다.

지난해 늦가을, 서경에게 다녀온 뒤로 오랜만에 세 사람이 함께 모였다. 소현이도 함께.

"언니, 어디로 갈까?"

소현이 우산을 펼치며 다영에게 묻는다.

"언젠가 서경이를 따라 '난파선'이란 곳을 간 적이 있는데…… 어느 골목인지 모르겠어."

효범은 속으로 깜짝 놀란다. 난파선이란 단어가 속살을 후벼파듯 효범의 가슴을 찌르고 빗속으로 흩어진다. 정말 어쩌다 틈이 날 때면 서경이와 함께 들렀던 곳이다.

난파선은 두 사람이 비밀스럽게 만났던 곳이었고 서투르게 사랑을 고백한 곳이기도 했다. 또 별스럽지 않은 개인적인 고민까지 낱낱이 털어놓던 자리였다.

"벌써 없어졌어. 얼굴따라 이름짓는다고 했는데 애초에 난파선이란 상호로 시작했으니 이름 그대로 난파할 수밖에."

정준이 어색한지 모자를 자꾸 쓸며 말한다.

"난파선을 어떻게 알아?"

"어이구, 연세가 드시니 어쩔 수 없구만요. 그대도. 이전에 파고다 앞에서 밀려 나오다가 한번 간 적이 있잖아. 그 후에 다시 갔는데 없어졌어."

다영의 얼굴에 아쉬워하는 기색이 역력하다. 소현이 아는 데가 있다고 해서 따라들 간다. 인사동 골목길을 따라 들어간 술집은 전시장과 그리 멀지 않은 곳이다.

비 오는 저녁, 술자리는 마냥 조용하다. 갑론을박할 사안이 있는 것도 아니고 색다른 이야기를 하기엔 서로가 너무나 깊숙한 줄기로 결대고 있어서 그다지 할말도 없다. 조용히 술을 들이켜던 정준이 오늘 그림이 어땠느냐며 소현에게 묻는다.

"내 느낌이긴 하지만 그분은 선이 좀 약하다는 생각이 들어요. 작년인가 어떤 책에 탐방기가 실렸는데 산을 배경으로 하고 있는 이선배의 얼굴이 있었어요. 흑백이라서 그런지 산이 마치 숨을 쉬고 있는 것 같았고 금방이라도 숲에서 찬이슬이 뚝뚝 떨어질 것 같은 느낌이었어요. 그게 더 좋았어요."

"표현하곤."

다영이 소현에게 눈을 곱게 흘긴다.

"근데 아까부터 물어보고 싶었는데…… 김선배는 왜 모자를 쓰고 계세요?"

소현이 정준을 향해 술잔을 건네며 웃는다. 정준이 눈을 내리깔며 씨익 입가에 웃음을 단다.

"살기가 하도 힘들어서 벽에다 한번 들이박았지요."

"벽에요?"

"가슴이 터질까봐 지레 먼저 박았겠지."

다영은 안쓰러움을 언제나 그런 식으로 표현한다. 효범은 두 사람을 지긋하게 바라본다. 만나기만 하면 아옹다옹거리는 둘은 늘 스스럼이 없어 보인다. 너무나 가까운 곳에서 십여 년을 넘게 같은 삶을 걸어온 때문일까.

어느새 다영이와 정준은 지아비 지어미 되어 가정의 울타리를 치고 사람 사는 형색을 꾸미고 말마다 삶이 묻어 나온다. 서경이 살아 있었더라면 자신도 아이의 아비가 되어 방아깨비 같은 살림이라도 꾸려나갔을지 모른다.

괜히 허전한 생각이 들어 효범은 자꾸 술을 마신다. 어디선가 비가 함석판 위로 부딪쳐 떨어지는 소리가 들린다. 밖을 내다본다.

방 안의 불빛이 툇마루 끝에서 엷게 스러진다. 열린 문 밖으로 주방이 보이고 마당이 있다. 들어올 때는 그저 무심히 보아 넘겼던 것이 익숙한 공간처럼 평온하게 느껴진다. 마당 가운데 위로 검은 하늘이 보인다. 지붕에 덧댄 함석을 울리며 비가 떨어지고 있다. 공허한 울림을 하고 있는 함석만큼이나 자신의 가슴이 비어 있다고 생각한다. 잠깐 눈물이 핑 하고 스친다.

"자 받아. 무슨 생각이 그리 깊어. 그러면 호랑이가 업어가. 그때 후회 말고."

눈치빠르게 다영이가 생각을 끊는다.

"소현이 그림은 잘되니?"

소현에게 물어놓고 정작은 정준을 바라보느라 답을 듣지 못한다. 정준 역시 제 앞에 놓인 술만 들이켤 뿐 별말이 없다. 효범은 제풀에 속이 상해 한마디 하려다 마구 풀어지고 있는 정준의 눈과 마주치자 그만 입을 다문다. 무슨 소용이 있으랴. 정준이 나오고 싶어 나온 것도 아니라는데.

차라리 그때 서경의 어머니가 화장을 해야 한다고 했을 때 우기지 말 것을, 마냥 흐르는 강물에 떠돌아다닐 것을 생각하자 차마 견딜 수 없었다. 서경이 살다 간 흔적이라도 남기고 싶어 산에 묻자고 고집을 부렸는데……

"효범아, 서경이 생각 그만 해!"

다영이 외마디 소리를 지른다. 효범은 깜짝 놀라 다영을 쳐다본다. 어느새 다영의 눈에 눈물이 그렁그렁 맺혔다. 효범은 당황해서 어쩌지를 못한다.

"말 안하려 했는데 그러고 있는 널 보니 참을 수가 없어."

다영의 볼에 눈물이 주르르 흘러내린다. 소현이와 정준 역시 놀란 눈을 하고 있다.

"사실은 오늘 여기 오기 전에 진욱이를 만났어."

진욱? 효범은 그제서야 정신이 번쩍 든다. 진욱이라니. 살아 있었단 말인가. 효범은 다영에게 빨리 이야기를 하라는 듯 다영에게서 눈을 떼지 않는다.

진욱은 서경이가 구속되고 난 후에 잡혀 들어갔다가 일심에서 집행유예를 받고 나왔다. 진욱은 효범과 고교 동창이기도 했다. 효범이 군대를 가 있는 동안 누구 하나 신변이 변변한 사람이 없어 면회 오는 이도 드물던 시절이었다. 간간이 소식을 전하던 진욱이의 편지가 뚝 끊긴 지 반년이 지나서였다. 휴가를 받아 집으로 돌아오자마자 진욱을 찾았다. 어렵게 연락이 되어 만났지만 진욱의 얼굴은 짬밥을 먹고 있던 자신보다 더 꺼칠해 보였고 몸은 금방이라도 부서질 듯 말라 보였다.

"나 출가하기로 했다."

처음엔 어딜 다녀온다는 말인 줄 알았다. 다시 그 말이 중이 되겠다는 것으로 알아들었을 때 효범은 뒤통수를 얻어맞은 기분이었다. 잠시 멍하게 찻집 기둥만 쳐다보았다.

"왜?"

진욱은 한참이나 말이 없었다.

"힘들어. 산다는 게 아니 운동을 계속해야 한다는 게 나로선 더 이상 감당할 수가 없어. 그렇다고 이대로 한몸 버티자고 세상과 타협하며 살아간다는 것도 말이 아닌 것 같고."

아니라고, 출가를 한다고 세상이 거부되는 게 아니라고 말하고 싶었지만 진욱의 눈빛이 이미 속세의 논리를 떠나고 있음을 느꼈다. 진욱은 그 후 온다 간다 말없이 떠나서 지금까지 소식이 없었다.

"나 때문이었어."

소현이 가방을 뒤져 다영에게 손수건을 내민다. 다영이 볼을 지그시 누른다.

"그때 서경이가 현장에서 바로 연행되었다는 소식을 듣고 난 바로 집을 나왔어. 처음 며칠은 돌아가는 상황을 보다가 뒷수습도 해야 하고 진욱이와 말을 맞춰야 할 내용도 있어서 종로에서 만나기로 약속을 했어. 그 날, 내가 거기서 진욱을 기다리고 있는데 형사가 덮쳤어. 난 진욱이 붙잡혀 간 것을 몰랐어."

다영은 흡사 뭔가를 토해내고 있는 것만 같다.

"진욱이 출가를 하겠다고 결심한 것은 거기서부터 시작된 거였어. 물론 말은 안했지만 오늘 이야기를 들으면서 그런 느낌을 받았어. 조사받던 과정에서 모진 일이 있었겠지. 물론 그것이 출가했던 모든 이유는 아니었겠지만…… 진욱이는 어쩔 수 없이 이것저것 불고 난 다음부터 집유로 나오기까지 죄책감에 시달렸던 것 같아."

거기까지 말을 하고 다영은 팔짱을 낀 채 입을 다문다. 그 순간 아무도 얼굴을 마주보지 않는다. 새로 시킨 생태찌개가 가스불 위에서 보글보글 끓어 넘치자 소현이 불을 낮춘다.

멍청한 자식. 세상을 온통 악마가 할퀴고 가는 그 길에 그것이 그리도 자신을 몰아세워야 했던 이유였다. 정작은 어이없고 삶은 이해하기 어려운 암호 같은 것인가. 삶은 예기치 않았던 어느 한 모퉁이에서 불쑥 인간을 나꿔채 가는 것일 뿐인가. 진욱이 출가를 하기까지 자신을 학대하고 괴로워했을 것을 생각하자 효범은 견딜 수 없다.

"역사가 우리를 저울질했어. 너의 무게는 얼마이고 또 너의 가치는 요것이라고 아주 별 볼일 없는 인간으로 만드는 데 성공을 한 셈이지."

아까의 표정과는 달리 다영은 차갑고 비웃음을 가득 담은 목소리로 가슴 할퀴는 소리를 해댄다.

"지금에 와서 또 역사는 우리에게 물어. 넌 무엇을 했느냐고 더러는 그러지. 역사가 말을 할 거라구. 빌어먹을. 역사가 자갈문입을 연다는 것은 또 수없이 많은 인간이 피를 흘려야 된다는 소리야. 역사는 언제나 뒷짐을 지고 개인의 책임을 묻지만 인간의 고유한 개인, 고뇌와 운명에 대해서는 책임지지 않았어. 그것은 오로지 개인의 몫으로만 남을 뿐이야. 민중의 권력에 대한 의지가 인간으로 살고자 하는 것이라면 너의 아픔까지도 함께 짊어지고 갔었어야 하는 것 아니야? 그게 아니야?"

정준이 맥빠진다는 듯 피식, 웃는다.

"부처와 예수도 그걸 고민했어. 우리가 역사에 발 담그고 산 지 겨우 십몇 년이야. 그렇게 살아와서 한다는 소리가 마치 벌레 씹은 것처럼 내뱉을 수 있을까. 웃기지. 하긴 역사에 배반당하고 자신에 배반당하고 흐흐흐."

"그렇다면 결국 민중과 하나가 되어야 한다는 사실을 우리가 제대로 납득하지 못했거나 설득시키지 못했다는 걸까? 아니면 애시당초 그른 생각이었나? 그러면 인간이 함께 짊어진다는 것이 도대체 어디까지 가능하다는 거지?"

칼칼한 목소리를 들으니 마치 예전 다영의 모습으로 돌아간 듯하다. 탁탁탁. 함석지붕에 비 튀는 소리. 빗소리가 유난히 크게 들린다. 다른 좌석은 이미 비어버린 지 오래다. 바깥에서 눅눅한 바람이 방 안으로 훅 끼쳐 들어온다.

잠시 침묵이 흐르는 사이 다소 진정이 되었는지 다영의 목소리가 차분하다.

"진욱은 여전히 맑아 보였어. 해인사에 있으면서 계율을 받았고 지금은 학승이라고 했어. 대만에서 공부를 하고 있는데 내년에 끝마친대. 집에도 처음 들렀나봐. 언젠가 내가 집으로 전화를 한 적이 있어. 진욱이 어머님이 전화번호를 적어놓았다고. 담담하게 웃기도 하고. 효범이 어떻게 지내냐고 묻기도 했어."

"이상해요. 세월이, 모든 게 왜 이렇게 아득하게 느껴지는지 모르겠어요. 마치 누군가의 시처럼 마지막 지상에서 무덤의 고요를 떠올리는 듯한 느낌이 어디서 오는 건지 모르겠어요. 분명히 저기서 여기까지 지나오긴 온 것 같은데 모든 기억들이 희미해져가는지."

"인간이 추억하고 싶지 않은 것은 까마득히 잊어버린다고 하잖아. 무의식적인 본능이 아닐까. 하지만 어쩔 수 없이 알아버린 것도 있겠지. 생각하고 싶지는 않지만 기껏해야 우리가 어느 곳에 어느 정도 뿌리를 내리고 있었는가를."

정준이 소현의 말을 받는다. 여전히 툇마루에 시선을 던지고 있던 효범이 다영을 비스듬히 쳐다본다.

"어쨌든 진정이라고 믿었던 생이 지금에 와서 아무 쓸모짝도 없는 몸부림으로 취급되는 현실, 뿌리라곤 내려본 적도 없는 것 같은 상실감이 우리를 짓누르기 때문이겠지. 이런 이야기를 하려고 한 것은 아니고 우리가 힘겹게 살아온 만큼 당당해야 돼."

물에 빠진 사람이 풀 한 포기 잡으려 안간힘 쓰듯 효범은 힘들게 한마디 한다.

"물론 당당하지 못할 이유는 없어. 다만 손에 쥔 게 없으니 허허롭고 그 허허로움 때문에 자꾸 뒤를 돌아보는 거지. 감방에 들어온 사람들의 이야기를 들어보면 이전에 황금 덩어리를 지니지 않은 사람이 없어. 그 사람들은 그래. 지금은 비록 요모양 요꼴로 감방에 들어왔지만 한때 잘 나가던 인생이었다는 거지. 비유가 적절하진 않지만 우리 역시 지나온 길들을 지나치게 부풀리거나 연민을 가져서는 안 돼. 당당함도 그래. 네가 가지 못한 길을 내가 갔다는 것만으로는 안 돼. 소현이가 언젠가 말을 했지만 소현이는 색을 쓰는 데조차 머리 속의 검열이 필요했다고 했어. 왜 그래야만 했을까? 지나간 이야기지만 한때 현장과 여하간 관련이 없는 사람은 감히 운동을 하고 있다고 말을 꺼내지도 못할 때가 있었어. 누구나 그랬지. 가야 하는데, 언젠가는 갈 거라고, 모두들 쭈뼛거리며 부끄럽게 말을 했어. 마치 역사의 책임을 저버리고 있다는 자책감 때문에 무수히들 절망하지 않았어? 그 절망 앞에서 난 당당했어. 도대체 그게 뭐야? 소현이를 강제했던 의식, 그리고 터무니없는 우월감까지도 당당하게 내세울 수 있을까? 그럴 순 없어."

다영의 얼굴이 빨갛게 물든다.

"자, 언니 한잔. 구름도 힘들 땐 한숨 쉬어 넘는다고 누가 그랬더라. 잠시 역사는 저리 가서 쉬라고 해. 그림으로 보자면 이젠 민중미술이란 것이 지금에 어떤 의미를 갖는지 다시 재고해야 할지도 모르죠. 체념에서 나오는 말이 아니에요. 여하간 우리는 예술가로서 집단의 힘을 여실히 발휘했어요. 남은 것은 흑인 화가인 론 카렌거가 말했듯이, 내게 가장 와 닿은 부분만 이야기하자면, 인간성을 고양시키되 개성 있는 색깔을 지녀야 한다는 거예요. 어떤 의미로든 속박이 전제된다면 그것은 인간을 구속하니까."

함석판을 두들기는 빗소리가 점점 가늘어진다. 이차를 가자며 거리로 나선다. 어둠이 깔린 인사동의 거리가 비에 쓸쓸히 젖어 있다.

효범은 잠자리가 이상하다고 느낀다. 머리가 두들겨 맞은 듯이 찌끈거리고 아랫배가 콕콕 쑤신다. 겨우 눈을 뜨고 일어난다. 옆자리에 소현의 하얀 어깨가 이불 위로 드러나 있다.

순간 효범의 얼굴엔 낭패감이 스친다. 방 안을 둘러본다. 옷장과 티브이, 조잡스럽게 만들어진 화장대, 그 위의 거울, 영락없이 여관이다. 이런 실수를 하다니. 혹시나 하는 염려 때문에 소현을 내려다본다. 불빛이 지나치게 밝다. 인간의 두 영혼이 이런 조야한 불빛 아래 누워 있다는 것은 수치스러운 일이다.

영혼을 퍼올리는 일은 밖이 아니라 내부에서 서서히 퍼져 나와 상대의 이지를 빛나게 하며 온화하게 감싸는 것이라는데…… 이불을 끌어당겨 소현의 어깨를 덮는다. 물을 한잔 따라 마신 후 기억을 더듬었다.

빗물이 튀던 소리, 어두운 골목. 그곳을 나와서 낙원상가 쪽의 어딘가에 들어간 것까지는 기억이 난다. 불 위에서 고기가 지글거리고, 케익이란 것을 앞에 두고 촛불을 껐다. 하필이면 어제가 효범의 생일이었다. 거북한 생일이었다. 필름을 돌리듯 앞으로 뒤로 감아보아도 더 이상 떠오르지 않는다.

죽은 자가 말을 한다

1

죽은 자가 말을 한다

밤새 꿈을 꾼 기분이다. 저 멀리 산꼭대기가 있었고 다영은 오솔길을 따라 걷고 있었다. 가파른 언덕을 오를 땐 이마에 땀이 송글송글 맺히기도 했다. 다시 평평한 길이 펼쳐지고 길옆에는 소나무 숲이 보였다. 숲 가장자리에 뭉턱 잘려나간 소나무 등걸이 반지르르하게 닳아 있었다. 등걸에 앉았다.

문득 이상한 예감이 들어 반사적으로 고개를 돌렸다. 누군가 재빠르게 나무 뒤로 숨었다. 혼자라는 사실이 퍼뜩 짚어지자 와락 겁이 났다. 산은 어디에도 숨을 곳이 없었다.

그때 길의 끝이라고 보이는 곳에 진욱이 서 있었다. 반가움이 일시에 몰려왔다. 다영은 뛰기 시작했다. 진욱을 향하여. 그러나 느닷없이 검은 옷을 입은 두 남자가 진욱을 에워쌌다. 다영은 어디로

가야 할지 몰랐다. 돌아 나가기엔 이미 자신이 산의 깊숙한 곳에
와 있음을 깨달았다. 진욱은 사라지고 다시 자신을 파고드는 검은
시선을 느꼈다. 무조건 산 아래쪽으로 뛰었지만 어느새 검은 옷이
자신을 붙잡았다. 다영은 빠져 나오려고 안간힘을 썼고 소리를 지
르기 시작했다.

　꿈속의 저편에서 누군가 말했다. 이건 꿈이야. 빨리 깨. 버둥거
리다 눈을 뜬다. 꿈이었다는 생각이 들자 마음을 놓는다. 옆에 남
편과 딸이 곤하게 잠을 자고 있다. 다영은 가슴을 쓸어내린다.

　진욱이를 만났기 때문일까. 사랑은 상대방 눈에 담겨 있는 빛깔
을 읽어내는 것이라 하더니…… 앞으로 우리와 함께 일을 할 것이
라고 처음 소개를 받을 때 다영은 진욱의 눈을 유심히 보았다.

　그 후 지금까지 진욱의 눈에 고여 있던 맑은 광채를 너무나 또렷
이 기억한다. 다영은 가능하면 진욱의 눈이 사라지지 않는 곳에서
일하고 싶어했다. 혼자 바라보는 기쁨이기도 했고 혼자 키워가는
사랑이었다.

　격주간으로 비밀리에 찍어내던 신문이었다. 그 날도 편집회의를
마치고 돌아가는 길이었다. 모임의 장소도 자주 바뀌고 언제 누구
에게 미행이 따라붙을지 몰라 모두들 신경이 팽팽히 곤두서 있을
때였다. 밤늦도록 상점이 문을 열었고 후텁지근한 더운 바람이 몸
을 더욱 달구었다. 목이 말랐다. 진욱 역시 그러했는지 딱 한 잔만
하고 가자고 했다. 두 사람만 있어보기는 처음이었다. 한 잔이 두
잔 되고 비워내는 술잔에 비해 밤은 너무 성급히 지나가고 있었다.

　살아온 이야기, 현 과제에 대한 토론, 지금 몸담고 있는 조직에
대하여. 노선에 관하여. 무슨 할말이 그렇게 많았던지. 호프집마
저 문 닫을 시간이 되어 거리로 나왔지만 두 사람은 돌아갈 생각을
하지 않았다.

천천히 걸어서 근처에 있던 대학구내로 들어갔다. 새벽의 교정은 고요했다. 나무가 우거진 광장의 계단에 자리를 잡고 앉았다. 드넓은 광장 바닥에 새벽빛이 하나 둘 고였고 이따금 새소리가 들렸다. 둘은 새벽바람에 일렁이는 나뭇잎의 음영을 조용히 바라보고 있었다.

드문드문 학생들이 등교를 시작하고 새벽은 다시 밤의 빛깔을 아침으로 돌려놓기에 바빴다. 광장을 돌아 나오며 자연스레 손을 잡았고 헤어질 무렵 진욱이 다영의 볼에 살짝 입을 맞추었다. 두 사람 사이의 추억이라곤 고작 그것밖에 없다.

갇혀 있었던 방 안에서 유일하게 보고 싶었던 사람이었지만 달리 약속한 무엇도 없던 탓인지 진욱에게 품었던 연정도 세월이 가며 엷어질 뿐이었다. 하지만 간약 지금이 그때라면 결코 그렇게 헤어지진 않았을 것이다. 적어도 어떤 종류의 고백이었건 해버렸을 것이고 그저 막막하게 바라보진 않았을 것이다.

그러나 자신이 진욱의 처지였다고 해도 감당하기 힘들긴 마찬가지가 아니었을까. 다영은 진욱의 이야기를 들으며 그런 생각을 했다. 그나마 제 길을 걷고 있는 진욱을 다시 볼 수 있었던 것만으로도 고맙다. 잊지 않고 기억해준 것 역시.

먼동이 트려는지 창밖이 훤하다. 마루의 시계가 다섯 시를 가리키고 있다. 다영은 부엌으로 가서 물을 한잔 마시며 창을 연다. 옆집의 오래 된 정원에는 한 무더기 분홍 장미가 아침 이슬에 촉촉이 젖었다. 장미 옆엔 아직은 새파란 단풍나무가, 단풍나무 뒤쪽에 대추나무의 여린 잎이 자라고 있었다. 고개를 돌리다가 창 아래쪽을 본다.

풍채가 좋고 뒷머리도 조금 벗겨진 노인이 팔짱을 끼고 의자에 앉아 방금 다영이 보았던 그쪽을 바라보고 있다.

무슨 생각을 하는 걸까. 저 노인도 아침에 떨어진 잎을 저녁에 줍는다는 노신의 말을 기억하는 걸까. 눈뜨는 아침이면 으레 하듯이 지나온 삶의 궤적을, 아니면 남은 여생을 어떻게 살아갈 것인지 하는 생각에 잠기는 것일까. 그다지 회한에 잠길 만큼 힘겹게 살아온 삶은 아닌 듯하다. 늘 그랬듯이 저 노인은 어떻게 살아왔을까 다시 궁금하다. 어떤 날은 찾아가서 듣고 싶은 생각이 문득 들 때가 있었다. 어떻게, 이 무거운 세월을 살아오셨느냐고.

결코 묻는 일은 없을 것이다. 인간의 삶은 보이지 않는 엷은 끈과 같아서 노인이 인생을 회고하는 어느 지점에 자신의 어느 한 모퉁이와 상반된 인연으로 맞닿아 있을지 모르기 때문이다. 그것은 참으로 두려운 일이다. 이대로 그냥 이웃의 어떤 노인으로 남아 있는 것이 훨씬 편하다.

인간이 어느 순간부터 어떠한 방식으로든 관계가 형성될 때는 주관이 스며들고 감정이 들어서기 마련이다. 지금은 노인의 정원이 때때로 피곤함을 가시게 하는 청량제 역할을 하지만 정원이 의미를 지닐 때는 더 이상 문을 열지 않을지도 모를 일이다.

그러나 이 생각에는 분명히 위험이 깃들어 있다. 언젠가 어머니가 그런 말을 했다.

─니가 무슨 독립군이라도 되냐? 한 가족이 이렇게 지리멸렬했으면 됐지 또 무엇이 더 필요하냐? 이것아, 죽었어도 좋고……네 아버지를 내 손으로 묻을 수만 있다면 ……

어머니는 말을 잇지 못했다. 다영이 뭐라 대꾸할 것인가. 안다. 어머니에겐 남편이란 존재가 덫이었다. 다영을 낳고 크도록까지 남모른 고통에 시달려온 어머니 아닌가. 존재의 흔적조차 알 수 없이 사라져버린 아버지를 평생 기다려온 어머니. 다영은 네가 무슨 독립투사라도 되느냐던 어머니의 말이 늘 아팠다. 어머니는 지금껏 겪어온 삶에서 독립군이란 존재를 가장 지순한 인간으로 여기신 것이리라. 어머니에게 혁명가란 생소한 단어였다.

다영은 자신이 혁명가가 되고 싶다는 생각은 해본 일조차 없었다. 다만 진실로 그러한 인물이 나타나기를 간절히 원했던 적은 있었다. 굳이 생각한다면 다영은 진정한 삶을 세울 수 있는 초석, 그렇다. 그 과정의 한 사람이 되고 싶었다.

하지만 언제부턴가 전혀 생각지도 않던 의문이 불쑥 솟구치곤 했다. 과연 민중, 아니 대중이어도 좋다. 여하간 그들이 그 과정을 필요로 하는가? 그리고 너를 필요로 하는가? 이 물음에 지금까지 자신이 믿어왔던 누군가가 '아니！' 라고 한다면 다영은 자신의 지금까지의 삶의 줄기들을 의식 속에서 완전히 걷어내어 차버리고 싶었다. 모든 것이 와르르 무너질지라도.

그러나 아직은 아무도 대답해주질 않는다. 옆집의 노인에게 달려가 세월의 때를 덕지덕지 묻혀온 삶의 이야기를 구태여 듣지 않으려 하는 것은 자신의 삶에 대하여 확신이 없기 때문일까. 두렵다. 원하지 않는 개입이라면 이제는 하고 싶지 않다. 그뿐이다. 그러나 이 생각에도 선뜻 동의를 할 수 없는 것은 왜일까.

늦었다. 창가에서 이생각 저생각을 하다 보니 아침 짓는 일을 까마득하게 잊고 있었다. 서둘러 쌀을 씻어서 불 위에 올린다. 그리고 마루에 널린 옷가지들과 세탁물 통에 들어 있는 것들을 한데 모아 흰 것과 색깔 있는 것을 따로 나누어 세탁기에 집어넣는다. 남편과 딸을 깨운다.

"자, 일어나세요."

두 사람은 눈을 부스스 뜨고 이불 속에서 허우적거린다. 부녀가 다정하게 얼굴을 쓸어내리는 도습을 보다가 FM방송을 크게 튼다. 보턴을 누르자마자 기다리고 있었던 것처럼 '영웅'이 흘러나온다.

딸아이에게 저 곡을 쓴 할아버지는 베토벤이라고 가르쳐준 일이 있었다. 딸아이가 유치원을 다닐 만큼 커버린 이후 실실 웃으며 베토벤이 아니라고 우겼다.

─베토벤이 아니라 베트맨이야.

딸아이가 일부러 그런다는 것을 알고 머리를 가볍게 쥐어박았다. 어째서 그러냐고 물었다.

─베트맨은 나쁜 악당을 물리치잖아.

딸아인 너무나 당연한 것을 왜 묻냐는 듯이 눈을 껌벅거렸다. 다영은 혼자 쓴웃음을 짓는다. 하긴 영웅에 얽힌 인간의 고뇌와 몸부림보다 딸아이가 고집하는 베트맨의 영웅적 활약상이 훨씬 감동스러울 수 있다. 고통하는 인간에게 번개같이 나타나서 초능력을 발휘하는 해결사가 어떻게 영웅이 아닐 수 있겠는가. 이해되지 않는 것을 이해하라고 강요할 순 없다. 그대로 두는 수밖에. 악마 같은 삶이 이해를 시킬 때까지 말이다.

스무 살 시절, 다영은 미래에 펼쳐질 삶에 대한 동경과 열망으로 책을 읽었다. 그 날에 읽었던 모순은 알 것 같았다. 명확하고 또렷하게. 모순을 해치우고자 하는 의지가 충만하면 해결되리라 싶었다. 어쩌면 '장미여, 오 순수한 모순이여!'라고 읊었던 릴케의 장미 가시만큼만 이해하면 되는 줄 알았을 것이다.

이성이 치열하게 눈뜨고 몸으로 받치면 환희의 생이 열릴 줄 알았다. 만약 진실로 그게 아니라면 이성을 잠재우는 수밖에 없다. 이성이 잠들면 마음속 깊이 묻어버렸던 감성이 꿈틀거리며 눈을 뜨지 않을까. 그것으로도 부족하다면 생의 나락에 떨어져 버둥거릴 때까지 내버려둘 일이다. 그런 생각에 이르자 다영은 피식 웃는다. 악마 같은 모순이 삶을 이해시킬 때까지 내버려 두어야 하는 사람은 딸아이가 아니라 바로 자신이라고.

"얼른, 늦었어. 어른이 애들 일어날 때까지 잠을 자고 있으니 원."

아침잠이 많은 남편에게 다영은 한마디 내뱉는다. 평소엔 별말이 없지만 다영이 일에 밀려 밤잠을 설치고도 아침을 준비할 때는 잔소리를 하지 않을 수 없었다.

─내가 지담이라고 생각해봐. 지담이가 이다음에 결혼해서 나처럼 일을 해야 한다면 가엾지도 않아. 만약 정말 그런 일이 있다면 지담이 신랑은 가만두지 않을 거야. 혼쭐을 내버리지.

다영은 지담이의 먼 미래의 신랑까지 들먹이며 남편을 궁지에 몰아넣었다.

─아이구, 지담이 신랑은 죽었다. 누가 신랑이 될지 모르겠지만 호된 장모 만나서 고생깨나 할 거야. 눈에 선하구먼. 그때는 달라지겠지 뭐. 이십년 뒤쯤이나 될 텐데.

─이십년 뒤면 애가 걸어서 나오나! 아이 키우는 게 얼마나 힘든지 알면서.

그러면 남편은 씨익 웃으며 조간신문을 집어들고 화장실로 들어갔다. 그럴 땐 피하는 게 상책이라는 걸 터득한 모양이었다. 이즈음은 그런 정도의 대화도 없다.

눈이 따끔거린다. 세수를 하고 거울을 들여다본다. 실지렁이 같은 붉은 선이 눈 흰자 위에 엉켜 있다. 지난 일주일 동안 강행군을 했던 결과다. 온종일 키보드를 쳐대니 팔이고 눈이고 반란을 일으킬 만하다.

남의 나라 말과 씨름하는 것도 힘들다. 전문용어는 전문용어라서 힘들고 아동물은 아이들의 어휘에 맞게 바꿔내는 작업이라 힘들고 도대체 쉬운 일이 없다. 어쩌면 번역이라는 것은 끝내 도달하지 못하는 이상향인지도 모른다. 누군가 이야기한 것처럼 충실하고도 아름다운 번역이어야 한다는 것은 알겠지만 그 이상을 실현시키는 덴 웬만한 노력이 아니고선 힘들다.

다영은 지금까지 원전을 상대로 한 번역보다 일단 한번 걸러진 원전의 재번역, 중역을 한 경우가 더 많았다. 중역이란 것이 직접적인 번역이 아니기 때문에 확실히 믿음이 덜 가는 것은 사실이다.

그러나 영어나 유럽권의 출판물에 대한 정보가 어둡고 출판사의 영세성에 기인한 번역료, 기간 문제 때문에 어쩔 수 없이 일본 쪽의 책을 중역해내는 것이 일반적인 추세이기도 했다. 그럴 때마다 다영은 자신이 사기치고 있다는 생각이 늘 가시지 않았다. 다영은 출판사의 의뢰로 가끔 일본에 다녀오기도 했다.

지난가을이었다. 사박오일이라는 빠듯한 일정을 가지고 도착한 동경이었다. 비교적 숙박비가 싼 비즈니스 호텔에서, 이십사시간 영업을 하는 사우나에서 잠을 잤다. 낮에는 동경 한가운데에 자리 잡은 서점에서 책을 고르는 데 시간을 보냈고 배가 고프면 우동과 햄버거로 때웠다. 다영이 갔던 그 기간은 일본에서 햄버거가 팔려 나간 수가 백만 개를 돌파한 기념이라 하여 햄버거를 세일하는 중이었다. 지닌 돈도 별로 없어 돌아오는 길에 햄버거만 왕창 사다가 주위에 돌렸다.

거기에는 일제의 침략이 어떻고 저떻고 그들이 한국인을 어떻게 보든 말든 알 바 아니었다. 어떻게 하면 좋은 책을 건질 수 있을까 하는 데만 골몰해 있을 따름이었다.

마지막 날, 일정에도 없이 아침 일찍 차를 탔다. 어딘가를 지나는데 구수한 된장국 냄새가 멀리서 퍼져 들어왔다. 냄새 때문에 잠시 한국으로 착각을 하다가 한인들이 많이 산다는 오사카라는 것을 알았다.

인간이 사는 곳에서 맡을 수 있는 냄새라는 것은 이따금 향수를 불러일으키는 것이어서 순순히 그곳에 내렸다. 하릴없이 이곳 저곳 거닐다가 만국박람회가 열렸던 곳으로 갔다. 지금은 그곳에 미술관이 많이 들어섰다는 말을 들은 적도 있고 해서 구경 삼아 가보았다. 그 날따라 대형전시가 없어선지 관람객은 그다지 많지 않았다. 그 남자를 만난 것은 두 번째로 들어간 미술관에서였다. 미술관에 들어서던 순간 낡은 바바리가 낯설지 않게 파고들었다. 그림을 보고 서 있던 그 남자에게 먼저 말을 건넬 수 있었던 것은 바바리 때문인지 모른다. 그림을 그린다는 그 남자와 밤늦게까지 술을 마셨고 하룻밤을 같이 보냈다.

간밤에 읽다 만 서경의 글이 떠오른다. 도대체 삶이 어쩌자고 이토록 복잡하게 얽히는지. 진욱은 다영이 전혀 예기치 못했던 것이 동기가 되어 속세를 떠났고 서경이 역시 그러한 것으로 고뇌를 하고 있었다.

다영아, 이제 네게 고백을 해야 할 시간이 왔어. 나 하나 살겠다고 신의를 헌신짝같이 던져버린 나라는 인간은 사라져야 했어. 하룻밤을 버티는 것이 그리 길 것이라곤 상상을 하지 못했어.

연행된 그 며칠 동안 형사들은 지긋지긋하게 물고늘어졌어. 진욱이 있는 곳을 대라고. 눈까풀이 밀리고 밀려서 잠이 쏟아지건만 그들은 어김없이 소리를 질러댔고 흔들어 깨웠지. 잡다한 인간형을 뒤섞은 욕설들이 쉴 새 없이 머리 속을 강타했어. 그때 난 차라리 주먹으로 얻어터져 온몸이 핏빛으로 물들어 죽고 싶은 심정이었어.

그 날, 그 원망스런 형광 불빛 아래서 진욱의 아파트와 동지 이름을 이야기하고 말았어. 육체의 순결보다 더 소중한 신의를 저버린 거지. 변명하고 싶지 않아. 그들은 참으로 고맙게도 진욱과 내게 대질심문을 시켰어. 고개를 들 수가 없었어. 죽어버리고 싶었어. 나는 그때 모든 것이 끝이라고 생각했지. 매를 맞아 눈자위가 부어오른 진욱의 얼굴과 상처를 고통스럽게 바라보기만 했어.

그 후, 내 가슴엔 칠흙보다 더 짙은 검은 그림자가 드리워졌어. 삶이, 나 자신이 두려웠어. 그림이라면 덧칠을 해서라도 흔적을 없애버릴 수 있겠지만 삶은 덧칠을 할 수가 없어. 그게 나였어.

서경, 진욱. 그들은 떠났다. 그들을 기억하는 일조차 참으로 힘겹다. 온몸에서 터럭 하나 잡을 기운도 생기지 않을 것만 같다. 허허롭다 못해 기진하여 땅을 밟을 기력도, 그렇다고 흙에서 발을 뗄 용기도 없다. 어떻게 할 것인가. 서경이 간단없이 무너지기 시작할 즈음 진욱 역시…… 참으로 그때는 아무도 너와 나에게 자유롭지 못했다.

그러나 정작 그것이 삶을 자책할 이유가 되는 걸까? 정작 누구 한 사람 기억하지 않는 것을, 두 사람은 그토록 힘겹게 끌어안고 있었다니. 다영은 외출복을 갈아입으며 인간, 인간……하고 중얼거린다.

'아름다운 날'은 지하에 있었다. 한지를 바른 격자창이 사방을 둘러 있었고 은은한 불빛이 한지 밖으로 퍼져 나오고 있다. 오전이어선지 실내는 텅 비어 있다. 다영이 어디로 앉을까 둘러보는데 누군가 중간쯤에서 불쑥 손을 치켜든다. 정준이다. 쿠션이 좋은 건지 푹 가라앉아 정준이 보이지 않는다.

"여긴 어떻게 알았어? 주차장보다 더 넓으네."

정준은 피식 웃는다. 모자를 쓰지 않았다. 다영이 의자에 앉자 역시 몸이 아래로 푹 가라앉는다.

"머리카락이 다 자랐나봐."

여전히 웃기만 한다. 그러한 정준을 보고 있으려니 다영은 진액이 말라버려 비비 틀린 고목을 보고 있는 느낌이다. 어지간히 참고 살더니. 나비 넥타이가 사뿐사뿐 걸어온다. 무얼 시킬까. 다영이 손쉽게 커피를 시키자 정준도 같은 걸로 달라고 한다. 그다지 할말도 없다. 어쩌다 가끔 생각나는 옛 동료에 관한 소식을 들었는지, 아니면 아이는 잘 크는지, 요즘은 무슨 기상천외한 말을 해서 어른을 놀라게 하는지 하는 미미한 물음 외에는. 정준은 다시 번역을 시작했다고 한다. 그 나이에 취직이란 것도 할 수 없으니 배운 것이 원수라고 그 짓밖에 더 할 수 없는 건지. 정준은 웬만한 것은 앉은자리에서 번역을 할 정도였으니까 손쉽게 일을 구했을 것이다.

"일은 잘돼?"

"먹고살자니 죽지 못해 하는 거지, 뭐. 넌?"

"마찬가지지. 저어. 그리고 아버지를 알아보았는데. 의도적으로 빠뜨렸는지 명단에 빠져 있었어."

정준이 말을 더듬거린다.

"무슨 명단?"

정준은 자초지종을 이야기한다. 잠시 다영은 팔짱을 끼고 찻잔 꼭대기만 본다. 실종. 명백한 실종이다. 전혀 짐작하지 못했던 명단이지만 아버지의 삶이 무참히 구겨지는 소리를 듣는다. 기대한 바도 없지만 분노와 슬픔, 절망이 뒤섞여 치밀어 오른다. 한순간 온몸이 파르르 떨린다. 흔적도 없이 사라진 한 인간의 실종을 무엇으로, 도대체 어떻게…… 다영은 바람 빠져나가는 풍선처럼 맥이 쑥 빠진다. 정준이 근심스레 묻는다.

"괜찮아?"

"응. 그럴 거야."

괜찮다, 괜찮아지겠지가 아니라 다영은 저도 모르게 지금은 아니지만 앞으로 그럴 거라고 지레 각오가 담긴 투로 대답을 한다.

"그래. 그러면 됐어."

정준은 위로하는 건지 자신에게 다짐을 하는 것인지 한마디 하고선 가방을 뒤적거린다.

"자, 책. 그런데 너 왜 날더러 이 책 읽으라고 했어?"

「나의 서양미술 순례」. 일본 유학생으로 고국이라고 돌아와서 덜컥 간첩으로 몰려 젊디젊은 날들을 영어의 생활을 한 두 형제의 동생이 쓴 글이다.

지난겨울, 효범이 다영에게 읽어보라고 권했다. 일을 하던 중간중간 읽었다.

저자는 어느 한 구절에서도 자신의 가족이 처했던 고통을 항변하지 않았고 고국이 이럴 수 있는가라고 외치지 않았다. 서양의 미술품들을 바라보며 저자는 여전히 감옥에 있는 두 형들의 모습을 눈으로 쫓았다. 저자의 생에 대한 고뇌가 무겁게 깔려 있었다. 이따금 다영은 엉엉 소리내어 울기도 했고 때로는 숨을 죽여 소리 없이 눈물을 짓씹었다.

"내가 사는 게 그렇게 못나 보였어?"

다영이 황급히 아니, 라고 말할 틈도 없이 정준은 말을 잇는다.

"이 책을 읽는 동안 소주병에 묻혀 있었어. 고호가 자신을 '저주스러운 짐짝'이라 했듯이 이 땅 역시 수많은 고호의 동생인 테오가 있었어. 내 부모, 내 형제가 어쩔 수 없이 제 등짝에 옮겨놓은 채 말없이 감수해야 했던 세월이…… 더 이상 어떻게 해야 할까."

그것은 묻는 말이 아니었다. 조국이니, 민중이니 하는 것들을 떠나서 한 인간이 살아온 전 생애를 통해서 앓고 있는 소리로 들린다. 정준의 낮은 중얼거림이 숨통을 조인다. 아버지와 테오, 테오와 아버지, 엄밀히 보자면 사표를 낸 것이 아니라 쫓겨난 정준, 서경이 죽은 지 수년이 지나도록 서경의 삶에서 한 발자욱도 걸어 나오지 못하는 효범.

'아름다운 날'에 들어설 때부터 왠지 서늘하다는 느낌이 들었다. 처음엔 에어컨에서 나오는 찬 기운 때문이라 생각했다. 다영은 의자 옆, 격자무늬의 창에 덧붙인 한지를 보며 그제사 이유를 안다. 한지 뒤에서 투명하게 실려 나오는 빛 때문이다. 그 빛은 인간을 말려 죽일 것처럼 서늘하고 차갑다.

"우리 다른 곳으로 가자. 이 의자, 기분 나빠."

숨이 막혀오는 느낌을 다영은 푹신푹신한 의자 탓으로 돌린다. 밖으로 나오자 한낮의 거리는 평온하기만 하다. 오락실, 커피 전문점, 제과점, 간이 음식점, 그 옆의 꽃가게. 들어가고픈 곳이 마땅하게 없다. 정말, 아무 곳에도 들어가고 싶지가 않다.

두 사람은 마치 도둑처럼 거리를 훔쳐보고, 나른한 햇살에 몸을 팔고 있는 인간을 훔쳐보고, 어디든 들어오라고, 평안이 있다고 손짓을 해대는 상점의 상호들을 하나하나 훑는다.

그때 고급 유명상표의 간판이 달린 골목 끝에 여관이란 두 글자가 보인다. 단층 건물, 당구장 옆에 있던 여관은 간판이 무색할 정도로 낡았다. 정준도 보았는지 입을 비틀며 웃는다.

"갈 데라곤 저기밖에 없겠구나."

"그래. 못나 빠지고 후줄근한 인간을 그래도 품어줄 데라곤 그곳뿐이야."

정준이 다영을 쳐다본다. 다영은 허공을 물끄러미 보고 있다가 그 시선을 받는다. 고개를 끄덕인다.

편의점에서 맥주 두 캔을 사들고 두 사람은 말없이 여관으로 들어간다. 이즈음도 이런 곳이 있었나 할 만큼 복도가 허름하다. 여주인이 무표정한 얼굴로 마지막 세 번째 방 문을 가리킨다. 방으로 들어선다. 정준이 방값을 주고 문을 닫는다. 다영은 침대 시트를 바라보며 자신만큼이나 낡아빠졌다는 생각을 한다.

"우리가 미쳤나봐."

"글쎄. 아무나 미쳐버리는 것은 아니지."

다영은 맥주 한 캔을 따서 마신다.

두 사람은 옷을 입은 채 침대에 드러눕는다. 천장을 바라본다. 벽지를 바른 때가 언제인지 누우렇다. 이 방을 거쳐 나갔을 많은 사람들의 거친 숨소리가 들려오는 듯하다.

천장에서 벽을 따라가던 다영의 눈이 보라색 커튼에 머문다. 깔깔이 천이다. 지금은 그 누구도 쓰지 않을 천이 창문을 가리고 있다. 보라색 깔깔이 커튼이 하냥 외로워 보인다. 외로운 커튼, 외로운 영혼들.

정준이 다영을 끌어안는다. 다영은 정준을 안으며 문득 한 단어를 떠올린다. 슬픈 섹스 정준이 숨가쁘게 다영의 입술을 누른다. 한순간 두 사람은 눈이 마주친다.

정준이 힘들게 숨을 내쉬며 다영을 본다. 정준의 얼굴이 일그러진다. 다영의 눈에 눈물이 맺힌다. 정준은 머리를 감싸 쥔다. 다영이 몸을 빼낸다. 정준은 침대에 웅크린 채 소리내어 울기 시작했고 다영은 입술을 깨물며 눈물을 흘렸다. 두 사람은 부둥켜안고 한참을 그렇게 울었다.

바깥의 거리는 여전하다. 두 사람은 말없이 걷다가 커피 전문점에 들어간다. 하필이면 이때 그 기억이 떠오르는지.

다영이 결혼식을 올리고 도보로 거제도를 돌아서 광주로 갔다. 동료들은 투덜댔다. 하고많은 날 내버려 두고 이 바쁜 오월에 결혼을 하느냐고 마구 핀잔을 주기도 했다. 그 핀잔에도 다영은 헤실거리며 웃었다.

다영과 남편은 망월동에 가서 이름만 들어왔던 묘비 앞에 꽃을 내려놓고 참배를 한 다음 시내로 갔다. 광주라고 해서 다른 도시와 다를 바 없었다. 어느 도시에나 있을 예의 상점들 간판이 길가로 늘어서 있었다.

그러나 도청으로 진입하는 중앙통의 기나긴 길에 들어섰을 때는 자신도 모르게 몸이 뻣뻣해져왔다. 오월 영령들의 추모기간인 만큼 도청 진입로에는 하나, 둘 모이기 시작한 군중들이 삼삼오오 짝을 지어 대오를 이루고 도청을 향해 걷기 시작했다. 더러는 웅성거리기도 했고 짝을 찾느라 이름을 부르는 소리가 이곳 저곳에서 들려왔다.

다영은 건물을 주의 깊게 살폈다. 열린 창에 기대어 선 사람들 역시 입을 굳게 다물고 아래쪽을 내려다보고 있었다. 아무도 시키지 않았건만 사람들은 대열을 흐트러뜨리지 않으려고 묵묵히 앞줄을 따라가고 있었다.

참 이상한 느낌이었다. 긴장하고 있는 것은 군중이 아니라 대열을 지켜보고 서 있는 회색의 건물들이라고 생각했다. 바리케이드 때문이었을까. 보도 옆에는 노란 바리케이드가 길게 쳐져 있었고 도로 위에는 이미 군데군데 몹쓸 차량이 놓여 있어 사람들은 보도로만 걸어갔다. 다영이 자신들을 돌아보자 함께 걸어가고 있는 사람들과 도무지 어울리지 않는 행색이었다. 금방 산행에서 내려온 듯 배낭을 짊어진 신혼부부가 대열의 맨 끝에서 느릿느릿 따라가는 꼴이라니.

중간쯤이었을까. 많이 잡아도 열다섯은 결코 넘지 않아 보이는 소년이 도로 안쪽의 바리케이드 옆에 혼자 서 있었다. 옷은 남루해 보였다. 소년의 손에는 긴 철제로 된 막대가 들려 있었다. 재가 뭘 하려는 걸까, 생각하는 순간 소년은 때를 기다리고 있었던 것처럼 바리케이드를 치기 시작했다. 다소 웅성거리던 군중이 일순 침묵을 지켰다. 잠시 잠깐이었지만 다영은 갑자기 숨이 막힐 듯한 긴장감에 오금이 저렸다.

텅, 텅, 텅, 침묵 속에 잠겨 있던 팽팽한 공기가 순식간에 막대 울림으로 진동하기 시작했다. 소년은 조금도 서두르지 않았다. 텅, 텅, 텅……다영은 머리끝이 쭈뼛 섰다. 모골이 송연하다는 표현이 이럴 때를 두고 하는 말인지. 남편의 손을 꼭 잡았다. 막대의 울림이 마치 총탄 터지는 소리처럼 심장을 두들기기 시작했다. 온몸이 후들거렸다. 그제서야 다영은 사람이 아니라 건물을 보며 긴장했던 이유를 깨달았다.

그 해 오월, 거리에 총성이 울리기 시작했을 때 사람들은 건물 속으로 뛰어들어갔을 것이다. 그리고 숨을 죽이며 거리를 훔쳐보고 있었을 거라는. 건물은 예나 지금이나 거리를 지켜보고 있을 테니.

잠시 후 대열은 다시 걷기 시작했다. 겨우 소년이 서 있던 지점까지 갔을 때 다영은 얼른 소년의 얼굴을 보았다. 좀체 벌릴 것 같지 않은 입 매무새에 어린 표정은 평범한 소년이 지닐 수 있는 것이 결코 아니었다. 누군가 속삭이는 소리를 들었다. 저 아인 부모를 다 잃었는데 해마다 오월이면 저렇게 서서 두들겨댄다고. 다영은 잠시 눈을 질끈 감았다.

최루탄을 흠뻑 마시고 겨우 고속버스를 탔을 때도 자꾸만 소년의 두 눈이 뒤꼭지를 끌어당기는 것 같았다. 조명을 꺼버린 차 안에서도 다영은 잠을 잘 수가 없었다.

다영이 소년의 이야기를 들려준다.

"지금 소년을 기억하는 것은 햇살 탓이겠지. 차이가 있다면 그 소년의 막대 울림은 대낮의 진실이었다는 것과 이 거리를 가득 메우고 있는 대낮이 빚어내는 자잘한 소음은 어떤 인간의 심중도 울릴 수 없을 만큼 허망한 울림에 불과하다는 것, 그것일 테고."

그래서였던가. 불현듯 떠오른 소년의 얼굴이, 기억 속의 거리가 눈앞에 어른거린다.

"미안해."

정준이 깍지낀 두 손을 탁자에 올려놓으며 말한다. 다영은 말없이 담배를 문다.

"기억나니? 예전에 나 때문에 회의시간 중에는 담배를 피우지 말자는 규정이 생겼는데."

"음."

다영이 별스럽지 않은 일을 떠벌리는 이유를 정준도 알고 있으리라. 정준의 얼굴이 여전히 풀리지 않는다. 어쩌란 말인가. 더 이상 무얼 어떻게 하란 말인가.

"아무 생각 하지 마. 그게 지금 우리야. 할 수만 있다면 나를 더 풀어 헤치고 싶어. 자본가들보다 더 뻔뻔해지고 도덕이고 뭐고 짓뭉개고 싶은 심정이야."

"그럴지도 모르지. 끝까지 가다 보면 해답이 나올지도."

정준이 담배를 짓이기듯 눌러 끈다.

"당분간 시골에 내려가 있을 거야."

"왜?"

"그냥. 아버지 뵌 지도 오래 됐고 시간도 있고 하니까."

"번역 다 안 끝났잖아?"

"가져갈 거야."

다영은 머리를 끄덕인다.

"술 한잔 하자."

두 사람은 커피 전문점을 나와 술집을 찾는다. 발끝 닿는 곳마다 술집은 차고 넘친다. 소주방이란 팻말이 붙은 집으로 들어가서 소주 한 주전자를 다 마시는 동안 두 사람은 말이 없다. 번역이 지겨워 때려치우고 싶다는 말만 앵무새처럼 되풀이한다.

"잘 다녀와."

지하철을 타러 지하계단으로 내려가는 정준의 어깨가 축 처져 있다. 정준은 금방이라도 뚜르르 눈물을 흘릴 것 같은 눈을 하고 잘 가라는 손짓을 한다. 다영은 터벅터벅 걸어 버스정류장으로 간다. 다저녁이었음에도 여름 햇살이 거리를 뜨겁게 달군다. 무엇이 쑥 빠져 나간 듯 가슴이 헛헛하다.

집으로 돌아온 다영은 시댁에 전화를 한다. 지담이는 무엇이 재미있는지 깔깔거리며 수화기를 넘겨받는다.

"엄마, 나 오늘 할머니 집에서 잘 거야."

"내일 유치원은 어떻게 갈려고?"

"할머니가 데려다 주신대."

"그래, 그럼. 할머니 너무 힘들게 하지 말고 말씀 잘 들어야해."

"알았어."

"자기 전에 이 닦는 거 잊지 마."

"알았다니께롱."

지담이 코메디언 흉내를 낸다. 옆집 아주머니의 말이 생각난다. '부모들이 제 나이 먹는 줄 모르고 아이만 빨리 크라고 하지.' 늘 그렇다. 어서 빨리 미래의 어느 날이 다가와서 현재의 어려움을 걷어갔으면 하지만 미래는 언제나 또 다른 현재일 뿐이다.

다영은 아침에 넌 빨래를 걷고 저녁을 짓는다. 아침에 청소를 했건만 바람에 실려 들어온 먼지 때문에 방바닥이 서걱거린다. 먼지란 것이 어쩌면 이리도 삶과 같은지. 삶에 묻혀 있는 때는 닦아도 닦아도 없어지질 않는다. 걸레로 다시 바닥을 훔친다.

시계가 열 시를 넘어가고 나서 남편에게 전화가 왔다. 회식을 한다나. 다영은 알았다며 끊는다. 늘 그랬던 것은 아니다. 술 많이 하지 말라고, 너무 늦지 말라고 당부하던 때도 있었다. 그러던 것을 언제부턴가 한번도 입밖에 내질 않았다.

어느 해 겨울, 어떤 자리에서였다. 그다지 울적한 것도 아니었는데 이사람 저사람 이야기를 들으며 주섬주섬 마시던 술에 그만 남들이 표현하는 것처럼 한순간에 모든 기억이 끊겨버렸다. 남편 말로는 누군가 부축을 하고 왔다는데 다영은 통 기억이 나질 않았다. 그 이후에도 몇 차례 그런 실수를 또 했다. 그때부터 다영은 스스로를 감당하기 어려웠고 자신을 믿을 수가 없었다. 자연스레 남편에게 하던 자잘한 잔소리도 줄어들었다.

낮의 일이 머리 속을 떠나지 않는다. 혼란스럽다. 막다른 궁지에까지 간 셈이다. 슬픈 섹스에 구겨진 시트처럼 모든 것이 다 망가져버렸다는 느낌. 모르겠다. 다영은 정말 아무것도 생각하기 싫다. 될 대로 되라지.

다영은 디스켓을 꽂고 서경이 생각에 잠긴다.

서경이 수배가 된 지 이년이 넘어가던 해였다. 초가을날 저녁. 전화가 왔다.

―다영아 너 내일 시간 있니?

―응. 괜찮아.

―요즘 몸이 이상하게 안 좋아. 내일 병원에 가려고 해. 검사받고 오후에 얼굴이나 보자.

혼자 다녀오겠다고 우기는 걸 다영은 함께 가자고 기어이 설득을 시켰다. 다음날, 병원 로티에서 서경을 만났다. 서경은 두세 달 사이에 살이 많이 빠져 있었다. 초진접수 용지에 연락처란이 있었다. 당연한 것이지만 서경이 연락처란 것이 있다 해도 적을 수 없는 처지였다.

"혹시 모르니까 우리 집 전화번호 적어두자. 보험카드를 사용하는 것도 아닌데 걔네들이 알겠니?"

보험카드를 사용하면 그대로 전산망에 걸려들 수도 있기 때문에 보험카드가 있다 해도 사용할 수 없었다. 다영은 자신의 집 전화번호를 적었다. 초진 창구에서 영수증을 받아 내과에 접수를 시켰다. 서경의 이름을 부를 때까지 사십여 분 동안 둘은 이런저런 이야기를 나누었다. 서경이 진료실에 들어갔다가 나왔다.

"뭐래?"

"위염이래. 한 달분 약을 준다고 했어. 혹시 모르니까 조직검사를 한번 해보래."

아래층으로 가서 검사를 마치고 약을 받아들고 나오기까지 거의 세 시간이 걸렸다. 서경은 꽤나 힘들어했다. 근처에 있던 까페에서 차를 마시고 헤어졌다. 다영은 위염이라는 것에 안심을 했다. 서경과 헤어지고 일주일쯤 지나고 병원에서 다영의 집으로 전화가 왔다. 본인이냐고 묻는 걸 언니라고 하자 의사는 초기 위암이라며 빨리 수술을 받아야 한다고 했다.

느닷없이 받은 전화였다. 갑자기 눈앞이 노랗게 변했다. 잠시 정신을 잃었다. 정신이 들고 나서도 한참을 멍하니 천장만 바라보았다.

서경이 있는 곳을 몰랐다. 그때는 만약을 위해서라도 서경이 있던 곳의 전화번호를 모르는 게 서로를 위한 것이었다. 다영은 벌떡 일어나서 효범의 집으로 전화를 했지만 집에 들어오지 않은 게 며칠째라고 했다. 두 사람 역시 현대판 견우 직녀였다. 효범이 또한 서경의 친구라는 것을 아는 형사들이 효범을 그냥 놔두지 않았다. 다영이 병원에서 연락을 받은 지 삼주 만에 서경을 찾아내었다.

그러나 서울에서 수술을 받는다는 것은 엄두도 내지 못했다. 서경의 동료가 비밀리에 지방에 있던 병원을 물색하고 수술을 받은 것은 진단을 받은 지 한 달이 훨씬 지나서였다. 서경의 어머님에게는 연락을 할 수도 없었다. 수술을 하고 보름여 동안 입원을 하고 있었던 동안에도 효범은 형사들의 미행을 따돌리고 겨우 서너 번밖에 가질 못했다.

서경은 위장의 70퍼센트를 잘라내었다. 의사는 그나마 초기에 발견을 했기 때문에 수술이 가능하다고, 회복만 잘하면 문제 없다고 했다. 남은 30퍼센트만이라도 유지를 하려면 회복기간이 중요했다. 다시 서경은 다른 동료의 집에서 기거를 했다. 효범은 효범대로 얼굴이 꺼멓게 타들어 갔다. 그때 회복기만 잘 넘겼어도 서경은 살았을지 모른다.

서경. 너는 그렇게 갔다. 배꽃이 떨어지듯 너는 운명을 주저없이 받아들였고 되려 살아갈 우리들을 염려하며 숨을 거두었다. 너는 우리에게서 무엇이냐?

만물은 사계를 돌며 소생하고 한 생명이 또 한 생명을 잉태하고 대지의 숨결을 호흡하는데 너는 도대체 나에게 무엇이냐. 한여름이면 불꽃같이 피어 오르는 사루비아 앞에 쪼그리고 앉아 꽃이 혼이 있다면 난 그것에 일치되고 싶어. 그토록 관념적인 언어도 종알거릴 줄 알던 네가 오늘 이 허망한 몸부림 앞에 들려줄 말은 무엇이냐 말이다. 다영은 혼자서 중얼중얼대다 불러오기를 누른다.

나는 노의사를 찾아갔어. 그분은 내가 무덤, 그래. 그곳은 무덤이었다. 무덤에서 나온 뒤 어떤 분의 소개로 알게 된 신경과 전문

의였어. 노의사는 퍽 따뜻한 분이었어. 한 달에 한 번 갔어. 어쩌면 병원에 가는 동안 버스와 지하철을 번갈아 타며 마주치는 사람들에게서 삶의 내음 같은 것들을 몰래몰래 맡고 싶었는지도 몰라.

이따금 지하철이 어두운 굴속을 벗어났지. 가을 하늘 아래로 한강이 보였어. 강의 수면도 잔잔하고 옆사람 얼굴도 고요해 보였어. 난 강을 바라보는 사람들이 무슨 생각을 하는지 진심으로 궁금했어. 그림을 그리라고 한다면 저 한 생애를 어떻게 그려낼 수 있을까 생각했지만 나는 무의식중에도 사람들에게서 떨어져 섰고 옷깃이 스칠 때면 옷을 감아 쥐었지. 무덤에서 나는 무서울 만치 고독했어. 인간에게서 고독이 무엇을 말하는 건지 몸서리치도록 겪은 것은 그때가 처음이었어. 고독과 단절이 그토록 무서운 것임을 미처 몰랐어.

노의사가 개원하고 있던 그 동네는 깨끗했어. 공장도 없고 차선도 하나밖에 없는 그 동네는 주택가로서는 완벽하리만치 늘 조용했지. 마치 꿈을 꾸고 있는 것처럼. 나는 조용한 거리를 음미하며 걸었어. 꿈꾸는 동네에도 병원은 환자들로 가득 차 있었어. 접수를 하고 현재와 미래의 환자들 사이에 조용히 끼여 앉았지. 벽에 붙은 수족관에서는 물고기들이 소리 없이 살랑거리며 꼬리를 치고 있었어. 내가 노의사를 찾아간 이유는 인형 때문이었어.

내가 집으로 돌아온 이후 어머니는 간간이 아팠어. 급기야는 급성 맹장으로 병원에 입원을 하고. 넌 지방에 내려가고 없을 때야. 해묵은 빚이라도 갚듯 어머니를 간호했지. 어머니가 거동을 하시기 시작할 무렵이었어. 어느 날, 외출해서 돌아왔을 때 책상 위에 놓여 있던 동물 인형들이 어디론가 사라지고 없었어.

— 어머니, 인형 어떻게 하셨어요?

— 고물장사한테 줘버렸다. 너 앞으로 인형 사들일 생각 하지 마라. 니가 그것들을 쳐다보고 있으면 내가 미쳐버릴 것 같아, 이것

아. 그리고 인형은 사람한테 안 좋단다. 니 혼을 뺏는단 말이야, 알겠어!

─그래도 하나라도 남겨두지. 그걸 다 줘버리면 어떡해요.

적지도 않은 나이에 인형 투정을 하고 있는 날 생각해봐. 우습지? 여하간 서운하고 아쉬웠어. 그러나 웃고 말았지.

간호사가 누군가를 불렀어. 아무도 답하지 않았어. 다시 간호사가 이름을 연거푸 불러댔어. 의자에 앉았던 사람들이 얼굴을 돌려 서로를 흘깃거렸어. 네 번째 호명을 할 때야 비로소 내 이름인 것을 알았어. 그제서야 벌떡 일어났지. 나는 제법 여유를 부리며 사십구 번을 기다리고 있었거든. 그것이 짧은 기간이라 할지라도 우리들의 이름이었잖아.

─오랜만이에요. 지난번에 머리가 아프다더니 좀 어때요?

의사는 인사 겸 물었어.

─많이 좋아졌어요.

─그동안 뭘 하며 지냈어요? 친구들 만나서 수다도 좀 떨고 재미있는 이야기도 하지 그랬어요. 서경씨는 많이 웃어야 낫는 병인데……허허허.

그 순간 너와 효범이를 떠올렸어. 우울한 생각이 들더구나. 더구나 내가 의식적으로 피하고 있는 효범을 생각하자 가슴이 아팠어.

─참, 안박사가 전화를 했어요. 위 내시경 검사를 했다던데, 지금은 어때요?

─어휴, 정말 힘들었어요. 무슨 검사가 그리 막무가낸지. 고무호스가 목구멍으로 들어가는데……마치 고문하는 것 같았어요. 위벽이 헐어서 피가 조금씩 비친다고 했어요. 철 결핍증이라더군요. 한 달쯤 병원에 다녔는데 지금은 괜찮아요. 내시경 검사를 하고…… 진찰실 바닥에 앉아서 엉엉 울었어요. 아픈 것도 그렇지만 고무 호스가 끼어 있는 위장이 마치 지난날의 제 삶 같아서……

의사에게 고해 바치듯 이야기를 했어. 편해서 그랬을 거야. 노의사는 묵묵히 들어주었어.

─오늘 점심 함께 할까요? 조금만 기다려요.

오전 진료가 끝나고 나는 노의사의 차를 타고 강남의 큰 음식점으로 들어갔어. 설렁탕을 먹으며 노의사에게 인형 이야기를 했지. 노의사가 잔잔히 웃었어. 그 미소가 무척 따뜻했어.

─지난번에 왜 그 이야기를 안했어요? 서경씨가 동물 인형을 선택한 것은 무의식적인 행위이긴 하지만 인간은 자기 자신을 누구보다도 잘 알아요. 알게 모르게 그 방법을 찾아나가는 거예요. 인간의 역사란 역으로 감금의 역사이기도 해요. 특히 예술이란 것이 아무나 하는 것은 아니잖아요. 더구나 서경씨가 겪었던 상황은 극단의 체험이기 때문에 쉽게 벗어날 수는 없을지 몰라요. 그런데 왜 동물 인형이 마음에 드는가를 생각해본 적이 있어요?

─아뇨. 별다른 생각은 없었어요.

─서경씨가 똑같이 놓여 있는 인형들 중에서 유독 동물 인형을 택했다는 것은…… 사람에 대한 기억이 고통스러움으로 가득 차 있었기 때문이라는 생각이 들어요. 한 가지 덧붙이자면 서경씨가 표현한 것처럼 무덤이란 곳에서 인간은 상대적으로 억압자에 불과했고, 끓어오르는 분노와 절망만 주는 존재로서 비쳐진 면도 있을 거고.

노의사의 말투는 비 오는 날 처마 끝으로 똑똑 떨어져 대지로 스며들어 가는 빗방울처럼 가슴을 파고들었어. 난 젓가락을 감쌌던 종이를 꼬깃꼬깃 말고 있었지.

─이것이 서경씨가 동물 인형을 화자의 상대로 삼은 이유가 아닐까? 동물 인형은 서경씨에게 고통을 준다거나 제지하지 않고 조용히 들어준다는 것을 자신이 알고 있었던 거지요. 괜찮아요. 영혼이 깊숙이 파헤쳐진 사람은 하찮은 미물에게서도 위로를 받지요

하지만 서경씨에게 언젠가는 사람의 형상을 한 인형이 반드시 좋아질 날이 올 거라고 믿어요 꼭 그렇게 되어야 하고

　노의사의 마지막 말을 들으며 난 축축해져오는 눈을 숨기려 창가로 머리를 돌렸어.

2

　효범과 지석이 기차에서 내려 사무실에 도착했을 때는 자정 무렵이다. 몇 달째 미뤄오던 전주행을 열 시간 만에 다녀온 셈이었다. 벽화를 의뢰한 농장 주변을 살펴보고 연속으로 카메라에 담았다. 벽화가 그려질 곡물창고의 담벼락은 생각했던 것보다 덜리서도 잘 보이는 위치에 있었다.

　기차를 타고 오는 동안 효범은 줄곧 눈을 감고 있었다. 소현의 얼굴이 떠오르고 겹쳐 서경의 눈이 가을 하늘처럼 다가와 웃었다. 그 날 여관에서 소현이 눈을 뜨고 원망스러워하던 눈길이 아직도 남아 한쪽 가슴을 찔렀다. 소현은 말없이 세상을 턱없이 가리고 있는 우울한 커튼을 멀거니 보고 있었다.

　─나, 갈께요.

　─같이 나가자. 어디 가서 아침이라도 먹자.

　밖은 훤했다. 그러나 아침이 열리는 시간도 그리 쉽지는 않은 것처럼 보였다. 새벽빛이 몇 굽이 돌아 제대로 된 아침 햇살을 퍼

붓기까지는 아직은 멀다고 생각했다. 간밤의 잠을 깨지 못한 쓰레기통을 지나 둥근 로터리 옆 횡단보도 앞에 섰다. 밤새 불을 밝혔을 신호등이 빨간 불을 지피고 있었다. 정지된 시간은 어디까지일까.

한 가지는 분명하다. 모든 것이 완성되는 날, 서경의 삶이 평행의 길을 거두고 고이 쉬리라는 것. 그때는 고이 서경을 보낼 수 있을 것 같다. 하지만 그 날은 예측할 수가 없다. 갈래갈래 찢겨나간 새벽의 빛이 아침의 햇살로 모여지는 길은 찢겨나간 것보다 더 강하고 깊은 열정이 대기에 가득 찼을 때 가능하다고. 횡단보도 앞에서 그런 생각을 했다.

건너편 신호등을 바라보고 있는 소현의 얼굴이 잔잔해 보였다. 문득 어깨를 감싸 안고 싶었다. 그럴 요량으로 손을 들다가 멈칫하고 내려버렸다. 효범 자신도 어찌할 수 없는 무거움이 쉽게 소현의 어깨를 감싸지 못하게 했다.

파란 불이 켜졌다. 시장 골목을 몇 번 돌고 나서 국밥집을 찾아내었다. 소현은 몇 술 뜨다 말았다. 국밥집을 나와서 한참을 걸어서 버스정류장으로 가는 동안에도 소현은 그저 땅만 보며 걸었다. 버스정류장에 서서 문득 소현이 얼굴을 치켜들었다.

─밤은 참 묘해요. 난 가끔 그런 생각을 하곤 하는데 검고 찐득한 어둠이 거리를 파묻으면 인간의 피 색깔이 바뀌는 것 같아요. 그렇지 않아요?

─글쎄, 그럴 수도 있겠지.

간밤의 일을 떠올리며 효범이 웃었다.

아침 바람이 시원하게 얼굴을 긋고 지나갔다.

─어디 가서 커피 한잔 할까?

─그래요.

길을 되돌아 서서 다시 걸었다. 문을 연 곳이 없었다. 몇 군데를 헤집다가 겨우 한 곳을 찾아내어 들어갔다. 검고 칙칙한 커튼이 창마다 그대로 드리워져 있었다. 두 사람이 마루 밟는 소리를 내며 의자를 빼서 앉자 마담이 와서 커튼을 걷었다.

잔잔한 아침 빛이 테이블 위로 내려앉았다. 소현이 피워내는 담배 연기가 하늘거리며 빛 속으로 번졌다.

─생각보다 많이 여웠더구나. 식사는 제때 챙겨먹니?

소현이 슬그머니 웃었다. 웃음 짓는 입술 자위가 사르르 떨렸다.

─생각나요? 화실에서 말예요. 밤새 그림 그리다가 새벽녘에 둘러앉아 푹 퍼진 라면을 먹던 일. 김치도 없었죠. 앞에 놓고 그리던 파며 당근이 졸지에 라면 속으로 들어가고. 뎃생용인 북어를 구워 먹을 땐 냄새가 얼마나 구수하던지.

─그래. 그랬어. 나무젓가락이 없어서 붓 뒤끝으로 퍼먹기도 했지.

참 오래 전 이야기다. 아주 어린 시절, 효범은 피카소 같은 화가가 되겠다고 자신의 미래를 친구들 앞에서 공표했다. 그 후 오랫동안 예술가라는 말이 주는 신비로운 환상 같은 것에 퍽이나 사로잡혀 있었던 시절이었다. 빛 바랜 먼 추억들이 하나, 둘 떠올랐다.

─화실만큼 편한 곳이 없었어.

마담이 커피를 내려놓았다. 진한 커피향이 코로 스며들었다. 잠시 침묵하고 있던 소현이 커피를 한 모금 마셨다.

─박선배, 한 가지 묻고 싶은 게 있어요. 한때 우리는 누구의 눈으로 그림을, 세계를 보아야 하는가가 중요하다고 늘 그랬어요. 그런데 그것이 아직도 유효한 거예요? 그리고 팝 아트적인 감수성에 흠씬 젖어 있는 대중에게 그림 즉 회화라는 것이 과연 무엇을

줄 수 있을까요? 모던이니 민중미술이니 하는 것을 떠나서 고전적인 의미에서 회화를 말하는 거예요.

실내가 환하게 밝아지고 효범은 구석구석 스며드는 햇빛을 눈으로 따라가던 중이었다.

—글쎄. 그림이 어디까지 이야기할 수 있는가는 섣부르게 판단하긴 어렵겠지. 예술이 사회라는 것과 떼놓을 수 없는 관계라고 본다면 미래를 보는 눈이 무르익어야 하겠지. 그런 면에서 보자면 인간과 세계의 이미지를 단순히 기호화시키는 마치 마스터베이션 행위와 다를 바 없는 팝 아트라든가 현대미술 앞에 우리는 묻지 않을 수 없지. 역사와 시대 앞에 고뇌하는 인간의 근원적이고 본질적인 물음을 예술이 외면한다면 예술적 가치가 무엇이냐고. 또 누구의 눈이란 민중을 말하는 거겠지? 지금까지 진정성이란 것이 해결하지 못한 부분이 있었다 할지라도 그 점을 짚어야 하지 않을까. 민중미술이란 적어도 민중의 삶의 기록이자 고발이었던 것만은 분명했다고. 그건 분명히 우리의 힘이자 희망이었어.

담뱃재를 톡톡 털며 소현이 냉소를 띠었다.

—케터 콜비츠가 '돌격'에서 돌격을 외치는 여인의 손끝과 어깨 위에 힘을 실었고 임멘도로프가 나치 공격의 잔학성을 그려냈다고 하지만 파시스트의 어느 한 부분도 훼손당하지 않았어요. 그 시대의 무게는 여전히 민중의 심장을 짓누르고 삶을 파탄시켰어요. 또 선배가 아무리 비웃는다 해도 팝 아트의 기수인 올덴버그나 엔디 워홀은 인정을 받았어요. 미국의 라스베가스에서 뿜어내는 찬란한 네온이 하등 예술적 가치가 없다고 하더라도 인간은 그것을 보며 즐기고 살아요. 도대체 이러한 것들 사이에서 회화라는 것이 한쪽의 세계관을 가진다는 것, 이를테면 도덕적 책임을 갖는다는 것이 무슨 소용이 있을까요? 그 알량한 도덕적 책임이란 것이 어디까지

가능하다는 거예요?

─그렇게 비관적으로만 볼 수는 없지. 중국의 노신이 목판화운동을 불러일으키고 그 제자들이 혁명기에 화구를 등판에 지고 다니지 않았어? 최전선의 마을에서 밤새 그려낸 수백 장의 판화를 들고 마을마다 돌아다니며 뿌리고 붙이고 다시 화구를 등판에 멘 채 전선에서 죽었어. 또 러시아에서 최초로 아방가르드 즉 전위의 개념이 명확해지면서 행동하는 예술운동을 이끌고 나갔던 그 세대들은 분명히 경험한 무엇이 있었을 거야. 우리 역시 그러했고. 지금 잠시 잠들어 있다 해서 소현이 반문한 것들이 사라질 순 없어. 결코.

그 말을 하는 사이 잠깐이었지만 소현의 눈에 우울한 빛이 스치는 것을 느꼈다. 소현이 창을 바라보며 말했다.

─그래서 형은 서경이 언니를 간직하고 싶어하는 거예요?

순간 효범은 당황했다.

─지난날에 우리는 농담처럼 물었어요. 꽃을 그려도 되냐고. 꽃의 정서는 금기였죠. 알아요. 인간이 역사와 시대 앞에서 규정을 받을 수밖에 없는 것은 인정해요. 당연히 전투성이 두드러질 수밖에 없었죠. 전투적인 형식이라는 것이 구체적인 인간생활의 끝에서 묻어 나오는 내밀한 정서까지 드러내는 것은 무리라고 생각해요. 그런데 묻고 싶은 것은 정말 그것이 무리한 짓이었을까요? 형역시 따블로가 싫어서 벽화로 가는 것이지만 언니 역시 그랬어요. 그렇지만 난 지금 따블로를 택했어요. 왜냐구요? 그건 내가, 가슴이 그걸 뜨겁게 요구하기 때문이에요. 형과 나 사이에는 그것이 벽인 셈이죠. 안 그래요?

소현은 너무나 담담하게 조용히 말을 뱉어냈다. 아무 말도 할 수 없었다. 효범은 묵묵히 담배만 태웠다.

새벽 한 시다. 필름을 빼고 한참을 서성이다 효범은 그래픽을 연습하려 컴퓨터를 켠다. 마우스를 잡고 이리저리 돌리다 그것도 심드렁해서 곧 꺼버린다. 잠이 오지 않는다. 지석이 세수를 하고 나온다.

"그나저나 이번 벽화에 들어갈 내용을 무엇으로 할 것인지 내일까지는 결정을 짓자고. 내일 다들 모이면 그것부터 확인하고. 다음 주까지는 작업을 마쳐야 해."

지석이 당장에 해결해야 할 벽화를 들먹이자 피곤이 한꺼번에 몰려온다.

"형, 집에 가야지?"

"가긴 가야 하는데…… 내일 회의할 내용도 정리해야 하고…… 그냥 여기서 자야겠어."

지석은 꾸물거리다가 결국 방으로 들어간다. 효범도 몸이 늘어져서 테이블 위에 엎드렸다가 비디오테이프를 끄집어낸다.

멕시코 벽화가를 대표할 수 있는 한 사람인 디에고 리베라가 멕시코의 혁명 전후에 남긴 프레스코를 담은 것이다. 여러 차례 보았지만 볼 때마다 벽을 통해서 나타내려 했던 한 인간의 사상적 신념과 열망에 짓눌려 그만 침묵에 빠져들곤 했다.

테이프를 튼다. 벽그림 속에 들어 있는 인물들은 한결같이 멕시코 인디언들의 신체적인 특징과 아즈텍 문명이 지니고 있는 신비스러운 분위기, 인디안만이 지니는 문화의 뿌리가 깊게 배어 있다. 입방체로 된 국립농업학교의 예배당 내부 벽과 천장에 가득 채워진 벽화는 감미로울 만큼 시적인 분위기가 넘친다.

효범은 저도 모르게 찬탄의 한숨을 내쉰다. 가장 인상적인 것은 예배당 앞 정면제단에 그려진 여인이다. 풍요로우면서도 관능이 흘러 넘치는 누드 여인이 한 손을 들어 세상을 축복하고 또 한 손은 꽃을 받들었다. 그곳이 둥근 천장 아래 긴 의자들이 놓여진 학생들의 예배당이란 것을 생각하자 웃음이 나온다.

지석이 잠이 오지 않는지 슬리퍼를 끌고 나온다.

"피곤하지도 않아?"

"잠이 안 와서, 보고 있어."

지석이 화면을 바라보며 슬그머니 엉덩이를 디민다.

'교차로에 선 인간'이 막 지나갔다. 맑스가 구레나룻 하얀 수염을 한 채 「공산당 선언」을 써넣은 것처럼 보이는 두루마리를 들고 한 손을 들어 먼 곳을 가리킨다. 아래로 내려와 그림의 오른쪽에 레닌이 여러 사람과 함께 손을 포개고 있는 장면에 숨이 턱 막혔다. 가히 충격을 줄 만한 이 부분 때문에 미국의 록펠러 후원을 받고 제작하던 이 벽화가 완성 단계에서 파괴되었다고 한다. 제목이 참 상징적이다. 어째서 교차로에 선 인간일까. 교차로, 교차로. 효범은 교차로라는 단어를 되뇌여 본다.

1933년, 디트로이트에 그려진 '인간과 기계'. 멕시코에서 보여준 혁명의 시각과는 달리 농업국가에서 탄생한 리베라가 미국의 산업문명에 마치 찬사를 보내기라도 하듯 이 그림은 거대한 기계의 부속과 생산과정을 정밀하게 묘사하고 있다.

"저 무렵에 리베라가 당에서 축출됐지?"

지석이 피곤한지 얼굴을 쓸며 묻는다.

"응. 좀 모순된 감은 있지만 그 당시 리베라는 멕시코 민족의 미래와 인간이 노동의 고역으로부터 해방될 수 있는 가능성을 미국의 기계문명에서 본 것은 아닐까. 기계가 인간을 해방시켜줄지도 모른다는 희망 같은 것. 소련 혁명기에 말코비치 역시 기계문명에거는 기대를 추상으로 표현한 것을 보면 같은 맥락인지 몰라. 리베라와는 반대로 찰리 채플린이 기계산업을 비웃었지만."

지석이 벌떡 일어나 몸을 비비 꼬며 익살맞은 표정으로 물건을 집어 놓는 흉내를 낸다. 찰리 채플린이 '모던 타임즈'라는 영화 속에서 보여준 우스꽝스러운 몸동작이다. 끝없이 되풀이되는 노동을 비꼬는 장면이었다. 지석이 벌이는 한밤의 이상한 짓거리에 두 사람은 그만 웃고 만다.

웃음이 가라앉는 사이 가슴 밑바닥에선 말할 수 없는 부끄러움이 도사린다. 서경이도 그 점을 꼬집었다. 지금은 하고 있진 못하지만 효범이 청년미술전이나 기획전에 간간이 내놓았던 그림들의 주제가 대체로 기계와 인간의 관계를 그린 것이었다. 리베라와는 감히 비교할 수도 없다. 그러기엔 자신의 그림 속에 그려진 기계와 인간의 절규가 너무나 추상적이다. 효범은 저도 모르게 귓불이 확 달아오른다.

"오로츠코 역시 리베라와 같은 시기에 벽화를 그렸는데도 주제가 확실히 다른 면이 있는 것 같아."

효범도 그것을 느낀다. 혁명 기간 동안 파리를 떠나 있었던 리베라와는 다르게 혁명이란 사회적 이상의 기치 아래서 위선을 범한 이들과 수많은 죽음을 목격한 오로츠코로서는 인간의 고통, 비극이 더 큰 의미로 다가왔을지 모른다.

"1974년, 모스크바에서 일어난 불도저 사건 들어본 적 있어?"

"아니. 그게 뭔데?"

"이를테면 미술가 연맹에 가입하지 못한 건지 안한 것인지는 확실히 모르겠어. 여하간 그 '비공식적'인 미술가들이 건축공사장의 빈터에서 전시회를 열려고 했는데 당국이 불도저를 동원해서 전시장을 밀어버렸대."

"우리 80년대 판이구만."

"그들 반체제 미술인들이 소련의 개방정책 덕택에 유럽에서 전시회도 가졌다고 해. 그렇게 되면 서구의 화상들이 손길을 뻗칠 것은 당연할 테고. 또 작품 값이 매겨지겠지."

"그건 또 우리 90년대 판이네. 울지도 웃지도 못할 일이구먼."

지석의 말대답에 효범은 허허 웃는다. 다시 생각에 빠져든다.

'억압 속에서 침묵하는 모든 사람들의 이름으로 진실을 말하고 내 그림은 삶의 불행과 고통에 대한 정직한 증언이다'라고 외친 소련의 반체제 화가 칸트로나 오로츠코 같은 벽화가는 이미 혁명이란 기간을 거쳐 나온 사람들이었다.

그럼에도 그들은 여전히 삶은 비극이라고 고통스럽다고 부르짖었다. 체제와 인간 개인의 삶은 결국 병립될 수 없다는 말일까. 벽화라는 것이 인간의 길고 긴 낮과 밤을 어디까지 허물 수 있을 것인가.

후끈후끈 달아오르게 여간 더운 게 아니다. 밤바람조차 시원스럽지 않다. '덥다 더워.' 지석이 부채를 휘저으며 냉장고에서 물을 가지고 온다. 찬물을 마시자 그나마 더운 기운이 조금 가시는 듯하다.

"너 계속 혼자 살 거냐?"

지석이 담배를 물며 묻는다. 한두 번 들은 소리도 아니고 서경이를 몰라서 하는 이야기가 아니란 걸 효범 역시 잘 안다. 그저 객쩍은 미소만 띄운다.

"소현이가 관심이 있는 것 같은데 잘 생각해보지?"

효범은 벽에 걸린 걸개그림을 우두커니 바라본다. 더운 탓인지 오늘따라 걸개그림 역시 휘휘 늘어져 보인다. 그림 속으로 와와 내지르는 함성이 들리는 듯하다. 땀을 뚝뚝 흘려가며 넓디넓은 천에 희망을 그려나가던 서경의 앙다문 입이 떠오른다.

"저어, 누렁이가 하던 작업에 대해서 어떻게 생각해?"

지나가는 말처럼 효범이 묻는다. 지석은 잠시 턱을 매만진다.

"글쎄. 내가 뭐라고 대답할 수 있을까. 다만 전통양식이란 형식에는 아무튼 서사적인 이야기가 있고 서구의 원근법적 시각으로는 전혀 다가갈 수 없는 부분이 있어. 또 시각적인 의미에서 본다 해도 수천년의 역사를 가진 것이라 민중에게는 너무나 익숙한 방식이지 않았나 생각해. 하지만 문제는 서경이가 전통양식을 고집했던 것은 이를테면 그림의 현장성을 강력히 요구한 것인데…… 물론 그때가 강도 높은 정치투쟁이 요구된 시기였고 모든 문화적 기능 또는 개인 역시 그 요구에 복무해야 했지. 그런데……"

지석이 잠시 말을 끊는다.

"물론 알아. 민중문화에 녹아 있는 맥을 최초로 이으려 했다는 것. 형식으로 보아도 역시 단청이나 불화, 민화와 같은 도상 양식을 원용했던 그 그림들이 전혀 낯설게 느껴지지 않는 것은 우리의 뿌리가 어디에 있는 것인지 말해주는 것이라고 생각해."

효범은 머리를 끄덕인다. 효범 역시 지석과 거의 같은 생각이다. 문제는 효범이 누렁이를 탈퇴하고 나서였다. 그 일로 서경과의 사이가 심각할 만큼 팽팽히 맞섰다. 서경이 쏟아 붓는 비난에도 효범은 도저히 승복할 수가 없었다.

─난 전통양식이 민중이 함께 할 수 있는 열린 그림이라는 장점은 인정해. 하지만 더불어 함께 하는 그림이라 해서 전문성이 결여된다는 것은 있을 수 없어. 그리고 네가 요구하는 현장성이라는 것이 강요되어서는 안 된다고 생각해.

머리가 혼란스럽다. 효범이 서경이에게서 떠나지 못하는 이유는 바로 이 혼란스러움 때문이다. 효범의 이러한 항변에도 불구하고 자신의 그림에는 현장성이란 부분이 크나큰 결함으로 남아 있기 때문이다. 효범은 대학원에 진학하면서 현장을 떠났다.

그러나 전통양식의 계승이 지금에 와서 불가능하다고 결론짓는다면 그것은 바로 서경의 지난한 삶을 부정하는 것이고 서경의 꿈을 짓밟아 버리는 꼴이 아닌가.

"사실 지금은 거의 그 작업은 끝이 났다고 봐야 해. 그러나 한 가지는 생각해볼 수 있겠지. 이를테면 멕시코 벽화에서 엿볼 수 있지만 신비적이고 토착적인 정서 위에 현대적인 조형 어법이 밀도 있게 결합하고 있잖아? 우리 것이 그렇게 된다면 오히려 현대 감각에 익숙한 이들에게도 감동을 줄 수 있지 않았을까."

지석의 감동이란 말을 듣는 순간 효범은 가슴이 뜨끔하다. 인간의 구구절절한 이야기야말로 인간의 가슴을 뜨겁게 만든다. 그러한 감동이 있을 때 비로소 인간은 공동체로서 연대할 수 있다. 감동이 없는 시대에는 절망과 고통과 비난이 인간을 집어삼킨다.

서경이 노동자와 함께 그렸던 걸개그림은 차가운 결과물이 아니다. 자신들의 삶을 고백하고 어둡고 막막한 삶을 헤쳐나가려는 희망과 공동체의 숨결이 분명히 담겨 있었다.

서경이 위암이라는 사실을 다영이 알려주었다. 수술 후에도 마지막까지 서경이 혼자서 이승과 저승을 갈무리하며 버텨나간 것을 생각하면 지금도 가슴이 찢어질 것만 같다. 서경의 시신이 있던 병원으로 서경을 담당하고 있던 형사가 왔을 때 효범은 아무것도 보이지 않았다. 형사의 목덜미를 움켜쥐고 부르르 떨었다. 통한이 무슨 소용이 있으랴. 죽은 사람은 죽었고 산 사람은 살았는데……

서경의 죽음과 함께 전통양식을 되살려 내려던 시도 역시 물거품이 된 것처럼 보인다. 그러나 그것이 끝이라고 말할 수 있을까. 알 수 없다. 도무지. 효범은 고개를 젖히며 담배를 문다. 갑자기 온몸이 노곤하게 늘어지고 돋이 아래로 축 처진다.

∃

　지담은 저만큼의 무게를 지니고 무릎 위에서 잠이 든다. 버스는 가로등 불빛을 흔들고 끈적끈적한 바람을 창으로 나꿔채며 그럴싸한 밤풍경에 젖어들게 한다. 청계천 근처를 지나며 버스가 속도를 내기 시작한다. 창으로 쏟아져 들어온 바람이 시원하다. 하루 낮을 햇볕 아래서 보낸 탓인지 피곤하다.

　며칠 전, 지난날의 강학들이 태능에서 모이기로 했다는 연락을 받았다. 마침 일요일이고, 다들 어떻게 사는지 궁금하기도 해서 다영은 딸아이를 데리고 아침 일찍 집을 나섰다.

　태능의 한밭에 모인 선후배들은 아내와 올망졸망 따라 나온 아이들까지 사십 명이 넘었다. 효범이도 왔다. 정준은 잠시 고향으로 내려간 탓에 연락이 되지 못했다. 몇 년간 소식조차 모르고 지냈던 친구들이 바둥거리면서도 용케 살고 있었다. 더러는 어쩌다 흘러가는 소문으로 근황을 듣기도 했지만 감쪽같이 사라졌던 얼굴도 보였다.

　다영이 강학으로 있었던 야학도 그사이 청춘기에 접어들었다. 우여곡절도 많았고 야학의 내용도 이전 것과는 전혀 달랐지만 그나마 어린 후배들이 유지해나갔다.

　굳이 나누어 앉으려 했던 것은 아닌데 자연스레 기별로 앉게 되었다. 한때의 젊은 추억이 우르르 쏟아져 나올 법도 한데 한결같이 지난날의 이야기는 입에 올리지도 않았다. 아이 키우며 사는 이야기에서 그저 일상생활에서 겪는 주변 이야기, 언론의 한 귀퉁이에서 보고 들은 그나마 현실적인 변화를 탄식하는 정도에 머물렀다.

그러나 몇몇의 전문직을 가진 친구들과 직장인을 제외한 대부분은 아직 생활기반이 튼튼하지 못했다. 그런 친구들은 시쳇말로 돈 안 되는 일만 하고 살았기 때문이었다. 그래도 친구들은 여전히 큰소리로 웃었고 새롭게 살아보려는 의지가 넘쳐 보였다. 어떤 친구들은 땀을 뻘뻘 흘리면서도 공을 차는 데 정신을 팔았고 아이들은 아이들대로 떼몰려 다니며 놀았다. 별스럽지 않은 일인데도 친구들은 자꾸 웃었다.

버스가 터널을 지나는 동안 밤바람이 거칠게 들어온다. 다영은 손수건으로 지담의 드러난 어깨를 덮으며 창을 닫는다. 유난히 짙고 노란 터널 안의 불빛이 일상을 넘어선 다른 세계에 있는 것처럼 보인다. 분노도 슬픔도 아닌 담담한 불빛이 역겹다. 여전히 지담은 새근거리며 잠들어 있다.

잔디 위에 드러누운 효범은 지칠 대로 지친 모습이었다. 붉게 충혈된 눈이 그렇게 보였다.

―일은 잘돼?

―그저 그래.

―참, 희석이 기억하니?

―누구? 매미 말이야? 기억나. 소식 알아?

―응. 잊을 만하면 전화하고 가끔 그래. 걔가 본래 기타를 잘 치잖니. 얼마 전에도 전화가 왔는데 여전해. 회사는 세 번 옮겼고 노래 모임에 나간다나. 지난해 노동자 통일 노래문화제에서 매미가 지도하던 노조원들하고 나가서 인기상을 받았대.

―매미도 이제 나이가 많을 텐데……

효범이 몸을 일으켰다.

―내년 봄에 결혼할 거래. 근데 각시가 누구냐 하면……후후, 고 내숭이 미연이야.

―그으래, 짜아식. 봉 잡았네. 가봐야지.

―청첩장 돌린다고 했어.

멀고 가까운 기간에 참으로 많은 노동자들이 있었다. 저녁이면 헐떡거리며 기계 먼지를 털며 뛰어들어왔고, 내리 삼일 아픈 바람에 결근을 해서 홀쭉해진 월급봉투를 들고 울상짓던 친구, ㄷ대학에서 모여 어깨동무를 하고 여의도까지 함께 뛰어가던 친구들. 날마다 학습이 끝나면 집에 돌아가기 싫어 밤늦게 뒷풀이 하자고 끌고 가던 날들. 이제는 노련한 노조간부가 된 선머슴 아이.

졸업여행이랍시고 도착한 곳에서 너희는 결국 배운 자로서 여전히 기득권층일 수밖에 없고 자신들은 죽을 때까지 기름밥에 쩔어가는 노동자일 뿐이라고, 우리가 어떻게 하나가 될 수 있느냐고 고래고래 싸우며 울던 일. 이론투쟁에 휘말려 노동자끼리도 반목하던 일들…… 그 날의 아픔들이 벌써 오래 전 일이 되었다.

―영호는 아들 낳았고 창식인 저녁에 컴퓨터 모임인가 나가서 기계를 연구한다나 확실히 모르겠어. 그런데 여전히 마찌고바에 다니는 친구들이 많아.

―녀석들 속도 어지간히 썩이더니.

효범도 기억이 나는지 쓴웃음을 지었다.

―어때, 벽화 일은 잘 추진되고 있어?

―전주에 하나 그릴 게 있어서 얼마 전에 다녀왔어. 그리고 어제 대신기업에 있는 환경사업부에서 연락이 왔는데 지원을 해주겠대. 노조에 있던 친구가 주선을 한 모양이야. 지석 선배가 오늘 만나러 갔는데 두고 봐야지.

―잘됐네. 그럼 내용도 잘 맞춰가야겠구나.

―하게 된다면 고려해야 할 부분이 있겠지. 흔한 기회는 아니니까.

오랜만에 일다운 일을 할 수 있겠구나 싶어 다영은 기뻤다. 효범이 말대로 캔버스를 거부한다면 눈은 밖으로 돌아갈 수밖에 없을 테니.

―저번에 보니까 벽화가 미국하고 멕시코 것만 있던데 유럽에는 벽화가 없어?

―없긴 왜 없겠어. 아직 그쪽은 정보가 많이 없어. 얼핏 책에서 보긴 했는데 유럽은 또 다른 면이 있는 것 같아. 너두 봤지만 대체로 멕시코 쪽이나 미국 내의 소수민족이 사는 거리에 그려진 벽화는 사회적인 주제를 다루며 더욱 주체적으로 접근하는 데 반해 유럽은 말 그대로 환경적인 주제를 다루고 있는 것 같아.

다영이 웃었다.

―왜?

뜬금없이 웃는 다영을 보며 의아한 모양이었다.

―난 벽을 보기만 해도 가슴이 답답해. 아무리 들이박아도 끄떡하지 않을 거대한 괴물 같은데 넌 요즘 밤낮으로 건물의 벽이나 남의 담벼락만 뚫어져라 쳐다보고 다닐 거 아니니? 그러니 우습지.

―바로 그거야. 벽이란 인간에게는 일상적인 정치·경제·문화적인 메카니즘으로서 다른 사물로부터 인간을 차단하고 견디기 힘든 중압감을 주지. 다시 말해 물리적인 벽은 인간 내면의 벽, 일상의 벽을 고스란히 대변한다고 볼 수 있어. 결국 벽화란 그림을 통해서 물리적인 벽을 허물고자 하는 시도라고 할 수 있는 거지. 캔버스 앞에서 개별화된 개념을 가지고 하는 작업과는 달리 벽화란 공공의 개념으로서 그림이 현실과 연결되고 사회로 돌아가는 거

야.

　어쩌면 그리도 서경이와 닮았을까. 그림이란 말만 나오면 마치 신들린 사람들같이 머리 속이 팽팽 돌아가는 모양이었다. 사물을 보는 감각이 남달라서일까. 다영은 서경이도 진욱이와 같은 일로 고민을 했다고 말을 해야 할지 어떨지 몰라 망설였다.

　서경은 남몰래 앓았다. 홀로 그 암담한 시간을 겪어내고 있었다. 인형에게 매달리고 싶을 만큼. 그때 서경의 곁에만 있었더라도 다영이 함께 나누어 질 수 있었을는지도 모른다. 그랬을까. 정말 그럴 수 있었을까. 자책감이 쓴 물처럼 입 안에 고인다. 한 인간이 그토록 무너지는데 나는 무얼 했더란 말인가. 이제 와서 자책을 한데도 무슨 소용이 있을까. 서경은 자신이 겪어낸 열병을 한번도 입밖에 내지 않았다.

　그래서였을까. 다영이 지방에서 다시 집으로 돌아왔을 때 서경에게서 비쳐지는 모습은 이전과 많이 달랐다. 서경의 꼿꼿하던 얼굴이 예전에 없이 부드럽게 느껴지고 조그만 일에도 눈물이 고였다. 곧잘 웃음을 터트리던 서경이였는데 입가엔 웃음기가 없었다.

　삶과 죽음, 인간, 사랑, 그 어떤 것에 대해서도 우리는 어느 것 하나 속마음을 털어놓고 이야기하지 못한 채 살아왔다. 사회적 이상을 위하여, 이상 때문에 너를 헤아릴 수 없었고 나를 돌볼 수도 없었다. 어떤 노랫말처럼 혼자 가다 못 가면 함께 가야 했고 함께도 안 되면 자신에게 채찍을 내려쳐서라도 가야 된다고 했다. 그 길이 무엇이었기에, 도대체 옆도 뒤도 없는 앞이 무엇이길래, 우리를 그토록 몰아쳐 대야 했을까.

　시대를 영화처럼 바라볼 수만 있다면 영화가 찍어내는 기법에 따라 눈을 돌려나가면 된다. 그러나 마디마디 굴곡을 넘어야 하는 현실 속의 인간은 그럴 수가 없다. 시대의 격랑이 넘실대는 파고에 실려 있는 것이다. 아프다. 온몸이 부서져나가는 것처럼 아프다.

어쩌면 이것을 잊었는지도 모른다. 파고의 정점이나 아래에도 인간이 있었다는 사실을. 인간은 단순하지도 복잡하지도 않다. 다만 인간은 단순하고 복잡하게 얽힌 인생을 사색하고 판단할 줄 안다. 이상이란 인간이 사색하고 현실 속에서 판단한 결과물이다. 인간이 온전하지 않은 것처럼 이상 또한 완벽한 것은 아니다. 이상을 실현하기 위한 좌절과 고통은 인간만이 가진 특권인지 모른다. 그러나 이상이 인간 개개인의 고통을 헤아려주지 않는다면 무엇에서 위로를 받을 수 있을까. 나는 서경에게 빚진 사람이라고 다영은 아프게 되뇌인다.

다영은 잠든 딸아이를 업고 버스에서 내린다. 골목이라 해도 여름밤은 어둡지 않다. 세탁소, 비디오 가게에선 여전히 밝은 빛이 스며 나와 거리를 밝힌다. 장마가 지려는지 공기는 습하고 몸에선 땀이 끈적하게 밴다. 몸무게가 십육 킬로인 지담이를 업고 언덕길을 올라가려니 무겁다. 근처의 가게 앞이 떠들썩하다. 무엇이 그리 우스운지 동네 사람들은 손바닥을 치며 배를 잡는다. 여름밤은 다들 잠이 오지 않는 모양이다.

지담이 걸음마를 할 무렵엔 다영이도 아침부터 저녁까지 골목에 서 있기도 하고 대문 앞에 걸터앉아 있기도 했다. 지담이는 아이들만 보면 뒤뚱거리며 뛰어갔다. 행여나 넘어지지 않을까 걱정스러워 지켜보는 것이 하루 일과인 때였다.

아이 한둘만 낳으면 인생의 과제물을 해결한 인간처럼 아무에게나 마구잡이 반말로 트는 여편네들과 마주치는 일도 이젠 그다지 어려운 일도 아니다. 적당히 받아들이고 적당히 무시하기도 한다. 어느 모로 보나 무시한다는 것은 자신이 살아온 삶에 비추어 볼 때 말도 안 되는 일이다. 어찌 보면 인간 사이에 크고 작은 배반을 보며 다영은 자신을 지켜내는 방법을 체득한 셈인지 모른다.

때로는 참으로 멍청한 일면이 없지도 않았다. 언젠가 아침부터 물이 나오질 않은 적이 있었다. 다영은 수도국에 전화를 했다. 예고 없이 물이 나오지 않은 이유와 언제쯤 물이 나오는가를 힘겹게 알아내고 아래층으로 내려갔다. 하지만 아래층 사람들은 이미 옆동네에 가서 물을 길러다 통을 가득 채우고 난 뒤였다. 옆집도 마찬가지였다. 마치 뒤통수를 얻어맞은 기분이었다. 다영은 순서라고 여긴 대로 처리했고 아래층은 상황에 적절한 현실적인 방법을 쓴 것이다. 자신이 살아온 한 단면을 그대로 보는 것 같아 그 날은 하루 종일 자괴감에 휩싸여 일도 되지 않았다. 아래층 물을 얻어다 쓰며 다영은 내처 자신을 비웃었다.

태능에 다녀온 지 한 달이란 시간이 훌쩍 지나갔다. 인간과 마찬가지로 시간 역시 따라잡을 수 없기는 매한가지다.

날이 무더워 가만히 앉아 있어도 땀방울이 주르르 흘러내린다. 선풍기에 얼굴을 대어보았지만 시원함은 잠시뿐이다. 다영은 연거푸 샤워를 하고서도 갈증이 가시지 않아 냉장고에 넣어둔 캔 맥주를 마신 다음에야 의자에 걸터앉는다. 밤늦게, 어둠이 숨결을 펴고 빗물이 톡톡 창을 두드리는 소리를 들으며 다시 서경의 글을 읽기 시작한다.

조용히 한 해가 저물고 있었어. 얼음장같이 차가운 빛을 내던 하늘이 오후부터 우울한 잿빛으로 물들기 시작했어. 금방이라도 눈이 마구 쏟아져 내릴 것만 같았어. 거리의 상점은 하나, 둘 실내등을 밝히고 길을 따라 걸었지. 행여나 하늘이 흰 눈이라도 뿌려준다면 겨울보다 더 딱딱하게 얼어붙은 가슴이 시원스럽게 열릴 것만 같았어.

어둠이 지평에서 꾸역꾸역 몰려오고 연말이어서 그런지 거리는 온통 어수선하게 들떠 있었어. 겨울밤이 그렇게 시작된다는 걸 잊어버렸어. 발이 부르트도록 걸어도 길은 끊이지 않았어. 걸어도 걸어도 끝이 보이지 않았어. 덤으로 얻은 것 같은 새로운 시간과 삶은 근거도 없이 왜 그리 무거웠는지.

이해할 수 없었어. 아니, 무엇을 이해하고 받아들여야 하는 건지 알 수 없었다는 말이 맞을 거야. 세상은 그렇게 다가왔고 하늘은 여전히 하늘에 있었어. 그런데 난 길고 긴 어둠의 끝에서 막막하니 앞만 바라보고 있었어. 돌아가기엔 그곳이 너무나 어둡고 앞으로 걸어나가고 싶어도 어떻게 걸어야 하는 건지. 길가에 떨어진 돌멩이가 부러웠어. 어디 떨어지건 돌은 그 자리에 붙어앉아 움직일 줄 모르잖아. 아, 얼마나 평화로워 보이는지! 돌은 그 자체가 존재 이유겠지. 돌의 성분을 화학적 기호로 아무리 분석한다 해도 돌멩이는 돌멩이로서 존재할 뿐이야. 그러나 인간은, 인간은 그게 아니야. 육체란 물질이 유기체로 되어 있다 해도 삶은 존재한다는 그 이유만으로 숨을 쉴 수는 없어.

더 이상 걸을 힘도 없었어. 겨울밤에 묻혀오는 바람은 살이 에이도록 차가웠어. 저마다 부지런히 길을 걷고 있는 사람들이 남긴 발걸음들을 각이 지도록 바라보았지. 나 역시 남들처럼 또각또각 발자욱 소리를 내며 어디론가 분명히 걷고 싶었어. 다영아, 난 그러고 싶었어.

어디선가 귀에 익은 멜로디가 부드럽게 밤을 감싸며 흘러나왔어. 소리나는 곳을 찾아 두리번거렸지. 레코드 가게였어. 가게의 유리창 앞으로 갔어. 실내는 더없이 따스하게 보였어. 벽마다 빼곡히 들어찬 테이프가 부러웠어. 할 수만 있다면 테이프가 되어 그 벽에 함께 꽂혀 있고 싶었어.

부르흐의 곡이었어. 애틋한 그리움을 선율에 실어 겨우겨우 사랑을 고백하는 듯한 바이올린의 울림이 온몸으로 파고들었어. 가슴이 떨렸어. 무덤에 있을 때였어. 차갑고 어두운 감방 모서리에 덧칠한 흰 벽이 유난히 도드라질 때면 부르흐의 곡이 미치도록 듣고 싶었어. 오래도록 멀리 했던 그 곡들이.

그럴 때면 벽에 기대어 웅크리고 앉아 머리를 감싸 쥐었어. 머리 속으로 바이올린의 떨림을 들었어. 입가로 흐르는 음을 천천히 생각했지. 그리고 머리 속의 하얀 오선지에 까만 음표를 하나하나 새겨 넣었어. 그리곤 느릿느릿 곡조에 맞춰 낮은 목소리로 음을 따라 불렀지.

새해가 되고 다시 효범을 만났어. 서먹해진 감정이 급작스레 되살아나긴 어려웠지만 효범은 걸음마를 시작하는 아이처럼 시작하자고 했어. 서툴고 수줍게 우리는 손을 잡고 거리를 걸었어. 효범이와 헤어지고 돌아온 저녁, 지하실에 처박혀 있던 파렛트를 끄집어냈어. 내 마음만큼이나 딱딱하게 굳어 있던 파렛트를 닦고 또 닦았어. 본래의 모습으로 돌아온 파렛트는 어느새 반짝거리며 윤기가 돌았어. 역시 모퉁이로 돌려놓았던 거울에도 해묵은 먼지가 켜켜 쌓여 있었어. 거울 테두리에 절어 있던 먼지까지 말끔히 닦았지. 난 그렇게 자화상에서부터 시작하고 싶었어.

거울을 앞에 놓고 얼굴을 스케치했어. 난 나를 그리며 통곡했어. 무섭게 울었어. 찌그러지고 숨어서 웅크리고 있던 나의 얼굴은 무서울 만치 어둡고 검게 그늘져 있었어. 증오와 분노와 절망이 한데 뒤엉켰던 내 허물을 하나하나 벗겨내고 싶었어. 그건 어떤 깨달음에서 시작된 것은 아니었어. 인간, 강서경인 내가 살아갈 수 있는지를 확인하고픈 몸부림이었어. 난 그렇게 서툰 몸짓으로라도 삶을 받아들이고 싶었어.

노동자 소모임에도 나갔어. 난 들었어. 주변의 모든 사람들이 살아온 이야기에 귀를 기울이고 들었어. 그들 역시 절망 속에서 희망을 품어내고 다시 고꾸라지기도 하고 마지막이라고 한 끝에서 새롭게 일어선다는 걸. 노동자들과 함께 판화를 찍어내고 공동그림도 그렸어. 다시 한 해가 저물도록 그 일에 매달렸지. 지방에서 이따금 전화를 주던 네가 소식이 뚝 끊어져 있을 무렵이었어.

겨울의 문턱에 깊숙이 들어선 어느 날, 노조에서 파업중이던 마흔이 가까운 노동자 성식씨가 부상을 당했어. 전경의 방패막이가 발목에 있던 아킬레스 건을 찍어버린 사건이었어. 소식을 전해 듣고 우리는 집으로 달려갔지. 성식씨의 아내가 허겁지겁 신을 꿰어 차는 동안 난 아이를 등에 업었어. 내 등에서 잠든 아이의 느낌이 얼마나 좋았던지. 그리곤 병원으로 달려갔어. 결국 그 노조의 파업은 하나의 성과도 얻지 못한 채 끝이 났어. 그 과정을 처음부터 끝까지 지켜보며 난 슬픈 마음을 주체할 수 없었어. 문득 구상이 떠올랐어. 나로서는 급작스런 변화였지.

몇날 며칠 고민한 끝에 후불탱화 형식을 쓰기로 했어. 한 폭의 그림에 여러 이야기를 담아낼 수 있는 방법이라 생각했지. 처음엔 망설였지만 더 이상 주저하고 싶지 않았어. 밑그림을 그리고 물감을 사러 남대문으로 갔어. 그곳은 물감을 싸게 구입할 수 있으니까. 버스를 타자마자 눈이 내리기 시작했어. 포근히 만물을 덮어가는 눈을 보며 난 오만 가지 사념에 잠겼어.

지하도를 건너 남대문시장 골목으로 들어갔어. 어느 진열장을 보며 난 싱긋 웃고 지나갔지. 몇 걸음 더 걸어갔을 때 문득 이상한 생각이 들었어. 돌아서서 그 진열장 앞으로 되돌아갔지. 인형 가게였어. 사람의 형상을 한 소녀가 레이스가 달린 예쁜 옷을 입고 나를 보고 있었어. 문득 노의사가 내게 들려주었던 이야기가 생각났어. 난 인형을 가로막고 있는 유리창을 두어 번 쓸어 내렸지. 그리곤 다시 한번 더 환하게 웃었어. 물감을 사고 돌아 나오는 내 머리 위에 하얀 눈이 내려앉았어. 그렇게 두 번째 내 삶이 시작되었어. 그러나, 그러나……

　부엌창을 연다. 멀리 캄캄한 어둠 사이로 가로등 불빛이 출렁거린다. 옆집 노인의 집 처마에서도 쉴 새 없이 비가 쏟아진다. 비가 땅에 닿기도 전에 바람이 마구 흩뜨려버린다. 어둠과 비바람 속에 가려진 하늘은 분간을 할 수가 없다. 바람에 흩어지던 빗방울이 다영의 얼굴에 차갑게 와 닿는다. 마음은 차라리 빗속으로 뛰어들어 온몸을 흠뻑 적시고 싶다.
　다시 서경을 만난 뒤 이따금 얼굴에 스치던 서늘한 기운이 선연히 떠오른다. 도대체 서경에 대해서 무얼 안다고 할 수 있을까?
　불꽃같이 피어나기를 희망하던 이십대에 함께 야학을 했고, 창백한 유희를 일삼던 그림을 떠나 꽃잎처럼 허기져 쓰러지는 인간을 그리고 싶어했고 민족의 얼이 담긴 형식을 끌어내려 한 엄청난 실험에 고뇌했던 인간, 그림이란 것 때문에 감금되었고 수배를 받다가 위암으로 쓰러져간 인간. 그런 서경이 허덕일 수밖에 없었던 상실감, 눈물로 그려낸 자화상의 의미가 이제 고스란히 무덤으로 실려가고 말았다. 왜?
　빗발이 점점 거세어지고 세상의 모든 것을 단 한 번에 쓸어버리려는 듯 천둥과 번개가 멀리서 뇌성을 울린다. 다영은 소리 없이 주저앉는다.

4

"자, 건배!"

스무 명 가량의 사람들이 잔을 들어 올린다. 농장 주인이 막걸리 사발을 들자 벽화를 완성한 효범이네를 향하여 동네 사람들도 치하의 인사를 곁들인다.

"그동안 수고가 많았네."

모르긴 해도 이전 같으면 어림도 없을 자리에 동네 이장까지 합세하여 축하주를 들고 있다.

"그림이라는 게 이렇게 동네 색깔을 바꾸어놓을 줄 몰랐네. 죽은 초상집 같던 우리 동네가 그 무엇이냐(지석이 옆에서 벽화라고 들먹거리자) 그래, 벽화가 척 하니 들어서고 나니 제철에 나는 과일을 보는 것 같구먼. 암, 그렇지."

효범은 좌중의 웃음소리를 들으며 마루로 나온다. 마당 가득 고인 어둠 사이로 장대비가 거침없이 마른 땅을 적신다. 방 안의 웃음소리가 마루로 밀려 나온다.

부감법으론 도저히 다가갈 수 없는 생이 저들에게 있어 보인다. 칠흑 같은 밤 그 너머에 소현의 얼굴이 어른거린다. 소현의 말이 맞는지도 모른다. 모던의 찌꺼기가 온몸 구석구석 남아 있으면서 애써 외면하는 꼴이 아니었나 싶다. 적어도 서경이는 정면돌파를 시도했지만 자신은 정작 그 언저리만 기웃거린 것은 아닌지.

벽화를 그리기 시작한 두 달 전부터 동네 어른들은 가뭄 때문에 애를 태우고 있었다. 농작물은 끝이 타들어가고 마른 땅이 점점 심하게 갈라지기 시작하자 이제나저제나 하늘만 바라보던 농부와 마주치는 건 또 다른 고역이기도 했다. 밑그림을 뜨고 아크릴로 색을 칠해나가는 동안 마을 어른들에게 미안한 마음이 가시질 않았다. 효범이네로서는 비가 오지 않는 것이 천만 다행이었지만 자신들이 매미짓을 하고 있는 것 같아 벽화가 끝날 때까지 마음이 편칠 않았다. 그러던 것이 벽화를 완성한 날 저녁부터 슬금슬금 비가 오기 시작하더니 오늘은 아침부터 억수 같은 비가 쏟아진다.

벽화를 그리던 동안 농장집 앞마당은 여남은 명 되는 아이들의 놀이터가 되었고 이를테면 학습장 구실을 톡톡히 했다. 시멘트 담벼락에 아크릴 물감이 덮여나가고 그림의 형체가 조금씩 드러나기 시작하자 학교에서 돌아온 아이들이 죄 몰려와 마당을 떠날 줄 몰랐다. 급기야는 지석이 산 쪽으로 나 있는 허름한 벽을 찾아내고 아이들에게 물감을 덜어주었다.

— 자, 이제부터 아저씨들이 그림을 그리는 동안 너희들은 저쪽에 그리는 거야. 알았지 !

— 예 !

아이들은 머리를 맞대고 쑥덕쑥덕 의논을 했다. 여하간 머리가 제일 큰 녀석이 산이며 나무, 텔레비전 등을 뒤죽박죽 그리기 시작하고 붓을 먼저 잡으려고 실랑이를 벌이기도 했다. 어린 꼬마들은 강아지모냥 설레발치며 효범이네와 언니, 형들의 그림을 왔다갔다 하고

다시 방으로 들어간다. 자연스레 벽화 이야기가 농촌문제로 넘어가자 현재의 농정정책에 격분하는 말들이 우르르 쏟아진다. 결국 이젠 무얼로 우루과인지 뭔지를 넘어야 하느냐고 동네 어른들은 한숨을 내쉰다. 답답한 노릇이지만 묵묵히 듣고 있을 수밖에 없다. 밤이 깊어지자 동네 어른들은 마지막 막걸리를 들이켜고 일어선다.

"조심해 가십시요."

"그려, 다들 수고 많았네."

동네에서 가물거리며 흘러나오는 불빛을 따라 모두들 집으로 돌아간다. 안주인을 도와 대충 상을 치우고 나서 효범이네는 곤한 잠 속으로 떨어진다.

새벽 무렵 잠시 그쳤던 비가 다시 퍼붓기 시작한다. 아침을 먹고 도구들을 챙긴다. 짧은 기간이지만 머물렀던 곳을 떠나려니 서운한 마음이 앞선다. 역까지 데려다 주겠다는 농장 주인의 봉고차를 탄다. 효범은 마을의 산세와 농가를 돌아보고 마지막으로 비에 젖고 있는 벽화를 본다.

왼쪽엔 피폐된 농촌을 떠나는 한 소녀의 모습을 그렸다. 소녀의 모습에는 결코 뒤돌아보지 않을 듯한 단호한 몸짓과 절대로 좌절하지 않겠다는 굳은 결의가 입 매무새와 눈빛에 서려 있다. 오른쪽에는 농민들의 바램들이 어우러지고 이 바램도 그렇게 쉽사리 이루어지기는 어렵겠지만 희망을 펼쳐 보였다. 중앙엔 나이가 찰 대로 찬 농촌 총각과 어여쁜 각시가 맞절을 하고 있고 위쪽은 한 소녀가 창을 열고 하늘을 날고 싶은 표정과 몸짓을 동적으로 표현했다. 처음 생각보다 발언의 수위를 낮춘 셈이지만 어쨌든 일은 끝났다.

봉고차가 빗길을 쏜살같이 달려 금세 역앞에 선다. 우산을 받쳐 든 농장 주인과 작별을 하고 효범과 벽화팀이 돌아가며 인사를 나누고 기차를 탄다.

"일은 그런 대로 잘한 것 같지만 우리도 먹고 살아야 하는데 남는 게 없으니 이 일을 어찌할꼬. 그렇다고 시골 구석에 처박힌 벽화를 누가 봐줄 것도 아니고."

기차가 다음 역에 들어설 무렵 지석은 객쩍은 웃음을 띠며 농담처럼 어려움을 풀어놓는다. 바싹하니 타들어가던 들판 이곳 저곳에 한창 물이 차오르고 있다. 소리 없이 멀어져가는 들녘을 바라보다 효범은 잠이 든다.

서울로 돌아온 지 이틀째 되던 날 대신기업에서 벽화에 드는 비용 일체를 지원하겠다는 약속을 받았다. 처음엔 공공복지 시설물 벽을 선정해보자던 대신기업이 회장의 마음이 바뀌었는지 큰 건물로 했으면 한다는 말을 덧붙였다. 어느 쪽이든 벽화를 그릴 수만 있다면 하는 마음이 간절했기 때문에 두말 없이 받아들였다. 지석도 기쁜 마음을 감추지 않았다.

─차라리 잘됐어. 시내 중심가에 벽화가 그려지면 우리로서는 광고 효과를 얻을 수 있으니까.

효범은 지석과 함께 벽을 찾으러 서울역 앞에서부터 걷기 시작한다. 거리에 세워진 건물들의 앞, 뒤, 옆을 하나하나 살피며 건물의 관상을 본다.

다양한 인간만큼이나 벽의 느낌도 갖가지다. 건물 전체가 차분한 인간을 연상하게 하는 벽이 있는가 하면 금방이라도 불쑥 튀어나와 다혈질 같은 주먹을 휘두를 것 같은 느낌을 주기도 한다.

새로 지은 건물은 이즈음 말처럼 신세대인 양 세련미를 한껏 자랑하고 낡은 건물들은 저마다 겪은 세월의 풍상을 여지없이 드러낸다. 그 사이 누덕누덕 기운 옷을 입은 인간처럼 버티기도 힘들다는 표정을 짓는 초라한 벽도 있다. 저 수많은 벽 안에 들어앉아 있을 사람들을 생각하자 오만 가지 모습이 거미줄처럼 걸려든다. 효범의 입가에 미소가 실린다.

벽이란 놈은 참 우습다. 인간의 치부를 가려주기도 하고 일정한 공간에서 누릴 수 있는 자유를 보장하지만 때로는 질식할 만큼 인간을 짓누르는 게 또 벽이다. 사면의 갇힌 벽에서 그래도 인간은 꿈을 꾸리라. 효범은 이생각 저생각에 빠지며 맞춤한 벽을 눈으로 헤집는다. 한참을 걷다가 소공동 지하도로 들어선다.

외국인 관광객을 주로 상대하는 가게들이 늘어서 있다. 고급 상품들을 진열하고 있는 지하보도를 걷다가 계단 근처에 이르자 문득 다영이 떠오른다.

언젠가 시청 앞에서 시위가 있었다. 전경에 밀려 일부 사람들이 소공동으로 들어가게 되었다. 최루 가스가 꽉 들어찬 지하를 벗어나려 효범은 코를 감싸 쥔 채 뛰어가던 중이었다. 지하의 어느 쪽에선지 여자의 비명 소리가 멍멍할 정도로 지하를 울렸다. 효범은 저도 모르게 우뚝 멈춰 섰다. 어떤 여자가 백골단에게 붙들려 버둥거리고 있었다. 여자가 소리를 지르며 빠져 나오려 하자 진압경찰은 하얀 헬멧을 벗어 들고 여자의 머리를 사정 없이 두들겨 패기 시작했다. 전경이 푹 고꾸라진 여자의 머리채를 휘어잡아 끌고 가려 할 때 그제서야 다영이란 것을 알았다. 순식간에 벌어진 일이었다.

다영이 두들겨 맞으며 끌려가던 자리를 우두커니 바라본다. 지하도를 나온다. 시장기가 돈다.

"다리품 그만 팔고 점심이나 할까?"

지석도 배가 고픈 모양이다. 두 사람은 근처 중국집에 들어가서 짜장면을 먹고 다시 걷는다. 벽을 찾으며 거리를 걷고 있노라니 마치 자신이 숨은 그림 찾기를 하는 것만 같다. 시내를 걸어가는 동안 벽화를 그리기에 맞춤한 벽을 서너 군데 정한다.

사실 효범은 청계고가도로 옆에 서 있는 상아빌딩이 늘 탐이 났다. 상아빌딩은 이십 층이란 높이로서 시내 어디서나 쉽게 뜨이는 건물이었다.

효범은 오래 전부터 꿈이 있었다. 언젠가 기회가 되면 꼭 하고 싶었다. 그것은 한국 민중사를 드높은 벽에 그리는 것이었다. 민중사에 대한 세세한 구상을 하진 못했지만 가끔 혼자 있을 때면 그런 꿈을 그려보았다. 도심 한가운데 우뚝 서 있을 민중의 역사를 상상하면 온몸에 전율이 흐르곤 했다.

"난 이게 괜찮을 듯한데 어때?"

지석이 시내 중심가에 있던 칠층 건물의 벽을 가리킨다. 효범이 보아도 정말 좋은 벽이다. 그 건물은 타일이나 번쩍이는 유리벽이 아니라 한쪽 벽이 시멘트로 되어 회색으로 칠해져 있다.

"좋은데."

"그러면 지체할 것 없이 건물주를 만나보자구."

"지금?"

"어차피 건물관리법에 걸리지 않으려면 건물주를 만나봐야 하니까. 지금이면 어때. 소뿔도 단김에 빼다고."

효범과 지석은 건물로 들어선다. 경비원이 무슨 일이냐고 묻자 지석이 상세히 설명을 한다.

"그렇다면 여긴 건물주인은 없어요. 건물주는 동해물산주식회사인데 거기로 가보셔야 되겠네."

용기 백배해서 건물로 들어간 지석과 효범은 힘이 쭉 빠진다. 경비원은 동해물산주식회사의 전화번호를 가르쳐준다. 고맙다고 인사를 하고 밖으로 나온다. 점심 전부터 걷기 시작한 지 무려 여섯 시간이 지났다. 효범은 내일 동해물산으로 가기로 약속을 하고 지석과 헤어진다.

효범은 수첩을 들여다본다. 집에서 나오기 전에 미리 전화를 해두었지만 혹시 하는 생각에 다시 전화를 한다. 어느 노조의 교선부장이다.

"아침에 전화를 드렸던 박효범이라고 합니다. 지금 출발해도 되겠습니까?"

전혀 안면이 없지 않은 교선부장은 기다리고 있겠다고 한다. 효범은 전주에 내려가기 전부터 서경이 남겼던 그림들을 모으기로 결심을 했다. 캔버스에 남긴 그림과는 달리 걸개그림 같은 경우는 노조에서 오랜 기간 사용을 했기 때문에 알아볼 수 없을 만큼 훼손이 되었거나 없어졌을 것이 뻔하지만 그래도 일일이 확인을 하고 싶었다.

지금 효범이 찾아가고 있는 노조는 민주노조가 여전히 맥을 잇고 있었다. 어쩌면 생각보다 더 좋은 상태로 그림이 보관되어 있을지도 모른다. 효범은 서둘러 지하철을 탄다. 회사 정문에 도착하자 교선부장이 기다리고 있다. 수인사를 나눈다.

"번거롭게 해드려 죄송합니다."

"원 별말씀을. 도와드려야죠."

교선부장은 사람좋게 웃는다. 노조 사무실로 들어선다. 교선부장이 둘둘 말아놓았던 천을 펼친다.

서경이 노조원들과 함께 그린 걸개그림이 확실하다. 효범의 심장이 벌떡인다. 서경이 남긴 그림과 이렇게 만날 줄은 상상도 하지 못했던 일이다. 하지만 색이 바랠 대로 바래져 그림의 형체는 거의 알아볼 수 없다. 그 당시 슬라이드로 만들어놓기만 했어도 서경의 그림이 이렇게 사라지지는 않았을 거다. 효범이 색 바랜 그림을 막막히 들여다보자 교선부장은 미안할 일도 아닌데 연신 미안해한다.

"아닙니다. 이렇게 보관해주신 것만 해도 감사한데."

"워낙 오래 사용하다 보니 걸개그림이 너무 닳아서 지금은 사용하지는 않고 보관만 해두고 있죠."

어쨌거나 효범은 걸개그림을 받아 들고 사무실을 나온다. 밤새 그림을 들여다보다 효범은 새벽녘에 잠이 든다.

이튿날 동해물산을 찾아갔지만 처음부터 쉽게 나오지 않는다.

"만약 시간이 어느 정도 지나면 벽이 지저분해지지 않을까요?"

되물어 오는 질문 이면에는 드러내진 않았지만 벽화를 그림으로 해서 어떤 경제적 효과를 얻을 수 있을 것인가를 셈하고 있었겠지. 하긴 빌보드나 간판을 치면 이익이 더 많을 텐데 구태여 벽화라는 뜬금없는 것으로 손해를 보고 싶지는 않을 것이다. 효범은 매우 조심스럽게 답변을 하고 있는 지석을 이끌고 나가고 싶다. 그러한 느낌을 알아챘는지 지석이 조금만 더 기다려보자는 식으로 눈을 끔벅거린다. 효범은 다시 자리에 앉는다.

"아마 그다지 피해는 없을 겁니다. 오히려 시민들로서는 거리 환경을 미화한 것으로 받아들일 거고 좋은 일 아닙니까."

옆에 앉아 있노라니 효범은 속이 느글거리는 것만 같다. 고개를 갸웃거리며 맨숭맨숭한 턱을 매만지고 있는 부장이란 사람에게 효범은 이렇게 말해주고 싶었다.

'벽이란 것은 당신네 건물주들이 생각하듯 그렇게 소유의 개념으로 볼 수 없소. 벽이란 대중이 다니는 공간에 그대로 노출되어 있기 때문에 공공적이고 사회적인 것이오. 오히려 당신네들은 벽을 문화적으로 허용해야 할 의무가 마땅히 있소.'

라고. 하지만 이러한 생각으로 바꾸어내기에는 오랜 과정과 시간이 필요하다. 효범이 목구멍까지 차오르던 말을 삼켜버린다.

"그러면 어떤 그림을 그릴 것인지 내용을 알았으면 좋겠는데요."

지석이 돌아 나오며 한숨짓는다.

"만약 내일도 삐꾸하게 나오면 관둬. 돈을 내라는 것도 아니고 그림을 그려주겠다는데 무슨 말이 그렇게 많아. 에이."

속이 답답한지 지석이 가까운 호프집에 들어가자고 한다. 둘은 오백 한잔을 마시고 나온다.

동해물산이 쉽게 허락하지 않을 것은 뻔한 일이다. 효범이나 지석이 민중미술을 해왔던 사람이란 것을 알고 나서 동해물산은 혹시 운동성을 띤 그림을 그리려고 하는 것은 아닌가 하고 의심하고 있음을 직감으로 알았다. 지석 역시 그러한 느낌을 알고 있었음에도 둘은 아무 말도 하지 않았다.

며칠 동안 효범은 여기저기 뛰어다니며 자연 풍경을 담은 자료와 사진들을 구했다. 내용도 내용이지만 우선은 환경을 고려하는 자연을 소재로 택했다.

지석과 효범은 다시 동해물산으로 간다. 효범은 미리 준비해간 도안을 부장에게 내민다.

"그림이 좋습니다. 도시에 이런 자연 풍광이 그려진다면 보는 사람도 시원하겠습니다."

그림이 마음에 들었는지 동해물산은 뜻밖에 흔쾌히 허락을 한다. 벽화팀들은 그 소식을 듣자 이젠 정말 그리게 되는 거냐며 정작 그림을 그려야 한다는 부담과 거리에 공공연하게 그림을 그릴 수 있다는 기쁨에 들떴다.

효범은 사무실과 동해물산을 쫓아다니던 중에도 서경이 관계를 했을 만한 노조와 단체를 미친 듯이 찾아다녔다. 그러나 온전하게 남아 있을 턱이 없었다. 대개가 흔적도 없이 사라졌거나 남아 있다 하더라도 몇날 며칠씩 여러 해를 노천에 걸리다가 둘둘 말아 보관을 했기 때문에 색이 분해된 채 알아볼 수가 없었다. 지석도 효범이 그러고 다닌다는 것을 알고 있었다. 지석이 걱정스러운지 은근히 만류를 했다.

—사람이 뭐든 집착을 하면 안 돼. 내일 모레 죽을 날 받아놨어? 천천히 해. 언제나 순리대로 하는 것이 좋아. 그래서 뭘 어쩌겠다

는 거야 !

효범의 귀에는 씨알도 먹히지 않을 소리였다. 여태껏 멀리서 서경의 주위를 그저 맴돌기만 했던 세월이 너무 길었다. 이제야 제대로 할 일을 찾은 것 같아서 효범은 혼을 빼앗긴 듯 서경이 남기고 간 그림들을 바라보기도 하고 밤마다 책을 파고들었다. 그렇다고 서경의 전통계승론에 집착을 하는 것은 아니었다.

하지만 혼자서라도 서경이 살다 간 삶의 궤적을 더듬어보고 싶었다. 그것만이 지금 자신에게 남겨진 일이라고 효범은 굳게 믿었다. 어려운 작업이지만 그때야 비로소 서경이 지녔던 정신을 되살려낼 수 있을 것이라고.

밤늦게 다영에게 전화를 한다. 신호음이 한 번 울렸는데 금방 받는다.

"혹시 내가 깨운 것 아냐?"

"아니야. 잠 안 잤어. 왜 무슨 일 있어?"

"꼭 일이 있어야 전화해?"

다영의 맥없이 웃는 소리가 낮게 수화기를 타고 실려온다.

효범은 자신이 지금 서경이의 그림을 찾으러 다닌다는 것과 다영이도 그때 서경이가 관계했던 노조나 단체를 알 터이니 알아보자고. 서경의 이야기를 꺼내자마자 다영에게선 아무 소리가 들리지 않는다. 효범은 전화가 끊어진 줄 알고 '여보세요, 여보세요' 두어 번 부른다.

"듣고 있어."

수화기로 전해오는 다영이의 음성이 무겁게 가라앉아 있다.

"집에 무슨 일 있어?"

효범은 다영이 했던 말을 도리어 묻는다. 여전히 다영은 말이 없다.

"알았어. 나도 알아볼께. 요즘 바뻐?"

"고마워."

"한번 만났으면 해.. 할말도 있고 전해줄 것도 있어. 그러면 다음 주쯤 해서 보자. 내가 전화할께."

"참, 정준이는 올라왔어?"

"아니, 며칠 전에 집으로 전화했는데 안 왔대. 그럼 끊는다."

달칵, 다영이 급하게 수화기를 놓는다. 이상하다. 이런 일이 없었는데. 효범은 전화를 끊고도 마음이 개운치 않다. 혹시 아버지 소식을 들은 건 아닌지. 무슨 일일까. 전해준다는 건 또 무슨 말인지. 아무리 생각해도 감이 잡히지 않는다.

5

고향이라는 정취에서 묻어 나오는 밤길은 포근하다. 서울 유학에서 힘들게 살아온 정준과는 달리 친구들은 처자식 옆에 끼고 흙을 묻히며 살고 있었다. 정준은 방금 친구들과 헤어져 나온 술집을 바라보며 비틀거리던 발길을 멈춘다. 공중전화 부스에 기대어 선다. 맞은편 가게에 가서 지폐를 동전으로 바꾼다.

전화 부스 안에 달린 접등이 뿜어내는 불빛 가까이 시계를 들이댄다. 새벽 한 시. 아직은 잠을 잘 것 같지가 않다. 잠을 깬다 해도 어쩔 수 없는 일 아닌가. 정준이 의원회관에 나갈 무렵 모든 것이 힘에 겨워 시간을 가리지 않고 전화를 걸었다. 그러면 다영은 마치 기다리고나 있었던 것처럼 수화기를 제꺽 받아들곤 했다. 신호음이 두 번 떨어지고 나서 역시 수화기를 든다.

"살아 있었니?"

감이 멀어서 그런지 정준이라고 두 번째 이름을 말했을 때 다영이 꺼낸 첫마디다. 정준은 자꾸만 내려앉는 눈꺼풀을 가까스로 올려 뜨고 유리창을 바라본다.

"집이 아니구나. 찰칵거리는 소리가 들리는 걸 보니."

정준은 아무 말도 하지 않는다. 잠시 침묵이 흐른다.

"번역은 다 끝났어?"

"……"

"이제 그만 낙향하는 줄 알았지. 소식이 없어서. 집에 여러 번 전화했어."

"그랬어?"

"고향집 전화번호를 묻기가 뭐해서 묻진 않았어. 아들이 뭐라고 했는지 알아? '우리 아빠 회사에 갔어요.' 웬 회사야?"

다영이 희미하게 웃는 모습이 떠오른다. 술기운이 온몸으로 퍼진다.

"보여주고 싶은 시가 있어."

"우리 시인께서 보여주고 싶다는 걸 보니 어떤 시인지 꽤 궁금한데."

"생을 사랑하는 것이 힘들어서……"

다영은 아무 말이 없다. 시 제목인지 자신의 이야긴지 스스로도 분간이 없다. 정준은 다시 유리창을 바라보고 손가락으로 유리창을 지그시 누른다.

"언제 올 거야?"

전화통에서 돈이 얼마 남지 않았다고 빨간 숫자가 깜박거린다. 다영이 다시 묻는다.

"언제 올 거야?"

정준은 그만 끊어야겠다고 생각한다.

"잘 있어."

수화기를 놓고 밖으로 나온다. 어둠이라고 모두가 똑같이 검정색은 아니다. 불빛에 가깝게 비춰지는 어둠은 희미하다. 하지만 그 너머 하늘 끝에 닿아 있는 어둠은 무섭도록 검다. 언제 올 거냐는 다영의 목소리가 가슴 한구석에 힘들게 내려앉는다. 정준은 도로 옆 나무 밑에 털썩 주저앉는다. 담배를 피워 문다.

두 눈 똑바로 뜨고 살아간다는 것이 이토록 힘겹고 모욕스럽고 가슴 저미는 일이 되리라곤 상상치 못했다. 바람이 서늘하게 얼굴을 스치고 지나간다. 가로등 불빛 아래 음영이 교차하던 나뭇잎이 파르르 떤다. 사표를 내던지고 허위허위 살아온 두어 달 동안에도 간신히 목숨은 붙어 있었다.

마음 한켠에는 그런 오기도 있었다. 패배라고? 어림없는 수작들을 하고 있는 인간들에게 있는 힘을 다해 가래를 뽑아내어 칵 뱉어주고 싶을 따름이었다. 한껏 비웃어라. 그 비웃음이 칼날 되어 네 심장을 후벼파고들 날이 있으리니.

차가운 밤바람과 제 분노에 머리끝이 쭈뼛 선다. 너울거리는 한 점 나뭇잎을 바라보다 정준은 일어서 걷는다. 비틀거리며 아버지의 집으로 발걸음을 옮긴다.

정준은 다시 텅 빈 방을 둘러본다. 노트북 옆에 나뒹굴던 소주병과 잡쓰레기를 모아 마당의 한구석에 가져다 놓는다. 형들과 어릴적부터 사용하던 방이 비어버린 지 오래다. 저마다 식솔을 거느리고 명절과 휴가철에 찾아오는 쉼터가 되어버린 방. 아버지의 한숨이 벽을 타고 들려오는 듯하다. 형제들 가운데 유난히 당신을 닮은 자식 때문에 밤이면 뜨락에 나와 앉아 잠을 이루지 못하던 아버지. 죄스럽다. 정준은 노트북과 가방을 들고 마루로 나온다. 번역은 어제로써 끝났다. 엄밀히 말하면 번역은 입에 풀칠하기 위해서만은 아니었다. 주체할 수 없을 만큼 남아도는 시간과 마냥 놀고먹는 가장이 아니란 걸 확인시켜주는 일거리라는 쪽에 더 가까운지도 모른다. 정준이 댓돌로 내려서자 어머니가 부엌에서 나온다.

"갈래?"

어머니는 눈자위를 짓누르며 무언가를 넣은 비닐백을 건네준다. 정준은 말없이 받아든다. 어머니의 애정이 고스란히 담긴 비닐백마저 물리칠 자신은 없다. 정년퇴직을 하신 지 다섯 해가 넘은 아버지는 형님의 손주를 데리고 마당에 서 있다. 그렇게도 정정하시던 아버지가 노인이 되어 나무 그늘에. 고향집을 들고 날 적마다 한숨의 더께를 쌓아가는 아버지를 정준은 아프게 바라본다.

"몸 조심 하거라."

"예. 연락드릴께요."

마을을 둘러싼 쌉싸름한 나무 냄새를 맡으며 정준은 고속버스를 탄다. 창으로 보이는 하늘과 산들이 길고 긴 이야기를 건네는 것 같다. 다영을 부둥켜안고 울었던 날, 자신의 어깨를 타고 흘러내리던 다영의 눈물이 다시 가슴을 후벼판다. 이젠 그만 모든 것과 화해를 하고 싶다. 그러나 그것은 자신의 생각일 뿐 세상은 조금도 화해를 원치 않는다고 생각한다.

저녁 무렵 놀이방에서 돌아온 아들과 아내는 반가워서 어쩔 줄 몰라한다.

"우리 세진이, 아빠가 없는 동안 무얼 하고 지냈어요?"

"아빠 생각 했어요. 그림도 그렸어요."

정준이 없는 동안 그렸다는 그림은 온통 세 식구가 나들이 가는 것들이었다. 아들은 칭찬을 듣고 싶은지 정준과 그림을 번갈아 본다.

"참 잘 그렸어요."

아들의 등을 쓸며 정준은 쓸쓸히 웃는다.

다음날 출판사에 들러 디스켓을 넘겨주고 나자 마땅히 할 일이 없다. 효범의 사무실로 간다. 사무실은 예전에 없이 사람들로 북적거린다.

"잘 지냈어? 아버님은 어떠셔?"

"여전하시지 뭘. 바쁜가보구나. 농장에 그린다던 벽화는 어떻게 됐어?"

"비 오기 전에 잘 끝났어. 벽화 그리는 걸 후원해주겠다는 데가 있어서 좋은 장소를 발견했어. 회사 이름도 조그맣게 들어갈 거야. 공짜는 없는 법이니까."

"잘됐구나."

"오늘, 비계 설치하는 날이야."

"비계가 뭐지?"

미술 용어인지 뭔지 모르지만 생소한 말이어서 정준은 웃으며 되묻는다.

"벽화를 높은 벽에 그리려면 밟고 서야 할 설치물이 있어야 하는데 그 설치물을 말하는 거지. 보통은 나무로도 하는데 철골로 하기도 해. 시간 있으면 같이 가보자."

정준은 효범의 동료와 인사를 나누고 함께 사무실을 나선다. 벽화를 그릴 거라는 건물에 도착하자 이미 철골이 반 정도 올라가 있다. 현장에 먼저 나와 있던 지석과도 수인사를 나눈다. 효범이 가리키는 건물을 보자 어지럽다.

"위험하지 않을까?"

"안전장치를 단단히 하고 해야지."

"마치 종합건설회사 같은 기분이 들어."

효범과 지석이 어중간하게 웃는다. 두 사람은 첫날 신방을 치를 이들처럼 초조해하고 긴장하고 있는 듯하다. 정준이 알기로도 도심 한가운데 공식적으로 그려진 벽화는 없었다.

"주변 넥타이맨들에게도 설문조사를 했어."

"뭘?"

"우리가 만들어놓은 시안은 있지만 대중의 의견을 참고하는 것도 좋을 것 같아서. 이를테면 주변 환경에 대한 느낌, 벽화라는 걸 들어본 적이 있는지, 또 벽화가 그려진다면 어떤 내용이었으면 하는지 그런 거지 뭐."

"어떤 내용이 좋대?"

"여러 가지 의견이 나왔는데 자연을 소재로 했으면 좋겠다는 의견이 가장 많았어."

벽화 그리는 과정을 본 적이 없는 정준은 콘크리트 건물 앞에 세워지고 있는 철골을 올려다보자 다시 오싹한 느낌이 든다.

"언제부터 시작하지?"

"별일 없으면 내일부터 시작할 거야."

"힘들겠구나."

철골 세우는 작업이 끝났다. 지석이 장비를 거두는 인부들에게 막걸리 값이나 하라며 인사 치레를 한다. 세 사람 역시 막걸리를 사들고 당분간 사용하기로 한 건물 옥상으로 올라간다.

바람 한 점 없이 햇볕이 그대로 내다꽂히는 옥상은 발이 후끈할 만큼 뜨겁게 달구어져 있다. 옥상 한켠에 물감이 가득 쌓여 있는 게 보인다. 하루 종일 땡볕에 달궈진 시멘트 바닥에 앉자마자 땀방울이 속으로 뚝뚝 떨어진다. 내의가 흥건히 젖어든다. 시원한 막걸리를 한 대접 마시자 한결 더위가 가신다.

"날이 이렇게 더운데 작업을 할 수 있겠어?"

"그래도 겨울보담 낫지. 한겨울에 벽에 붙어 있어봐. 온몸이 꽁꽁 얼어붙는 게 무척 힘들어."

"하긴."

"이번 주말에 다영이를 만나기로 했는데 나올 수 있으면 나와."

"그래? 시간이 되면."

바닥이 너무 뜨거워 오래 앉아 있을 수가 없다. 잠시 앉았다가 아래로 내려온다.

"자, 그럼 수고해. 또 올께."

"왜? 시원한 데 가서 한잔 더 하고 가?"

"오늘 애엄마가 늦겠다고 해서 세진이를 내가 보기로 했어. 다음에 또 보자."

아쉬운 듯 효범이 머리를 끄덕인다. 닳고 닳아 해진 모자를 눌러 쓰고 물감투성이 작업복을 걸친 효범이 여느 때보다 활기 있어 보인다. 정준이 몇 발짝 걷다가 뒤를 돌아보자 효범이 동료들과 함께 포도 위를 걸어가고 있다.

서경의 죽음이 효범에게는 엄청난 시련이었을 것이다. 잠시나마 서경을 잊고 일에 몰두하고 있는 효범을 대하자 정준은 마치 자신이 벽화라도 그릴 사람처럼 가슴이 두근두근하고 한편으로는 뿌듯하다.

꾸물거리며 정지한 듯한 생의 한 모퉁이에서도 인간은 언제나 살아 꿈틀거릴 것을 꿈꾸기 마련이리라. 효범의 눈이 그렇게 말하고 있었다. 그것은 절망의 바닥에서 뽀글뽀글 뿜어내는 또 한번의 유혹인지 모른다. 절대절명의 유혹.

그러나 그것은 과거의 열정에 사로잡혀 있는 열병 환자로서는 어림없는 일이다. 그런 눈으로 역사를, 인간을 바라보려 한다면 일찌감치 주식이나 땅 투기꾼으로 삶의 방향을 돌리는 편이 훨씬 이득이 될 것이다. 그런 환자는 먼 뒤안의 어느 자리에서 지나간 인생의 흑백 사진을 들여다보며 회한에 젖어 눈물을 글썽이며 추억을 회고할 뿐이다. 자신이 혹 그런 인간이 아닌지 생각하다 정준은 발길을 돌린다.

6

손목이 뻐근하다. 아침부터 내리 다섯 시간을 쉬지도 않고 번역에 매달렸다. 다영은 기지개를 켜며 일어선다. 밤새 지붕과 벽들을 거침없이 적시던 비가 겨우 그쳤다. 어느새 하늘은 말갛다.

사년째다. 지담이 돌이 될 무렵 해서 번역에 손을 대기 시작한 것이 벌써 그렇게 되었다. 남편이 다니던 회사에서 하루아침에 쫓겨난 것은 뒤늦게 드러난 전력사항 때문이었다. 두어 달을 꼬박 신문이란 신문의 광고란을 샅샅이 훑었지만 남편의 전력으로는 오라는 데도 갈 곳도 없었다. 어쩌면 그 일이 다영이로서는 잘된 일인지도 모른다. 지담이를 낳을 무렵 해서 상담소 일도 그만두고 집에 들어앉았다.

결국 남편의 일을 계기로 다영이 생업전선에 나서게 되었고 일거리도 끊이지 않았다. 한치 앞을 모르는 게 인생이라더니 그 말도 틀린 것만은 아닌 듯싶다.

오늘은 유난히 아버지의 얼굴이 떠오른다. 수년 전의 일이었다. 다영의 아버지와 인적사항이 비슷한 분이 있다고 연락이 와서 어머니를 모시고 다영이 부랴부랴 쫓아갔다. 백녹증 증세가 심해서 거의 실명 위기에 있던 그분은 아버지가 아니었다. 내의 한 벌을 사다 드리고 돌아서면서 이젠 모든 것을 포기하겠다고 내심 마음을 단단히 먹었다.

하지만 잊어버릴 만하면 떠오르는 것도 억지로 막을 수는 없었다. 물처럼 흐르다 보면 고이기도 하겠고 암석 위를 뒹굴며 흐르기도 하겠지. 세상이 어거지를 쓴다고 되는 법은 아니니까. 그런 생각을 따라가다 보니 자신이 한참이나 늙어버린 듯싶다.

간밤에 효범에게 전화를 받고 잠시 무슨 말을 해야 할지 생각이 나질 않았다. 서경이의 글을 읽고 나서 한동안 멍하게 지냈다. 이대로 내버려둘 수는 없다고 생각은 했지만 어디서 어떻게 손을 대야 할지 정작 모르겠던 것이다.

고작 생각이라고 해낸 것이 서경이의 삶을 기록해서 어딘가 투고를 해보고 싶다는 거였다. 거의 생각이 일치나 하듯 효범 역시 어떤 형태로든 서경의 삶을 복원시켜보겠다지 않는가. 그 말을 듣는 순간 마치 서경이가 어디선가 자신들을 지켜보는 것은 아닌가 하는 두려운 생각이 들었다. 갑자기 등줄기가 서늘해졌다. 황급히 전화를 끊은 것도 그래서였다.

다시 모니터를 바라본다. 지겹다. 언제나 아침이면 책상 앞에 들러붙어 하루 종일 그것도 혼자서 씨름해야 하는 이 짓도 참으로 못해 먹을 짓이다. 책의 활자가 마치 실지렁이같이 보인다. 정말 때로는 이전의 미싱 일을 돌이켜 아래층 여자를 따라 나서고 싶은 생각이 들기도 했다. 하라고 밀면 못하겠지만.

갑자기 신경이 팽팽해지고 끝 모를 나락에 빠지는 듯한 기분이 든다. 두 손에 힘도 빠지고 몸이 나른해진다. 다영은 내가 왜 이러지 중얼거리며 마루로 나간다. 마루에서는 행진곡풍의 리듬이 정신없이 바닥과 천장을 두들겨댄다. 다영은 서둘러 라디오를 끈다. 아침에 틀어놓은 것을 여태껏 잊었다.

행진곡. 일전에 남편과 사소한 일로 신경전을 벌였다. 그 날 남편은 티브이로 축구 경기를 보고 있었다. 관중석에서 내지르는 시끌한 소리가 다영의 방까지 들렸다. 참을 만큼 참다가 한마디 했다. 소리 좀 낮추라고. 남편은 다영을 노려보기만 할 뿐 움직이지 않았다.

다영은 스포츠를 싫어했다. 아니 그렇게 딱 잘라 말할 수도 없다. 최소한 스포츠와 원수진 일은 없으니까. 다영이 생래적으로 스포츠를 싫어한 것은 아니다. 세 달 만에 끝난 일이지만 중학 시절 자진해서 교내 농구팀에 들어간 일도 있으니까.

어느 날 농구의 귀재라 불리던 신모라는 선수가 교내 강당에 들어왔을 때였다. 다영은 발빠르게 물 주전자를 들고 황송하게 물을 바쳤는데 그 일을 두고두고 흡족해했던 것을 보면 그렇다.

뜨거운 햇살과 행진곡, 증오. 아마 그것은 유년의 체육 시간에 겪었던 참담한 기억에서 비롯한 것이리라. 다영은 그렇게 판단한다.

아주 어릴 때였다. 교내 제식행렬대회가 얼마 남지 않았을 무렵이었다. 하필이면 다영이 키가 큰 탓에 앞줄에 설 수밖에 없었고 그것도 제식행렬에서 가장 중요하다는 왼쪽 맨 앞이었다. 그 빌어먹을 선생이 가르쳐준 것처럼 다영은 전방 십오도 각도를 쳐다보며 힘차게 걸었고 대대행렬 좌우로 갓! 선생이 구령을 붙였을 때 다영은 자신 만만하게 브폭을 멈추고 제자리걸음을 하고 있었다. 오른쪽 맨 끝에 있던 친구가 큰 걸음으로 걸어오기를 기다리며. 오른쪽 끝에 섰던 친구가 뛰어오다시피 하여 왼쪽 방향으로 완전히 돌아왔을 때 다시 행진을 시작했다. 몇 걸음이나 갔을까. 선생은 제자리 섯! 외쳤다. 학급 아이들이 멈춰 섰다.

교내 스피커에서 경쾌한 행진곡이 넓은 운동장을 울려대고 있었다. 잠깐이었지만 다영은 교실로 들어가는 두 번째 계단에 한낮의 햇살이 머무는 걸 무심히 보그 있었다. 교장이 올라서던 사열대 앞에 서 있던 선생이 헐레벌떡 앞으로 달려왔다. 선생이 다영의 앞으로 왔다. 무슨 일일까 하고 쳐다보는 순간 선생은 다짜고짜 다영의 뺨을 갈겨대기 시작했다.

―앞을 똑바로 보고 걸으랬잖아! 정신을 어디다 팔고 있는 거야! 너 하나 틀리면 뒷줄이 엉망이 된다는 걸 몰라 알아!

다영은 너무나 순식간에 당한 일이어서 선생이 틀렸다는 뒷줄을 돌아볼 겨를도 없었다. 다시 행진은 시작되었고 틀리지 않아야겠다는 생각을 하면서도 억울함은 가시질 않았다. 호령에 맞춰 걸으면서 생각했다. '횡대, 종대는 열을 왜 맞춰야 할까? 이 지겨운 행진을 왜 하는 걸까?' 좀 전까지만 해도 기분 좋게 들리던 행진곡이 그때부터 경쾌하기는커녕 행렬을 이끌어 죽음의 길로 가게 하려는 비정한 그 무엇처럼 들려왔다. 머리를 뜨겁게 달구는 햇살도 지겨워졌다. 비나 좍좍 내려버려라고 다영은 속으로 빌기까지 했다.

그 날 이후 고등학교를 졸업할 때까지 다영은 제식훈련을 제대로 받아본 적이 없었다. 참 이상한 일이었다. 학도호국단인지 뭔지 하면서 제식훈련 시간이 되면 다영은 어김없이 심한 두통으로 얼굴이 일그러지기 시작했다. 마지못해 줄을 서면 오분도 채 못 되어 거짓말처럼 쓰러지곤 했다.

한낮 햇살 속에 오싹한 느낌으로 들었던 행진곡은 그 후로 오랫동안 구토를 하고 싶게 만들었고 갑자기 온몸에 기운이 쭉 빠지게 하는 등 이상한 현상이 나타났다.

처음엔 딱히 이유를 못 대었다. 남편이 보고 있던 스포츠 중계를 왜 그렇게 못마땅해하는지. 남편이 이상한 사람이라며 몇 마디 면박하던 말을 들으며 문득 스쳐 지나가는 것이 있었다. 그것이었다. 다영이 스포츠가 싫어서가 아니라 운동경기를 관람하러 모여든 관중들의 기괴한 함성을 참을 수 없어하고 있다는 것을.

행진곡과 함성, 마른 먼지를 풀풀 일으키며 작열하는 햇살. 얼핏 생각하면 아무 연관도 없는 것들이다. 하지만 분명히 있다. 이를테면 금속성, 전율, 불안감을 주는 분위기 등이다. 그것에는 조용히 설득하고 속삭이는 인간의 내밀한 목소리가 없다.

티브이 속에서 거의 광란과 같은 함성을 들으며 다영은 또 다른 함성을 떠올렸다. 거의 순간적이었다.

"피비린내가 나."

그 말을 뱉으며 다영은 진저리를 쳤다. 남편의 어이없어하는 표정을 보며 다영은 옆방으로 가버렸다. 그 날은 너무 지나쳤는지 모른다. 하지만 여직 그 느낌을 떨칠 수가 없다. 도저히.

서경이가 운동을 하겠다고 할 무렵 모두 한결같이 주장했다. 다영이 역시.

"그림이냐, 운동이냐, 한 가지를 택해."

처음, 서경은 둘 다를 포기할 수 없다고 항변했다. 사소한 예를 들어보자. 언젠가 처음으로 다영이 서경의 집에 간 일이 있었다. 음악을 좋아한다던 서경의 방에는 클래식 판이 무척 많았다. 두 번째 갔을 무렵에는 클래식 판들을 어디로 치웠는지 한 장도 남아 있지 않았다. 클래식 판들이 사라진 이유를 다영은 굳이 묻지 않았다. 다영 역시 부르주아 음악이라고 몰아치던 것을 생각해내었기 때문이었다. 지금 생각하면 참으로 어이없는 일이지만 서경은 역사의 함성에 합류하기 위해서 스스로를 강제했다.

때로는 어쩔 수 없이 개인의 감성을 포기할 수밖에 없는 시대가 있다. 그러나 열을 맞추고 양손의 각도와 보폭을 맞추도록 압력을 넣는 행진곡과 그 구도를 완벽하게 알리바이해주는 햇살과 개인을 강제해야 하는 함성에는 미묘하게도 고통으로 일그러진 인간의 얼굴이 스며 있다. 그러한 삶이 선택에서 비롯한 것이라 해서 고통이 거세되는 것은 아니었다.

본인은 아니라고 부정할지 모르지만 정준에게서도 이따금 그러한 느낌을 받는다. 따지고 보면 다영이 정준을 남성으로 사랑하는 것은 결코 아니다. 하지만 정준에게선 타인의 냄새가 나지 않는다. 정준의 일그러진 얼굴을 보고 있으면 답답해서 미칠 것만 같다. 정준은 남자가 아니라 지나간 세월이었다.

미안하다고 해야 할 사람은 정작 다영 자신인데. 다영의 품안에서 흐느끼던 정준의 울음소리가 신경을 죄듯 밀려든다. 한밤에 정신병자처럼 전화를 끊은 이후 아무 소식도 없다. 마냥 어디선가 술에 찌들어 있을 것을 생각하자 괴롭다. 불현듯 소현이 보고 싶다. 다영은 집을 나선다.

한참이나 문을 두들겨도 소리가 없어 돌아서려 하자 문이 열린다. 소현의 머리는 엉망으로 헝클어지고 옷도 걸친 둥 만 둥 술병을 들고 있다.

"언니냐? 후후."

남이 볼세라 다영은 재빨리 문을 닫고 들어선다. 화실 바닥에서 잠을 잤는지 옷가지가 아무렇게나 내동댕이쳐져 있다. 다영은 옷을 집어 소현의 침대로 가져다 놓는다. 소현이마저 왜 이러는 걸까.

"언니, 프리다 카알로, 응. 그렇지 칼로, 알아?"

소현의 혀가 꼬부라진다. 멕시코 벽화가인 리베라의 부인이었던 여자. 단순히 부인이라고 하기보다 부르주아 출신이면서도 당당하게 혁명가로서 붓을 휘둘렀던 여자.

"트로츠키를 사랑했던 그 여자를 언니는 알아?"

"왜, 칼로를 꿈에서 만나기라도 했니?"

다영은 소현에게서 술병을 빼앗아 잔에 붓는다. 그리고 마신다.

"그 여자는 예술가이기 전에 혁명가이기를 원했어. 언니, 솔직히 말해봐. 언니가 그 몹쓸 날에 추구하던 것이 도대체 무엇이었지? 대답해봐!"

다영은 답하지 않는다.

"난 깨어버릴 거야. 이 금단의 의식을. 그래서 며칠 전에 남자랑 잤어. 난 서경 언니가 짓누르던 그 시절에 남자라곤 알지 못했어. 그래야 하는 줄 알았어. 나는 이제 내 안의 또 다른 내가 원하는 대로 내버려둘 거야. 나를 들여다볼 거야. 그래. 민중이란 껍질을 벗겨내고 난 뒤의 인간을 그릴 거야. 오욕이, 희노애락이 있는 인간을 그리고 싶어. 언니도 할말이 많을 거야. 그런데 왜 아무 말도 안해? 난 하고픈 말이 많아. 나를 잊어버리게 한 그 꼴같잖은 시대에 할말이 많아."

소현의 눈에서 눈물이 줄줄 흘러내린다. 지난날 소현이가 서경이와 함께 하던 그 열정을 모른다면 지금의 이 말을 이해할 수 없을 것이다. 소현의 어깨 너머로 그림들이 보인다. 자화상들이 힘겹게 캔버스에 매달려 있다.

다영은 오늘은 뭔가 되는 일이 없다고 생각한다. 딸아이가 떠오른다. 두 돌이 되어갈 무렵 지담이는 비디오를 무척 좋아했다. 한참이나 즐겨 보다가 비디오가 끝나고 화면이 지지거리며 회색으로 돌아갈 즈음이면 '엄마, 끝났어. 끝났어'라며 외쳤다. 그 말이 왜 그리 가슴을 철렁하게 만드는지. 소현의 눈물이, 말이 그렇게 외치는 것 같다.

소현이 울다가 술에 취한 채 잠이 든다. 술병들을 모아 문 앞쪽으로 옮겨놓고 소현이를 긴 의자에 눕힌다. 다영은 소현의 얼굴이 담긴 자화상을 물끄러미 쳐다본다. 제깐에는 어둠을 벗어나려고 안간힘을 다해 밝은 색을 쓰고 있지만 여전히 검고 어둡다. 또 다른 그림 속에 있는 골목 어귀, 전신주에 걸려 있는 달빛 역시 칙칙한 느낌을 준다.

그 옆, 책상 위에 소현이 찍은 사진들이 흩어져 있었고 한켠에 화집이 펼쳐져 있다. 갈피가 끼워져 있는 쪽을 무심히 들여다보다 다영은 갑자기 머리칼이 쭈빗 서는 것만 같다. 얼른 제목을 본다.

'이성이 잠들면 요괴가 눈뜬다.'

미치겠다는 듯 한 인간이 머리를 움켜쥐고 엎드렸다. 그 뒤엔 박쥐의 형상을 한 큰 물체가 있다. 괴물들이 날개를 퍼덕이며 당장이라도 덮칠 것 같은 분위기이다.

고야의 그림이다. 궁정화가로서 충분히 체제에 안주할 수 있는 지위였을 텐데 고야는 왜 저토록 부조리한 인간의 모습을 그렸을까.

프랑스 혁명이 전 유럽을 휘저어 가도록 여전히 중세의 질긴 끈에 묶여 있던 모순의 나라, 스페인에서 이성이 잠드는 것을 차마 견디지 못했던가. 하지만 시대가 아니 또 다른 무엇이 인간을 짓누른다해서 모든 인간이 이성에 눈뜨는 것은 아니다.

다영은 두근거리는 가슴을 지그시 누르며 그림을 자세히 들여다본다. 요괴라…… 서경의 말처럼 법정에서 데몬이라고 어설프게 답변할 수밖에 없던 시대는 끝났다. 제목을 바꾸어본다. '감성이 잠들면 이성이 눈뜬다'. 이것 역시 참을 수 없을 것 같다. 생을 놓치지 않으려 두 눈, 두 팔로 삶을 꽉 껴안으려 덤비는 것은 이성이라기보다는 가슴 밑바닥에서부터 주체할 수 없을 만큼 활활 타오르는 열정이거나 거세게 터져 나오는 감성이 아닐는지. 이성과 감성, 인간을 인간이게 하는 이것이 모두 잠들면 남는 건 무엇일까. 오로지 죽음밖에 없겠지.

그러나 둘 다 깊은 잠에서 깨어나 말간 눈을 뜬다면, 뜰 수 있다면 환희의 세상을 볼 수 있는 걸까. 다영은 고야의 그림 앞에서 지난 한 시대를 거쳐온 수많은 이들을 생각한다. 모든 것에 허기졌던 수많은 사람들이 한 손엔 이상을 또 한 손엔 칼날을 으스러지도록 움켜쥐고 서 있었다. 제아무리 빼어난 화가라 할지라도 그토록 지순하고 세상을 모르던 무지한 인간의 영혼을 그려낼 수 있을까.

다영의 눈이 마치 그림을 빨아들일 듯하다. 한 시대에 자신을 묶어놓고 금기를 세우며 살아가던 날들을 다영은 어느 순간부터 놓아버렸다. 단단히 움켜쥐어야 한다고 믿었던 고삐를 손아귀에서 놓아버리자 솔직히 숨통이 트였다. 그리고 또 한번의 방황과 또 한번의 삶이 뒤죽박죽인 채 여기에 이르렀다. 모른다. 그 방황의 끝이 어디쯤 해서 끝장날 것인지 다영은 알고 싶지도 않다. 그럼에도 고뇌하며 웅크린 고야의 인간 앞에서 다영은 뜨거운 눈물을 흘린다.

다영은 눈물을 닦고 코를 푼다. 술기운에 잠든 소현의 갸름한 뺨에 얼굴을 잠시 맞대어 보고 흩어진 머리카락을 가지런히 쓸어준다. 화실 한켠에서 윙윙거리며 돌아가던 선풍기의 타이머를 맞추어 소현의 몸으로 돌려놓는다. 문의 손잡이 안쪽을 눌러 잠그고 다영은 밖으로 나온다. 거리의 뜨거운 열기가 후끈 얼굴에 와 닿는다.

다영아. 내게 남은 마지막 시간들을 정리할 때가 온 것 같아. 이 글을 읽고 놀라지나 않았는지. 지난 두 달 동안 무척 많은 생각을 했어. 어떻게든 이제는 그만 이승의 줄을 놓아야 한다고 생각하지만 마음대로 잘 안 되는구나. 이쯤 해서 하고픈 일, 허야 할 일도 여백으로 두어야 하겠지? 무엇보다 부탁하고 싶은 것이 하나 있어. 효범이는 그동안 나 때문에 많이 괴로웠을 거야. 난 내가 마주서야 할 운명에 많이 익숙해졌지만 효범은……

우리가 함께 했던 시간들을 죽음의 길에 이르러서야 세세하게 돌아보는구나. 오늘은 날이 저물 때까지 병실 창을 바라보며 멍하니 생각에 잠겨 있었어. 다가올 죽음에 대한 불안이 마음속을 휘젓기도 했고 한편으론 과거가 되어버릴 지금을 두 눈 뜨고 마주보고 있다는 사실이 무척 두려웠어.

그림이 내 삶의 목적은 아니었다 해도 죽음을 앞둔 이 시간까지 나를 지탱한 유일한 힘이었다는 생각이 들어. 하필이면 왜, 지금 내게 이런 시련이 있어야 하는 건지 도무지 이해할 수 없지만. 이 최후의 몇 달 동안, 엄청난 현실에 놓여진 나라는 존재가 어디서부터 시작되었는가를 곰곰이 자신에게 물어보았어. 저 침묵의 순간이었던 무덤에서 나온 뒤, 선악의 잣대가 허물어지고 어느 구석에도 나를 일치시킬 수 없었던 불안하고 어두운 상심을 겪어내는 동안 삶이 무엇을 한없이 지향했던가를.

무덤에서부터 내게 폭풍처럼 몰아닥친 것들을 극복하기란 너무나 힘겨운 시련이었어. 앞서 네게 보여주었던 글은 시대 앞에서 자신을 보존할 수 있는 감각과 힘을 잃은 한 인간의 부끄러운 고백일 뿐이야.

암세포가 서서히 내 몸에 또아리를 치며 굳어지고 있을 무렵(넌 내 진단결과를 듣고 울며불며 나를 찾아다닐 때였어), 난 지방의 어느 모임에 가서 걸개그림을 그리고 있었어. 마침내 대회가 시작되기 전날 그림을 겨우 완성했지.

밤늦게 동료들과 그림을 거는 동안 이상하게도 이것이 내 생의 마지막 그림이 아닐까 하는 생각이 들었어. 전혀 예상치 않았던 느낌이었어. 대회가 시작되고 몇 가지 일이 진행되는 동안 다시 마지막일 수도 있다는 생각에 몸이 떨렸어. 그들의 우렁찬 목소리와 번쩍이는 눈동자와 마주쳤을 때 죽음을 예감하던 내 영혼이 동요되고 있음을 느꼈어. 그때는 내가 왜 터무니없는 생각을 하느냐고 스스로 책망을 하기도 했었지.

그러나 인간탑 위에 올라서서 그림 속의 빈 깃발에 구호를 적어넣던 순간 비로소 그 모든 불안감을 떨칠 수 있었어. 오백여 명의 하나같은 함성을 들으며 새삼 깨달았어. 인간의 마음이 하나가 되면 불가능한 것은 없다고. 또한 전통의 힘을 다시 확인했어.

다영아, 점안식이라는 말 들어보았겠지? 예전에 부처를 그리면 꼭 남겨두는 것이 있었어. 마지막 의식을 치르기 위해 대중집회를 열었어. 그리고 사람들 앞에서 부처의 눈 안에 눈동자를 찍어넣어. 이것이 점안식이야. 부처의 눈에 동자를 찍어넣는 순간 부처의 모습에 생기가 돌고 그야말로 살아 있는 화신이 되는 거야. 우리는 그 날 우리의 꿈을 찍어넣는 점안식을 치른 거야.

그 후, 엉겁결에 수술대 위에 올라갔을 때 두 눈 가득히 눈물이 괴어 쳐다보던 너의 모습이 지금도 눈에 선하구나. 늘 그렇게 네게 빚만 지고 살았구나. 처음엔 도무지 인정하고 싶지 않았어. 왜 그 누구도 아닌 나만이 이 몹쓸 병에 걸려야 되냐고. 살아 있는, 살아갈 모든 이에게 원망에 찬 소리를 지르고 싶을 때가 한두 번이 아니었어.

무엇보다 겁이 난 것은 내가 지금껏 살아서 보고, 듣고, 만지고, 느꼈던 이 세상 모든 것의 실체를 더 이상 마주할 수 없다는 것이었어. 생각만 해도 끔찍했어.

다영아, 참 이상하지? 인간은 왜 죽음의 문턱에 와서야 자신의 생을, 인생을 돌아보는지.

수술을 하고 난 뒤 어느 순간 난 간절히 원하는 것이 있었어. 나도 남들처럼 결혼을 해서 아이도 낳고 생 깊숙이 파고들어 인간의 오욕칠정을 진저리칠 만큼 겪고 싶다는 그런 것. 내겐 결코 허락되지 않는, 내 삶의 밖에 있는 부분을 몸부림쳐서라도 머물게 하고 싶었어.

가끔 난 나를 굽어보고 있는 죽음과 대화를 해. 죽음의 사자에게 이렇게 말하곤 해. '난 후회하지 않아. 이것이, 여기까지가 내 짧은 삶의 전부라 할지라도, 우리가 살아온 날들이 뼈아프게 번복된다 할지라도 그것은 누구나 가야 할 길이었어.'라고

다영아, 내 삶에서 가장 힘들었던 시간을 고백할 수 있는 친구가 옆에 있다는 것이 정말 고마워. 내 이야기는 네가 겪어야 했고 겪을 고통에 비하면 아주 보잘것없는 한 순간에 지나지 않아. 난 그걸 알아.

다영아, 내가 벌여놓은 그 아무것도 정리하지 못한 채 버려두고 갈 수밖에 없다 하더라도 난 조금도 안타깝지 않아. 효범이와 정준이, 그리고 널 믿어. 우리 앞에 놓여진, 찍지 못한 점안식을 반드시 해내리라고

다영아, 나를 위해 온갖 궂은 일만 뒤치다꺼리해준 내 친구 다영아, 진심으로 고마워. 효범이가 힘을 잃지 않도록 도와줘. 부탁해. 그리고 지담이. 지담이를 처음 안아보았을 때 얼마나 기뻤는지 몰라. 고물거리는 손발이 어찌나 예쁘던지…… 우리의 영원한 희망

동이를 잘 키우길 바래. 건강해. 안녕.

가을 어느 맑은 날, 내 친구, 다영에게.

소현이에게 다녀와서 밤늦게 열어 본 글에, 서경은 마지막 이야기를 했다. 읽는 동안은 너무나 긴장했고 마침표가 나오고 다음 화면이 여백으로 뜰 때 다영은 비로소 이제 정말 끝이라는 생각을 한다. 그제서야 다영은 눈물이 왈칵 쏟아진다. 결혼도 하고 아이도 낳고 싶었다는 구절이 무엇보다 가슴 아프다. 누구나 다 할 수 있는, 평범한 꿈을 간절히 소원한 서경. 서경은 다영을 비롯한 친구들을 믿는다고 했다. 아직은 뭐라 답할 수 없는 숙제다. 그러기엔 자신의 삶이 너무나 비켜 나왔다고 고백을 해야 하지 않을까.

다영은 오랜만에 서경의 집에 들른다. 딸을 먼저 보낸 어머니는 많이 수척해 보인다. 동생이 결혼을 해서 낳은 아이의 백일이 얼마 전에 지났다고 한다. 다영의 손을 잡은 어머니는 연신 눈굽이를 찍어낸다.

"아이는 많이 컸지?"

자주 들르고 싶어도 행여나 서경이를 떠올리실까 봐 애써 피하기도 했다. 다영은 그저 예라고만 답하고 만다. 마음이 아프실까봐 조심스럽다.

"어머니, 혹시 서경이가 남긴 물건들 다 치우셨어요?"

"왜?"

"그냥. 보고 싶어서요."

어머니는 한숨만 지으신다.

"이미 간 아이 것을 뭐 하겠누."

그러면서도 작은 방에 한데 묶어놓은 책과 간간이 스케치한 갱

지말이와 공책들을 보여준다. 몇 권의 공책과 언제 쓴 것인지 일기체로 보이는 대학노트를 꺼낸다. 다영이 가져가겠다고 하자 어머니는 무슨 필요가 있겠냐고 하면서도 다영이 앞으로 내민다. 다영은 집으로 돌아와서 혹시 써놓은 글이 없을까 하고 이것저것 뒤적인다. '우리나라 색상 이름표 만들기 위한 작업'이라는 제목이 얼른 눈에 들어온다.

채록날짜 : 88. 4. 부터
구전을 해준 이 : 동대문 한복상가와 한복연구가 김재남 씨를 비롯한 전남 지역 일대 할머니들.

언젠가 서경이 들려준 색 이름이 생각난다. 오방색이라 했던가. 뒷장을 넘긴다. 구전을 통해 들은 색 이름이 여러 가지 적혀 있다.

……우리나라의 오방색을 중심으로 간색을 개발하는 것이 시급하다. 그것까지 해내어야만 삼원색이 아닌 완벽한 우리 색을 가질 수 있다. 그러한 색을 얻으려면 먼저 색을 얻어내기 위한 작물의 이름, 파종시기 등을 연구하는 것이 중요하다……

얼마나 세심한 노력인가. 언젠가 절 앞마당에서 오방색을 이야기할 때도 다영은 속으로 의구심을 가졌다. 이미 유아기 때부터 빨강, 노랑, 파랑이란 삼원색에 익숙하고 많은 이들이 파스텔풍의 색에 젖었는데 그게 가능할까 하는 생각이 들었기 때문이었다. 그런데 서경은 현실을 뛰어넘으려는 작업을 은밀히 해오고 있지 않았는가!
효범에게 넘겨줄 자료들을 챙기는 동안 프린터가 끽끽거리며 복사된 서경의 글을 토해낸다. 시계를 들여다보니 시간이 빠듯하다. 서경이 남긴 글과 자료를 종이봉투에 넣고 다영은 서둘러 집을 나선다.

ㄱ

애써 몸부림을 치다 눈을 뜬다. 효범은 가까스로 깨어난다. 그래도 얼른 몸을 일으키지 못한다. 멍하니 눈을 뜨고 두 눈만 껌벅이다 책상 위로 눈길을 떨군다. 밤새 의자에 앉은 채 잠이 들었나 보다. 효범의 몸이 팔걸이 의자 깊숙이 박혀 있다. 효범을 무겁게 짓누르던 것은 가위가 아닌 의자였다.

거리의 벽에 그리고 있는 벽화를 생각하자 남은 일이 걱정된다. 비가 오지 말아야 하는데. 우기가 겹쳐서 일을 진행하는 속도가 느리다. 어제 겨우 밑그림 뜨는 일을 완성했다. 지석의 일이 어지럽게 떠오른다.

며칠 전 지석의 학교 후배이기도 하고 효범과도 걸개그림 작업을 몇 년간 해왔던 친구의 결혼식이 있었다. 전통혼례를 치르고 마당으로 점심을 먹으러 들어갈 때였다. 지석이 어디론가 허겁지겁 쫓아갔다. 지석이 누군가의 손을 붙잡고 어쩔 줄 몰라하는 모습이 보였다. 그분은 효범도 두어 번 뵌 적이 있는 지석의 대학은사였다. 효범도 알고 있었다. 지석이 지난날의 삶에서 가장 회한으로 남는다는 사건의 주인공이라는 것을.

　—건강이 무척 좋아지신 것 같습니다.

　—시골에 사니 자연 좋아질 수밖에 없습디다.

시골에서 목장 일을 돕고 있다던 오십줄의 은사는 단단한 구릿
빛 얼굴을 하고 있었다. 지석과 대학동료들의 표정을 어떻게 표현
해야 할지. 은사를 만난 기쁨과 어쩔 줄 몰라하는 기색이 역력했
다. 그럴 수밖에 없었을 것이다. 아무도 스승에게 결혼식을 알리지
않았다고 했다. 그런데 스승은 친구들이 결혼식을 축하한다며 자
비광고를 낸 신문을 보고 불쑥 찾아온 것이다. 폐백을 마치고 하객
들에게 인사를 하러 온 새신랑 역시 스승 앞에서 한없는 비애를
느끼고 있는 듯했다.

다들 무렴해진 얼굴을 하고 은사를 바라보고 있었다. 술잔을 건
네며 소탈하게 웃는 은사의 모습을 지석은 맨정신으로 감당하기
어려웠나보다. 두 차례 술좌석을 옮겨가는 동안 지석은 미리부터
취해버렸다. 효범은 저으기 걱정이 앞섰다. 내일부터 본격적인 채
색작업에 들어가야 하는데 지석은 초저녁부터 몸을 전혀 가누지
못했다. 하지만 자신이 그런 경우와 맞닥뜨렸다 해도 다른 방도가
없었을 것이다.

오래 전, 지석이 후배들과 함께 학내 민주화를 요구하며 몇날
며칠 단식을 하는 동안 은사는 괴로움에 빠졌다. 은사로서는 일찍
이 추상화가로서 인정을 받고 십여 년을 몸담아 오던 학교였다.
특히 학내 시위에 앞장을 서던 지석은 제자이기 전에 개인적으로
친분이 두터운 사이였다. 은사는 지금에 와서 간간이 터져 나오는
학내 비리나 입시부정 같은 것을 비일비재하게 보아오던 터였고
나중에 들은 이야기지만 미술대전에 돈 보따리가 오가는 과정을
너무나 잘 알고 있었다. 스승 역시 그 모순된 현실에 고민이 없었

던 것도 아니었다.

그러한 문제를 본격적으로 들고 나오는 제자들의 순수함을 알고 있었던 은사는 학생들이 요구하는 주장에 귀를 기울였고 갈등에 휩싸였다. 결국 은사는 제도적 모순과 양심, 현실적인 여건 사이에 과감히 종지부를 찍어버렸다. 은사는 학생들의 힘만으론 문제를 파헤쳐 나가는 것은 역부족이라고 판단했고 학생들의 편에 서서 중재자의 역할을 하려 했다. 학교재단 역시 그 역할을 떠맡아줄 것을 요구하면서도 한편으로는 추상화가였던 은사를 민중미술권 즉 운동권으로 매도했다. 재단은 은사를 오히려 학생들을 조종하고 있는 인사로 몰아붙였다. 은사는 고통 속에서 양심선언을 함과 동시에 사표를 던졌다. 결국 추상화가로서 화려한 양 날개를 스스로 꺾어버린 셈이 되었다.

─목장에서 어떤 종류를 키우십니까?

─이것저것 많죠. 주로 젖소인데 일하는 소도 있고 송아지, 수송아지도 있어요. 땅이 넓으니까 개도 키우고 가끔 오시는 손님들 대접도 할 겸 해서 닭을 놓아 키우죠. 또 사료도 남으니까 고양이도 있어요. 동물 천국인 셈이죠. 허허허.

털털하게 웃는 스승은 말씀을 낮추라는 효범의 간청에도 아랑곳하지 않았다. 인간이 상대방 나이를 막론하고 경어를 쓴다는 것은 생이 옭아매는 긴장감에서 헤어나지 못한 것이 아닐까. 지석의 은사에게 술을 따르며 그런 생각을 했다. 한 달에 한 번 정도 서울에 들른다던 스승의 얼굴에 초연함이 깔려 있었다.

─그림은 어떻게……?

─처음엔 방황을 많이 했죠. 그림을 버리고 다른 일로 나서볼까하고…… 시도하기도 했죠. 그런데 내가 가야 할 길은 그림밖에 없다는 생각이 들긴 하지만 글쎄요…… 지금도 시간을 내서 조금

씩 그리긴 합니다.

집으로 돌아갈 즈음 해서 ㅈ석이 정신을 차리기 시작했다. 마지막 전철을 타려고 돌아서는 스승의 손을 잡고 지석은 마냥 어린아이처럼 흐느꼈다. 효범은 숙연한 마음이 되어 밤하늘을 허허롭게 올려다보았다.

효범은 안전장치를 풀고 아래로 내려온다. 벽을 올려다본다. 우중충한 주변 건물과는 달리 푸른색 바탕을 칠한 벽면이 유난히 도드라져 보인다. 삼층 난간에서 지석이 산맥의 줄기를 칠하고 있다. 지석의 얼굴이 벽의 밝은 색과 대비되어 더욱 검어 보인다. 여기저기 흩어져 벽에 매달린 동료들을 잠시 바라본다. 근처에 오가는 행인들이 궁금한 얼굴로 벽을 바라보고 있다. 후배를 부른다.

"나 잠깐만 어디 다녀올께. 오래 걸리진 않을 거야."

비가 오리라는 기상예보를 뒤엎고 하늘은 눈이 시릴 정도로 푸르기만 하다. 물감이 덕지덕지 묻은 옷 속에 땀이 비오듯 흘러내린다. 효범은 옥상으로 올라가서 몸을 씻고 옷을 갈아입는다. 서둘러 근처의 약속장소로 걸어간다.

그동안 서경이와 함께 조직창작을 했던 사람들을 거의 빠짐없이 만났다. 몇 가지 성과도 있었지만 역시 남아 있는 것이라곤 집회기간 동안 찍은 사진뿐이었고 직접 제작한 그림은 흔적 없이 사라진 것이 더 많았다. 더 이상 헤집을 것도 없어 오늘로 끝을 맺기로 했다. 효범은 시계를 들여다본다. 십분이 지났다. 초조하다. 서경이 그린 걸개그림 사진을 가지고 있다고 한 사람을 만나기로 했다. 당시 그 사람이 집회에 참석했다던 시기를 짐작해보면 서경의 마지막 작업이었을 거라는 생각이 든다.

카페의 문이 가볍게 열린다. 그 사람이다. 효범이 알아보고 손짓을 한다.

"늦어서 죄송합니다."

"아니, 괜찮습니다. 오히려 제가 귀찮게 해드려서……"

실내는 조용히 음악이 흐르고 바깥의 소음은 두터운 유리벽 사이로 차단된다. 차를 주문한다. 소리없이 오가는 사람들의 얼굴, 자동차 행렬 등을 효범은 잠깐 바라본다.

"사진은 여기 있습니다."

"아, 예. 고맙습니다."

역시 후불탱화 형식이다. 아래쪽엔 산등성이가 십여 개 넘게 그려져 있고 작은 종이가 산등성이 하나하나에 걸려 있다.

"이건 뭐죠?"

사진을 가지고 온 사람은 대기업 노조의 문화부에서 활동하던 사람이었다. 사진을 들여다본다.

"예에, 그 팻말은 당시 민주화 운동과정에 죽어간 사람들의 이름입니다. 서경씨가 미리 그걸 준비해 왔습디다. 집회가 열리자 참석했던 사람들에게 나와서 산 중앙에 달라고 하더군요. 그때 집회에 참석한 사람은 한 오백 명 가량 되었죠. 지방에서 열렸어요. 그래서 앞에 있던 사람들이 하나씩 받아 꽂았어요. 위패라고 하더군요. 산봉우리에 위패를 달며 그분들이 어떻게 살다 죽었는가를 이야기해주었어요. 지금도 눈에 선합니다. 밤이었습니다. 군데군데 횃불을 밝혀서 장중한 분위기였습니다. 서경씨와 몇몇 분들이 그린 걸개그림은 큰 나무 사이에 끈으로 연결해서 묶어놓았더군요. 의장이 개회를 선언하고 식순을 따라 진행하던 중간쯤이었죠. 의장이 서경씨를 단상으로 불러내어 소개를 했습니다. 서경씨가 마이크에 대고 간단히 인사말을 했죠. 뒤에 걸린 웅장한 그림에 비해 서경씨는 너무나 여리고 섬세하게 보였어요."

사내는 쓸데없는 이야기를 했다고 생각하는지 머리를 긁적이며 웃는다.

"다들 웅성거렸죠. 어떻게 저 손으로 그 큰 그림을 그릴 수 있었을까 의아했던 것이죠. 지금 생각해도 그때의 감동이 가시질 않습니다."

—여러분, 이 걸개그림 보이죠?

드넓은 마당에 오백여 명이 빼곡히 앉다 보니 마이크도 소용이 없다. 서경은 외치다시피 소리를 지른다. 그리고 나무 사이에 걸려 있는 걸개그림을 가리킨다.

—예!

우렁우렁한 오백여 명의 묵소리가 밤하늘을 뒤흔들며 퍼져나간다. 전국 각 사업장의 노조에서 일하던 문화패 사람들이다.

—사실 이 그림도 우리 모두가 함께 그려야 하는데 사정상 저희들이 그렸어요. 오늘 우리는 노동자 문화운동의 역할이 뭔가, 또 직장에서 문화운동을 어떻게 활발하게 벌여나갈 것인가를 논의하려고 이곳에 모였어요. 그렇죠?

—예!

—여기 철갑을 두른 물고기 모양이 보여요? 사람이 타고 있죠?

다시 서경이 소리를 빽빽 지른다.

—예!

—이게 바로 이심이예요. 이심이는 옛부터 민중의 힘을 상징했어요. 또 천하무적이기도 하죠. 그런데 이심이를 타고 있는 사람이 무엇을 들고 있어요. 보여요?

—예! 깃발이요!

—깃발을 자세히 보세요. 깃발에 글자가 있어요 없어요?

―없어요!

―예. 바로 그거예요. 우리가 함께 힘을 모으지 않으면 이 그림을 완성할 수 없어요. 여러분! 우리의 희망을 모아 이 빈 깃발에 적어넣어서 완성했으면 해요. 그래서 제가 이 자리에서 제안을 한 가지 할께요. 제가 저 빈 여백을 채울 수 있도록 즉석에서 토의를 해서 힘찬 미래를 지향하는 구호를 만들어주세요. 그러면 제가 올라가서 쓸께요.

그 자리에 있었던 모든 사람들이 와―아 환호성을 지른다. 서경의 말이 끝나자 오백여 명의 사람들이 앉은자리에서 조를 짜고 토의에 들어간다. 십여 분이 지나 다섯 가지 구호가 나온다. 그것을 참가자들이 거수로 해서 만장일치로 하나를 택한다. 서경은 그동안 옆에서 물감을 푼다.

구호가 결정되자 노동자들이 순식간에 앞으로 뛰어나온다. 맨 아래쪽에 다섯 명, 그 위에 네 명, 세 명, 두 명. 일사불란하게 인간탑을 만든다. 한 사람이 받쳐주어 서경은 노동자의 어깨를 밟고 올라선다. 서경이 올라서자 물감통을 올려준다. 서경이 물감통을 받아 들자 처음엔 무릎을 꿇고 있던 인간탑이 서서히 무릎을 펴고 일어선다. 인간탑이 완성되자 노동자들의 환호성이 하늘을 찌를 듯하다. 참가자들은 일심동체가 되어 구호를 한자 한자씩 부르고 서경은 붓으로 구호를 받아적는다. 빈 깃발에 글자가 새겨질 때마다 함성이 터져 나온다……

사내는 그때 그 광경을 생각하는지 도중에 잠시 말을 끊는다.

효범은 온몸을 부르르 떤다. 서경이 그림을 그리러 내려간 것까진 알고 있었지만 이렇게 생생한 이야기를 듣지는 못했다. 서경이 뜨거움으로 뭉친 인간탑 위에서 글자를 한 획씩 적어나가던 광경이 선명하게 떠오른다.

서경은 혼신의 힘을 다했을 것이다. 물감에 붓을 적셔 한자 한자 찍어 누를 때마다 서경과 서경이를 둘러싼 그 모든 이들이 희망하는 삶이 피어나기를 간절히 바랐을 것이다. 어쩌면 서경은 예감을 하고 있었는지 모른다. 그 작업이 마지막이라는 것을.

갑자기 효범의 심장이 벌떡거리며 고동을 친다. 그야말로 서경의 삶이, 그림이 민중 속에서 하나 되어 펄럭인다. 그림이 단순한 배경이 아니라 사람들의 가슴으로 깊이 파고들며 그림이 그린 사람의 소유가 아닌 모두의 것으로 돌려진 순간이었을 것이다.

"그때 서경씨가 했던 행동은 정말 우리가 하나라는 느낌을 갖게 했어요. 우리의 꿈이, 희망이 큰 그림 속으로 들어갈 때 정말 가슴이 뭉클하더군요. 저도 여러 집회에서 걸개그림을 보아왔지만 그날처럼 그림이 가슴을 울렸던 적은 없었어요."

사내의 목소리가 가볍게 떨린다.

"서경씨가 그렸던 그림은 전부 세 폭이었습니다. 그때는 한 장소에 걸렸죠. 그 후로는 세 개가 뿔뿔이 흩어져서 일이 있을 때마다 집회의 얼굴 역할을 했습니다. 저도 지금은 그 그림이 어디로 갔는지 잘 모르겠습니다."

너무나 당연한 결과다. 이런저런 모임에서 사용하다 비바람 맞고 찢어지고 갈라져서 허접쓰레기로 없어졌겠지. 그래서, 한없이 슬프냐? 효범은 속으로 외친다. 아니다! 결코 아니다. 비록 그림은 너덜거리며 땅속으로 묻혀 들어갔을지라도 서경이 추구했던 정신은 묻히지 않았다. 저마다 가슴 한구석에 씨앗처럼 남아 간직되어 있을 것이다. 보라! 단 한 사람이라 할지라도 바로 이 사람이 기억하고 있지 않은가! 그것은 서경의 삶이자 역사 앞에서 고난스러웠던, 그러나 희망을 꿈꾸었던 모두의 삶이었다.

"제가 아는 것은 이것뿐입니다. 도움이 되셨는지 모르겠습니다.

서경씨 소식은 그 후 들었습니다. 정말 안타까웠어요."

말을 마치고 남자는 쑥스러워한다. 아득히 생각에 잠겨 있던 효범이 정신을 차린다.

"아닙니다. 정말 제게 큰 도움을 주셨습니다. 사진도 고맙습니다."

밖으로 나와 사내와 악수를 하고 돌아선다. 햇살이 뜨겁고 눈이 부시다. 효범의 가슴은 무자비한 여름 햇살보다 더 뜨겁다. 시간이 너무 지났다. 효범은 뛰기 시작한다. 뛰면서 입 속으로 외친다.

서경아, 넌 영원한 우리의 이상, 희망, 사랑. 모든 것이었다.

효범은 울면서 뛰어간다. 허겁지겁 현장에 도착하자마자 효범은 옷도 갈아입지 않은 채 비계를 타고 벽으로 올라간다. 해가 긴 여름날, 도시의 빌딩에 그림자가 질 무렵까지 효범은 비 오듯 땀을 쏟으며 채색작업을 한다. 지석이 비계에서 조심스럽게 내려가며 그만 내려오라고 소리를 지른다. 날이 어두워 작업을 할 수 없는 순간까지 효범은 땅으로 내려서질 않는다. 일행들은 장비를 거둔다.

"처음보다는 덜한데 아래를 내려다보니까 머리가 어쩔한 게 여전히 다리가 후들거려."

후배녀석이 벽을 올려다보며 머리를 절레절레 흔든다.

"이것도 훈련이야. 무서움을 극복한다는 면에서 보면. 안 그래? 자, 모두 수고 많았어. 이제 마지막이니까 다들 몸조심해. 술들 그만 작작 마시고. 그리고 저녁에 비가 올지 모른다니까 내일은 상황을 봐서 합시다."

지석이 안전수칙을 다시 강조한다. 효범이 비계를 타고 내려온다.

"안전이 최우선이라는 것을 잊지 말 것, 그리고 다 알고 있는 것이지만 늘 잊지 않도록 합시다. 첫째, 원화에 충실할 것. 둘째, 리얼리티를 나타내는 것에 충실할 것. 셋째, 확대재연을 중요시 할 것. 넷째, 벽화를 그리고 있는 우리 모두가 다른 개성을 지닌 만큼 개성을 존중하되 공동의 창조력을 살려내는 데 충실할 것. 다섯째, 거리의 벽화는 대중에 의한, 대중의 향유를 위한 것이라는 의미를 잊지 말 것. 여섯째, 우리가 이 공동작업을 통해서 이후의 과제를 모색하는 밑거름이 되는 공부를 충실히 할 것."

지석의 말이 끝날 즈음 다영이 신호등을 건너 이쪽으로 오는 것이 보인다. 효범이 손을 든다.

"수고가 많으시네요."

다영이 벽화팀과 인사를 나눈다. 일행들은 저녁을 먹으러 시내로 천천히 걸어간다. 한여름의 해가 기울자 살을 태울 듯한 뜨거움도 조금은 가신다. 효범은 서경이의 이야기를 다영에게 하지 않곤배길 수가 없다. 다영은 보도를 걸으며 묵묵히 듣는다. 이야기를다 듣고 나서도 다영은 이상하리만치 한마디도 없다. 그러던 다영이 음식점에 들어갈 무렵 대로의 한 귀퉁이를 바라보며 중얼거린다.

"혹시 우리가 꿈을 꾼 것은 아닐까? 꿈이 너무 생생해서 서경이란 인물을 상상하는 것은 아닐까?"

꿈이라고? 차라리 꿈이라면 깨어날 수도 있지만 효범의 발에 딱딱하게 부딪치며 단단한 땅이 그게 아니라고 외친다.

저녁을 먹으며 막걸리를 한 순배 돌린다. 한여름 땡볕 아래 그것도 벽에 붙어 서서 하는 작업이다 보니 노가다나 마찬가지다. 하루 작업을 끝내고 막걸리를 마시며 이야기를 나누는 것도 피로를 푸는 방법인 셈이다. 술을 먹지 말라던 지석 역시 거푸 술잔을 기울인다. 다영과 효범은 할 이야기가 있다며 먼저 일어선다.

퇴근길에 어둠 속으로 쏟아져 나온 샐러리맨들이 어울려 여기저기 술집으로 들어가는 것이 보인다. 벽화를 그리는 얼마 동안 저녁이면 으레 보아오던 모습이다. 오후 내내 흥분에 차 있던 마음이 그제서야 서서히 가라앉는다. 신호등 두 개를 지나도록 두 사람은 제각각 생각에 잠겨 말없이 걷는다. 또 한 번의 지하도를 건넌다.

도시의 밤은 너무나 향기가 짙고 여름밤은 길다. '아침'이라는 까페가 골목의 이층에 있다. 계단 옆에 연극·전시회 포스터들이 다닥다닥 붙어 있다.

문을 열자 에어컨의 냉기가 시원하게 퍼져 나온다. 짙은 밤색을 한 탁자가 그런 대로 편안하게 느껴진다. 의자에 앉아서도 서로 눈이 마주칠까 두려워하는 사람들처럼 두 사람은 시선을 딴 곳으로 돌리고 있다. 차가 나올 무렵 다영이 느리게 아주 천천히 말문을 연다.

"처음엔 그냥 나 혼자 간직할까 했어. 하지만 네가 서경이 그림을 찾으러 다닌다는 말을 듣고선 그럴 수 없다고 생각했어."

"뭘?"

"예전에 서경이가 내게 주고 간 글이 있었어. 선뜻 보기가 사실은 겁이 났어. 아무튼 먼 훗날 보려 했어. 그랬는데 지난해 우리가 서경이에게 다녀온 뒤부터 그냥 읽고 싶었어. 그리고 또 다른 것도 있어. 그건 서경이 글을 다 읽고 나서 생각한 거야. 너하고두 이야기해볼려고 그랬어. 언젠가 출판사에서 화가 이야기를 꺼낸 적 있지? 출판사 요구와는 좀 다르긴 하지만 서경이가 남긴 그림과 글을 한데 묶어서 내보고 싶었어. 그래서 얼마 전에 서경이 집에 갔더랬어."

서경의 어머니를 못 뵌 지도 오래 되었다. 무심한 사람이라고 서운해하셨을 거다.

"건강하셔?"

"응. 많이 늙으셨어. 효범이 어떻게 지내냐고 물으셔서 잘 지낸다고 했어. 혹시 다른 글이 없을까 하고 갔는데 이건 네가 참고하면 좋겠다 싶어서 가져왔어."

글이라니. 마치 숨구멍이 콱 막히는 듯한 기분이다. 연거푸 서경이의 새로운 이야기만 듣게 되자 효범은 어찌할 바를 모른다. 다영이 가방에서 봉투를 끄집어낸다.

"자, 가져가."

얼얼한 상태에서 효범은 봉투를 받는다.

"집에 가서 봐."

다영은 마치 할 일을 모두 끝낸 사람처럼 허탈한 얼굴을 하다가 담배를 천천히 문다. 다영의 얼굴이 저토록 쓸쓸해 보이는지. 다영의 얼굴을 쳐다보기가 힘들어 효범 역시 계산대 옆의 한 모서리만 바라본다.

봉투를 건네받고 효범은 자신이 무슨 말을 어떻게 하고 있는지도 모른다. 다영이 피곤하다며 나가자고 하는 말을 들었고 먼저 차를 타고 갔다. 효범은 그 길로 택시를 타고 집으로 돌아온다. 방에 들어서자마자 옷도 벗지 않은 채 자리에 앉아 서경의 글을 읽기 시작한다. 너무나 몰두한 나머지 새벽이 열리는 것도 알지 못한다.

서경의 예민한 감성은 너무나 상처받기 쉬운 것이었다. 자신을 철저히 몰아간 치욕과 분노에 암담했을 것이다. 서경의 글은 그렇게 말을 하고 있었다. 상실감에 허덕였고 무도한 권력은 동료를 배신하게 만드는 치욕을 가슴 깊숙이 내려꽂았다고. 서경의 아픔을 제대로 헤아리지 못한 자신이 부끄럽다. 그림도 마찬가지다. 자신이 부감법으로 도안한 벽화를 생각하자 예리한 칼날이 가슴을 찌르는 것 같다.

정면도 밑바닥도 아닌 부감법이라니! 서경은 결코 용납하지 않을 것이다. 서경은 그림이라는 도구를 가지고 인간을 통해서 밑바닥까지 가려고 했다. 그것은 그 날에 풀어가야 할 절박한 과제들이었다. 그런 불합리한 현실을 뚫을 수 있는 맥을 서경은 전통양식이라 여겼다. 보기에는 서경이 지나치게 그 길만을 고집했다. 그러나 그러한 정신이 아니었다면 어떻게 그 긴긴 날을 살아왔을 것인가. 누군가는 반드시 해야 할 작업이었고 그쳐서도 안 될 일이었다.

서경이 갔던 그 해, 가을에 들어설 무렵 느닷없이 서경의 오른손이 마비되기 시작했다. 다섯 손가락이 뻣뻣하게 펴진 상태에서 손은 꼼짝하지 않았다. 병원에서도 이유를 알 수 없다고 했다.

마지막이라 생각하며 침을 맞으러 가던 길이었다. 택시를 타고 가던 길에 효범은 애써 침통한 마음을 숨기고 있었다. 검고 숱이 많았던 서경의 머리카락이 절반이나 빠졌고 몸은 대꼬챙이처럼 말라 있었다. 효범은 참으로 견디기 힘들었다. 서경의 손을 잡았다. 스쳐 지나가던 길을 바라보던 서경이 살포시 웃으며 효범을 불렀다.

─그림 말이야. 우리의 그림이 생활 속으로 돌려지고 대중성을 지니려면 고유한 민족의 정서가 담겨 있는 그림이어야 하지 않을까. 소재는 무궁무진해. 장산곶매 이야기, 이심이 이야기, 불가사리 이야기, 장수말 이야기, 또 백두산 호랑이, 옴두꺼비 등등 얼마나 많아. 우리 민족의 옛이야기야말로 민중 정서를 가득 담고 있잖아. 민중의 지혜와 역사를 너무나 쉽게 들여다 볼 수 있다고 생각해. 예전에 산에서 싸우던 지도부들이 무너지면 문화사령부가 그 역할을 이어받았어. 그것만으로도 알 수 있잖아. 문화는 기능이 아니야. 진정한 문화의 역할은 전략을 세우는 거야. 전통양식에서

분명히 볼 수 있어. 한 가지 바램이 있다면 효범이 네가 앞으로 무엇을 그리든 우리의 정서와 잘 어우러진 양식을 사용했으면 좋겠어.

죽음이 머리꼭지 위에 올라앉은 순간에도 서경은 그 생각을 하고 있었던 것이다. 효범은 차오르는 슬픔을 어쩌지 못해 서경을 와락 껴안았다.

서경이의 꿈을 포기할 순 없다. 더 이상 미루어 둘 수 없다는 결심을 하는 동안 아침 노을이 지고 잔비가 내린다. 효범이 웅크리고 앉아 젖은 눈을 하고 창을 바라본다. 이미 하늘이 개이고 잔잔한 햇살이 창으로 스며든다.

8

다영이 그 소식을 전해 듣고 작업현장으로 달려갔을 때는 이미 효범이 병원으로 옮겨진 뒤다. 새로운 상징이나 되듯이 활발한 모습을 띠던 벽화 앞은 스산스럽기 짝이 없다. 효범네가 그리던 벽화는 콘크리트 회벽으로 있던 처음과는 달리 여러 공정을 거쳐 반쯤 채색되어 있었다. 푸른 하늘을 배경으로 산맥 끝에 날고 있던 장산곶매가 미완성인 채 날고 있고. 철골로 된 구조물 위에는 아무도 없다. 어떤 후배만 남아 넋나간 사람처럼 고개를 파묻고 있다. 어떻게 된 거냐고 물을 사이도 없이 병원 이름만 듣고 다영은 허겁지

접 택시를 집어탄다.

병원은 작업현장에서 그다지 멀지 않은 곳에 있었다. 다영이 아무것도 묻지 않은 것은 두려워서였다. 오층에서 떨어졌다면 혹시, 설마 하는 두 마음이 복잡하게 얽혀서 감히 물어보지 못했던 것이다. 만약, 정말 만약이다. 효범이에게 그 어떤 일이 벌어진다면 다영은 묵히고 삭혀온 감정의 응어리가 한순간에 폭발할 거라는 생각을 한다.

택시가 병원 안으로 들어간다. 그 병원에 한두 번 와본 적이 있는 다영이 응급실을 찾지 못해 이사람 저사람에게 몇 번씩이나 묻는다. 응급실 입구에는 지석과 몇몇 사람들이 함께 서 있다. 지석이 다영을 보고도 알아보지 못한다. 다영이 지석의 팔을 살며시 잡아 끈다. 지석이 돌아본다.

"……"

"어떻게 되었어요?"

지석은 말없이 발끝만 본다.

"수술실로 들어갔어요."

지석은 더 이상 말을 잇지 못한다. 서 있기도 힘드는지 지석은 그 자리에 푹 주저앉아 버린다. 이럴 수가. 다영은 부스러기 한 올도 잡을 수 없을 만큼 힘이 쭉 빠진다. 한참을 그렇게 앉았던 지석이 입을 연다.

"며칠 전부터 이상했어요. 작업 내내 거의 한마디도 하지 않고 눈이 이상하리만치 번득였어요. 지난밤에 비가 내려서 비계가 미끄러웠는데……"

지석이 오후부터 작업을 시작하자고 말렸는데도 효범은 기어이 혼자서 올라간 것이다. 그것도 안전장치를 하지도 않은 채.

효범의 아버님이 오고 먼저 와 있던 효범의 어머님이 오열을 터뜨린다. 다영은 효범의 어머니의 어깨를 감싸고 자꾸 등만 쓸어내린다. 삼십 몇년 만에 찾아왔다는 무더운 날에 가슴은 서늘할 뿐이다. 어둑어둑 어둠이 몰려올 무렵 수술이 끝난다. 효범은 중환자실로 옮겨진다.

"박효범 씨 보호자."

간호사가 가족을 부른다. 효범의 부모님과 함께 지석과 다영은 의사 방으로 따라 들어간다. 의사는 판독판에 엑스레이 두 장을 걸고 불을 켠다. CT 뇌단층 촬영한 것과 척추 촬영.

"이 환자는 두 군데를 다쳤는데 뇌출혈 수술을 먼저 했습니다. 척추도 골절이 되었는데 상태를 봐서 수술을 해야 합니다. 그런데 지금으로 봐서는 회복이 어려울 것 같습니다."

의사도 말하기가 힘들었는지 고개를 숙인다. 다영은 머리가 부서지는 것만 같다. 효범의 어머님이 외마디 소리를 지르며 쓰러진다. 역시 파랗게 질린 지석이 어머니를 안는다. 지석이 효범의 어머니를 업어 응급실로 내달린다.

다영은 후회한다. 서경이의 글을 보여주지 말았어야 했다. 진정으로 효범을 생각했더라면 애시당초 혼자 간직했어야 했다. 이제 와서 어쩌란 말인가. 다영은 무엇을 어찌해야 할 바를 모른다.

긴 긴 여름날의 해가 저물어 들기 시작할 무렵 병원 입구에서 소현이 헬쑥한 얼굴로 뛰어들어온다. 소현을 보자 다영이 참았던 눈물을 거침없이 쏟아낸다. 다영은 소현이와 함께 병원 앞 벤치에서 밤을 꼬박 새운다.

효범은 그러고 싶었을 것이다. 눈을 감고 머리를 닫지 않으면 서경의 삶이 파고드는 아픔을 견디기 힘들었으리라. 하지만 효범은 이렇게 쓰러지기를 결코 원하지 않았을 것이다. 효범아, 제발 일어나. 일어나서 지난번 내게 말했듯이 서경이의 삶을, 꿈을 이루어가자. 서경이가 말했잖아. 남아서 기필코 살아 남아서 모든 사람의 눈에 생기가 반짝거리도록 검은 동자를 그려달라고. 그런데 넌 그게 뭐야. 다영은 속으로 외친다. 소현 역시 밤새 말이 없다.

새벽 먼동이 틀 무렵 효범은 숨을 거두었다. 한마디도 하지 못한 채 무의식 속에서 그렇게 가버렸다. 서경이 가고 몇 해나 되었다고. 영안실로 밀려가는 효범을 보며 다영은 소리를 지른다. 아니야! 아니야! 이럴 순 없어!

정준과 남편이 들어서는 걸 보며 잠시 하늘이 빙글빙글 돌아간다고 생각한다. 그리곤 정신을 잃는다.

이마가 차갑다는 것을 느끼며 다영이 눈을 뜬다. 남편이 물수건으로 이마를 누르고 소현은 팔을 주무르고 있다. 다영은 멍하니 두 사람을 번갈아 쳐다본다. 꿈이라고, 꿈을 꾼 것이라고 말해주기를 다영은 간절히 빈다. 그러나 누구 한 사람 입을 열지 않는다.

9

거리는 온통 노란 빛깔이다. 더러는 간밤의 비에 떨어져 나무 둘레로 흩어진 잎이 더 많다. 길가에 서 있던 은행나무 잎이 바람에 나꿔채여 나풀거리며 바닥에 떨어진다. 시간이 가고 계절이 바뀌면 햇살의 느낌, 거리의 색, 세월의 무게도 달라지는 건지. 다영은 찬바람에 까칠해진 잔디를 쳐다본다. 잔디 옆에 있던 소현이 무엇을 줍는지 엎드린다. 다영이 앞으로 걸어온다.

"너무 진하지?"

다영의 손에 놓인 은행잎은 노랗다 못해 샛노랗다.

"지나치게 검고 진하고 깊은 것들은 상처받기 쉬워. 그런 존재가 받는 상처는 쉽게 아물지 못해. 서경 언니나 효범 선배나……"

소현이 바람에 휩쓸려 가는 은행잎을 바라보며 중얼거린다.

거리의 벽화가 오가는 사람들을 내려다보고 있다. 충충한 도시의 건물 속에 산맥 줄기를 빙빙 돌며 아래를 굽어보고 있는 매들이 금방이라도 쏜살같이 덮쳐올 것만 같다.

그 날 이후 다영은 두문불출했고 몇 달을 멍하니 살았다. 그사이 소현이 몇 번 다녀갔고 정준은 시골로 내려갔다. 효범이 장례를 치르고 일손을 잡지 못하던 벽화팀들이 어거지로 힘을 내어 완성을 시켰다고 했다. 소현이 벽화를 보러 가자고 채근하던 것을 미루다가 오늘 처음, 바깥으로 나왔다.

"벽화팀들은 어떻게 됐어?"

"잘 추진되고 있어. 이곳에 그려진 벽화가 서서히 알려지면서 몇 군데 더 그렸어. 잘될 거야. 그리고 지석 선배는 후배들에게 물려주고 나왔어. 도저히 계속할 힘이 없다고…… 아직 시간이 좀 더 지나야 될 것 같아."

소현은 다음주에 세 번째 개인전을 열 계획이었는데 도무지 마음이 내키지 않아 내년으로 미룬다고 한다. 바람이 세차게 분다. 볼이 얼얼하다. 다시 찬 겨울이 한 걸음씩 다가온다. 효범. 새하얀 가루로 돌아간 한 몸이 어디로 흐르고 있는지. 효범의 관이 화장막으로 가던 날, 다영은 따라갈 수 없었다. 전날 집으로 돌아와서부터 끙끙 앓기 시작하던 것이 일주일 동안 열병으로 일어나지를 못했다. 남한산성에서 효범의 뼛가루를 흩뿌렸던 정준은 다시 폭음을 계속했다.

"추워. 우리 어디든 들어가자."

아직은 매서운 바람이 아닌데도 바람은 은근히 차갑다. 근처 까페로 들어간다. 소현 역시 그동안 마음고생이 심했는지 얼굴이 야위었다. 차를 마시며 서경이 남긴 자료들을 소현에게 다시 넘겨준다.

"이게 뭐야?"

"읽어봐."

소현이 봉투에서 자료를 꺼내어 한장 한장 훑어보다가 탁자 위에 내려놓는다. 한참이나 봉투를 바라보다 담배를 문다.

"이젠 너밖에 없어. 넘겨줄 사람이."

소현은 다시 담배를 물었고 꽁초를 끌 무렵까지 창밖만 바라보고 있다. 다영 역시 투명한 창으로 시선을 밀어낸다. 검은 가죽 잠바를 입은 남자가 호주머니에 손을 찌르고 걸어간다. 무슨 생각에 잠겼는지 가로등에 어깨를 부딪치고도 돌아보질 않는다. 고개 숙인 남자의 등뒤로 남편의 얼굴이 겹친다.

효범을 보내고 두어달 지나서였다. 푸르디 푸른 잎사귀가 온통 적갈색으로 물들기까지 다영은 아무 일도 하지 않았다. 한참 밀려 있던 번역도 다른 이에게 넘겨주었다.

싸늘한 바람이 코끝을 싸아하게 스치던 저녁, 남편은 몸을 가누지도 못할 만큼 취해서 들어왔다. 그 날 밤 남편은 꺽꺽대며 울었다. 다영은 벽에 기대어 울음소리를 들었고 밤늦도록 남편의 이야기를 들었다. 한때 노동자였던 남편 역시 제 살 파먹는 두꺼비처럼 앓고 있었다. 어느 순간 남편은 다영의 무릎을 베고 어린아이처럼 잠이 들었다. 푸우푸우 거칠게 몰아쉬는 입김에 술내음이 끼쳤다.

다영은 잠든 남편의 얼굴을 쓸어내렸고 가만히 입술을 댔다. 그리고 가만가만 이야기했다.

'삶이란 촉수는 어차피 더듬으며 가기 마련이야. 우리 두 사람이 진정 완전한 무엇을 원한다면 우리의 촉수는 서로를 향해 뻗을 거야.'

차를 마시고 소현은 서경이 남긴 글을 말없이 가방에 챙겨 넣는다. 거리로 나서자 포도에 내려앉은 은행잎이 잠깐 내린 비에 촉촉이 젖어 있다. 거리의 벽화를 다시 바라보다 소현과 헤어진다.

바람이 세차게 창을 두들기고 지나간다. 대관령에 두 번의 폭설이 내렸다는 방송을 들은 지도 한참 지났다. 또 이렇게 한 해가 지려는가. 창틈으로 들어오는 찬바람에 어깨가 시리다. 다영은 스웨터를 걸치고 모니터를 바라본다. 그사이 활자가 사라지고 작은 별이 반짝인다. 다영은 별을 물끄러미 바라본다.

어디론가 떠나고 싶다. 예전에도 그런 생각이 전혀 없었던 것은 아니다. 가끔 외국에 있는 번역대학원이나 번역전문대학을 가고 싶다는. 불쑥 떠올렸지만 그런 생각을 하고 있는 자신이 놀랍기도 하고 기특하다. 어디론가 떠난다는 것, 생각조차 하지 못했던 일이다. 인간의 가고 오는 일이 이렇게 쉬운 일이란 것을 미처 몰랐다. 하지만 떠난다고 해서 아버지, 서경, 효범…… 그 이름들이 주는 버거움을 내던져 버릴 수 있을까.

다영은 부엌으로 가서 창을 연다. 휙 몰아쳐 들어오는 바람이 몹시 차갑다. 감나무 꼭대기엔 노인이 따다 만 마른 감이 두어 개 달려 있다. 겨울은 노인을 집으로 들어가게 하는 계절인지 다시 옆집 노인 보기가 힘들다.

벨이 울린다. 다영은 창을 닫는다. 우체부였다.

"도장 가지고 오세요."

어디서 온 걸까. 다영은 도장을 찍고 겉봉투를 본다. 계간지 〈시인의 음성〉에서 온 것이다. 가슴이 뛴다. 당선이 되었다는 것인지 아니면 탈락은 했지만 격려의 내용이 담긴 것인지 알 수 없다. 한 장 한장 받아둔 정준의 시가 서른 편이 넘었다. 다영은 정준의 시를 어디로 투고할까 생각하다가 〈시인의 음성〉으로 보냈다. 계간지 제목이 마음에 들어서였다. 그 제목은 틀림없이 빅토르 하라의 노랫말에서 뽑아냈을 것이다. 잠이 오지 않아 맨숭거리던 어느 날 텔레비전을 켰다. 팽팽히 긴장한 거리를 숨죽이며 보다가 '산티아고에 비가 내린다'라는 영화임을 알았다. 칠레의 피노체트 군사독재가 쿠데타를 일으켰던 1973년. 그 영화 속에 빅토르 하라가 무참히 학살당하는 장면이 있었다. 빅토르 하라. 칠레의 전통민요를 사랑했고 노래운동으로 저항을 했던 하라의 노래에 들어 있던 한 부분을 다영은 기억하고 있었다.

그래서 시인의 음성은 들리게 되리라
죽음이 나를 앗아갈 때까지
죽음이 가는 길을 따라
지금도 그리고 앞으로도 영원히

당선이다. 드디어 정준이 시인이 되었다. 정준에게선 여직 소식이 없다. 어떻게 살아갈 것인지, 그의 울음이 언제 끝날지 다영은 모른다. 하지만 남몰래 거꾸러져 쓰는 시는 여전히 계속될 것이다. 다영은 믿는다. 정준이 시인의 음성으로 내일을 들려줄 것이라고.
다영은 세수를 하고 가벼운 화장을 한다. 어제 마음을 다잡아먹고 소현과 약속을 했다. 서경의 사주기가 벌써 두 달이나 지났다. 정준도, 효범이도 없는 그 자리에 우두커니 서서 먼 바다를 바라보고 있을 생각을 하자 벌써 마음이 허전하다. 그래도 가서 가만가만 서경에게 이야기를 들려주어야 한다. 다영은 코트를 걸치고 집을 나선다. 매서운 바람이 다영의 등을 때렸고 머리를 흐트러뜨린다. 흘러내린 머리를 쓸어 올리며 다영은 깊고 푸른 하늘을 올려다본다.

시외버스 정류장에 소현이 서 있다. 검정 오버 뒤로 두 번 땋아 내린 머리가 소녀 같다. 버스를 타고 가는 동안 두 사람은 줄곧 눈이 남아 있는 겨울 들판을 바라본다.

옹기종기 엎드린 산들은 추워 보인다. 산골짝마다 응달진 곳에 얼기설기 모여 서성대는 가지 끝에 엷은 눈이 얹혔다. 버스가 길가에 선다. 버스에서 내린 두 사람은 목을 움츠리고 오버 깃을 끌어당겨 얼굴을 감싼다. 버스 문이 닫히고 제 길을 떠나자 바퀴 뒷자욱이 마른 먼지를 일으킨다.

서경은 여전히 그 자리에 있었다. 무덤 앞에 선 소현의 눈에 물기가 어린다. 다영은 무덤 위에 흩어진 마른 풀을 걷어낸다. 먼 바다가 보이는 언덕빼기로 간다. 멀고 먼 바다 한가운데 서경의 얼굴에 효범의 모습이 포개어지는 것을 본다.

먼 하늘에 서경이 물감을 풀어 탱화에 눈을 그려넣듯 대중과 함께 한자 한자 써나갔다던 그 전율할 만한 광경이 어른거린다. 서경의 삶이, 그림이 흔적 없이 사라져간 지금에 그것이 무엇을 의미하는 것인지를 다영은 똑똑히 기억하고 싶다.

점안식이라 했던가. 두 사람은 우리의 삶에 눈을 그려넣을 의식을 만들어주고 떠났으리라. 삶은 그러하다. 이것이 마지막이다, 끝이다라고 속삭이는 것도 모두가 새로운 시작을 갈망하고 꿈꾸기 때문이다.

서경이와 효범이 지닌 삶의 몫은 여기까지였다. 남은 자는 어쩔 수 없이 그것을 인정해야 한다. 하지만 그것이 끝이라고 감히 누가 말할 수 있을 것인가. 소현이 다영의 곁으로 걸어온다. 두 사람은 말없이 바다를 바라본다.

"두 사람은 결코 다른 세계로 가지 않았어. 그들이 마지막으로 가는 찰나 서경이와 효범의 삶은 우리에게로 넘겨진 거야. 너와 나, 모두에게."

다영은 얼어서 파란 입술로 나지막이 달싹인다. 소현의 눈에서 눈물이 떨어진다. 바다 한가운데서 몰아쳐 온 거센 바람이 두 사람 사이로 밀려들어 우르르 떨며 지나간다.

작가의 말

이 소설을 탈고한 것은 뜨거운 태양이 전국을 달궈대던 지난해
여름이었다. 흘러내릴 땀이 더 이상 남아 있을 것 같지 않은데도
어디서 그만한 양의 땀이 솟아나는지.

여하간 마침표를 찍고 뜨끈뜨끈한 원고를 들고서 출판사로 갔
다. 일주일쯤 지나서 풀빛의 사장님이신 나병식 선배님이 웃으며
말했다.

"그렇게 할말이 많아요."라고

그 말을 들으며 정말 그렇게 하고픈 말이 많았냐고 나 스스로에
게 반문을 해보았다.

가끔 지난 시절을 돌이켜볼 때가 있다. 더러는 생생하게 떠오르
는 것도 있지만 어떤 것은 검은 자막으로 가리운 것처럼 전혀 생각
나지 않는 부분도 많다.

다만 분명한 것은 절박한 순간들마다 가슴을 짓누르던 위기감,
공포, 웃음 뒤에 숨겨놓은 허허로움, 미미한 소리에도 외마디 소리
를 지르며 소스라치던 때의 두근거림 같은 것들에 허덕이며 살았다
는······

할말이 많은 것으로 비쳐졌다면 내가 그런 것들에서 벗어나고

싶다는 안간힘에서 비롯한 것인지도 모른다. 아무튼 가을에 들어설 무렵 글을 고치기 시작했고 눈이 푸지게 내리던 날 다시 마지막 문장을 적어넣었다.

처음 등단을 하게 된 소설은 「갇힌 자의 순례 1」(부제―인영의 하루), 중편소설이다. 굳이 1이라고 덧붙인 데는 나름으로 이유가 있었다. 장기수 선생님들에 비교하면 쥐꼬리만한 감옥살이지만 중편소설 하나로 그 아픔, 절망, 희망을 그려낸다는 것은 어림없는 일이라고 여겼기 때문이다.

하지만 1로 마치기로 했다. 그 소설을 쓰고 나서 다시는 이런 글을 쓰지 않겠다고 맹세는 아니지만 다짐 정도를 했다. 그러나 이 소설을 마치고 교정을 보던 즈음, 갇힌 자의 순례가 이 글에서도 여전히 계속되고 있음을 알았다.

이 소설의 주인공은 네 사람이다. 주인공을 한 사람으로 택하지 않은 것은 지난 80년대에 대한 추억 때문이다. 그 젊음들은 여럿이 모여 하나가 되길 원했다. 꽃잎처럼 뭉쳐진 꿈이 지금 여기까지 우리를 밀어온 힘이리라. 그러나 그 젊음 역시 저마다 가슴을 치고 뒹굴어야 하는 생의 깊은 우물이 있었다. 난 그것을 들여다보고 싶었다. 할 수만 있다면 깊게 패인 그들의 상처를 보듬고 쓸어내리며 위로를 하고팠다.

지난 80년대의 젊음들이 남모르게 간직하고 있는 아픔을 세상은 다 알지 못한다. 그 아픔과 희망이 어디서 비롯했는가를 지금에 와서 되묻는 사람들도 있다. 그들처럼 나 역시 자신에게 물어볼 것이다. 이제, 시작이다.

세상에 남겨진 정준과 다영, 두 사람의 생에 한없는 연민을 가지는 것도 이러한 연유에서이다. 이 두 주인공은 자신 앞에 놓인 생을 붙들고 씨름할 것이다. 뿌리치면 뿌리칠수록 들러붙는 세상의 무게를 어떻게 헤쳐나갈 것인지 나 역시 지켜보고 싶다.

사랑, 인간의 사랑 하나로 한 세월을 살아온 모든 나의 벗들이 성숙한 모습으로 더 깊고 찬란한 꿈을 펼치기를 간절히 바란다.

오랫동안 딸의 삶을 지켜봐 주신 어머님께 감사드리고 동생에게 미안하고 고맙다는 말을 전하고 싶다.

이 글을 쓰는 데 도움을 주신 기연 선배, M조형연구소팀들, 선조, 늘 격려를 주신 여러분들께 감사드린다. 그리고 아직 투병중인 혜경이, 살아서 꼭 살아서 이 세월을 함께 가자고 말하고 싶다. 몇 해를 더 감옥에 있어야 할 동욱씨, 힘을 내라고.

이 소설에 나오는 한 편의 시는 지난 몇 년간 함께 일했던 초능 선배가 내게 준 글이다. 인용할 수 있도록 허락해주어서 감사드린다.

지난 일년간 건강하게 자라준 두 딸, 유채와 하린이 그리고 묵묵히 격려해준 남편에게 고마움을 전한다.

끝으로 풀빛 출판사 여러분들께 감사 인사를 드린다.

1995년 2월
김 은 숙

풀빛소설선-44

이성이 잠들면 요괴가 눈뜬다

1995년 2월 28일 초판 1쇄 발행

지 은 이 - 김은숙
펴 낸 이 - 홍 석
펴 낸 곳 - 도서출판·풀빛
주   소 - 서울시 서대문구 북아현3동 176-87 능안빌딩 3층
           영업부/363-6972 편집부/362-8900 FAX/393-3858
출판등록 - 1979년 3월 6일 제8-24호

┌─────────┐
│ 작가와   │
│ 협의 아래 │
│ 인지생략 │
└─────────┘

© 1995 김은숙

● 값 5,800원 잘못된 책은 바꾸어 드립니다.

ISBN 89-7474-345-03810